AF366863

El Desafuero de Lucas Goldsmith (Magnum Arcanum)

Autor: Paupilio Vestres
ISBN 978-84-92662-21-0
Depósito Legal: PM 3078-2008

El Desafuero de Lucas Goldsmith

(Magnum Arcanum)

*Este libro no hubiera sido posible sin la
presencia constante de Marisa, Andrea y Daniel,
que siempre han sido mi soporte.*

*También quiero agradecerle a Susana su
paciencia leyendo y releyendo los capítulos
de la obra a medida que salían del horno
y comentar sus impresiones conmigo
para mejorarla.*

*Mi amigo Luis Estrella debe aparecer aquí, su
desinteresada e inmensa dedicación está en la
portada, la estructura, la maquetación y preparación
general de los contenidos y él ha hecho posible
que esta novela vea la luz.*

*Y por último, un brindis a Isaac Asimov,
Robert Silverberg, Jack Vance, Robert
Heinlein y tantos otros padres de la
literatura de ciencia ficción, que cada vez
tiene menos de ficción y más de ciencia
real y tangible.*

Capítulo 1

El Paular, 1835

El monje salió corriendo hacia el claustro en busca del Prior. De nonas a vísperas éste permanecía recluido en su celda pero el asunto era tan importante que tendría que interrumpir su meditación. Llegó bordeando el extremo sur del claustro hasta la celda del Prior, la primera del lado oriental, e introdujo la mano en el hueco del torno junto a la recia puerta de madera. Encontró la cuerda y tiró de ella con fuerza tres veces, escuchando el sonido apagado de la campanilla al otro lado de la pared de piedra. Era la señal de emergencia tal como se la había enseñado el Prior. Pasaron unos segundos y escuchó los sonidos metálicos de la llave que giraba en la cerradura desde dentro. La puerta se abrió chirriando sus viejos goznes y asomó la cabeza del Prior, con los ojos entrecerrados, intentando hacerse a la luminosidad del claustro al atardecer.

-¿Qué ocurre, Hermano Pedro?

-Reverendo Padre, acaba de llegar un alguacil del Gobernador pidiendo verle enseguida, -respondió, inclinando la cabeza. No era del todo cierto, porque el emisario había llamado a la puerta del Monasterio con fuertes golpes para exigir la presencia del Prior de inmediato, pero el Hermano Pedro pensó que su superior no merecía tal muestra de falta de respeto y que, en cualquier caso, saldría a ver a tal personaje por razón de su oficio.

El Prior alzo la mirada hacia el reloj de sol sobre el claustro, el único con doble hora, itálica y babilónica, que servía para determinar los tiempos monásticos de la comunidad y le pidió al Hermano Pedro que dirigiera él la meditación de los novicios para la que apenas quedaban algunos minutos, mientras él atendía al visitante. Salió de la celda y cerró la puerta con la llave que colgaba de su cinturón. Su celda era la única con cerradura en todo el Monasterio, ya que como Prior necesitaba guardar cierta discreción en los asuntos de su cargo, mientras que el resto de la comunidad de monjes cartujos carecía de propiedad privada y por tanto, no había nada que ocultar o proteger de los demás.

Se tomó su tiempo recorriendo lentamente el claustro hacia el vestíbulo del Monasterio, deteniéndose de vez en cuando para admirar los bien cuidados macizos que formaban curiosas formas geométricas en el patio central del claustro y cementerio de la comunidad, alrededor del templete y de las diversas lápidas que indicaban la morada definitiva del cuerpo terrenal de anteriores priores. Una vez más se preguntó si su cuerpo hallaría reposo ahí mismo, entre sus hermanos, o lejos del monasterio. Y como tantas veces antes, expulsó el pensamiento de su mente, sometiéndose a la infinita y todopoderosa voluntad del Señor. Como había entrado el otoño las flores no abundaban en los macizos pero el patio estaba cargado de un aroma proveniente de unos jazmines que se enroscaban en las columnas del templete central. Se acercó al recinto de la portería y al cruzar el vestíbulo se colocó la capucha sobre la cabeza. Vio junto a la entrada al emisario, que paseaba nervioso, desde la puerta de la Iglesia hasta el zaguán, cubierto con su sombrero. Al ver llegar al Prior se llevó una mano al interior de la chaqueta y sacó un papel. El Prior llegó hasta él y le saludó.

-Reciba usted la paz de Dios, caballero -dijo el Prior, levantando el rostro. El emisario tendría unos cuarenta años de edad y vestía de manera muy formal.

-¡Ya era hora! -respondió el emisario secamente. Y desdoblando el papel, leyó a continuación:

-En Nombre de su Excelencia el Gobernador Civil, D. Salustiano de Olózaga, tengo el deber de informarle que, siguiendo instrucciones emanadas del Gobierno en su decreto del pasado once de octubre, quedan extinguidas las órdenes religiosas en todo el Estado, con excepción de las hospitalarias, debiendo ser incautadas todas las propiedades de las comunidades de religiosos, con efecto inmediato. Además y como consecuencia de ello, deben ustedes abandonar este edificio inmediatamente.

El emisario dobló el papel, lo introdujo en el bolsillo interior de su chaqueta, cruzó groseramente los brazos y se quedó plantado con una mueca de satisfacción, esperando la reacción del Prior.

Este, manteniendo la compostura, respondió con el mismo tono con el que había saludado: -Antes de continuar, usted sabe quién soy yo pero yo no sé quién es usted que ni se ha dignado responder como un caballero a mi saludo. Por tanto, le ruego, Caballero – recalcando la palabra -que se presente.

El emisario lo miró con incredulidad y con un gesto de superioridad, respondió con voz cansina: -Soy el Licenciado D. Miguel Bermúdez, Alguacil de su Excelencia el Intendente de Hacienda de la Provincia de Madrid, D. Fernando del Castillo, comisionado por el Sr. Gobernador para comunicar a todos los conventos y monasterios de la provincia el Decreto de Exclaustración mencionado.

-No dudaré de su palabra, aunque no ha mostrado usted aún documento alguno que lo acredite en su identidad ni en la labor que se le ha encomendado -replicó el Prior. -Sin embargo, así como usted necesita autorización de sus superiores para ejercer sus funciones, yo la necesito de los míos para actuar en respuesta a su requerimiento. Me pondré en contacto con mi Superior en la Orden y con su Ilustrísima el Sr. Arzobispo de inmediato para recibir instrucciones al respecto. ¿Dónde puedo localizarle a usted, Sr. Bermúdez?

El Sr. Bermúdez palideció y cerró los puños con fuerza. Siempre había sentido inquina hacia el clero, con ciertos visos de envidia hacia los sacerdotes por lo bien que representaban un papel que les permitía, casi siempre, vivir como curas, según el conocido refrán. Pero lo que menos soportaba era un cura ilustrado, porque liaban las palabras de tal modo que siempre se salían con la suya. Este era el primer aviso que daba y aún le quedaban cuatro más y ya aparecían problemas. El Gobernador y el Intendente le habían advertido que el Prior de la Cartuja de Rascafría era muy ladino y bajo esa cobertura de hombre humilde había un individuo astuto que se escabulliría como pudiera. Por eso le habían dicho que fuera a verle el primero de todos, para cogerle desprevenido, antes de que le dieran la noticia desde otros conventos o incluso desde el mismo Arzobispado. Este hombre era verdaderamente inteligente, porque no parecía sorprendido en absoluto y su reacción había sido muy fría. Habría que medirlo bien.

-Como usted sabrá, Ca-ba-lle-ro -y pronunció esta última palabra deteniéndose en cada sílaba, para hacerle ver que era una mofa -el Señor Gobernador representa la única autoridad legítima en la provincia, ya que es el delegado del Gobierno de la Nación. A su vez ha delegado en el Intendente de Hacienda para esta tarea. Me ha encargado personalmente transmitirle que tienen usted y sus... —se detuvo un segundo, pensando la palabra adecuada para zaherir al personaje que tenía delante -compañeros, dos horas para desalojar el monasterio con y sólo con, sus efectos personales, que serán comprobados a su salida.

-Como usted también sabrá, Caballero —repitió intencionadamente el Prior sin el retintín de la última palabra, para demostrar que ya no le era necesaria la mofa para estar por encima -este Monasterio es de la Orden de San Bruno, como lo ha sido durante los últimos cuatrocientos cuarenta y cuatro años y lo seguirá siendo hasta que el Decreto del Gobierno sea sancionado por la Reina Gobernadora. Todos los años recibimos a ciertos individuos que vienen reclamando hipotéticos derechos sobre las propiedades de la Orden, ciertamente apetitosas para los ambiciosos. Incluso hace apenas unos meses vino a vernos un compañero suyo para exigir de nosotros lo que usted pretende ahora, a tenor del Decreto del Conde de Toreno de disolución de las comunidades de religiosos cuyo número no superare los doce miembros. Su compañero tuvo que certificar que esta comunidad tiene treinta y cuatro miembros este año, por lo que pidió disculpas por el error y salió por esa misma puerta – la señaló.-Pero mire, vamos a hacer las cosas bien. Como estamos a cubierto, aparte de estar en un recinto sagrado y por simples formas de urbanidad, primero le ruego que se descubra y después le pido que me muestre el documento que acaba de leer y que espere a que yo lo lea también.

El emisario, Sr. Bermúdez, se quitó el sombrero al escuchar las palabras del Prior. Sin decir nada se llevó la mano al bolsillo interior de la chaqueta, extrajo la carta doblada y se la tendió al Prior en un ademán brusco.

El Prior sonrió hacia dentro, deleitándose en su triunfo, desplegó la carta y la ojeó brevemente. Después se la tendió al Sr. Bermúdez que, sorprendido por la rapidez, la recogió, dobló y guardó de nuevo.

-Pues sí, lo que yo pensaba –respondió el Prior. –Parece que tiene usted la autoridad suficiente para presentarse en nombre del Señor Gobernador –el Sr. Bermúdez pareció relajarse. -Pero –el emisario volvió a ponerse tenso -esta notificación, aunque formalmente entregada, no tiene efectos inmediatos porque debe ser sancionada por la Reina Gobernadora María Cristina, para convertirse en Real Orden, como le he indicado. Comprobará usted que en el documento no se hace mención alguna a fecha de entrada en vigor y únicamente consta que el Gobierno preparó el pasado día once de octubre el Decreto de Exclaustración. Por consiguiente, le agradezco la cortesía de comunicarnos la intención de las autoridades y le ruego venga de nuevo por aquí cuando tal intención sea una decisión firme.

-¡Pero Señor, yo tengo instrucciones de ordenar y ejecutar el desalojo de este -Monasterio de inmediato! –replicó un tanto descompuesto el emisario.

-El Prior dejó pasar unos segundos y sin dejar de mirarle fijamente a los ojos, bajó la voz y respondió, muy calmadamente: -Pues dé por cumplida su instrucción y salga usted de aquí. Le informo que la autoridad dentro de estas paredes soy yo y le estoy pidiendo con respeto y humildad que se marche.

-¡Y yo le respondo que por orden del Señor Gobernador tienen ustedes que desalojar el Monasterio ahora mismo y si no lo hacen de buena gana, tengo un retén de guardias ahí fuera esperando mis instrucciones para sacarlos por la fuerza! ¡usted elige!

-No, -volvió el Prior a bajar la voz casi al nivel de un susurro sin dejar de mirarle -es usted quien debe elegir. Usted Sr. Bermúdez, que antes de trabajar para el Sr. Intendente estuvo como secretario de los Marqueses de Pombo, en su residencia de Porquerizas. –El emisario fue mutando el color de su rostro, del morado de indignación hacia el pálido mortecino. -Allí sufrió usted la tentación de hurtar unas joyas que la Sra. Marquesa había dejado un día en su gabinete y pecó, pero además fue sorprendido en la puerta por los guardias del Sr. Marqués que con su tradicional caridad cristiana renunció a denunciarle y le dejó marchar, naturalmente sin su botín, pero con la condición de no volver jamás a verle y ¡vaya por Dios!, habiéndole hecho firmar a usted un documento de arrepentimiento que, por azares del destino, está siendo enviado al Sr. Intendente mientras estamos hablando. Si no remito una instrucción al correo que porta dicho documento, tenga usted por seguro que el Sr. Intendente lo tendrá en su poder antes de las ocho de esta tarde, mucho antes de que pueda usted, o quien usted ordene, llegar a impedirlo.

El Sr. Bermúdez abrió los ojos y la boca aturdido por la sorpresa. ¡No podía creérselo! Se sintió acorralado, perdido, de nuevo con la nauseabunda sensación de que perdía el control de su vida. ¿Cómo habría sabido lo de los Marqueses? Había entrado de joven a su servicio y llegó a ser secretario personal del Marqués. Pero éste lo trataba como si fuera un gusano, despreciando su labor y ridiculizándolo constantemente delante del resto del servicio y de sus amigos. Bermúdez aguantó mucho tiempo pero un día en el que el Marqués había sido especialmente cáustico con él, decidió vengarse cogiendo un collar de perlas y unos pendientes que la Marquesa había dejado en el gabinete, convencido de que le echarían la culpa a una joven limpiadora que acababa de entrar a trabajar en la casa y que aún no gozaba de toda la confianza. Pero la casualidad quiso que el propio Marqués acudiera al gabinete justo cuando Bermúdez escondía el collar y los pendientes en el bolsillo del pantalón. El Marqués, hombre inteligente y despierto, observó la acción pero no dijo nada y aparentó indiferencia. Más tarde, instruyó a la guardia de la puerta para que a su salida, el Sr. Bermúdez fuera meticulosamente registrado. La guardia encontró las joyas, informó al Sr. Marqués y éste hizo conducir al Sr. Bermúdez a sus aposentos. El pobre diablo, desesperado al verse descubierto, juró que recogió las joyas para dárselas a la ama de llaves para guardarlas y las había olvidado en su pantalón. El Sr. Marqués le respondió que le había visto cómo furtivamente guardaba ese pequeño tesoro, no para entregarlo, sino para sacarlo de la casa y venderlo. Le amenazó con la justicia penal, cuya pena implicaba al menos cuatro años en prisión y la publicidad del delito. El Sr. Bermúdez, desecho, le suplicó que lo perdonara, que haría lo que fuere menester, pero que lo perdonara.

El Sr. Marqués se apiadó del pobre hombre y decidió renunciar a denunciarle, pero resolvió hacerle firmar ese documento que lo incriminaba, por si hubiere de hacer uso del mismo en el futuro. Después lo despidió con lo puesto, haciéndole prometer que nunca más volvería a cruzarse en su vida. Después de esto, Bermúdez sirvió en dos casas de

Valladolid, para regresar a Madrid recomendado por su último señor, que conocía al Sr. Del Castillo, recién nombrado Intendente de Hacienda de Madrid. Este lo asignó a la unidad de alguaciles, en la que trabajaba desde hacía casi un año.

-Pero, ¿cómo sabía usted que yo venía a desalojar el Monasterio? Y, ¿cómo ha conocido de la existencia de ese documento? Y si lo que dice es cierto, ¿cómo puede impedir que el Sr. Intendente lo lea, si no hay tiempo para volver hasta Madrid antes de esa hora?

-Sr. Bermúdez, cuando el Señor está al lado de uno, todo es posible. En cuanto a mis instrucciones, tenga usted por seguro que, si abandona el Monasterio ahora mismo, llegarán a tiempo; verá usted una paloma blanca, que como sabe es el símbolo del Espíritu Santo, sobrevolar sus monturas en dirección a Madrid. Es más, de ahora en adelante, todos los días debo enviar instrucciones de no entregar el documento; si no, irremediablemente éste llegará a su superior antes de que usted pueda hacer nada.

-¿Cómo sé yo que esto no es un burdo engaño, urdido por usted con el Marqués, para hundirme de nuevo, impidiéndome cumplir con mi cometido?

-Porque se lo digo yo, Sr. Bermúdez, que sé desde antes que usted mismo lo conociera, que vendría a verme con ese comunicado. Y en cualquier caso le reitero que es usted quien elige. Si desea creerme o no, es cosa suya. ¿Qué decide, desalojamos el Monasterio o se va usted sólo, con la guardia de ahí fuera, naturalmente?

El Sr. Bermúdez paseó nervioso por la sala y después, acercándose a la puerta, se volvió hacia el Prior y apuntándole con el índice de la mano derecha, le espetó: -¡Me voy, pero usted sabe que el desalojo es inevitable! ¡Si un día aparece ese infeliz documento por la mesa del Sr. Intendente o del Sr. Gobernador, le buscaré a usted hasta en el infierno para sacarle las tripas con mis propias manos!

El Prior sonrió y le respondió: -Sr. Bermúdez, tenga por seguro que entiendo que la expropiación es cierta y que en pocos días será efectiva. Sepa también que, mientras se comporte usted con la debida corrección en sus quehaceres oficiales yo seguiré controlando su testimonio de arrepentimiento. ¡Y por último, no sé si yo iré al infierno cuando Dios lo decida, pero rogaré por usted para intentar evitárselo!

El emisario no respondió, abrió la puerta, salió y la dejó cerrarse con un portazo. Desde dentro, el Prior le oyó decir al capitán de la guardia: -Nos vamos, Capitán. Ya están informados estos curillas. Vamos, que hay que regresar a Madrid.

El Prior suspiró, echó el pestillo y el cerrojo de la puerta de entrada y salió del vestíbulo para volver al claustro. Al cruzarse con el Hermano portero, que regresaba de atender la meditación de los novicios, le dio un papelito enrollado y atado con un cordel y le indicó que fuera al palomar y soltara una paloma blanca con ese mensaje. Después entró en su celda y corrió el cerrojo.

Capítulo 2

Las Palmas, siglo XXI

Lucas Goldsmith trabajaba en el Departamento de Atención al Cliente de Laboratorios Belkar, en Las Palmas de Gran Canaria. El trabajo no era gran cosa pero en este momento Lucas tampoco pedía mucho. Vivía en un apartamento de un dormitorio en la plaza de la Feria, en pleno centro de la ciudad y desde el balcón podía ver el mar y la entrada al puerto de la Luz. La vista era especialmente llamativa por la noche porque los grandes barcos mercantes que no querían pagar las tasas de puerto anclaban en la bocana y podía distinguirse un abanico de estrellas en el horizonte, como un ornamento con el que el mar honraba a la ciudad que vivía de él.

Lucas no era canario. Había llegado un año antes cuando aceptó la oferta de los laboratorios. En aquel momento estaba cansado de dar vueltas por la vida. A sus treinta años, había sido voluntario en el ejército como boina verde y después estuvo trabajando en una empresa de seguridad como Jefe de Servicios. Tuvo que vivir algunos meses en Inglaterra, en Estados Unidos y en México, organizando los servicios de las compañías de seguridad que la suya iba adquiriendo, hasta que le aburrió tanto el trabajo que cuando a través de un amigo entró en la selección de un Responsable de Atención al Cliente para los laboratorios, pensó que un nuevo empleo podía procurarle, ante todo, un aliciente nuevo en la vida, especialmente si ello suponía trasladarse de ciudad. Era huérfano, ya que sus padres habían fallecido cuando él era aún un niño. Sin familia directa, sus vecinos habían conseguido su custodia aunque él siempre conservó el apellido de su padre. Después, ya en la universidad, un accidente de tráfico se llevó a sus padres adoptivos. Como era mayor de edad, heredó la casa y suficiente dinero como para poder terminar sus estudios de Derecho sin dificultades económicas. No tenía muchos amigos, pero los pocos que conservaba desde su juventud lo eran de los de verdad, de aquellos que no hace falta ver para saber que siempre podrás contar con ellos. Quizá por esa razón no se veían mucho y Lucas tampoco iba a echar de menos su relación.

Así que cuando le hicieron una oferta razonable la aceptó rápidamente, empaquetó sus cosas y llamó a una agencia de transportes para que llevaran sus escasos muebles a su nuevo destino. Al llegar a Las Palmas los laboratorios le habían alquilado un apartamento por un mes, hasta que encontrara una residencia a su gusto, pero a Lucas le encantó el apartamento y cuando terminó ese mes, renovó el alquiler por un año y se quedó.

La zona en la que vivía era, según su opinión, la mejor de la ciudad. Las Palmas tiene tres focos principales: el casco antiguo de la ciudad, alrededor de la Catedral, llamado Vegueta, el Puerto y la nueva zona de expansión, detrás de la ciudad alta, denominada La Minilla. Vegueta es un barrio muy bello, pero las casas son viejísimas y el área es un poco siniestra al caer el sol. El Puerto es sucio de día y peligroso de noche, como la mayoría de los puertos, pero en Las Palmas es especialmente desagradable: las calles están llenas de basura y de borrachos y las casas se resumen en ventanas, puertas y patios protegidos por rejas. La Minilla es una extensión de la ciudad hacia el interior, muy nueva y bien diseñada, con jardines y parques y bloques modernos. De todas formas la oficina de Lucas estaba en León y Castillo, abajo en la ciudad, entre el puerto y la ciudad antigua y llegar hasta allí con pleno tráfico desde la Minilla suponía al menos media hora. Lucas prefirió por tanto vivir a dos manzanas del trabajo, ir caminando, tomarse un café en el bar de debajo de la oficina y mantener el coche guardado en el aparcamiento durante el día.

Como responsable de Atención al Cliente su trabajo consistía en esperar hasta que un cliente llamaba a los laboratorios para preguntar por un medicamento y su forma de tomarlo, o para quejarse sobre la ineficacia de una medicina fabricada por el laboratorio. Cuando Lucas llegó, pretendió organizar un auténtico Centro de Atención al Cliente, al menos eso le habían comentado al aceptar el trabajo. Sin embargo, la empresa no se planteaba más que responder de forma pasiva a dudas o reclamaciones de clientes, bajo la fachada de un Departamento de Atención al Cliente. De hecho, Lucas era el Responsable de la Sección y a la vez el único integrante de la misma. Generalmente no había incidencias, excepto las que Lucas, previsoramente, organizaba para justificar su empleo.

Al cabo de la primera semana de trabajo descubrió que nadie llamaba y que, aparte de la imagen que la empresa buscaba con la publicidad de su dedicación a los clientes, realmente no había necesidad de cubrir el puesto con un profesional a tiempo completo. Todo había surgido porque el Gerente General, Heraclio Ramírez, que era también el mayor accionista de los laboratorios, había asistido a unas conferencias de marketing en las que se dio un gran énfasis al positivo impacto de una bien dimensionada Atención al Cliente. Pensó que su empresa debía aprovechar esta herramienta y encargó que se creara la función y se buscara a la persona adecuada. Como todo se conoce en la isla, no podía aparentar que el departamento existía; tenía que haber alguien dedicado y era conveniente que esa persona fuera peninsular, para demostrar que los laboratorios no escatimaban recursos en esta dedicación tan importante. De hecho, cuando Lucas llegó, estaban esperando los periodistas de La Provincia, Canarias 7 y Canarias Economía y Empresa, para hacerle la correspondiente entrevista. Además, tuvo que acudir a la radio y a dos emisoras locales de TV para explicar el proyecto que se ponía en marcha.

Los laboratorios acusaron una subida bastante significativa en sus ventas desde entonces y Lucas calculó que su salario de dos años había sido cubierto en apenas dos meses de crecimiento de la facturación. Así debieron pensarlo también en la dirección, porque aunque durante el primer mes no hubo necesidad de asistir a ningún cliente insatisfecho, todo el mundo le sonreía al cruzarse con él, e incluso el Gerente General le invitaba a menudo a almorzar al restaurante Las Rías Bajas, el más exclusivo de Las Palmas, donde, por cierto, acudía la crème de la sociedad de la isla.

Así pudo Lucas conocer a personajes tan relevantes como Alfonso Arbelo, el fulgurante constructor de gran parte del sur de la isla, Abelardo Cabrera, hotelero y propietario de la Cadena Buenavista-Kher, Aumar Higgins, dueño de la mayor distribuidora de automóviles de todo el archipiélago y Riquelme Marrero, del clan de los Marrero, con amplias conexiones en la banca, en la industria naviera y en la tabaquera.

No es que estas personas pasaran a formar parte de su círculo de amistades; claro que no. Sin embargo, Lucas pudo comprobar a lo largo de los meses que, en las sucesivas ocasiones en que coincidía con alguno de ellos (recepciones, conferencias en el Hotel Santa Catalina, inauguraciones de cursos de la Universidad o de las Escuelas de Máster privadas), aquellos sobresalientes personajes de la sociedad "canariona" buscaban algún momento para acercarse a él e intercambiar unos saludos respetuosos. Pensó que su reciente presencia en aquellos círculos provocaba una cierta curiosidad natural, pero esta relación continuó durante los meses siguientes, de modo que al final, Lucas asumió que era producto de las características isleñas de esta sociedad.

En cualquier caso, cuando Lucas descubrió que su papel en los laboratorios carecía de contenido práctico y se limitaba a ser una figura simbólica necesaria, se planteó una estrategia con dos objetivos: por un lado, procurar que sus funciones fueran indispensables al margen de su valor simbólico; por el otro, explotar su propia imagen en la sociedad canaria, para consolidar su posición y abrir alternativas profesionales fuera de los laboratorios, si en un futuro se considerara su puesto como amortizado.

En la vertiente laboral, decidió preparar llamadas de consumidores de medicamentos producidos por los laboratorios y de farmacéuticos que deseaban precisar tales y cuales efectos de una determinada fórmula. La idea le vino a través de un conocido, Pepe Alonso, que tenía un primo que regentaba una farmacia en Pedro Infinito. Lucas solía acudir los viernes a mediodía al restaurante Rías Bajas, a almorzar con el gerente de los laboratorios, Heraclio Ramírez. Como el Sr. Ramírez llegaba directamente de las instalaciones del Puerto, donde Belkar tenía unas oficinas, quedaban a eso de las dos y media en el restaurante. Lucas se dejaba caer antes de las dos y esperaba a su jefe tomando el aperitivo en la larga barra del bar, donde charlaba con los clientes habituales. Pepe Alonso era uno de ellos. De cincuenta y cinco años, alto, rubio y ojos azules, pertenecía a una de las antiguas familias de la ciudad, con mezcla de sangre alemaña, holandesa y española. Pepe tenía una empresa de seguridad electrónica cuya trayectoria era excelente debido a sus fuertes conexiones familiares y sociales con los grandes empresarios de la isla. Y, a pesar del bloqueo psicológico entre islas, recientemente había abierto una sucursal en Tenerife, consiguiendo un jugoso contrato con la empresa local de transportes para la dotación de cámaras de vídeo en cada una de las estaciones importantes y terminales de su red por toda la isla.

Pepe Alonso, de hecho, se consideraba un rentista. Con una respetable herencia familiar que mantenía intocada en inversiones inmobiliarias en el sur de la isla, la empresa de seguridad electrónica había ido creciendo y le proporcionaba un elegante sueldo mensual de casi seis mil euros netos, pagando además el alquiler del dúplex donde vivía en el edificio Gran Canaria en plena playa de las Alcaravaneras y los gastos de su automóvil, un elegante Lexus. Pepe era un asiduo de las Rías Bajas donde conversaba con todos sus amigos y conocidos y donde conseguía, tarde o temprano, un nuevo cliente, razón por la que las cuentas, nada despreciables, generadas en el restaurante, las pasaba a la empresa, como gastos necesarios para la expansión del negocio. En fin, Pepe no sabía qué hacer con su dinero y solía viajar los viernes por la tarde bien al sur o a otra isla del archipiélago, bien a la península para cambiar de aires durante el fin de semana. Entraba en las Rías Bajas a la una o una y media, se tomaba primero una cerveza para apagar la sed y después pasaba a los vermuts, acompañados de unas tapitas de gambas a la plancha, papas con mojo y longorones (chanquetes), mientras iniciaba sus conversaciones con los contertulios de la barra. Tenía mesa reservada en el saloncito de la izquierda, el más discreto del restaurante, para las dos y media y Juan, el maître, disponía dos botellas de un cabernet chileno, Don Melchor, que era el favorito de Pepe, en cuanto le veía entrar por la puerta, cuyos tapones le llevaba a la barra para que diera su aprobación ritual.

Pepe Alonso no solía tener acompañante previsto en su mesa, pero siempre quedaba preparada para dos personas a menos que en el instante de pasar al salón indicara que iba a almorzar solo, lo que raramente ocurría, o con más de un invitado y un servicio o dos más eran colocados en la mesa en segundos. A Pepe le encantaba la improvisación del momento y disfrutaba de su aperitivo en la barra escogiendo mentalmente al o a los que le acompañarían al yantar, descubriendo de soslayo en sus conversaciones si éste o aquel habían quedado ya para comer o estaban a lo que fuera.

Al pasar a la mesa, Pepe, con esa mentalidad germánica que aunque conocida por todos, buscaba enfatizar, se sentaba de espaldas a la ventana, mirando hacia el interior del salón y la puerta de acceso al mismo en una disposición que le permitía ver todo lo que ocurría sin que los demás pudieran reparar fácilmente en él. Exigía que el vino estuviera ya en el decantador, que el agua, de Firgas por supuesto, tuviera la temperatura adecuada y que el camarero, en su presencia, le diera el último repaso a sus cubiertos con un paño impoluto. Solo tomaba un plato, según la provisión del restaurante, mero, merluza, salmón o rodaballo, a su gusto, pero no le importaba esperar a que sus compañeros de mesa dieran cuenta de un primer plato, mientras él remataba las tapas de la barra y comenzaba a saborear ese excelente vino chileno, que él mismo se hacía traer y que mandaba por cajas al restaurante, permitiéndole a su dueño ofrecerlo al público en general, para repartir a partes iguales el beneficio, a cambio de consumirlo él sin cargo.

Su conversación era muy simpática. Pepe no carecía de mundo y se sabía al dedillo los chistes más ocurrentes y los últimos rumores de la sociedad canaria y cuanto más bebía, más divertido se volvía. En ocasiones, hasta los comensales de las mesas cercanas reían a carcajadas sus ocurrencias y hubo alguna vez que el salón se convirtió en un auténtico espectáculo con las sillas giradas para atender mejor a Pepe.

Y cuando terminaba de comer pedía una copa balón con dos hielos, que movía en sentido contrario a las agujas del reloj, refrescando así el cristal durante varios minutos y luego él mismo vertía un malta, generalmente Johnny Walker etiqueta verde, después de volcar los hielos en la taza vacía del café. Saboreaba lentamente el whisky, a pequeños sorbos que mantenía en la boca unos segundos antes de tragar. Y muy de vez en cuando, escogía un puro, Condal del 5, de la caja que el camarero le ofrecía.

Por fin, allá a las cuatro y media o las cinco, el chófer de la empresa le recogía en la puerta y le ayudaba a entrar en el coche, que le llevaba a casa o al aeropuerto, según el plan del fin de semana. Si volvía a casa, se acostaba a dormir la siesta hasta las ocho o las nueve. Al levantarse, se refrescaba la cara, se cambiaba de ropa y salía a pasear hacia el hotel Santa Catalina, en cuya terraza se sentaba a tomar otro maltita y a saludar a los conocidos. Cerraba el día, si se notaba fresco, en la terraza del pub de su amigo Nico, en la plaza de la Victoria, escuchando música y viendo a las mujeres pasear sus modelitos de viernes noche por la plaza.

Y el sábado se levantaba relativamente temprano, a eso de las diez, cogía sus cosas y se iba al sur, a la playa. Le gustaba especialmente la de Amadores porque su arena blanca y sus aguas tranquilas le hacían sentirse en el Caribe. Preparaba su toalla y se tumbaba a reponer fuerzas hasta el mediodía, entrando y saliendo de pequeños sueños interrumpidos por gritos de niños a su lado o el pasar de hermosas rubias en topless. Al comenzar a sentir hambre, recogía los bártulos y se acercaba a Los Pescadores, en San Agustín, donde comía su pescadito a la plancha regado con un buen Grifo fresquito de Lanzarote. La tertulia de la sobremesa allí, frente a la playa, solía ser en alemán, con los turistas de las mesas próximas, idioma que Pepe dominaba por haber estudiado desde pequeño en el colegio alemán de Las Palmas. Después volvía a su casa y el sábado por la noche se bajaba al Club Náutico a tomar unas copas con los amigos. El domingo sólo salía de casa para desayunar y comprarse los periódicos del día y quizá a pasear un rato por la playa de Las Canteras. El resto del día se quedaba dormitando en el sofá escuchando música y viendo alguna película en el enorme equipo de TV del salón.

Pepe Alonso era soltero y ejercía de tal pero fuera de Las Palmas. Nunca se le veía con amigas y tampoco ligaba mientras estuviera en su ciudad. Sin embargo era un playboy en el sur y naturalmente, cuando viajaba fuera de la isla. Pero muy rara vez se llevaba a una chica a su casa. Si había oportunidad de cama, prefería alquilar una habitación en cualquiera de los hoteles del sur, desde San Agustín hasta Puerto Mogán y complementar la acción con unas nadaditas en la piscina del hotel y una buena cena. No quería compromisos y prefería cortar con una chica cuando ésta pedía algo más que unas risas y sexo, que complicarse la vida. Y a pesar de su desenfreno de los fines de semana tenía una escultural figura que cultivaba con ahínco de lunes a jueves en el gimnasio de la calle León y Castillo, cerca de la Plaza de la Feria, dos horas diarias. Además solía salir a correr por la Avenida Marítima temprano en la mañana, a las siete, cuando empezaba a amanecer y el sol naciente provocaba cambios en las brisas que el mar proyectaba contra la ciudad.

Era un auténtico vividor. Lo había sido siempre y ahora que su empresa estaba consolidada y no necesitaba dedicarle más horas que las de relación social para conseguir más contratos, mejor. El deseo íntimo de Pepe era llegar a un nivel de facturación y una cartera de clientes tan representativa que cualquier multinacional del sector le compraría el negocio por unos cuantos millones de euros. Pepe se encargaría de aparecer en todos los medios anunciando esta venta, para cubrirse de la gloria final del que, a pesar del capital familiar, ha conseguido emular a sus antepasados con sus propias capacidades. Después, se retiraría a vivir de sus rentas mezcladas con las heredadas.

Pepe Alonso conoció a Lucas Goldsmith en la barra del bar del Rías Bajas. Era un peninsular, tanto en su imagen como en su marcado acento, pero parecía simpático y nada prepotente. Le observó mientras se tomaba una cerveza y leía el periódico y vio llegar a Heraclio Ramírez, el de Belkar, que se acercó a Lucas y le saludó, indicándole que fuera con él a la mesa que tenían preparada. Al ver a Heraclio, le hizo una seña y éste se acercó a Pepe, dándole un fuerte apretón de manos. Así fueron presentados y Pepe conoció que Lucas era la más reciente baza comercial de Heraclio. A las pocas semanas, los dos se tomaban el aperitivo juntos en la barra y luego cada uno iba a su respectiva mesa, Lucas con Heraclio Ramírez y Pepe, con sus invitados.

Fue en una de esas conversaciones de aperitivo en la que Pepe le sugirió a Lucas que montara un esquema de llamadas de clientes, para darle la forma adecuada a su departamento y redondear su gestión. Incluso Pepe llamó al lunes siguiente, fingiendo ser un usuario que había comprado un medicamento del laboratorio en una farmacia y no estaba seguro de sus ingredientes y los efectos que pudieran causar. Cuando Lucas tomó la llamada, comprendió que desde ese instante pasaba a ser amigo formal de Pepe. Esa llamada fue adecuadamente registrada y un informe llegó hasta la cúpula de los laboratorios. La secretaria, Yaiza, le comentó después a Lucas que Heraclio estaba exultante y que se paseaba por los despachos de los directores con el informe en la mano, hinchado de orgullo porque su estrategia estaba funcionando. Ese viernes, corrió el champán en la mesa de Heraclio en Rías Bajas y cayeron unos buenos puros con el café y la copa.

Lucas vio que esa veta debía ser aprovechada y durante las primeras semanas se dedicó a recorrer las farmacias que adquirían productos de los laboratorios, presentándose como el nuevo responsable de Atención al Cliente. Les preguntaba a los farmacéuticos sobre los medicamentos, sobre las cuestiones que los clientes planteaban de ellos, en qué podían mejorar el servicio, en general, sobre todo aquello que provocara interés por parte de las farmacias. La estrategia funcionó, porque algunas de las farmacias se interesaron en solicitar más información y se estableció una pequeña línea de comunicación permanente con ellas, que fue muy apreciada por la dirección.

Ya hacía un año que Lucas cultivaba su trabajo y sus relaciones y vivía a gusto en Las Palmas. Trabajaba en Belkar hasta el mediodía, iba a comer a casa o almorzaba en alguno de los restaurantes de León y Castillo o de las calles colindantes. Después se tumbaba media horita de siesta y luego caminaba hasta la Escuela de Negocios, en Ciudad Jardín, donde daba clases lunes y miércoles de cuatro a seis de la tarde y jueves de seis a ocho. Los martes solía ir también, porque tenía a su disposición en la Sala de Profesores una zona de trabajo, con ordenador, conexión a Internet e impresora. Le hacía sentirse completo, cubriendo la faceta académica que siempre fue algo fundamental para él, además de dotarle de un sobresueldo que le resultaba muy conveniente.

El paseo le llevaba por la Plaza de la Feria, tan moderna, hacia la calle Molino de Viento, la del espectáculo de la prostitución, donde las mujeres están en la acera, a la puerta de los prostíbulos, mostrando su mercancía. A todas horas hay un ir y venir de coches, que incluso a la caída del sol y ya de madrugada se convierte en un pequeño atasco, cuando algunos de los interesados paran a charlar con las fulanas y valorar la calidad de su oferta. Lucas recorría únicamente la primera manzana y luego salía por una bocacalle a la paralela, más tranquila y adecuada para caminar. Por ahí llegaba a la plaza del Gobierno Autónomo y, subiendo por detrás del Hotel Santa Catalina, caminaba por las calles de Ciudad Jardín hasta la escuela.

En el camino, más de un día se encontraba a alguien conocido, porque Las Palmas no es una ciudad muy grande y las zonas de coincidencia, muchas. Cuando no era uno de sus alumnos, era alguno de sus compañeros del trabajo o un conocido del barrio. Con aquellos que no había visto desde la semana pasada al menos se paraba e intercambiaba unas frases de cortesía; si con alguno se había cruzado el día anterior, o un par de días atrás, simplemente se saludaban con un gesto y un "¡buenos días!" y cada uno seguía su camino.

La Escuela de Negocios ocupaba un chalet en Ciudad Jardín, o más bien, un complejo de cuatro chalets intercomunicados. La entrada era muy bonita, con un cuidado jardín con algunas palmeras y unos bancos. El edificio principal era una mansión edificada por un arquitecto inglés en los años veinte del siglo veinte, con una estructura central en tres niveles, un patio interior con un pórtico alrededor de una piscina y un antiguo frontón que había sido acondicionado como salón de actos por los propietarios de la Escuela de Negocios. Las clases se repartían por las diferentes cámaras del edificio, siendo la más agradable la que solía usar Lucas, una pequeña sala, con una capacidad de hasta doce personas y unos amplios ventanales hacia la piscina.

Lucas daba clase de Atención al Cliente, de Marketing y, puntualmente, ofrecía unos talleres de Técnicas de Presentación. Sus alumnos eran generalmente jóvenes universitarios o recién licenciados, de clase acomodada, que estaban haciendo un máster para engordar su currículum ante su primer trabajo. Por consiguiente, el nivel era elevado y Lucas disfrutaba impartiendo conocimientos. De hecho, era el profesor más considerado de la Escuela, el que obtenía los mejores resultados en las encuestas de evaluación de los profesores. Lo cierto es que Lucas sabía qué herramientas utilizar para asegurarse esa calificación por parte de los alumnos: explicaba que lo esencial en una presentación era ser claro y simple y buscar la confirmación de la audiencia y acto seguido aplicaba estas reglas a su propia explicación, así, los alumnos veían una continuidad perfectamente coherente entre su doctrina y su actuación, que reforzaba la impresión de consistencia.

A decir verdad, la Escuela le había indicado que quería contar con él para unos cursos de Marketing en la República Dominicana, mediante un concierto firmado con una Universidad de aquel país. Lucas estaba muy animado ante esta posibilidad, porque le daría una gran ocasión para disfrutar de sus vacaciones en ese paraíso caribeño y la vez aumentar su prestigio personal en la Escuela y su bolsillo.

Por eso se tomaba muy en serio su actividad académica y procuraba dejarse ver lo más posible en el recinto de la Escuela, cosa muy práctica, por otro lado, porque era un buen lugar para pasar las tardes calurosas. En la Sala de Profesores coincidía, además, con algunos colegas que tenían cierto renombre en sus respectivas profesiones, como Fernando Quintana, Vicepresidente de la Federación de Hosteleros de España, o Fernando Valcárcel, importante funcionario de Costas en Las Palmas. Lucas no tenía un interés profesional en esas relaciones, pero entendía que eran contactos interesantes para ser cultivados, especialmente en una isla como Gran Canaria, con su reducido tejido empresarial y social.

En fin, la vida de Lucas en Canarias era, como puede verse, una combinación de tranquilidad y mesurada actividad, que producía en él la agradable sensación de una felicidad contenida.

Capítulo 3

El Paular, 1835

Dos días después el Prior recibió otra visita. Era un hombre alto, apuesto, de unos cincuenta años, de pelo gris y manos huesudas, que había llegado al Monasterio a caballo. El Prior le saludó con un abrazo y cogiéndole suavemente por el codo, lo llevó hasta el claustro, alrededor del cual fueron paseando.

-Querido Fernando —dijo el Prior, -todo ha ido exactamente como lo calculaste. Tu emisario reaccionó como esperábamos. Tuve que sacar a colación el detalle del documento de contrición, pero aceptó retirarse con la guardia.

-Mi querido amigo. —respondió el visitante -ya sabes que sólo hemos ganado tiempo porque la decisión está tomada y ni siquiera el Santo Padre puede hacer nada para impedir que se cumpla. Lamentablemente las fuerzas laicas han tenido grandes facilidades últimamente por culpa de la cerrazón de la Iglesia y la falta de unión de las órdenes religiosas. Además, ni León XII, ni Pío VIII ni ahora Gregorio XVI han hecho nada por abrirse a esta transformación de la sociedad que empezó ya hace sesenta años con la independencia de las colonias inglesas de América, fructificó en Europa con la revolución de nuestros vecinos franceses y desde la expulsión de Napoleón de España se presenta con fuerza en nuestro país. Ya sabes que yo opino que esta transformación es positiva y además inevitable y que hubiera sido mucho mejor que Fernando VII la hubiera acompañado y por supuesto, que la Santa Sede la hubiera asumido desde el comienzo, porque era la única que podía ordenarla y conducirla para evitar los excesos que ahora estamos sufriendo. Y lo que es peor, según me ha dicho el Gobernador, detrás del decreto de exclaustración de las comunidades religiosas viene otro de expropiación de los bienes del clero secular y la prohibición a los religiosos para ejercer a título particular como educadores. Incluso se me ha dicho que se va a prohibir a los religiosos el uso del hábito.

-¡Santo Cielo! −exclamó el Prior, llevándose ambas manos al rostro. -¡Qué va a ser de este país a partir de ahora! ¡Tierra de santidad sobre la que se echa sal para que no fructifique! ¡El asesinato de sacerdotes y religiosos el año pasado, la quema de conventos, la expulsión de los jesuitas, el decreto del conde de Toreno hace unos meses y ahora, nosotros también! ¡Y lo que viene aún es peor!

-Creo que ni tú ni yo podremos hacer nada por la Iglesia en los próximos años, pero sí algo por este país. Al menos, mientras los radicales sigan en el Gobierno. Pero Mendizábal y los suyos, Olózaga incluido, no durarán mucho, auguro. Los conozco bien y ese frenesí destructor se volverá contra ellos ineludiblemente. Recuerda lo que ocurrió en Francia en la revolución, que se revolvió contra sus propios instigadores. El río volverá a su cauce. No olvides que la Iglesia es indestructible y su obra, aunque imperfecta, emergerá de nuevo en España tarde o temprano. En cualquier caso, éste no debe ser motivo de preocupación para nosotros hasta que hayamos resuelto el problema que nos ocupa.

-Tienes razón. Ven conmigo a la Sacristía. La campana está tocando a vísperas y los monjes estarán rezando en la capilla, así que nadie nos molestará. -El Prior levantó la mano para indicar al visitante que esperara un momento y se acercó al vestíbulo de nuevo, donde el Hermano portero estaba sentado en el banco, repasando el libro de oraciones. −Disculpa, Hermano Pedro −le dijo el Prior al portero. -Estoy atendiendo a nuestro invitado y no podré dirigir la oración; te pido que lo hagas tú en mi nombre. Me reuniré con vosotros más tarde en el refectorio. -Como dispongáis, Reverendo Padre. −respondió el Hermano portero, que se había alzado para escuchar al Prior.

El Prior dirigió al visitante a la sacristía, decorada profusamente, como el resto de la Iglesia, en un estilo barroco con fuertes tonos rojizos y dorados, de influencia directa andaluza.

Tomó una silla, la acercó al armario de las vestimentas, se subió en ella y alcanzó con la mano el borde superior del armario. Tanteó hasta encontrar una irregularidad, de la que desprendió una cuñita de madera.

Se quitó el escapulario que colgaba de su cuello y tomándolo introdujo con cuidado en la rendija dejada y lo empujó hacia dentro. De repente se deslizó un pequeño cajón muy cerca del canto superior del armario.

Del cajón sacó despacio un librillo negro con un cierre especial a modo de lacra y con reverencia se lo pasó al visitante, que lo recogió con ambas manos y se quedó mirándolo con veneración.

El prior guardó silencio durante unos instantes. Después, bajando más la voz, le susurró a su interlocutor, -¿Qué vamos a hacer con el códice?

El visitante se lo quedó mirando. El Prior esperó. Finalmente el otro respondió: -Me lo llevaré yo a mi casa de Aranjuez ahora. Es un grave riesgo, pero es la mejor opción que nos queda. No puede quedarse aquí, eso es obvio y tampoco lo puedes sacar tú o uno de tus monjes porque os registrarán el equipaje a la salida.

-Estoy preparando una ruta para sacar alguna de las joyas oficiales del Monasterio, cuadros, cálices, ya sabes. Quizá podríamos ocultarlo en el doble fondo del pedestal de un relicario, por ejemplo y sacarlo por ahí.

-No, el códice no puede dejar de estar a la vista de uno de nosotros en todo momento. Pueden apoderarse de él si no lo vigilamos permanentemente. Además, he venido para llevármelo personalmente. Es lo mejor.

-Como dispongas —respondió el Prior, inclinando la cabeza en señal de respeto.

Se escuchó algo apagada la campana del Monasterio, llamando a los monjes al refectorio. El Prior invitó al visitante a salir de la sacristía y seguirle. Ya era noche cerrada.

-¿Crees que podrás dejarlo todo listo en los días que quedan? No puedo retrasar la posesión del Monasterio mucho más sin levantar sospechas. -preguntó el visitante al Prior.

-No te preocupes, Fernando, tenemos tiempo suficiente. No debes hacer nada más que pueda comprometerte; por tu propio bien y por el fin que perseguimos.

Alcanzaron el vestíbulo y el Prior abrazó fuertemente al visitante.

-Cuando salgas acude, como hemos quedado, a mi residencia de Aranjuez. Allí tendrás tu casa de ahora en adelante y allí nos veremos en un mes. -El visitante susurró estas palabras al oído del Prior para que no las escuchara el Hermano portero y después salió del Monasterio. El Prior se quedó unos segundos en la puerta, observando al Excmo. Sr. Intendente de Hacienda de Madrid D. Fernando del Castillo coger su caballo, montarlo con gracia y alejarse por el sendero en dirección a Porquerizas y a Madrid.

Capítulo 4

Las Palmas, siglo XXI

Aquella tarde de verano hacía calor en Las Palmas. Como casi todos los días en los meses de Julio y Agosto se había levantado la "panza de burro", una cubierta nubosa sobre la ciudad que mantenía una alta humedad con bastante calor y sin sol hasta bien entrada la tarde. Lucas odiaba este fenómeno meteorológico porque, como todos los procedentes de la península, creía que en las Islas tenía que hacer un sol fantástico todo el año al estar tan cerca del Ecuador.

Al salir de Belkar fue a almorzar al Rías Bajas. Aunque era jueves había quedado a comer con Pepe Alonso porque éste quería comentarle algo importante. Cogió el coche en el garaje de su casa, salió por la calle Venegas a la Plaza de la Feria, pasando por Luis Doreste Silva y desembocó en la Avenida Marítima, que le llevó hasta la puerta del restaurante. Allí salió del coche y le dejó las llaves a Armando, el aparca que el restaurante había contratado algunos meses atrás para evitar las multas a sus clientes, que solían dejar sus coches en zona prohibida o incluso en doble fila delante del local.

Lucas suponía que Pepe iba a querer regar el almuerzo con un buen vino, aparte de las cañas de aperitivo y de la copa final, pero este jueves no tenía clases en la Escuela de Negocios porque ya había finalizado el curso, por lo que podría disfrutar plenamente del almuerzo y sus efectos colaterales.

Se acomodó en la barra en su lugar favorito en el recodo de la derecha, desde donde podía dominar todo el lugar y pidió a Andrés, el barman, una cerveza. Había dos peninsulares un poco más allá y el gerente de Canarias Empresarial, Rafael Selco, que estaba comiendo solo en la otra esquina de la barra leyendo el periódico. Le saludó desde su sitio lanzándole un "¡Qué aproveche!", que el otro agradeció con una media sonrisa de boca llena de comida.

Al poco rato apareció Pepe Alonso que pasó al lado de Rafael Selco sin verle, buscando a Lucas al final de la barra. Le sonrió al localizarle y acercándose le extendió una mano bien cuidada, que estrechó con fuerza.

-¡Lucas, ¡mi niño!, me alegro de verte! -le espetó, mientras hacía un gesto a Andrés para que le sirviera lo mismo que a Lucas. -¿Cómo te está yendo?

-Pues bastante bien, Pepe ¿y a ti?

-A mí genial. Ya te contaré, porque este almuerzo es para compartir contigo algo increíble que me ha ocurrido.

-¿Qué es? ¿Un rollo interesante este fin de semana?

-¡No chacho! No tiene nada que ver con eso. ¡A ver, Andrés! –gritó al barman. -¿Dónde están esas cervezas? ¡Y pon también una ración de pulpo a la gallega, pero sin papas! ¡Venga, que estás en el aire! -Después bajó la voz y le preguntó a Lucas: -¿Tienes planes para este fin de semana?

-La verdad, no tengo planeado nada. ¿Quieres que nos veamos el sábado o el domingo?

-¡No es eso, chacho! Por cierto, me he permitido llamar a Heraclio hace un rato para decirle que yo te necesitaba mañana porque estoy organizando una sesión de atención al cliente en el negocio y quería que tú la coordinaras. Le he dicho que a cambio hago que mi gente le revise el sistema de seguridad de la planta gratis. Y me ha respondido que no tiene ningún problema, incluso que puedes faltar el lunes, si no hemos terminado, siempre que estés disponible con el móvil por si reciben alguna llamada que tú debas gestionar.
-¡Pero, Pepe! ¡Cómo se te ha ocurrido eso! –contestó Lucas, verdaderamente asombrado por lo que acababa de escuchar. Lo cierto es que el plan parecía muy atractivo pero le pareció raro que Pepe no se lo

hubiera comentado a él antes de hablar con el jefe.

-No te preocupes, Lucas. Para Heraclio es un orgullo que yo necesite a uno de sus empleados. y aún más si ése eres tú. Y además, lo de la sesión de atención al cliente es sólo una excusa, porque te necesito para otra cosa.

El camarero les avisó que la mesa estaba lista y como ya habían dado cuenta del pulpo y las cervezas, Pepe condujo a Lucas al comedor, guiñándole un ojo a modo de saludo a Rafael Selco, que ya había terminado su aperitivo y estaba recogiendo las vueltas de la cuenta.

En el comedor apenas había dos mesas ocupadas. Los jueves la asistencia era más reducida que los viernes. Pepe se sentó en su lugar habitual y Lucas ocupó la silla opuesta, dando la espalda a la entrada del comedor pero de cara a la entrada del restaurante, ya que la pared que separaba este salón del resto del local era de media altura.

Pepe pidió a Alberto, el camarero, que trajera unos entrantes y sirviera el vino previamente decantado. En silencio probó el vino observando primero su color al trasluz inclinando ligeramente la copa. Saboreó el pequeño sorbo que dio, deleitándose en sus contrastes. Los ojos le brillaban aunque Lucas no sabía si era debido al placer de la cata o por el motivo que había causado este almuerzo. Cuando Alberto se hubo ido para traer los entrantes, Pepe invitó a Lucas a coger su copa y brindó:

-Lucas, por nuestro futuro, que en nada será igual a lo vivido hasta ahora.

-Pero bueno Pepe, ¿puedes decirme ya qué es lo que pasa?-contestó Lucas después del brindis.

-Pues sí. Esta tarde tenemos una reunión en el Hotel Reina Isabel con un extranjero, en concreto un inglés, que tiene un negocio que proponer. Es el representante de un grupo de inversores internacionales que quiere invertir en la isla y mañana iremos a Taurito porque da una fiesta allí junto con alguno de los otros inversores.

-¿Y qué pinto yo en esto, Pepe? Son tus contactos y tu negocio.

-Porque necesito que seas mi socio, Lucas. No puedo presentarme ante ellos yo solo. Sinceramente, no me puedo fiar de ninguno de los canarios que conozco y tú eres una persona que ha recorrido mundo, que da una imagen y, lo que es más importante, que piensa y le ve todos los elementos a un negocio como has hecho con tu trabajo. Además, tú hablas inglés perfectamente y puedes ser el socio ideal en este asunto.

-Bueno, si puedo echarte una mano, yo encantado —le respondió Lucas, mientras veía aparecerse delante de él una oportunidad para ganar algún dinero y romper el tedio.

Como si hubiera leído sus pensamientos, Pepe continuó: -Y si eres mi socio, lo eres para el trabajo y para la ganancia también, Lucas. Iremos a medias en los beneficios que pueda haber.

-Pues no me parece bien —le respondió Lucas, haciendo un silencio para servir las copas con el excelente vino chileno. Cuando hubo terminado, tomó la copa de Pepe y se la presentó, mientras cogía la suya con la otra mano. -Creo que lo adecuado es que yo colabore contigo, que lo haré encantado y ya está, porque la idea es tuya, los contactos también y seguramente tú te lo vas a trabajar mucho más que yo. Yo aparezco en esta escena como colaborador, desde mi punto de vista.

-Eres un tipo cojonudo, Lucas. Te llevarás la mitad porque tú también lo vas a trabajar y porque eres socio y no sólo colaborador. Y no se hable más, ¡brindemos por el negocio!

Brindaron y saborearon el vino y continuaron hablando el resto de la comida sobre el bien y el mal, las mujeres y las oportunidades de negocio que caen del cielo. En la sobremesa pasaron al malta y uno de los puritos de la caja humidora del restaurante y a eso de las cinco se levantaron, habiendo pagado Pepe en efectivo la cuenta del almuerzo y salieron paseando en dirección al hotel Reina Isabel, en la misma playa de las Canteras. A Pepe se le veía entusiasmado, mientras que Lucas se dejaba llevar por el estado de ánimo de su amigo, pero con un punto de cautela, porque le parecía bastante prematuro fantasear con algo que aún no había sido si quiera planteado.

Llegaron al Hotel y cruzando su recepción salieron a la terraza que se abría directamente a la playa. A esa hora de la tarde no había muchas mesas ocupadas, tan sólo dos o tres con turistas y la que Juan Oramas tomaba como una extensión de su despacho. Cuando a Pepe le propusieron el hotel Reina Isabel como el punto de la reunión con el inglés, dudo un instante por este motivo, ya que Juan Oramas era un personaje que olía el dinero a distancia. Era un canario puro, criado en el puerto, a menos de dos manzanas de distancia de allí, en una pobre familia de pescadores. No había ido a la escuela de chico y aprendió a leer ya entrado en los cuarenta, en una de sus estancias en la cárcel.

Juan Oramas empezó a trabajar a los doce años con su padre y sus tíos en la barca y continuó haciéndolo durante años hasta que al volver de la mili, uno de sus amigos pescadores le comentó que había una mercancía que daba bastante más dinero que la pesca y era el con-trabando de droga. Juan, que era muy espabilado, sopesó los riesgos y calculó que a pesar de ellos podía ganar en un par de años lo que no le daría toda una vida de pescador y se enroló en la flota de contrabando. El proceso era simple porque se limitaba a salir de noche cuando recibía el aviso, bordear las Negras y seguir rumbo norte hasta unas cuatro mi-llas de la costa, donde esperaba el barco con el cargamento. Los fardos se pasaban rápidamente a la barca y ésta regresaba a puerto pero des-cargando la mercancía un poco más al sur de las Canteras, donde hoy está el Auditorio Alfredo Kraus, en una vieja fábrica de hielo que tenía un embarcadero protegido y cubierto. Y después, de vuelta a la playa y a la cama, al despuntar el sol, con los bolsillos un poco más pesados porque el pago se hacía contra la entrega de la mercancía y en efectivo.

Juan Oramas empezó a ganar dinero, lo que le permitió salir de la casa familiar y comprarse una casita en la calle Luis Doreste Silva y casarse con su novia de toda la vida. Sin embargo, le entró también el gusanillo de la ambición y después de los primeros trabajos se planteó pasarse al negocio del transporte de la droga desde África. Como tenía conexiones en el antiguo Sahara español porque la mili la había hecho allí, consiguió que le pasaran un cargamento relativamente importante. Alquiló un barquito en Agaete y una noche de nubes completó el trayecto, trayendo la droga hasta cerca de la costa; sus propios amigos fueron los que con sus barcas pasaron los fardos hasta la vieja fábrica y él, cuando atracó en Agaete, se dirigió allí para cobrar por su trabajo.

Esa mañana Oramas fue recibido en la fábrica como un triunfador por sus amigos pero el comprador del cargamento le avisó que su aparición como transportista no había gustado a los viejos jefes, que veían en él a un novato ambicioso que quería levantarles parte del negocio. Dentro del curioso código de honor de estos delincuentes se le dejó saber que por esta vez podría conservar el diez por ciento de lo obtenido pero que tendría que entregar el noventa por ciento a los jefes en concepto de multa por haberse inmiscuido en una tarea que no le correspondía. Y se le avisó que a la siguiente, no sólo perdería todos los honorarios sino también una mano, por tenerla demasiado larga. Juan Oramas aparentó pánico y su interlocutor le tranquilizó haciéndole ver que no pasaría nada mientras entregara ese noventa por ciento a "la dirección" personalmente. Por otro lado, su parte suponía la nada despreciable suma de dos millones de pesetas, lo que podía considerarse como una pequeña fortuna.

Por la tarde Oramas pagó a los jefes los dieciocho millones de pesetas de la multa y prometió que no volvería a transportar la mercancía desde la costa africana. Suplicó que le permitieran seguir descargando los fardos hasta la playa y los jefes le respondieron que no habría ningún problema, pues mostraba arrepentimiento, en dejarle trabajar como descargador, pero con un castigo de tres meses sin poder hacerlo. Juan Oramas aceptó el castigo y las aguas volvieron a su cauce.

Dos meses después, la Brigada Fiscal del Servicio de Aduanas interceptó un carguero con varias toneladas de droga en aguas internacionales y esa misma noche detuvo a los organizadores del transporte en varias redadas por toda la isla. El juicio se vio unos meses después y se condenó a los cabecillas a catorce años de prisión. Todos eran los jefes de Juan Oramas. De esta forma Juan tuvo el campo libre para retomar su actividad como transportista, cosa que hizo de inmediato. A partir de esto, su fortuna creció exponencialmente y fue reconocido como el "capo" de Gran Canaria. Naturalmente, con el paso del tiempo algunos se preguntaron cómo era posible que ni los de Aduanas ni la Guardia Civil fueran capaces de interceptar ninguno de sus envíos y los más atrevidos incluso se planteaban si Oramas no colaboró con las autoridades aquel día de las redadas como venganza hacia sus jefes.

El caso es que este rumor se fue extendiendo y llegó a oídos de estos personajes y un día de agosto de 1996, Oramas apareció en el fondo de un barranco encajado en su coche, cerca de la presa de las Niñas, magullado y con algunas costillas rotas, pero vivo.

Mientras estaba en el hospital, uno de sus antiguos jefes fue acuchillado en un alboroto carcelario y murió horas después. El hijo único de otro de ellos recibió una amenaza de muerte inminente si su padre no se avenía a un cese de hostilidades y ayudaba a convencer al resto y como el padre le vio las orejas al lobo, convocó a los demás mediante correos a llegar a un acuerdo con Juan Oramas, a cambio de una participación en los beneficios del negocio de éste durante los cuatro años siguientes. Después, Oramas debería abandonar la empresa para siempre, dejando el campo libre a "la familia". Juan, que no era tonto, accedió y durante el tiempo concedido fue acumulando una apetitosa fortuna que le permitiera vivir con un buen lujo el resto de su vida.

Unos meses antes de que expirara el plazo convenido renunció formalmente al negocio, pasando todos los contactos a un hombre elegido por la "familia" y con un acuerdo de respeto de su vida y su capital por parte de ellos. Después, invirtió parte de este capital en unos terrenos agrícolas adyacentes al pequeño e incipiente polígono industrial de Aginaga, asesorado por un vecino suyo, Paco Fresas, Don Paco, gerente del polígono y propietario de una fábrica de neumáticos allí instalada.

En poco tiempo los terrenos fueron recalificados ya que el Polígono estaba falto de superficie y vendió una parte de los terrenos por diez veces su coste al mismo Polígono.

A partir de entonces, Juan Oramas entró de lleno en la especulación inmobiliaria en las islas, pero especulación "dirigida", como él decía, porque no era cosa de comprar cualquier terreno o edificio para ver si se podía vender más caro, no, a él sólo le interesaban las propiedades que pudieran recalificarse fácilmente o aquellas que tuvieran un comprador asegurado por al menos el doble del precio a pagar por su compra original. Oramas vivía en una casa del Puerto, concretamente aquella que compró con sus primeros fondos ganados como descargador, pero tenía una villa en Artenara de más de mil metros cuadrados, con un enorme jardín alrededor, varias dependencias, una piscina de tamaño olímpico y debajo de ella, camuflado detrás de la depuradora, un búnker que ocupaba casi toda la extensión de la piscina. En él, manteniendo la temperatura y humedad, tenía fajos y fajos de billetes en estanterías metálicas por toda la pared que representaban los millones que había generado en dinero negro, tanto en sus años de "capo" como en el negocio inmobiliario. De hecho este dato era ampliamente conocido en el mundo del hampa local pero a nadie se le hubiera ocurrido intentar robarle, primero porque la villa estaba controlada las 24 horas por un grupo de diez vigilantes de confianza de Juan, parientes próximos suyos y por otro lado porque Juan Oramas y su fortuna estaban arropados por su viejo acuerdo con la "familia" y cualquiera que hubiera atentado contra alguno de ellos habría firmado su sentencia de muerte. Tampoco la policía pudo nunca encontrar ese escondite y el comisario jefe más de una vez comentó que este dato era falso y no representaba sino otra leyenda más de la isla. Lo cierto es que algunos policías alguna vez comentaron en un bar ya algo cargados, que no se había hecho registro alguno en la villa jamás y que un antiguo comisario había dado instrucciones tajantes, verbales pero tajantes, de no incordiar a Juan Oramas.

Efectivamente, Juan Oramas estaba en su mesa de la terraza del Hotel Reina Isabel aquella tarde y un sujeto con pinta de chulo de discoteca estaba sentado con él, vestido con un traje azul claro, corbata roja, con zapatos de color beige y repeinado con gomina, contrastando con Oramas, que como siempre, vestía un pantalón oscuro y una camisa blanca de manga corta, bien abierta para que pudiera verse la cadena de oro que llevaba al cuello, aunque lo más destacable eran la pulsera de plata de medio kilo de peso en la mano derecha y el reloj Rolex de diamantes, valorado en once millones de pesetas, en la muñeca de la izquierda.

Al pasar junto a él, Juan levantó la cabeza y saludó a Pepe alzando la mano del Rolex, mirando con detenimiento a Lucas. Pepe se encaminó a la mesa más alejada de Juan, junto a la barra del bar, cerca del paseo mismo y se sentó, seguido de Lucas, de manera que el inglés, cuando llegara, quedara entre él y Oramas. De esta manera sería más difícil para Oramas hacerse cargo de la conversación.

Pidieron una cerveza al camarero y esperaron, viendo pasar por el paseo a los caminantes. El sol estaba ya bajo, preparándose para descansar en el horizonte y el mar se veía en calma, de un color azul pálido que acompañaba a un cielo con una tenue capa de rojizas nubes vespertinas.

Lucas observó a un individuo que salía del salón principal del hotel a la terraza y buscaba con la mirada por las mesas. Intuyó que era el inglés, pero además lo parecía porque venía trajeado de lino color hueso, algo informal, sin corbata y era rubio.

El inglés se acercó a ellos y debía haber recabado información sobre el aspecto físico de Pepe porque se dirigió a él y en un perfecto castellano le preguntó: -Disculpe, ¿es usted el Sr. Alonso?

-Pepe Alonso, para servirle —respondió éste, levantándose y estrechándole la mano. Lucas hizo lo mismo. El inglés tomó asiento y pidió una botella de agua con gas, sin hielo en la copa, al camarero, que se había acercado a la mesa.

—Encantado de conocerles, señores y de poder reunirme con ustedes esta tarde – fueron sus primeras palabras cuando hubo tomado un sorbo de agua. –Me llamo Richard Flynn y antes que me hagan la obvia pregunta, les diré que sí, que hablo español perfectamente porque mi padre era español y mi madre inglesa, de la que llevo el apellido. Me he educado a caballo entre Inglaterra y España y por eso, a pesar de mi pinta tan "guiri", soy también español, al menos, de cultura.

—Pues esto hace las cosas más fáciles -respondió Lucas, pensando que si no era necesario como intérprete quizá Pepe pudiera prescindir de él.

—De todas formas -continuó el inglés –algunos de mis socios no hablan español, de modo que cuando estemos con ellos este fin de semana, las conversaciones tendrán que ser en inglés, al menos con algunos de ellos. ¿Ustedes lo hablan?

—Yo no. Sólo hablo español y alemán, –dijo Pepe –pero mi socio lo habla perfectamente y él me irá indicando de qué va la cosa.

—Bueno, pues estupendo. Vayamos al grano entonces. Represento a un club de inversores que desea invertir en propiedades en Gran Canaria. Nuestra inversión es de tipo a medio plazo, al menos dos o tres años, aunque si hay posibilidades de realizarla antes, con buenos beneficios, pues adelante. Queremos enfocarnos más en terrenos con posibilidades que en inmuebles; y en zonas de expansión turística, como Tejeda o Artenara, o las costas del oeste de la isla. Debo decirles que hemos estado mirando muy superficialmente, pero tenemos algunas ideas que querríamos contrastar con ustedes.

—Su objetivo –continuó, sin dar tiempo a responder -sería el localizar proyectos de inversión para nosotros y presentarlos al Comité de Aprobaciones del Club, del que yo soy portavoz, para su análisis y posible aprobación. Desearíamos tener al menos tres proyectos para ser presentados en un plazo de dos meses, con las características geográficas, análisis medioambientales, datos del ayuntamiento y posibilidades de cada proyecto y una ficha completa de sus propietarios actuales y pasados y de los de los terrenos o edificios adyacentes. Tengo un dossier completo en mi cuarto, que les entregaré este fin de semana si llegamos a un acuerdo favorable.

-Por su intervención como nuestros representantes en la isla, estamos dispuestos a pagarles unos honorarios de ochenta mil euros hasta la presentación de los proyectos dentro de dos meses, cubrirles los gastos de los profesionales que deban contratar para la revisión jurídica o técnica de las propiedades y la composición de los proyectos formales y darles una participación de un uno por ciento en los beneficios netos generados, si alguno de sus proyectos es aprobado y se materializa la inversión. Además, por cada proyecto aprobado que supere diez millones de euros de inversión, recibirán ustedes una cantidad adicional de cien mil euros, como premio a su trabajo.

-Antes de que digan nada, permítanme terminar mi exposición. Estamos hablando de proyectos de inversión de entre cinco y veinte millones de euros o, si lo prefieren, entre diez y veinte millones, aunque si un proyecto fuera suficientemente interesante, podríamos superar esa cifra. Sin embargo, preferimos diversificar, e invertir en dos, tres o cuatro proyectos simultáneamente. Queremos recuperar la inversión en un plazo de entre dos y cuatro años y obtener una rentabilidad media neta del veinticinco por ciento en ese plazo. Si la rentabilidad fuese superior, ustedes conseguirían un punto porcentual más como gratificación. Si cuando presenten los proyectos en el plazo mencionado no resultan aprobados, lo más seguro es que demos por terminada nuestra relación y cada uno por su lado. No obstante, habrán ustedes cobrado los ochenta mil euros, porque la mitad se la daremos este fin de semana, si mis socios los consideran adecuados para este trabajo y la mitad restante el día en que empiecen a presentar los proyectos, gastos aparte, naturalmente, como ya he mencionado. Bueno, lo fundamental esta dicho. ¿Qué les parece?

Hubo unos instantes de silencio en que Pepe y Lucas se miraron el uno al otro sin decir nada. Lucas no hubiera podido imaginarse esta proposición mercantil y se preguntaba qué pintaba él en esto, si cuatro horas antes ni siquiera conocía de este Richard Flynn y su club de inversión. En cualquier caso la presentación del negocio había sido deslumbrante y estaba encantado de que Pepe le hubiera metido en el ajo sin tener porqué. Pensó en esos segundos que esto era lo que complementaba su trabajo en los Laboratorios y las clases en la Escuela de Negocios, porque podía compaginarlo todo y si esto cristalizaba después, pues a centrarse en ello y dejar el resto de las actividades. De pronto se vio con unos cuantos cientos de miles de euros y una capacidad de maniobra en la isla que no hubiera soñado nunca. Pero tenía que asegurarse de que todo encajaba y que no había gato encerrado y por eso hizo su primera pregunta:

-¿Por qué nos está ofreciendo este trabajo a nosotros, Richard?

Pepe se le quedó mirando con los ojos abiertos dando a entender que no esperaba esta pregunta de Lucas pero no pudo hacer nada al respecto.

-Esperaba que me hiciesen esta pregunta. Porque un amigo mío canario residente en Londres me dio el nombre de su socio, Pepe Alonso, como una referencia de calidad para nuestro proyecto. Nos ha sido usted referido -dijo, mirando a Pepe a los ojos – como una persona de fiar, con buenas relaciones en la comunidad gran canaria, honrado e inteligente y esos atributos hacen merecer nuestro interés. Podíamos haber contratado uno de los tantos despachos de abogados que venden sus relaciones institucionales; por indicarles algunos, les diré que conocemos los de Luis Recarte, Tomás Suárez o Avelino y Asociados y que de hecho usaremos alguno de ellos para armar el tejido jurídico en alguno de los proyectos si resultan viables y ustedes están de acuerdo, pero queremos que nuestros representantes mantengan un perfil bajo de exposición pública para el buen fin de nuestras operaciones y esos despachos lo que garantizan es que todo el mundo sabrá de nuestro interés en cuanto pasemos el encargo. Ustedes mantendrán la discreción necesaria, si quieren aceptar nuestra oferta, claro está. Ah y en lo que se refiere a usted, Lucas, cuando Pepe accedió a mantener esta reunión le

citó a usted como su socio y hemos hecho algunas indagaciones que
nos han dado luz verde total. Digamos que nos interesa su experiencia
y su perfil profesional, aunque no haya sido un experto en temas inmobiliarios hasta ahora. No tenemos dudas que ambos serán capaces
de presentarnos propuestas atractivas para nuestros compromisos de
inversión. ¿Más preguntas?

Esta vez intervino Pepe: -Supongo que será usted nuestro interlocutor, ¿no?

-Sí, principalmente por mi doble nacionalidad y mi dominio del español y además, porque algunos de los inversores no desean ser conocidos, o más bien, reconocidos. Pueden ustedes hablar conmigo cuando lo deseen llamándome al móvil o a mi oficina en Londres. Tomen
—les pasó una tarjeta con sus coordenadas, en la que podía leerse:

Richard Flynn
Consultant
21 Bishopsgate EC12 1BP London
Tel. 0207 827 6333
Mob. 0653 44257

-Bueno -respondió Pepe, -creo hablar por los dos al decirle que
estaremos encantados de prestarles nuestros servicios, ¿no te parece,
Lucas?

-Por supuesto que sí —comentó Lucas —aunque, si lo he compren-
dido bien, su decisión no estará tomada hasta que el resto de sus socios
nos conozcan este fin de semana, ¿verdad?

-No será el resto del club, porque alguno de sus miembros no desean aparecer en público, pero conocerán ustedes al menos a otros
tres miembros y puedo decirles que sí, que tomaremos la decisión este
fin de semana, después de la reunión que celebraremos en Taurito. Por
cierto, sería magnífico si pudieran ustedes estar allí para la hora del aperitivo, es decir, hacia las doce del mediodía; ya saben que a nosotros los
ingleses nos gusta almorzar más temprano que a ustedes. Vengan ves-

44

tidos de forma casual, por favor y no se olviden uno o dos bañadores, porque las instalaciones del hotel son sensacionales.

-Bien, pues esto es todo por mi parte –continuó, juntando las manos en señal de dar por terminada la reunión –a menos que ustedes tengan alguna duda o alguna pregunta adicional.

-Realmente ninguna más, por ahora, -contestó Pepe –quizá mañana, cuando nos veamos en Taurito, podamos tener alguna.

-Perfecto, entonces nos vemos mañana a eso del mediodía en el hotel Costa Taurito. Pasaremos juntos todo el fin de semana, así que no hagan planes para el domingo tampoco. –Se levantó, estrechó las manos de Pepe y Lucas y regresó al interior del hotel.

Lucas observó que Juan Oramas fue siguiendo con la mirada al inglés hasta que desapareció tras la puerta de acceso al salón del hotel. Después, antes de continuar su conversación con su interlocutor, hizo una rápida pasada con los ojos por la mesa donde estaban Pepe y Lucas, como intentando comprender qué tipo de asuntos acababan de tratarse allí.

Pepe y Lucas pagaron la cuenta, salieron por la verja que daba a la Playa de las Canteras y fueron paseando hasta el extremo norte de la playa, la Puntilla, junto al pequeño restaurante que ofrecía como su producto estrella fresquísimos longorones con papas. Durante los primeros minutos pasearon en silencio, meditando sobre la reunión que acababan de celebrar. Lucas se recreó en pensar que, si salía bien, este negocio podía representar un giro completo en su vida. Su mitad suponía cuarenta mil euros para empezar, que le vendrían magníficamente para tener un colchoncito para gastos y ya pensaba en las comisiones si conseguían que les aprobaran un proyecto.

Pepe por su lado estaba repasando mentalmente los contactos que tenía en el sector inmobiliario, anticipando los posibles proyectos. Recordó a Amadeo Quintana, el constructor de un sector importante del sur, que fue compañero suyo en el Colegio Alemán y después sus vidas se cruzaron varias veces a lo largo de los años. Pensó también en Luis Ojeda, el arquitecto, que tan buen ojo tenía localizando apartamentos embargados para comprarlos y revenderlos unos meses después a varias veces su coste. Se acordó de Arbelo, Cabrera, Higgins y Marrero y especialmente le vino a la mente Eufrasio Pérez, de Peresan, cuyo padre había empezado con un pequeño negocio de asfaltado de caminos y ahora el hijo tenía un imperio inmobiliario con ramificaciones en las otras islas del archipiélago, la península, Cabo Verde e incluso Hispanoamérica.

-Interesante propuesta, ¿no te parece? —dijo Pepe por fin, cuando hubieron llegado a la punta norte del paseo.

-Ciertamente lo es, Pepe; es más, me parece apasionante y abre unas perspectivas fascinantes —respondió Lucas. -Lo único que me preocupa es que seamos capaces de encontrarles proyectos viables, que puedan cristalizar en una inversión. Bueno y en la imagen que tenemos que darles mañana, porque al fin y al cabo su decisión sobre nosotros se tomará mañana.

-Tienes toda la razón. Debemos irnos pronto a descansar para estar frescos mañana. Tengo una idea; si te parece, vamos al sur en mi coche, con el chófer. Te recogemos a las ocho de la mañana y paramos en Puerto Mogán para desayunar y darle unas vueltas a lo que se nos haya ocurrido, para centrar algunas preguntas que nos ayuden a ofrecer una imagen profesional. Nos damos una vueltecita por el puerto deportivo, para estirar las piernas y llegamos a Taurito a las doce en punto.

-¿Estás de acuerdo?

-Perfectamente Pepe, oye y gracias por involucrarme en este proyecto.

-No hay de qué. Mira, vistas las cosas, este negocio a mí solo me superaría. Es fundamental que seamos un equipo. Y ya he pensado que tú puedes continuar con tu trabajo en Belkar por las mañanas y nos vemos por la tarde para darle salida a este proyecto, ahora que es verano y no tienes cursos en la Escuela de Negocios. Mientras tanto, yo puedo utilizar las mañanas también y ver así a algunas personas que nos pudieran interesar.

Con esta conversación habían vuelto caminando hasta las Rías Bajas, donde Lucas tenía el coche desde el almuerzo. Lo recogieron, porque aún quedaban algunos comensales en sus dilatadas sobremesas y las llaves estaban a disposición de Lucas en la barra y llevó a Pepe hasta su casa, para después enfilar hacia la suya. Atardecía y el mar iba poniéndose de un color azul oscuro ensoñador. En el apartamento se tumbó en la cama, mirando a través del balcón abierto esa inmensidad azul tirando ya a negro, proyectándola hacia sus sueños.

Capítulo 5

El Paular, 1835

Durante los días siguientes el Prior dirigió con precisión las tareas de recogida de los objetos valiosos del convento.

Los monjes estaban doblemente nerviosos en general. En apenas unos días pasaron de llevar una vida contemplativa rutinaria a asumir que debían abandonar el Monasterio, por un lado y a organizar un zafarrancho por el bien de la Iglesia, por el otro. El Hermano Castro, un monje que llevaba cincuenta y cinco años viviendo en el Monasterio, enfermó gravemente y a pesar de las plegarias y los esfuerzos del médico de Rascafría, expiró dos días después. Fue enterrado en el patio, junto a los que reposaban allí después de una vida de servicio pleno al Señor. Los demás monjes una vez terminados los trabajos se reunieron con el Prior en el refectorio para recibir nuevas instrucciones.

-Hermanos míos —comenzó el Prior desde el púlpito del orador -ha llegado la hora de partir. Como os he comentado estos días, vuestro espíritu debe seguir siendo fiel a la Cartuja y a la Orden de San Bruno y aunque parezca que el mundo se desmorona, pensad continuamente que es una prueba de fe que nuestro Señor decide imponernos por la que tenemos que estarle agradecidos. Nuestra Madre la Iglesia existe desde hace casi dos mil años y lo seguirá haciendo hasta el final de los tiempos porque esta es la misión que nuestro Señor Jesucristo le encomendó al fundarla. Ha pasado por momentos mucho peores que éste pero con la fuerza de Dios y el temple de humildes servidores como nosotros ha triunfado siempre contra sus enemigos. Nuestra batalla no se libra con las armas visibles; se libra con la fe, la integridad y la constancia.

-Hermanos -continuó -lo que hemos hecho estos días se ha repetido varias veces antes en la Historia. Hemos contribuido a preservar ciertos elementos importantes para nuestra santa Madre Iglesia, para tiempos posteriores. Por su importancia debéis todos guardar un secreto similar al de confesión sobre lo que habéis visto y lo que habéis hecho. Si algún día os toman presos y pretenden haceros hablar, traed a vuestra memoria el sufrimiento que padeció nuestro Señor en el Calvario por todos nosotros y cualquier tortura os parecerá menor porque en esos momentos seréis partícipes del sufrimiento divino y estaréis certificando vuestra posición a la derecha del Señor en el Reino de los Cielos. Sellad, pues, con vuestra muerte este secreto.

-Ahora saldréis del Monasterio sin mirar atrás. Las buenas gentes de Rascafría están esperando fuera con carruajes para llevaros hasta los alrededores de Madrid. Allí os acercaréis al Palacio del Duque del Infantado, en Chamartín, quien os acogerá y se encargará de daros vestimenta de seglares. Yo me reuniré con vosotros en el plazo de una semana y entonces dispondremos quiénes se quedarán en España y quiénes saldrán al extranjero. Hermanos, que Dios os proteja y nos veremos en una semana.

Los monjes se despidieron uno por uno del Prior y fueron saliendo del Monasterio. En la entrada había una verdadera muchedumbre esperándoles, que les acogió con un gran respeto y los subió a los carruajes. El Prior permaneció en la puerta observando la procesión alejarse del Monasterio intentando contener la angustia que sentía, intuyendo que la mayoría de sus monjes jamás volverían a ver estas piedras milenarias. Después fue recorriendo todas las estancias del Monasterio asegurándose de que todo quedaba en orden. Luego fue a su celda, se mudó a ropas seglares, guardó sus cosas en un fardo y lo llevó hasta la entrada. Cuando terminó, entro en la Capilla y se puso a orar.

Ya al atardecer escuchó la llamada a la puerta del Monasterio. Se santiguó, subió los escalones de salida de la Capilla y salió a abrir. El Sr. Bermúdez, con el retén de guardias, estaba esperando fuera.

-Señor Prior -saludó el Sr. Bermúdez, llevándose la mano al sombrero.

-Señor Bermúdez, -interrumpió el Prior -mi nombre es Álvaro Betancourt Marrero.

Creo que sería más apropiado, dadas las circunstancias, que de ahora en adelante me llamara Sr. Betancourt, ya que el término Prior se aplica en razón a una responsabilidad sobre un Priorato o una Cartuja y ya no es éste el caso, ¿verdad?

Bermúdez sonrió, pensando que el personaje era realmente sorprendente. Por un momento, hasta pensó que le podría llegar a caer bien.

-Como usted desee, Sr. Betancourt. Ya sabe que vengo a tomar posesión del Monasterio por orden del Señor Intendente, quien a su vez responde a instrucciones del Gobierno, ya sancionadas por nuestra Reina Gobernadora.

-Y ya sabe usted, sin duda, que yo debía esperar a que mis superiores, bien sea el General de la Orden de San Bruno, o el Arzobispo de esta Archidiócesis, me indicaran que abandonara el Monasterio, Sr. Bermúdez.

Y antes que Bermúdez pudiera reaccionar ante esta declaración, continuó:

-Pero como cumplió con su parte de nuestro acuerdo y yo he recibido mis órdenes también, no tengo inconveniente en recibirle y permitirle tomar posesión del Monasterio desde este momento.

Bermúdez suspiró de alivio, porque durante un instante se vio deteniendo al Prior ya que conocía que el resto de la comunidad ya no estaba.

-Ahí tiene, pues, las llaves del Monasterio y de todos sus aposentos, -dijo, señalando a un estante al lado de la puerta, de donde colgaban todas las llaves. — Este recinto conserva muchos tesoros artísticos, como el altar de la Capilla, de estilo flamenco, o la Sacristía de estilo barroco andaluz, o los cuadros y esculturas que encontrarán apilados en una de las celdas. Me he permitido redactar un listado de dichas obras en este documento -sacó un pliego de varias hojas del bolsillo del abrigo –y agradeceré que lo firme usted –y cogió una pluma que había sobre la mesita del portero, mojándola en tinta y ofreciéndosela a Bermúdez -para que nadie pueda acusarme en el futuro de haberme apropiado de alguno de estos bienes, si llegara a desaparecer.-Esta última frase la dijo con un énfasis especial, que Bermúdez entendió como una clara referencia a su propio fastidioso pasado.

Bermúdez cogió el pliego, lo abrió y leyó la relación de objetos que contenía. Era una lista de más de cien, entre cuadros, esculturas, estatuas, cerámica y objetos del culto (cálices, casullas, albas, relicarios). Sabía que nadie había sacado nada del Monasterio desde el otro día, porque había dejado dos guardias a la entrada del camino que habían ido examinando los fardos de los religiosos según salían. Además lo que más deseaba era que este maldito cura saliera de una vez para poder culminar con éxito su misión. De los cinco Monasterios y Conventos que le había encargado atender el Intendente, éste era el primero que visitó y el último en tomar posesión de él. Bermúdez quería terminar con esto y regresar de inmediato a Madrid para comunicar que ya había cumplido con su encargo. Cogió la pluma que le tendía el Prior y garabateó su firma en la última hoja.

-Si no le molesta -le instó el Prior, -firme también en las demás hojas. Es muy fácil cambiar los contenidos de un documento si no están visadas todas sus hojas.

Bermúdez ni se dignó mirarlo y puso su visé en el resto de las hojas. Después, las arrojó sobre la mesita con la pluma. De repente tuvo una inspiración:

-Sr. Betancourt, necesito una copia de este documento, firmada por Vd., como prueba de la entrega.

-Cómo no, Sr. Bermúdez, -respondió el Prior, sacando otro documento del bolsillo -Ya lo había preparado. Aquí lo tiene firmado, para su archivo.

Bermúdez lo cogió con brusquedad y se lo guardó sin mirarlo. Después dijo: -Sr. Betancourt, creo que usted no tiene más que hacer en este recinto. Le ruego lo abandone.

El Prior asintió sin decir palabra, cogió su fardo y salió sin mirar atrás. Al llegar a la entrada del camino los guardas le hicieron detenerse y registraron el fardo. No contenía más que una muda de ropa de seglar, el hábito blanco de cartujo y las sandalias, un libro de rezos y los artículos de aseo. Rehízo el fardo, se lo puso al hombro y caminó por el sendero hasta el recodo de la venta Rodrigo. Entró en la venta, cruzó el patio y salió por la puerta de atrás, donde esperaba una carroza puesta a su disposición por Fernando del Castillo, que le condujo hacia Madrid y cruzando la ciudad, directamente a Aranjuez.

Capítulo 6

Las Palmas, siglo XXI

A las ocho en punto estaba Lucas en la puerta de su bloque de apartamentos, disfrutando de toda la hermosura de la Plaza de la Feria iluminada por el sol que mostraba todo su poder desde encima del mar. Y en ese mismo instante, el Lexus de Pepe apareció por la esquina, conducido por César, el chófer, con Pepe dentro hojeando los periódicos de la mañana. Lucas le dio su bolsa de viaje y pasó atrás junto a Pepe. César colocó la bolsa en el maletero, se sentó al volante y emprendió la ruta al sur. A esa hora de la mañana había mucho tráfico en la autovía debido a la gran cantidad de población que trabaja en los polígonos industriales próximos y en los establecimientos hoteleros de Playa del Inglés. Durante el trayecto hablaron de todo menos del negocio que tenían delante, en un auto-impuesto silencio hasta estar sentados a la mesa de un restaurante desayunando, según lo acordado el día anterior. Tardaron bastante en llegar a Puerto Mogán, aparcaron en la misma plaza frente al puerto deportivo y se sentaron en una de las terrazas, que estaba totalmente vacía excepto por un matrimonio de ingleses bastante mayores que llevarían levantados desde las seis, porque el hombre se estaba metiendo en el cuerpo una enorme jarra de cerveza, sin ser aún más de las diez. César permaneció junto al coche, aunque Pepe le invitó a compartir la mesa con ellos, porque ya había tomado algo en casa antes de salir.

Cuando hubieron pedido el desayuno Pepe le confesó a Lucas que lo único que le preocupaba era que no se alejara mucho de él durante la reunión porque si los guiris no hablaban español o alemán se sentiría un poco perdido.

-Bueno, en cualquier caso, tienes también a Richard Flynn. Y seguro que alguno de sus socios habla algo de español o incluso puede que sea alemán o hasta suizo.

-Yo lo que no entiendo es que una reunión con fiesta dure desde el viernes hasta el domingo por la tarde; Lucas, que son tres días, con dos noches incluidas. Me imagino que habrán venido con sus familias y quieren pasar un fin de semana tranquilo, entre el hotel y la playa, disfrutando con ellas. Pero nos podían haber pedido ayuda para organizarles alguna excursión o recomendarles algunos restaurantes por la zona.

-A lo mejor lo tienen todo organizado a través de una agencia de viajes y por eso no han pedido ayuda. Los extranjeros suelen tenerlo todo muy preparado antes de hacer un viaje.

Siguieron conversando sobre el tema mientras paseaban por el puerto y la zona peatonal de las casas cercanas. Puerto Mogán ha cuidado con esmero su entorno y aparece como un auténtico pueblo de pescadores, con sus casas terreras de fachadas blancas, ventanas y puertas pintadas en azul y macetas con flores inundándolo todo. Los pescadores, obviamente, no viven en esas casas, sino en unos edificios modernos de apartamentos que el ayuntamiento construyó en la parte trasera del pueblo y sus barcas de pesca tampoco atracan en el antiguo puerto, que es exclusivamente para embarcaciones deportivas, sino detrás de éste, en la zona menos turística del pueblo. Esas casas antiguas y el espacio en que están son ahora objetivo número uno del turismo y por consiguiente, las viviendas son casi todas de alquiler o residencias y hoteles.

Hacia las once emprendieron el camino hacia Taurito, concretamente al Hotel Costa Taurito. Llegaron a las once y cuarto y Pepe le indicó a César que regresara a Las Palmas y estuviera disponible por si tenía que regresar a recogerlos antes del domingo por la tarde. Después entraron en la recepción y dieron sus nombres. Les indicaron que las habitaciones para ellos ya estaban listas y un botones les acompañó a la tercera planta, en la cual, pasadas unas dobles puertas de madera al final el pasillo, entraron en una zona reservada y el botones saludó a una recepcionista que había detrás de un mostrador de estilo vanguardista, se despidió de ellos y se fue.

La recepcionista era una belleza rubia con ojos azules, que se presentó como María y se puso a su entera disposición. Llevaba un vestido negro muy escotado, que dejaba entrever un busto generoso y firme y el vestido era de falda larga, aunque abierto prácticamente desde la cintura por la derecha, mostrando unas piernas esbeltas e interminables. Les preguntó por el viaje desde Las Palmas (parecía conocer bastante de ellos) y les preguntó si les podía llamar D. José y D. Lucas, a lo que Pepe respondió que simplemente Pepe y Lucas estaría mucho mejor. Alcanzaron nuevamente una doble puerta grande, que María dijo corresponder a la suite de Pepe. Y se la mostró a los dos, porque las dos suites eran similares y porque también se podía acceder a la suite de Lucas a través de la de Pepe, ya que estaban intercomunicadas.

Lucas se quedó con la boca abierta, porque las paredes estaban forradas de una excepcional madera, los suelos era en parte moqueta y en parte tarima, excepto los baños, que eran todo mármol. La suite tenía un hall de entrada, como un repartidor a tres áreas diferentes. A la derecha había un cuarto amplio, amueblado con una preciosa mesa de despacho en madera de nogal, dos mesitas auxiliares y un ordenador con pantalla plana de diseño, junto con un sillón y dos sillas, también de diseño. María les explicó que este cuarto era modular, por cuanto que aunque era un despacho, a veces se convertía en un dormitorio auxiliar para el servicio de seguridad de las personas que ocuparan la suite, si deseaban tenerlo próximo. Después pasaron a la zona central, que era un espacio de unos cien metros cuadrados, con varios niveles separados por dos escalones. En uno de ellos podía distinguirse una barra de bar con algunos taburetes y cerca de ella una mesa de comedor con seis sillas. En otra de las zonas había un doble tresillo con un monitor plano de TV de sesenta y cinco pulgadas, equipado con home cinema y un enorme ventanal detrás de él, de techo a pared, que volcaba sobre el valle y la playa al fondo. En la tercera zona, separada por unos tabiques a media altura había un dormitorio con cama de dos metros de ancho con dosel y junto a ella, una puerta, por donde María los condujo a otro espacio, que a derecha abría a un vestidor con armarios a cada lado y a la izquierda a un cuarto de baño en tres cámaras, con sauna y jacuzzi incluidos. María terminó el recorrido regresando al repartidor y accediendo a la tercera área, que correspondía al servicio, con un dormitorio pequeño, una cocina totalmente amueblada, un baño completo y una puerta al fondo de la cocina, por la que se accedía a la suite de Lucas, a través de su propia cocina.

María les indicó que sus compañeros les esperaban a las doce en el bar del hotel, en la planta baja, para un aperitivo y que el almuerzo se serviría a la una y media en un comedor privado. Les entregó un menú del almuerzo, brillantemente impreso y les indicó que sus pertenencias estaban ya colocadas en sus respectivos vestidores y sus artículos de aseo en los cuartos de baño y que no dudasen en solicitar cualquier cosa que pudieran necesitar, incluso servicio de traducción o secretaria particular, masajista o preparador privado de aeróbic, ya que estos servicios estaban incluidos por el hotel para los clientes de las suites, sin cargos adicionales.

Al despedirse de ellos les comentó que la vestimenta apropiada para el aperitivo sería más o menos la que ambos llevaban y que no había llaves de las suites porque a este apartado del hotel no podía acceder nadie sin autorización, estando permanentemente controlado en las zonas comunes por personal de seguridad y específicamente designado para esta función.

Cuando cerró tras de sí las puertas de la suite de Pepe, los dos se quedaron mirándose admirados de lo que habían visto e incluso Lucas emitió un silbido de asombro.

-No sé que es más impresionante, la suite o la tal María —fue lo primero que pudo decir Pepe.

-Desde luego, estos tipos saben hacer las cosas, -respondió Lucas, mirando alrededor. — Creo que me gustan como clientes, si todo va a ser así.

-No sé, no sé —terminó Pepe, -pero creo que esto no ha hecho más que empezar.

A las doce bajaron al bar del hotel, refrescados y preparados para la reunión. Había algunas personas tomando una copa pero no parecían pertenecer al mismo grupo. Sin embargo todos eran extranjeros por la pinta que tenían. Lucas pudo distinguir a Richard Flynn conversando con una de las personas. Al verlos, se les acercó y estrechó sus manos con efusividad. –Gracias por venir, señores. ¿Qué desean tomar? Yo personalmente estoy tomando la cochinada inglesa que se llama Pimms, que es un sucedáneo del vermut, al que desgraciadamente me he habituado. ¿Y ustedes?

-Yo, una cerveza bien fresquita –respondió Pepe. –Y yo, más bien un vermut -contestó Lucas. Richard hizo un gesto con una mano y una señorita vestida como María, la recepcionista, se acercó y tomó rápidamente nota de la orden, con una sonrisa luciendo en su rostro mientras apuntaba las bebidas.

-Voy a presentarles a alguno de los socios de nuestro club de inversión. Vengan conmigo, por favor. -Richard cogió del brazo a Pepe y se acercó a dos caballeros que estaba apoyados en la barra del bar. Ambos tenían unos cincuenta años, uno muy bien parecido, alto y elegante, con una camisa amarilla, blazer y pantalón vaquero y el otro parecía más informal, con unos pantalones cortos tipo bermudas, una camiseta polo y unas sandalias. Estaban conversando animadamente y cuando el trío se acercó a ellos, Lucas pudo percibir que el idioma era inglés.

-Señores, -dijo Richard en un perfecto inglés, a juicio de Lucas, dirigiéndose a los dos caballeros, –quiero presentarles a Pepe Alonso y Lucas Goldsmith, las personas de las que les he hablado y que están interesados en ser nuestros representantes en las Islas Canarias. Y estos señores –añadió, mirando a Pepe y a Lucas, -son Ernest Gard y James Whitehall. –Ambas parejas estrecharon las manos. –El Sr. Gard es, cómo decirlo, un inversor privado que busca una absoluta confidencialidad en sus inversiones. Y el Sr. Whitehall es el director de una sociedad llamada White Horse, dedicada al reaseguro de determinadas operaciones financieras internacionales. Con el Sr.Whitehall tendrán ustedes amplias posibilidades de colaborar, si su representación quedara aprobada y presentaran ustedes proyectos de inversión viables.

Hubo un intercambio de sonrisas y gestos de complacencia y el Sr. Gard preguntó a Lucas si era inglés, dado su apellido "Goldsmith". Lucas le respondió en su cuidado inglés que su abuelo había nacido en Colamr, Alsacia y que después de luchar en la Segunda Guerra Mundial como soldado había conocido a una española en Alsacia y se había venido a vivir a Europa. Los ingleses sonrieron y brindaron por su abuelo, tomándose de un trago el resto de sus copas. Lucas y Pepe les imitaron. Entonces Richard les pidió que le acompañaran a conocer a los otros socios y con una corta inclinación de cabeza se despidieron de los dos ingleses, que ya estaban pidiendo otro trago de repuesto.

Richard les presentó también a otros tres socios, David Elbe, Roberto von Keitel y Rodrigo de Rivas. Este grupo estaba hablando en español para satisfacción de Pepe. David Elbe era de origen indeterminado y hablaba español con mucha soltura. Tenía unos cincuenta años, delgado y fibroso y un pelo negro largo que recogía en una coleta. Roberto von Keitel era, a pesar de su apellido, venezolano, puesto que su padre, suizo de origen, había emigrado a Venezuela en los años cincuenta. A pesar del origen europeo del padre, Roberto tenía apariencia indígena, bajito y rechoncho, con los lóbulos de las orejas grandes y despegados y nariz algo chata. Era el más hablador de los tres y el más joven, teniendo unos cuarenta y pocos años. El último, Rodrigo de Rivas, era un caballero alto, delgado y distinguido, casi completamente calvo, que hablaba con acento chileno. Era, efectivamente, chileno de nacionalidad aunque había pasado gran parte de su vida en Estados Unidos. Parecía el mayor de todos, con unos sesenta años de edad.

Pepe, aliviado por poder hablar en español, intercambió, unas palabras en perfecto alemán con Roberto von Keitel, buscando impresionarle en aquello en que podía impresionar. Sin embargo, el resto de la charla se planteó en español y hablaron de las Islas, del clima y de las gentes del lugar, mientras caían uno tras otros los vermuts, las cervezas y Dios sabe qué otros brebajes.

A la una y media pasaron a un saloncito privado del restaurante, con una mesa redonda preparada para ocho comensales. El almuerzo consistió, como ya había leído Lucas en el menú que les entregó María la recepcionista, en unas tapitas de marisco y pescado, incluyendo longorones, puntitas de calamar, mejillones, pulpito frito, seguido de unos solomillos de una carne que parecía deshacerse en la boca, acompañados de papas con mojo picón y con una fuente de fruta preparada y helados para culminar. Los vinos seleccionados fueron Grifo de Lanzarote en blanco y un Faustino I de Oyón, para la carne.

Durante la comida Lucas estuvo conversando con Ernest Gard, que estaba sentado a su izquierda y con Rodrigo de Rivas. Junto a Rodrigo estaba Roberto von Keitel, después Pepe, Richard y James. Lo cierto era que su lado de la mesa hablaba en inglés y el de Pepe, en español, por lo que pudo comprobar que Pepe se encontraba ciertamente relajado. Él, por su parte, tenía una relativa intranquilidad, ya que en esta reunión se jugaba una magnífica oportunidad profesional que había venido caída del cielo, de la mano de Pepe.

Estuvo esperando que los temas de negocio surgieran durante el almuerzo, pero nadie hizo el mínimo intento de ponerlos sobre la mesa. La conversación en su extremo fue como la que hace uno con unos conocidos, de turismo local, de fútbol, de ciudades y pueblos de diferentes países. Únicamente hubo un detalle que le llamó la atención, pero que dejó aparcado en la parte trasera de su mente; en un momento concreto notó un intercambio de miradas entre Ernest y Richard, cuando James Whitehall, sentado entre ellos, hizo un comentario sobre un próximo viaje que tenía previsto a Montevideo, en la que especialmente disfrutaba del Mercado del Puerto por la magnífica carne que le ofrecían los dos o tres restaurantes que había dentro del mercado. Lucas, muy observador, no pudo adivinar, sin embargo, el motivo de ese cruce especial de miradas, si era en relación al Mercado del Puerto, a Montevideo o al viaje en ciernes.

Cuando hubieron acabado el almuerzo y todos se levantaban de la mesa, Richard les comentó que el plan era subir a las habitaciones a descansar un rato, para volverse a ver a las cinco, en la suite presidencial, para tomar un té y fumar un cigarro habano. Seguramente en esa reunión no estarían todos los socios presentes, sino únicamente los que Richard llamaba "el comité de evaluación" de los representantes.

Así pues, subieron los dos a la suite de Pepe. Al pasar por la recepción de la tercera planta, María estaba esperándolos para preguntarles si necesitaban algo. Estaba al corriente de la reunión de las cinco y también les señaló dónde estaba la suite presidencial. Pepe le pidió dos cafés y ambos entraron en su cuarto.

Lucas y Pepe se sentaron en el tresillo e hicieron un balance de la comida y de las personas que acababan de conocer.

-¿Quién crees que corta el bacalao en el grupo? -le cuestionó Pepe a Lucas.

-Me pareció que ese tal Ernest Gard es el sujeto de más categoría del grupo, junto con Richard. ¿A ti que te ha parecido?

-Hombre, yo no he hablado con Gard ni con Whitehall y entre los otros, el más espabilado me ha parecido Roberto pero David y Rodrigo son dos tíos inteligentes también. Rodrigo me ha comentado que forma parte del club de inversores desde hace cuatro años y que hay varios socios más que posiblemente no conoceremos nunca porque son peculiarmente discretos. Pero eso es todo lo que hemos hablado respecto del negocio.

-Pues por mi parte, nada tampoco. Yo creo que querían vernos y conocernos como personas, aparte de disfrutar de un buen almuerzo, porque la comida y la bebida han sido espectaculares, ¿verdad?

-Hombre, me imagino que el plato fuerte viene ahora a las cinco, cuando todos los temas se van a poner sobre la mesa y tomarán su decisión sobre nosotros. ¿Tienes la lista de preguntas a mano? ¿Las repasamos ahora para prepararnos bien?

Sonó la puerta y Lucas manipuló en el mando de la televisión hasta que mostró la imagen de la persona que había en la puerta en la gran pantalla del salón. Era una chica que parecía una modelo, con una minifalda negra y blusa blanca y que llevaba una bandeja con los cafés. La chica entró con una sonrisa muy cautivadora y unos bellísimos ojos verdes, que contrastaban con su pelo castaño oscuro. Pepe y Lucas la siguieron con la vista hasta que llegó junto a ellos y preparó el café. Los dos se quedaron sin habla cuando se agachó delante de ellos para colocar las tazas en la mesita y su escote dejó ver gran parte de su espectacular anatomía. Sin dejar de sonreír les preguntó si querían azúcar en el café y la sirvió para Pepe, que la pidió más por continuar disfrutando de la visión que porque realmente quisiera el café tan dulce. Los dos sintieron que ella era plenamente consciente del efecto que causaba, porque además sus movimientos eran lentos y armoniosos y Lucas se descubrió observando con embeleso cómo removía el azúcar en la taza de Pepe con una cucharilla de plata, mientras sonreía a su amigo.

Cuando la chica hubo terminado, se irguió, disimuladamente se estiró la minifalda y les preguntó, juntando las manos detrás del cuerpo, si necesitaban algo más. Ni Pepe ni Lucas se atrevieron a decirle lo que más necesitaban, de modo que fue éste último el que, un poco entrecortadamente le dio las gracias y le dijo que no, que por ahora no necesitarían nada más de ella. Sin dejar de sonreír se despidió de ellos y salió de la suite sintiéndose deseada, pensó Lucas.

Después de reponerse de la impresión, los dos se pusieron a repasar la lista que había preparado Lucas, mientras sorbían lentamente el café, que, curiosamente, les supo a gloria.

A las cinco llamaron a la puerta de la suite presidencial. Les abrió la misma chica que les había llevado los cafés, recibiéndoles con la encantadora sonrisa que antes les cautivó y Lucas sintió que un apetito por algún tiempo apaciguado despertaba de nuevo en él.

El salón de la suite presidencial era aún más espectacular pero lo que realmente quitaba el hipo era la terraza porque a través de los enormes ventanales del salón podía verse un espacio amplio, con un majestuoso jacuzzi al aire libre, una barra de bar y algunas mesas y al fondo, el mar abierto y el sol iniciando ya su puesta, justo enfrente de ellos. Se oía música suave latina y le llamó a Lucas la atención el escuchar también unas risas femeninas que procedían del jacuzzi. Pudo distinguir una cabellera rubia y otra castaña, pero al estar el jacuzzi al nivel de la terraza, desde su posición en el salón no era capaz de ver nada más.

Junto a ellos apareció Richard, vestido de manera más informal, porque llevaba una camiseta de flores y un bañador de media pierna. Les saludó y les hizo pasar a otra cámara de la suite, en la que estaban sentados en unos enormes butacones Rodrigo y David, fumando unos generosos Cohíbas. También se habían cambiado de ropa y ahora llevaban bañadores.

Richard les invitó a tomar asiento mientras cerraba la puerta de la salita. La conocida chica les ofreció té o café, una copa y un habano de su elección. Pepe escogió un café, un Magno y un Cohíba. Lucas prefirió un té y un whisky de Malta, si fuera posible, Laphroaig y rehusó un habano. A pesar de no fumar, le gustaban los habanos, pero en esta ocasión pensó que tendría la cabeza más despejada para la reunión si se abstenía del mismo. Lo mejor hubiera sido pasar de la copa también pero no podía rechazarla porque todos los demás tenían una en sus manos y no quería desentonar. Pepe se le quedó mirando con cara de lástima, seguramente por no haber él pedido su whisky favorito, pensando que no lo tendrían.

-¿Laphroaig? No he oído hablar nunca de ese whisky —apuntó Rodrigo, que estaba bebiendo un Magno, como el que había pedido Pepe.

-Es un malta de la isla de Islay, al noroeste de Escocia —respondió Richard, antes que Lucas pudieran contestar. —Es famoso por su sabor a turba pero tiene más popularidad fuera que dentro del Reino Unido. De hecho, su principal mercado es el Japón. Una excelente elección, Lucas; permítame decirle que estoy asombrado de su gusto. Es más, creo que voy a unirme a usted. Raquel, si es tan amable, retire mi copa y tráigame otro Laphroaig.

-¿Cómo lo desean los señores? –le inquirió la chica, ahora ya conocida por Raquel.

-El mío, -respondió Lucas, -en una copa balón y traiga una pequeña jarrita de agua fría, por favor.

-Para mí, igual –añadió Richard, haciendo un gesto de satisfacción con la cabeza.

–Si me permite, querido Lucas, quisiera explicarles a estos señores, si la desconocen, la razón de haber pedido agua y no hielo, contra lo que es común, especialmente en países como el suyo, Rodrigo o el de Roberto, Venezuela. En Escocia el whisky se toma natural, es decir, frío. Se le echa un chorrito de agua porque el agua "abre" el sabor del whisky, lo aviva y completa. Si se echa demasiada agua, se estropea el sabor, porque se ahoga, pero sin agua tampoco se saborea todo su potencial. Naturalmente el agua está fría y ayuda a refrescar el whisky. En latitudes más meridionales, el hielo sustituye al agua, pero la gente tiende a poner demasiado hielo porque su objetivo es refrescar la bebida, sin saber que así pierde la mayor parte de su sabor. Tendrá una excelente bebida refrescante, eso sí, pero no es la mejor forma de disfrutar de un buen malta. ¿Estoy en lo cierto?

-Desde luego que sí –respondió Lucas, precisamente en el momento en que procedía a echar un chorrito de agua sobre el whisky que acababa de traer Raquel. La misma explicación se la había dado Pepe hacía unos meses, que la había recibido años atrás de un amigo escocés con quién visitó la destilería de Glenmorangie y de la que guardaba un doloroso recuerdo por la magnífica resaca que le quedó al día siguiente de una activa sesión de degustación en ella.

Lucas movió la copa para que el agua se mezclara con el whisky durante unos segundos. Después, la alzó, la miró al trasluz y la acercó a la nariz, para sentir sus aromas. Luego la llevó a los labios, tomó un sorbo y lo dejó recorrer la boca, primero los lados, luego la punta de la lengua y, finalmente, a la parte de atrás de la lengua, antes de permitir que explotara en su garganta al tragarlo y retornara el aroma por última vez hacia las fosas nasales. Va a ser una magnífica reunión, pensó para sí, recostándose en su butacón.

-Señores, si estamos preparados, vayamos al grano entonces. —Richard Flynn estaba repitiendo más o menos la misma frase que cuando el día anterior habló con ellos en la terraza del Hotel Reina Isabel, en Las Palmas, notó Lucas. Y prosiguió: -David, Rodrigo, el objetivo de esta reunión es el de tomar una decisión respecto de nombrar a Pepe y a Lucas como nuestros representantes en las Islas Canarias, a efectos de encontrarnos y prepararnos proyectos de inversión para nuestro club. Estamos aquí, por consiguiente, para preguntar y ser preguntados y para formarnos un criterio sobre las aptitudes de estos señores.

Lucas pensó que Richard parecía un hombre muy preparado porque tenía muy claros los fines de la reunión y había acotado perfectamente el marco de trabajo. De hecho, la reunión fue intensa, porque duró unas dos horas y las preguntas cayeron en ambas direcciones. Por parte de los inversores hacia Pepe y Lucas iban por un lado relacionadas con sus vidas personales y profesionales y por el otro en cuanto a las posibilidades de inversión en las islas, especialmente Gran Canaria. David quería saber sobre los promotores inmobiliarios más relevantes y las posibilidades de llegar a acuerdos puntuales con ellos; Rodrigo, por su cuenta, estaba interesado en las relaciones entre la política y el sector inmobiliario, fundamentalmente en lo relativo a las recalificaciones de suelo. Richard, en cambio, buscaba conocer la situación de la industria canaria, sus problemas y retos. Pepe y Lucas respondieron lo mejor que podían y en alguna ocasión la respuesta fue: "Sinceramente no lo sabemos, pero lo plantearemos y les daremos la información que desean". Lucas percibió unas reacciones positivas a esta respuesta por parte de los interrogadores, como si apreciaran más la sinceridad que una apariencia o una información incorrecta.

Por su lado, Pepe y Lucas plantearon las dudas que había preparado Lucas en la mañana. Quedó claro que los proyectos podían abarcar cualquier aspecto de financiación, desde la compra de terrenos, edificios de servicios de hostelería o locales industriales hasta créditos para industrias, aunque a tipos de interés ciertamente elevados y con garantía sobre la propia industria o sus propiedades. Los plazos, como ya había indicado Richard en la reunión del día anterior, para recuperar la inversión eran bastante abiertos, de entre dos y cuatro años. La rentabilidad, la ya mencionada del veinticinco por ciento. El resto de las cuestiones fue respondido por Richard, incluyendo lo relativo a los gastos en que pudieran incurrir con motivo de la contratación de profesionales auxiliares, como peritos o abogados.

Cuando las dos partes dieron por terminada la sesión de preguntas, Richard les pidió que les dejaran solos un rato para discutir el resultado de la reunión y les invitó a pasar a la terraza y tomar un trago hasta que salieran con una conclusión.

Pepe y Lucas se acercaron a la terraza. Ahora había seis chicas en ella, cuatro en el jacuzzi y dos recostadas en unas tumbonas, tomando el sol en topless. Al verlos llegar, una de las que estaban en las tumbonas se levantó. Era Raquel, la camarera, que sonriendo de nuevo y sin la menor indicación de vergüenza, les preguntó si querían tomar algo. Incluso sugirió otro Laphroaig a Lucas y esta vez, Pepe también se apuntó. Si antes se vislumbraba un cuerpo de escándalo cuando estaba vestida, ahora podía verse que el escándalo lo ofrecían todas las partes de su cuerpo, especialmente los pechos. Lucas nunca había sido capaz de detectar si un pecho era natural o de silicona, pero en el fondo, si el pecho era firme, daba igual. En el caso de Raquel, los pechos eran firmes, pero cuando regresó con sus copas, el fresco vespertino había hecho su efecto en los pezones, que sobresalían con distinción en el medio de unas areolas bastante anchas y oscuras. Lucas intentó apartar la vista, pero durante unos instantes no pudo distinguir otra cosa que esos preciosos pechos invitándole a beber de ellos.

Tuvieron el tiempo suficiente para dar un par de sorbos mientras sostenían una conversación banal con Raquel, cuando apareció Richard en la puerta de la terraza con una amplia sonrisa. Se acercó a ellos y dándole un golpe amistoso a Pepe en la espalda, les dijo: -Pepe, Lucas, a partir de ahora nos tuteamos. Acabáis de pasar las pruebas de admisión: estáis nombrados como nuestros representantes. Enhorabuena y no nos falléis.-

Estrechó las manos de ambos y pasaron de nuevo a la sala de la reunión. David y Rodrigo les felicitaron también. Raquel apareció por una puerta trasera, vestida con la blusa y la minifalda de nuevo, haciéndoles un guiño de complicidad, acompañada de un caballero que vestía de traje y que se presentó como el Notario Ramonell.

El notario extendió unos documentos sobre la mesa de escritorio que había en un extremo de la sala y solicitó la firma de Richard, David y Rodrigo en ellos. Después, preguntó quiénes eran D. José Alonso y D. Lucas Goldsmith, les pidió ver sus respectivos documentos de identidad, que Pepe fue a buscar a su suite y les leyó los papeles, que eran los poderes de representación del club de Inversores, llamado "Eldorado". Una vez las firmas fueron extendidas, repartió copias a cada parte, se quedó con otro original él mismo y se despidió, siguiendo a Raquel hacia la puerta de salida. Entonces Richard sacó un sobre de un cajón del escritorio y se lo entregó a Pepe.

-Aquí tenéis cuarenta mil euros en efectivo, como anticipo de vuestros honorarios, según lo acordado y como consta en el documento que acabamos de firmar. Dentro de dos meses como máximo tendremos que reunirnos de nuevo, ya os diré dónde, para proceder a la presentación de los proyectos que hayáis identificado. Entonces os daremos otros cuarenta mil euros. Los gastos de profesionales y servicios auxiliares os los enviaré por transferencia bancaria contra las facturas que vayáis presentando durante este periodo. Y ahora, ¡celebrémoslo! Si os parece bien, cambiaos de ropa, poneos los bañadores y os presento a nuestras amigas, las de la terraza, si no las conocéis ya.

Pepe y Lucas salieron lanzados a cambiarse de ropa, exultantes por el acuerdo alcanzado y el examen superado y también ansiosos de conocer a las chicas que estaban en la terraza. Curiosamente, la recepción de la tercera planta estaba vacía. En apenas tres minutos volvieron a la suite presidencial, que volvió a abrir Raquel, nuevamente en topless.

Les condujo a la terraza. Ahora estaban David y Rodrigo en el jacuzzi también, mientras Richard conversaba con dos chicas en las tumbonas. Raquel les fue presentando a las chicas:

-D. José, D. Lucas, ésta es Christine –señalaba a una belleza negra que era una de las dos que hablaba con Richard, junto a las tumbonas. Es de la República Dominicana y fue Miss Santo Domingo el año pasado. Lo cierto es que la chica era impresionante. Christine se levantó –tampoco tenía la parte superior del bikini -y les saludó con un beso.

-Raquel, lo mejor es que nos llames por nuestros nombres, Pepe y Lucas –respondió Pepe, intentando hacerse el simpático.

–Es más cómodo.

-Encantada, Pepe –le dijo ella, cogiéndole por un brazo. –Y ésta es Yaiza, canaria como indica su nombre y también Miss Turismo de este año. -Yaiza era una morenita más bajita que las demás, con unas caderas de quitar el aliento y el pelo ensortijado, enmarcando unos maravillosos ojos azules que refulgían en un rostro moreno. También se puso de pie y les saludó cariñosamente.

-En el jacuzzi están Eli, Ann, Viviana y María, a la que ya conocéis. Las chicas saludaron desde el jacuzzi.

-Eli y Ann son inglesas, aunque con un poco de mezcla de aquí y de allí, especialmente Eli, cuyo padre era alemán –a Pepe se le iluminó la cara -. Viviana es brasileña y María, bueno que sea ella la que os diga de dónde es

María les hizo una seña para que se metieran en el jacuzzi y rápidamente lo hicieron. En uno de los lados había una selección de bebidas y copas y una hielera, para poder servirse los tragos directamente desde él. Más que un jacuzzi era como una piscina, con una forma irregular y un escalón intermedio que servía para sentarse, manteniendo el cuello y la cabeza fuera del agua. Esta estaba templada y fuertes burbujas salían de infinidad de agujeros en el fondo, con chorros de agua a presión repartidos entre el fondo y los costados del jacuzzi.

Lucas se sentó entre María y Raquel, que también había entrado en el jacuzzi. Pepe eligió un hueco junto a la medio alemana, Eli y la brasileña, Viviana. María les contó que era española, pero que vivía en Miami. Había estudiado Economía y Relaciones Públicas en Estados Unidos y ahora llevaba un año trabajando para los inversores del grupo Eldorado. El trabajo suponía también hacer de recepcionista y secretaria cuando era necesario, pues los inversores preferían tener a personas de confianza ejerciendo esas funciones. A cambio, vivía muy bien, tenía un generoso sueldo y disfrutaba de ratos magníficos, como el de ahora. Raquel, en cambio, vivía en Londres y también llevaba un año trabajando con el grupo. Sus funciones eran a nivel ejecutivo, preparando proyectos de inversión, siendo economista de profesión. Al hacer de secretaria les había gastado una pequeña broma, sin mala intención.

Lucas iba a preguntarle sobre el grupo de inversores, con la idea de conocer qué otros proyectos habían desarrollado y así, preparar los suyos en la misma línea, pero fue interrumpido por Rodrigo, que desde el otro extremo del jacuzzi se puso a contar tales chistes que las carcajadas fueron impresionantes. David le siguió y una de las chicas, la brasileña, que también hablaba español. Y claro está, Pepe entró en escena, como en sus buenos ratos del restaurante Rías Bajas. Contó la mayor parte de su repertorio y fue tan celebrado que la chica que tenía a su izquierda, Eli, por poco se ahoga de la risa después de un chiste especialmente ocurrente.

Pasaron el resto de la tarde conversando, comiendo unos snacks y bebiendo. Rodrigo y David habían desaparecido dentro de la suite con Viviana y Ann y Richard y Yaiza hacía ya horas que no estaban en la terraza, de modo que habían quedado Pepe y Lucas con las tres chicas, Eli, Raquel y María.

Propuso Lucas entonces que salieran a una discoteca a bailar esa noche los cinco, pero María le dijo que no podía ser, porque la fiesta continuaba y había una sorpresa esa madrugada, por lo que todos tendrían que acostarse temprano. Lucas intuyó una aventura sexual, por la manera tan sensual en que María planteó la sorpresa y las risas de Raquel y Eli, pero las chicas no quisieron ser más explícitas. Quedó pues la tarde concluida (eran más de las doce de la noche, de cualquier forma) y las chicas se retiraron a descansar a otra suite que había dispuesta para ellas.

Pepe y Lucas pasaron al cuarto de Pepe a conversar. La cantidad de alcohol que habían consumido era notable, pero no se sentían idos, aunque sí eufóricos. Pepe estaba quedadísimo con Eli, que hablaba un perfecto alemán, era muy simpática y con un tipazo de espanto. Por su parte, Lucas estaba impresionado por María y Raquel, sus virtudes físicas y especialmente su aparente madurez siendo tan jóvenes. Sabían llevar una conversación y juguetear sensualmente con el interlocutor sin ser groseras. Y había algo más, algo que Lucas no podía definir pero que aparecía y desaparecía por momentos en las dos muchachas.

Pepe fue a la caja fuerte del saloncito, camuflada detrás del bar y sacó el sobre que le había dado Richard. Lo abrió y dejó caer su contenido sobre la mesa. Los ochenta billetes de 500 euros estaban encintados y eran totalmente nuevos. Sin decir palabra, guardaron el dinero de nuevo en la caja fuerte. En previsión de la sorpresa anunciada se fueron a dormir.

Lucas se tumbó en su cama y repasó los eventos del día. Había sido muy largo y lleno de experiencias gratificantes. Recordó que aunque parecía haber sido hace días, esa misma mañana estaba tomando su café con leche en la terracita de su apartamento de la Plaza de la Feria, redactando las preguntas que se le habían ocurrido para los inversores. Y se sintió muy diferente de esa persona, después de los acontecimientos vividos. Habían superado el examen de entrada y su vida tomaba un giro totalmente nuevo. Incluso tenían ya la mitad de los honorarios que equivalían casi a seis meses de su trabajo en Belkar. Repasó también mentalmente los personajes que había conocido en el día, los inversores, los que habían almorzado con ellos y luego habían desaparecido y Richard, David y Rodrigo. Y las chicas, cada cual más espectacular, encantadoras y sensuales pero inteligentes. Pensó que le sería muy sencillo enamorarse de María o de Raquel o de las dos a la vez. Y con este último pensamiento, se quedó dormido, aunque curiosamente en el sueño aparecía una y otra vez una mujer muy vieja, ya anciana, mirándole sobre un hombro y sonriéndole.

A las cuatro de la mañana sonó el teléfono junto a la cama de Lucas. En un segundo los sueños se desvanecieron y volvió al mundo de lo tangible. Tomó el auricular y preguntó, intentando que su voz no delatara el sopor: -Sí, ¿quién es?

Al otro lado de la línea reconoció la dulce voz de Raquel, que no mostraba señales de sueño: -Lucas, es la hora. Buenos Días, si puede decirse esto a las cuatro de la mañana.-

-¡Las cuatro! ¡Coño! -exclamó Lucas sin poderlo evitar.

-Raquel se rió al escucharle. –Sí, son las cuatro, pero no te preocupes, porque la experiencia valdrá la pena.

Lucas se imaginó una orgía con las dos y pensó por un instante en poner música en el equipo del dormitorio para preparar el ambiente. Y entonces Raquel dijo: -Tienes dos minutos para ponerte un bañador y una camiseta y salir a recepción, que nos vamos.

¡Qué lástima!, pensó Lucas. Y dos minutos más tarde estaba en la recepción, en la que vio a Pepe, Raquel, María y Eli.

María parecía haberlo organizado todo porque les indicó que la siguieran hasta la entrada del hotel, en la que había un monovolumen esperando con un chófer. Subieron a él y el coche enfiló hacia la carretera. Pepe preguntó dónde iban, pero María respondió que como sorpresa que era, no podía decirlo.

La noche estaba muy despejada por lo que se veían claramente las luces de las urbanizaciones cercanas y la oscuridad contrastante del mar. El vehículo llegó a la encrucijada de la carretera en la que se parte a la izquierda hacia Puerto Mogán y a la derecha al pueblo interior de Mogán. Allí mismo salió de la carretera y se desvió por un sendero asfaltado, deteniéndose a unos cien metros.

Todos salieron del coche y vieron delante de ellos un puesto de Protección Civil con sus ambulancias y coches patrulla y detrás, un helipuerto con un helicóptero cuyas aspas rotaban a cierta velocidad.

-¡Seguidme! –dijo María y todos avanzaron en dirección al helicóptero.

El piloto les hizo un saludo y les invitó por gestos a entrar en la cabina de pasajeros. Un compañero del piloto les fue estrechando las manos según entraban y les indicó cómo sentarse y sujetarse el arnés de seguridad. Después cerró la puerta y el helicóptero comenzó a ascender.

Si antes desde el coche la vista nocturna era maravillosa, ahora desde el helicóptero ascendiendo sobre el valle era sencillamente sobrecogedora. El mar no estaba tan oscuro, porque había aquí y allá algunas luces, que indicaban barcos mercantes en ruta hacia el puerto de la Luz, o pequeños pesqueros enfilando hacia sus puertos con la pesca de la noche. En el horizonte, a la derecha, se veía una hilera continuada de luces blancas y amarillas que Lucas identificó como la costa de Tenerife.

El helicóptero terminó su acenso y se movió hacia delante, en dirección sudoeste. Pasaron por encima de un gran barco y de dos o tres pesqueros y continuaron su ruta. Unos quince o veinte minutos después se acercaron a un barco brillantemente iluminado. El piloto redujo la velocidad y empezó a descender suavemente. Según iban bajando, Lucas pudo comprobar que iban a aterrizar en un helipuerto en la popa del barco, que ahora podía distinguirse más claramente y que parecía ser un yate de gran tamaño. En un minuto, el helicóptero se posó sobre la cubierta y detuvo los rotores. Todos estaban impactados por el viaje y la sorpresa, así que el piloto y su compañero tuvieron que insistir para que se quitaran los arneses y descendieran.

En cubierta les esperaban Eli y Viviana, que según les dijeron, habían hecho la misma ruta con el mismo helicóptero, un rato antes. Los condujeron abajo al saloncito del yate, donde encontraron a Richard, Rodrigo y David.

-¡Hola, muchachos! ¿Qué tal la excursión? —les preguntó Richard, con una gran sonrisa, mientras les estrechaba las manos.

-¿Queréis un café o preferís darle ya a una cervecita fresquita?

-Yo preferiría desayunar un poco —replicó Pepe. —El viaje por sorpresa en helicóptero me ha dejado el estómago un poco inestable.

-Ningún problema. De hecho, el cocinero acaba de preparar un magnífico desayuno inglés, con tostadas, huevos revueltos, morcilla, puré de patatas, bollos de mantequilla, fruta y cantidades ingentes de zumo de naranja. Y, por supuesto, café de Colombia, bien cargado.

Lucas, que había decidido decantarse por la cerveza, al escuchar el menú del desayuno se apuntó rápidamente. Pasaron casi todos al comedor, iluminado con luces indirectas en el piso y en las esquinas del techo, en el que había una gran mesa y sillas alrededor como para quince o dieciséis personas. Dos camareros con un uniforme impecable fueron situando las viandas sobre la mesa y vertiendo café y zumo de naranja en las copas de todos.

Al lado de Lucas estaba Richard. -¿De quién es este yate? —le preguntó Lucas. —Es de uno de nuestros miembros del club, que en esta temporada viene a pescar el atún a las costas de Canarias. Dice que la pesca de altura tiene mucha más emoción aquí que en las costas de Florida, porque los atunes vienen a estos caladeros para desarrollarse y aunque son más pequeños que los de allí, la lucha es más bravía, por la fuerza que tienen siendo tan jóvenes.
-¿Quién es, el Sr. Gard?

-No, pero no puedo desvelar su nombre, lamentablemente, Lucas.

Es de los que quieren total discreción. De hecho, ni lo veréis mientras estéis en su barco porque está trabajando en un negocio especial y estará recluido en su área privada durante todo el tiempo que estemos nosotros aquí.

-Pues es una lástima encerrarse en una parte de su propio barco —replicó Lucas.

-Lucas, el área privada que he mencionado lo forman tres cubiertas y una superficie equivalente a tres de las suites del hotel. Tiene además una piscina climatizada interior y exterior y una sala de cine con ocho butacas y pantalla panorámica. Y no está solo.

-Vale, vale. Entiendo perfectamente.

Lucas realmente alucinaba con lo que iba encontrando con estos inversores. Vaya lujo de vida que llevaban. Sintió un punto de envidia, pero pensó que si sacaban adelante los proyectos de esta gente, ellos también tendrían acceso a estos lujos.

De repente entró María corriendo en el comedor, gritando: -¡Salid todos! ¡Tenéis que ver esto!

Salieron todos lanzados a la cubierta delantera, siguiendo a María. Al mirar hacia fuera, Lucas casi pierde el aliento. El sol estaba empezando a asomar por el horizonte y el cielo se había aclarado hacia el este, mostrando unos tonos de color absolutamente increíbles, desde el negro arriba, pasando por azules, verdes, naranjas y finalmente, amarillo tenue, alrededor de la emergente esfera solar. En el mar, los colores se mezclaban produciendo unos maravillosos efectos ópticos.

Estuvieron deleitándose con la visión hasta que el sol salió completamente del mar. Entonces Pepe se giró al otro lado y soltó un "¡Coño! Todos se volvieron y nuevamente se encontraron con otra vista espectacular. Los primeros rayos del sol, al incidir al fondo, en la línea del horizonte, sobre la cumbre del Teide, en Tenerife, provocaban unos reflejos blancos en los puntos de nieve y delimitaban el contorno del pico en su totalidad. Ese pico, recortado sobre un cielo aún algo oscuro y un mar de un azul intenso, era como una visión de otro mundo. Lucas notó entonces que Raquel se pegaba a su costado, sin dejar de mirar al horizonte y sintió el perfume de su pelo mientras la brisa matinal lo mecía.

Debajo de ellos había amarrado al yate un barco de pesca de altura, perfectamente aparejado. Richard anunció que estaban listos para la faena y todos bajaron al barco, excepto David y Viviana. La zona de pesca estaba un poco más al sur, apenas a diez minutos del yate. Los marineros fueron soltando carnada y buscando con el sónar un banco de atunes. Mientras, Rodrigo fue el elegido para estrenar el asiento central de popa, aunque David y Pepe se pusieron con las dos cañas laterales también.

Los atunes aparecieron media hora después y uno de ellos picó rápidamente en la caña central. Pepe y Rodrigo alzaron sus cañas respectivas, para centrar todo el trabajo en la pieza de Richard. La aventura fue muy emocionante porque el atún luchaba fieramente y Richard estuvo durante más de una hora cediendo sedal y recuperándolo, tratando de cansarlo. Lucas, por su parte, charlaba con las chicas, estrenando ya las cervecitas que llevaba el barco en sus neveras.

Al final, el atún se rindió y Richard pudo alzarlo a cubierta. Era un animal grandioso y no faltaron las fotos de rigor y la medición de su longitud. Después, los marineros se encargaron de soltarlo para devolverlo al mar. La pesca de este barco era únicamente deportiva.
El siguiente en ocupar la silla fue Pepe, muy afortunado porque cuando apenas se había ceñido el cinturón para apoyar el extremo de la caña, picó otro atún. En esta ocasión, la pelea fue más breve y en menos de media hora Pepe tenía ya una magnífica foto con la pieza cobrada.

Luego le tocó el turno a Rodrigo que, después de más de una hora de espera infructuosa, se levantó para dejárselo a Lucas. Este prefirió ceder su turno a una o dos de las chicas y rápidamente María se subió a la silla con una sonrisa de excitación. Esta vez, al cabo de veinte minutos apareció la pieza al final del hilo y María se puso muy nerviosa intentando sujetar la caña. Con la ayuda de Pepe y Rodrigo pudo ir dominando al atún y finalmente sacarlo del agua para la foto. Estaba feliz y cansada y sus ojos brillaban de satisfacción.

Pararon para tomar unos tragos y comer unos sándwiches que el cocinero del yate había preparado, junto con unas tapas de jamón y embutidos, algo de queso y patatas. Del vino durante el almuerzo pasaron a champán para las chicas y Rodrigo y whisky para el resto y la sobremesa se convirtió en una prolongación de la sesión de chistes del día anterior en el jacuzzi.

Al atardecer remataron la faena pesquera Raquel y Lucas. Raquel estuvo luchando, ayudada por Lucas, durante más de una hora, tomando y dando carrete sin cesar. Cuando se cansaba, él le sujetaba la caña, pero rápidamente ella la pedía de vuelta y seguía con la lucha. Cuando el animal salió del agua y la foto plasmó el momento, Raquel estaba rendida, completamente sudada y satisfecha. Le dio un abrazo espontáneo a Lucas y le cedió el asiento para su turno.

Lucas tuvo distinta suerte de los demás, porque su picada fue rápida pero brutal y casi pierde la caña. El barco tuvo que detenerse un instante para enfocar la situación, hasta que Richard aclaró que lo que había picado era una gran barracuda. Se organizó el combate con Rodrigo y Richard apoyando a Lucas, dada la fuerza del animal, que se resistió casi hora y media. La pieza sobre la cubierta era algo increíble, porque después de la pelea aún tenía fuerzas para revolverse y era un peligro por sus aletas tan afiladas. Cuando fue devuelto al mar, se dio por terminado el día de pesca y el barco tomó rumbo al yate. Ya se ponía el sol. Lucas estaba ciertamente agotado pero se sentía pletórico, ayudado por las miradas tan sensuales que le echaba Raquel de cuando en cuando.

De vuelta en el yate, hicieron turnos para ducharse en los cuatro cuartos de baño de la parte "pública" del mismo, mientras el cocinero preparaba la cena. Lucas, Richard y Raquel permanecieron en cubierta observando en silencio la puesta del sol, refrescados por la brisa vespertina.

Cuando le tocó el turno a Lucas, bajó a ducharse al cuarto de baño del dormitorio principal de esa zona del barco. Todo el dormitorio estaba forrado en maderas preciosas, con luces difusas en suelo y techo, un sistema de iluminación parecido al del comedor del yate. La persona que había pasado antes por ahí había dejado una música suave de jazz de fondo, que era muy relajante. La cama, inmensa, estaba perfectamente arreglada y aunque invitaba a descansar en ella Lucas pasó al cuarto de baño para prepararse para la cena. La ducha era del tipo tubo, bastante amplia, con un pequeño asiento y chorros tipo jacuzzi por toda la pared. La música del dormitorio llegaba también a la ducha, por medio de los altavoces impermeables instalados en ella. Se desnudó, entro en ella y cerró la puerta corrediza. Después pulsó los botones para chorros fuertes de agua caliente y el tubo se llenó de vapor rápidamente. Se sentó en el asiento y cerró los ojos, relajándose, sintiendo cómo su cuerpo se liberaba del sudor y de la sal, pero también de la tensión del día.

Escuchó un sonido apagado y notó un cambio en el aire de la ducha. Tanteó en el cuadro de mandos pensando que quizá hubiera un temporizador para los chorros de aire y justo cuando iba a abrir los ojos para ver el cuadro una mano le cogió la suya con suavidad y la llevó hacia delante, posándola sobre un pecho firme, con el pezón enhiesto, mientras otra mano lo rodeaba por la cintura y lo atraía hacia delante.

Lucas abrió los ojos y vio el rostro sensual de Raquel aproximándose al suyo, con sus jugosos labios entreabiertos, invitándole a penetrarlos con la lengua. Sus ojos verdes estaban llenos del mismo brillo que Lucas había observado en el barco de pesca, cuando cobró su presa.

La besó saboreando esos labios, tocando su lengua, sintiendo la boca de ella abriéndose para él y recorrió con su mano el contorno de sus pechos, deteniéndose en los pezones, acariciándolos, cogiéndolos suavemente entre dos dedos. Raquel gimió de placer y apretó su cadera contra él. Lucas, excitado, bajó las manos por la cintura de ella y hacia atrás, hasta alcanzar el redondeado culo de la chica. Después se inclinó un poco hacia delante, sin dejar de besarla, para poder colocar su pene duro y tieso entre sus piernas. Ella le ayudó cogiéndoselo con una mano, colocándole un preservativo, acariciándolo y guiándolo entre sus labios, rodeando el clítoris y bajando hacia ese hueco preparado para él. Con un impulso, Lucas intentó introducir el pene en su vagina, pero la postura algo forzada lo impedía, así que Raquel se giró, se inclinó apoyándose en el asiento y le ofreció una entrada perfecta. Esta vez Lucas metió el pene de golpe hasta los testículos, provocando un espasmo de placer en su amiga, que empezó a moverse para sentir plenamente el miembro del hombre dentro de ella. Lucas se dejó llevar, pensando que esto era como un sueño y deseando que durase lo más posible. Raquel se contoneaba maravillosamente, permitiendo que el pene saliera de la vagina para que con su punta jugueteara por el clítoris antes de entrar nuevamente de golpe hasta el fondo. Lucas percibió un calor creciente rodeando su miembro, hinchado y a punto de estallar. Los movimientos de Raquel se hacían más rápidos ahora y sus gemidos más breves y fuertes. Él empezó a sentir la pérdida de control, justo cuando Raquel gritó de placer agitándose violentamente. Entonces Lucas explotó dentro de ella, sintiendo que todo su ser entraba a presión en el cuerpo de Raquel. Ella bajó una mano y le acarició los testículos con suavidad, como ordeñándolos cuidadosamente para que todo su fruto saliera para ella.

Después permanecieron quietos, mirándose a los ojos, bajo la ducha, que se llevó todo el rastro de la pasión ejercida. Raquel salió del tubo, cogió una toalla, le dio un beso a Lucas y le dijo que le vería arriba en unos minutos. El se quedó bajo la ducha, una vez más preguntándose qué otras sorpresas le esperaban, como todo lo que le había pasado en las últimas cuarenta y ocho horas.

Durante la cena Lucas intercambió un par de miradas con ella, pero no tuvieron ocasión de hablar. Al acabar, salieron a pasear a la cubierta. Hacía una noche maravillosa, totalmente estrellada y una ligera brisa agitaba suavemente la bandera del yate.

–Nos recogerá el helicóptero en una media hora, según me ha indicado el capitán –fue lo primero que dijo Raquel. –No hay suficientes cabinas para todos en el barco y además, el dueño tiene otros invitados que llegarán con el helicóptero al venir a buscarnos.

-Quisiera invitarte a mi habitación esta noche, si te apetece –le respondió Lucas, mirándola a los ojos.

-Lucas, quiero dejar las cosas claras desde el principio –replicó ella. –No estoy buscando una relación. Esto muy bien como estoy y no quiero cambiarlo. Lo que no quita para que me apetezca estar contigo ahora y sí, me gustaría dormir contigo esta noche, siempre que quede claro que no hay nada más que un par de personas adultas divirtiéndose.

-Es curioso –dijo Lucas –que ese argumento lo hemos esgrimido montones de veces los hombres y ahora es una mujer la que me lo planta a mí.

Los dos rieron la ocurrencia y después se dieron un largo beso que contribuyó a preparar el terreno de una gratificante noche.

El helicóptero los recogió poco después y volvieron al hotel. La noche fue intensa, con actuaciones en el jacuzzi, en el salón y en la cama y hacia las cinco de la mañana Lucas pudo, por fin, ponerse a dormir, exhausto y satisfecho.

Capítulo 7

El timbre del teléfono sonaba insistentemente, de modo que Lucas tuvo que abrir los ojos para localizarlo y cogerlo. Era Pepe, que quería saber si iba a bajar a almorzar. Lucas miró su reloj; era casi la una del mediodía. Después miró alrededor y no vio a Raquel, pero tampoco pudo recordar cuándo se había ido del cuarto. Se arregló y salió de la suite, para encontrarse con María en el mostrador del lobby del piso, sonriéndole.

-Buenos Días, Lucas, o más bien, Buenas Tardes.

-Hola María, ¿cómo estás? —respondió, un poco cortado.

-Estupendamente, después de este maravilloso fin de semana —dijo ella, con un tono un poco misterioso. —Espero que tú también hayas disfrutado.

-Ha sido el fin de semana más interesante de toda mi vida, para ser sincero y además, se ha planteado un proyecto que me apasiona. -Lucas se refería al proyecto de inversión, pero cuando lo hubo dicho, comprendió que podría entenderse por el lado personal.

María sonrió de nuevo y él se quedó con la duda de qué interpretación habría escogido. Le indicó que estaban ya todos abajo tomando el aperitivo y que ella se había quedado a esperarle por si necesitaba algo. Se levantó de detrás del mostrador y Lucas pudo contemplar sus magníficas piernas casi hasta su comienzo, porque María llevaba una faldita blanca tipo tenis. Lo cogió del brazo y caminaron hasta el ascensor. Mientras esperaban a que llegara al piso, María le dijo:

-Raquel ha tenido que marcharse temprano esta mañana y me ha encargado que te diga que lo ha pasado muy bien y que me despida de ti en su nombre. -Y acercando su rostro al de Lucas, lo cogió suavemente por la nuca y le dio un beso largo y profundo, moviendo lentamente su lengua en la boca de él. Lucas salió rápidamente del asombro y respondió como lo haría un hombre ante un planteamiento así. El timbre del ascensor al llegar a la planta los sacó del momento y se separaron. Entraron en la cabina y María pulso el botón del lobby.

-¡Uff! Raquel se quedó corta en las sensaciones que provocas, Lucas, -dijo María, secándose los labios con un pañuelo y retocándose el pelo. -Le estoy agradecida por haberme pedido este favor.

-¿Por qué ha tenido que irse?

-Un asunto urgente del Club que tenía que ser resuelto hoy. Salió de tu suite a eso de las seis de la mañana, cuando le llegó el mensaje al móvil. A estas horas estará ya en Fráncfort. Ya te llamará cuando pueda.

-¿Tienes su número de teléfono, para hablar con ella?

-Claro, luego te lo doy. Ahora, -las puertas del ascensor se abrieron al lobby, -hay que divertirse un rato.

Salieron del brazo y la primera persona que los vio fue Pepe, que hizo un gesto automático de asombro, al ver a Lucas con María y no con Raquel. Estaba con los otros miembros del grupo contando uno de sus mejores chistes a juzgar por las carcajadas.

Los aperitivos fueron subiendo en contundencia, hasta que Lucas entendió que no habría almuerzo. También fueron despidiéndose algunas de las personas que habían conocido ese fin de semana, como las chicas, María incluida, que sonrió maliciosamente a Lucas al besarle, dejándole un papel con el móvil de Raquel. Los otros miembros del grupo se despidieron también, quedando únicamente Richard y ellos dos.

Richard les comentó que, tal como habían acordado, esperaba tener noticias de varios proyectos de inversión en las próximas semanas para una vez examinados ser considerados en la siguiente reunión, en dos meses. Les dio lo que llamaba "sus coordenadas" de nuevo, incluyendo dos números de móvil que eran privados y sólo para casos de urgencia. Tomó nota de sus teléfonos y quedaron en llamarse en quince días a menos que hubiera necesidad de hacerlo antes.

A las cuatro de la tarde, Pepe y Lucas, habiendo hecho sus bolsas de viaje, salieron de sus suites. El mostrador de planta estaba ahora ocupado por una empleada del hotel, que les saludó con una sonrisa anónima. En recepción les indicaron que sus cuentas estaban saldadas y les preguntaron si necesitaban un taxi. Pepe respondió que tenían transporte propio y salieron al exterior donde estaba esperando César, que había sido llamado por Pepe un par de horas antes.

El regreso hacia la ciudad les sirvió para ir tomando tierra después de los increíbles acontecimientos del fin de semana. Hasta la altura de la Playa del Inglés permanecieron en silencio, observando el paisaje y meditando. Fue Pepe el primero que rompió el fuego:

-Estoy alucinado, Lucas. Esto es más de lo que me podía imaginar.

A mí me pasa lo mismo. Lo ocurrido este fin de semana es como cerrar una vida para empezar otra muy diferente. El negocio, el grupo de inversores, las chicas, la pesca, es todo tan inverosímil que podría ser un sueño.

-Pues no lo es, te lo aseguro. Ahora lo que tenemos que hacer es sacarle el máximo provecho a todo esto.

-Hablando de provecho, ¿te has acordado del dinero que dejaste en la caja fuerte?

-¡Oh no! −respondió Pepe llevándose las manos a la cabeza. −¡Se me olvidó!

-¡No, por Dios, Pepe! −explotó Lucas, pensando que el servicio de limpieza del hotel ya habría encontrado el sobre con el dinero y dudando si informarían a gerencia.

Pepe se le quedó mirando de una forma rara por un segundo y después pegó un grito que sobresaltó a César, que iba conduciendo:

-¡Que sí, chacho! ¡Que te he engañado! Lo tengo aquí, en el bolsillo interior de mi americana. −Con un gesto se llevó la mano al bolsillo y sacó el sobre. −Bueno, de hecho esta es tu parte; la mía la he guardado en mi bolsa antes de salir de la habitación. −Le entregó el sobre a Lucas, que lo conservó en un bolsillo.

Llegaron a Las Palmas a eso de las cinco y media y Pepe propuso verse al día siguiente por la tarde, en su despacho, para empezar el trabajo. Lucas estuvo de acuerdo y lo dejaron en el portal de su casa, en la Plaza de la Feria.

El resto de la tarde la pasó sentado en el balcón del apartamento, "pensando hacia delante", como decía un antiguo profesor suyo de inglés para traducir "forward thinking". Se planteó su actual trabajo en Belkar, considerando si era conveniente renunciar a su trabajo en los laboratorios ahora que había recibido el equivalente a medio año de salario, con la expectativa de otro tanto en dos meses. Pensó, por otro lado, que siendo su trabajo tan poco demandante, bien podría conservarlo, compaginándolo con el negocio de inversión, al menos hasta la próxima reunión con los inversores, en la que podría comprobar si el asunto cristalizaba según lo esperado.

Después meditó sobre los requerimientos del negocio y vio que el esfuerzo comercial era más de Pepe que suyo, por los contactos que éste tenía en las islas. Decidió compensar el esfuerzo de su amigo con su aportación de conocimientos financieros y de alguna manera, jurídicos, porque Lucas había estudiado en ICADE Derecho y Ciencias Empresariales y aunque nunca había practicado la abogacía, los conocimientos básicos quedaban fijados en su cabeza, por lo que podrían ser aprovechados. Sin embargo, tenía más base financiera y ésta podía aportarla al negocio común junto con su experiencia de trato personal. En el fondo, Lucas quería distinguirse como gestor del negocio ya que se consideraba más sistemático que Pepe, aunque reconocía que él era el dueño y señor de un próspero negocio, mientras que Lucas era un mero empleado de empresa.

Con estos pensamientos fue llegando el anochecer. Se preparó un poco de queso y jamón que tenía en la nevera, lo acompañó con una copa de vino y algo de fruta y después de ver un programa de divulgación en la TV, se fue a dormir.

Capítulo 8

Aranjuez, 1835

Álvaro Betancourt Marrero, ex Prior de la Cartuja de Santa María del Paular, llegó a la residencia del Intendente de Hacienda en Aranjuez, el sábado por la tarde. Los criados le condujeron a sus aposentos, que constaban de dos estancias, una la alcoba y la otra, el estudio y un cuarto de aseo propio. Fernando del Castillo había además guarnecido el vestidor con una interesante colección de camisas, pantalones y chaquetas a la moda y algunos sombreros. Había dejado sobre el escritorio, además, un mensaje lacrado para él.

"Querido Álvaro: lamento no poder recibirte personalmente en mi residencia; es mejor así y de esta forma lo habíamos acordado. Deseo darte la bienvenida y manifestarte que todo está a tu disposición. La servidumbre tiene instrucciones de servirte como si de mí se tratara y ejecutar tus órdenes de la misma manera. Quiero que te sientas lo mejor posible. Sí te pido que no hagas pública ostentación de fe; por tanto, no celebres misa en la capilla ni acudas a las iglesias de Aranjuez. Sería incluso deseable que de vez en cuando pidieras a los criados que te sirvieran un poco de licor y te fumaras alguno que otro de mis habanos. Para matar el tiempo, investiga mi biblioteca particular; no tengo muchos libros pero algunos son ciertamente interesantes. Si deseas salir a pasear, evita el casino, porque los vecinos te harán muchas preguntas. Si tienes que dar una explicación, la más razonable es que digas media verdad, que eres un viejo amigo mío de nuestra época de estudiantes en la Sorbona, en París y acabas de llegar a España para instalarte. Yo te he acogido temporalmente hasta que encuentres una residencia y lleguen tus cosas de Francia. Y si necesitas dinero, en mi biblioteca, en el estante central, hay unas obras completas de Calderón de la Barca. El tomo central está hueco y en su interior hay una bolsa con algunos reales, que te vendrán bien hasta que yo llegue a finales de mes. Si necesitaras más, mándame una paloma mensajera con una nota y te enviaré un asistente con el dinero. No será Bermúdez, naturalmente. Un abrazo."

Álvaro apreció enormemente la generosidad de su amigo Fernando. Lo cierto es que efectivamente habían sido compañeros en la Sorbona, pero sólo durante un curso. Álvaro estaba estudiando Teología y Fernando, Leyes. Se conocieron los dos en la residencia de los jesuitas en París. La coincidencia fue que los dos eran no sólo españoles, sino además, canarios. Fernando del Castillo pertenecía a la familia de más abolengo del archipiélago, propietaria de más de la mitad del territorio de la isla de Gran Canaria y de bastantes extensiones en las islas adyacentes. Su padre, el Conde, le había enviado a la península a estudiar en el colegio de los jesuitas en Madrid y posteriormente a ampliar estudios en París y Londres. Álvaro tenía los dos apellidos más frecuentes del archipiélago, Betancourt y Marrero y su familia era de la nobleza canaria, sólo un nivel inferior a la de Fernando. La vocación le llegó cuando aún estudiaba en el colegio de los jesuitas de Las Palmas y la Orden de San Ignacio le envió a estudiar el último curso de Teología a París mientras se afianzaba su vocación, aceptando su padre sufragarle los costes de estudio. Allí Álvaro sintió que la llamada del Señor le pedía más recogimiento, rigor y austeridad y decidió, al terminar el curso, solicitar su ingreso en la Orden de San Bruno, la Cartuja, que a su regreso a España lo destinó a la Cartuja de Rascafría.

Ambos muchachos se hicieron muy amigos en París, compartiendo confidencias, pero siempre respetándose enormemente. Fernando no entendía cómo su compañero podía tener vocación religiosa, que encontraba muy limitadora de las capacidades personales que veía en Álvaro, pero respetaba su decisión. Álvaro, por su parte, desaprobaba la vida licenciosa de Fernando y su coqueteo con las sociedades filosóficas de la época, pero respetaba también la decisión de su amigo y en no pocas ocasiones tuvo que esperar horas en la puerta de la residencia para que la señorita que había acompañado a Fernando saliera de su aposento. La amistad continuó después por correo, porque Fernando regresó a Canarias y Álvaro a la Cartuja de Rascafría. Años después, Fernando fue recomendado a Palacio y pasó a residir en Madrid, por lo que una vez al mes visitaba a su amigo Álvaro en el Monasterio de Rascafría.

Pero por encima de todo esto los dos eran miembros de la Orden de los Guardianes, siendo Fernando del Castillo, además, el Primer Guardián, es decir, el número uno de la Orden. Esta Orden no era ni militar ni religiosa; tenía como misión preservar un gran Secreto, proveniente de los primeros tiempos de la humanidad, para que las generaciones posteriores, llegado al momento oportuno, pudieran tener acceso a él. Ese era el núcleo de su actividad, aunque había otro grupo rival, los Buscadores, que desde siempre habían intentado apoderarse de los elementos del Gran Secreto y de los que debían resguardarse los Guardianes. El códice que Fernando había sacado del Monasterio era esencial para que el gran Secreto pudiera ser revelado y por consiguiente, por encima de los incunables de la Biblioteca de Alejandría y sus copias custodiados en la Cartuja, este códice debía ser protegido a toda costa.

De esta manera, cuando Fernando recibió a través del Gobernador de Madrid, Salustiano de Olózaga la comunicación del Gobierno de Mendizábal sobre exclaustración de las órdenes religiosas de once de octubre de 1835, pudo avisar a su amigo incluso antes que al Arzobispo, ideando entre los dos el enredo al que habían sometido a su alguacil Bermúdez, para ganar el tiempo que necesitaban sin exponer a Fernando.

Durante los días siguientes, Álvaro se dedicó durante las mañanas en montar a caballo, que no lo hacía desde los tiempos del Noviciado, primero por los alrededores de la residencia de Fernando y luego, cuando cogió más estilo y confianza, por los jardines de Aranjuez. Las tardes las dedicaba a leer algunos de los libros de la Biblioteca, libros que reflejaban la visión más moderna de Fernando, con obras de autores discutibles según la Iglesia, o declaradamente prohibidos, pero que Álvaro aprovechó para leer, sin quitarle la vista al que Fernando había depositado en la librería, justo al costado de uno, escrito en noruego, titulado "Ragnarok".

Al cabo de una semana pidió que le prepararan el caballo con el que se encontraba más cómodo e indicó que iba a Madrid y volvería en dos días. Le prepararon algo de comida y bebida para el viaje e inició la marcha a Madrid a través de las tierras de la vega de Aranjuez. Pasó cerca de Valdemoro y entró en la planicie de Madrid al atardecer. Cruzó la ciudad de sur a norte y se dirigió a Chamartín, al Palacio de los Duques del Infantado, al noroeste de la ciudad.

Sus hermanos de la Cartuja le estaban esperando con ansiedad y se vio abrazado y besado por ellos, sintiéndose más incómodo aún por cuanto todos vestían como él, de seglares.

Inmediatamente se reunió con el Duque, que estaba recibiendo también al Vicario General del Arzobispo de Toledo en una de las salas del Palacio. Álvaro tuvo que esforzarse por disimular su disgusto al ver al Vicario, a quien conocía de alguna que otra visita al Monasterio, amén de las reuniones anuales con los Priores de las Órdenes bajo su jurisdicción. El Vicario era un personaje muy poco fiable. Álvaro tenía conocimiento de ciertos asuntos, monetarios por un lado, políticos por otro y aún más lamentables, de amores prohibidos, de este representante de la Iglesia. Sin embargo sus excelentes relaciones sociales le hacían impermeable a los rumores y él, astutamente, utilizaba sus atributos pastorales como Obispo y de rango, como Vicario Capitular, para medrar tanto en el terreno civil como en el eclesiástico. De hecho, era conocido por los Superiores de las órdenes religiosas y ampliamente comentado, que este Vicario no había puesto grandes inconvenientes al Decreto de Expulsión de los jesuitas, ni al de disolución de comunidades religiosas de pequeño tamaño, más bien centrado en los pingües beneficios que esperaba obtener del negocio de la privatización. Sin embargo, jugaba a dos bandas, lamentándose de las actuaciones anti-religiosas del Gobierno cuando estaba con su superior el bendito Arzobispo Cardenal Inguanzo y con su clero, como era el caso del Duque del Infantado. Se sabía también que tenía aspiraciones al cardenalato, reforzadas por sus magníficas relaciones con el nuevamente Secretario de Estado del Vaticano, Monseñor Bernetti y otro cardenal papable, Monseñor Lambruschini. Al verle el Vicario, aparentando estar muy emocionado, le recibió con los brazos abiertos. Álvaro se inclinó para besarle cortésmente el anillo como delegado del Arzobispo pero éste se lo impidió y le abrazó.

-Hijo mío, -le dijo -en estos momentos de tribulación dejémonos de ceremonias y estemos unidos de verdad como hermanos en la fe.

-Como vuestra Ilustrísima disponga —respondió Álvaro, apretando los dientes y levantando la cabeza. —Sabed que entregamos el Monasterio con todos sus bienes al valedor del Intendente, el Sr. Bermúdez, hace una semana.

-Lo sé, querido hermano, por el testimonio de los monjes. —respondió el Vicario.

Tenía un cierto gesto peculiar en el rostro, que alarmó a Álvaro. -¿Tienes una relación de los bienes que incautaron?

Álvaro extrajo el documento que había hecho firmar a Bermúdez al entregarle el Monasterio y lo pasó al Vicario: -Aquí tenéis, Ilustrísima. El Sr. Bermúdez aceptó firmar este recibo por la entrega de los bienes del Monasterio.

El Vicario desplegó los papeles y leyó rápidamente la lista. Pareció desilusionado cuando terminó.

-¿Están todos los bienes del Monasterio incluidos en esta lista, querido Álvaro?

-Sí, Ilustrísima. Yo personalmente revisé el inventario al quedarme solo y efectivamente la lista detalla todos los bienes que han quedado en el Monasterio.

-Ya veo, -respondió el Vicario. Le pasó el documento al Duque del Infantado, que se puso un monóculo en el ojo izquierdo para leerlo. —Bien, guardaremos el documento para intentar retener, si fuera posible, estas propiedades muebles de la Iglesia y si no lo fuera, al menos controlar los movimientos de estos bienes. Por cierto, recuerdo haber visto un par de Dureros en la pared de la antesacristía hace un año, cuando te visité en el Monasterio, pero no constan en la lista, ¿qué ha pasado con ellos?

-Ilustrísima —contestó Álvaro muy serio —las telas salieron del Monasterio el mismo día en que el Sr. Bermúdez viniera a notificarnos la expropiación. La guardia se desplegó en la entrada del camino pero no conocían el sendero trasero, que cruza el río y lleva directamente a Rascafría. Con ellas salieron también los cálices y candelabros de oro, las casullas del siglo XIV y estos otros objetos –al decir esto sacó otro documento que presentó al Vicario, el cual lo miraba con los ojos muy abiertos -que están todos a disposición de su Ilustrísima en el desván de la taberna de un viejo amigo mío en la calle de la Cava Baja, en Madrid.

-¡Bravo, querido Álvaro! ¡Bien hecho! –se felicitó el Vicario, batiendo la mesa con las manos. –Has sido muy astuto, al contrario que los demás Superiores, que han abandonado todas las riquezas que debían controlar por el bien de la Iglesia. Necesitamos dinero para la subsistencia de todos nuestros religiosos de ahora en adelante y vuestros bienes ayudarán notablemente a conseguir este propósito.

-Pero ¿no iréis a vender estos tesoros, Ilustrísima, que pertenecen a la Iglesia?

-No, querido Álvaro; por supuesto que no. Simplemente nos servirán como garantía para que las almas cristianas con capacidad económica nos presten los reales necesarios, como el Duque aquí presente. La propiedad será siempre de la Iglesia y recuperaremos su posesión en cuanto se calmen las aguas. Además, debéis guardar absoluta confidencialidad sobre esto, estamos negociando con el Gobierno para conseguir que pase una pensión de subsistencia a todos los religiosos, hasta que encuentren una forma alternativa de ganarse la vida. Los tratos los llevo yo personalmente con el propio diablo de Juan y Medio, por delegación del Arzobispo, quien no puede ni verlo.

El Prior aparentó satisfacción con esta respuesta y a instancias del Vicario, escribió una nota para su amigo el tabernero, que fue enviada con dos carrozas del Duque para recoger el cargamento evadido del Monasterio.

Álvaro permaneció un día más en el Palacio del Duque en compañía de sus hermanos de la Cartuja y les dio instrucciones precisas. La mayoría debía regresar a sus pueblos de origen y trabajar ya fuera en el campo o ya como educadores, para ganarse el sustento. El Padre Matías debía partir para Chartreuse y refugiarse en la residencia principal de la Cartuja, cerca del Superior de la Orden y de aquellos hermanos que estaban al corriente del secreto custodiado en el Monasterio de Nuestra Señora del Paular. Los hermanos mayores buscarían acomodo en la residencia de sacerdotes del Arzobispado de Toledo, ya que el Arzobispo era muy afín a las órdenes monásticas y estaba muy afectado por los sufrimientos de las mismas, según se le indicó a Álvaro por el conducto especial del correo columbario. Repartió los reales de la bolsa de la biblioteca del Intendente entre los hermanos que debían viajar, apuntó las señas de todos y se despidió fraternalmente. Después cogió su caballo, ya preparado para el viaje y regresó, cruzando de nuevo Madrid, a la residencia del Intendente en Aranjuez.

Capítulo 9

Las Palmas, siglo XXI

La mañana transcurrió en Belkar sin incidencias. Había habido un par de llamadas de dos farmacias del sur sobre un determinado medicamento durante su ausencia del viernes y Lucas respondió enseguida, dando la información solicitada. Estaba cerrando el registro diario pertinente cuando apareció en su puerta Heraclio, que después de saludarle le preguntó cómo le había ido en la sesión de atención al cliente de Pepe Alonso.

Por un instante Lucas no supo de qué le estaba hablando, hasta que recordó que ésa era la excusa que había puesto Pepe a Heraclio para pedirle prestado a Lucas el viernes. Le respondió que el seminario había salido muy bien y que confiaba que Pepe estuviera satisfecho con su aportación. Heraclio le dijo, con una amplia sonrisa, que acababa de hablar con Pepe y que éste le había expresado su admiración por el trabajo realizado por Lucas, alabando lo certero de su elección (la de Heraclio) cuando lo seleccionó para el Departamento de Atención al Cliente de Belkar. Heraclio estaba muy contento e invitó a almorzar a Lucas, yendo al Chacalote, ya que Rías Bajas cerraba los lunes. Y entre cigala y nécora, regaditas con un excelente Albariño, Lucas tuvo que ir desmenuzando para Heraclio los pormenores de una sesión de atención al cliente que, llegando al fondo de la primera botella de vino, él mismo empezó a creerse y a sonar muy convincente.

Por su parte Heraclio le expuso que dado el éxito de este primer trabajo al margen de Belkar de Lucas, quizá fuera buena idea promocionar su capacidad para formar a equipos de trato al cliente y estructurarlo como un servicio más que los laboratorios podrían prestar a su red de farmacias, cobrando una cuota, naturalmente. De esta manera, los Laboratorios ganarían en prestigio y en capacidad de servicio, Lucas obtendría ingresos adicionales y él reforzaría en su entorno la imagen de gestor adelantado a su tiempo.

Al salir del restaurante, Heraclio le acercó a su casa. Lucas se refrescó un poco y salió paseando hacia la calle Senador Castillo Olivares, a unas cuatro manzanas calle arriba, donde Pepe tenía la oficina de la empresa de seguridad electrónica.

Su amigo le estaba esperando escribiendo algo en un papel. Le hizo sentarse en una de las sillas de enfrente de su mesa de despacho y él mismo dio la vuelta a su escritorio y se sentó junto a Lucas. En el papel había apuntado una serie de nombres de personajes relevantes de la isla que podrían ser objetivo para el negocio. Juntos repasaron la lista, incluyeron otros nuevos y determinaron los pasos a seguir. Lucas le comentó a Pepe la satisfacción de Heraclio y la invitación a comer al Cachalote y Pepe le dijo que, yendo todo bien, sería Lucas el que invitaría a Heraclio a comer muy pronto.

Los días fueron pasando sin novedades sustanciales y Lucas pudo compaginar perfectamente las dos funciones. Por las tardes se reunía con Pepe en su despacho, excepto en las ocasiones en que tenían que ir a ver a alguien, o coger el coche para echar un vistazo a alguna posibilidad de inversión inmobiliaria.

Al cabo de las primeras tres semanas tenían dos proyectos serios en ciernes y otros tres con alguna posibilidad. Los relevantes consistían en un desarrollo inmobiliario en Monteleón y la readaptación de unas parcelas de Tafira para la construcción de apartamentos para un hotel de lujo.

El que Lucas veía como más sólido era el del desarrollo inmobiliario en Monteleón, porque suponía una menor implicación de organismos oficiales, ya que el terreno a utilizar era parcialmente propiedad privada y municipal. El proyecto había sido conformado por el arquitecto Luis Ojeda, que conocía los propietarios de unos terrenos en la zona de Monteleón que lindaban con la presa. La familia Mayer había comprado tres parcelas quince años atrás para hacerse su vivienda cuando el patriarca, el Sr. Hans Mayer, se jubiló y hacía unos meses habían encargado a Luis Ojeda el proyecto de construcción del chalet familiar. Lamentablemente el Sr. Mayer sufrió un ataque al corazón fulminante unos días después de formalizar el encargo y falleció en Berlín. Los herederos decidieron deshacerse de la propiedad para repartirse el dinero puesto que sus prioridades eran naturalmente diferentes a las de su progenitor; para compensar a Luis por el fallido proyecto y porque además, como arquitecto, podría hacer un buen papel, le habían encargado la tarea de poner a la venta el terreno.

Luis, que ya había realizado algunos proyectos en el municipio, estaba dándole vueltas a la posibilidad de añadir a estas parcelas unos terrenos adyacentes de propiedad municipal y construir una urbanización de doce chalets de lujo con instalaciones compartidas. La propiedad municipal era de suelo urbanizable, pero el consorcio no se había planteado la necesidad de urbanizarlo porque su único acceso lo tenía por los terrenos de la familia Mayer, con servidumbre de paso y la intención municipal era la de venderlos a la propia familia Mayer.

Y precisamente en esta coyuntura recibió Luis una llamada de Pepe Alonso, que atendió con gusto porque Pepe era una buena persona, divertido e inteligente. Cuando le explicó que tenía detrás a un grupo de inversores con ganas de un proyecto atractivo, Luis pensó que las casualidades ocurren de verdad. Le mencionó el asunto de los terrenos y fueron juntos a ver al alcalde de Monteleón, Karl Obermann, un alemán nacionalizado español que llevaba más de quince años como regidor de un municipio mayoritariamente alemán. Karl escuchó música celestial cuando Luis y Pepe le comentaron la propuesta, porque si llegaba a un acuerdo con ellos podría llevar al arca municipal una cantidad no presupuestada que serviría para reforzar su candidatura en las próximas elecciones.

Se llegó a un acuerdo razonable y Luis Ojeda voló entonces a Berlín para hablar con la familia del finado Mayer, a fin de ponerles al corriente del interés de un comprador sobre sus terrenos. Les comentó que el potencial comprador aún no estaba decidido, pero que esperaba poder convencerle pronto, para lo que necesitaba un compromiso de mantenimiento del precio de los terrenos durante un plazo de noventa días.

Los herederos de Mayer aceptaron el compromiso y firmaron el documento correspondiente, que fue notarizado en Berlín antes del regreso de Luis.

Teniendo pues atada la compra de la parcela municipal y de los terrenos de los Mayer, Luis pasó a preparar el presupuesto de obra para la construcción de los doce chalets. La única restricción que le impuso Pepe fue la de que la inversión pudiera recuperarse directamente con la venta de los chalets, incluyendo todos los gastos de construcción, permisos y promoción comercial y el retorno fuera superior al 35%.

Si los terrenos iban a costar tres millones de euros, la ejecución de la obra, incluyendo los honorarios de Luis como arquitecto director de la misma representaría otros tres millones, a los que había que sumar uno más dedicado al suministro de servicios varios (alcantarillado, electricidad, banda ancha telefónica) y otro más para la promoción comercial. Los chalets saldrían a la venta a un precio de un millón de euros cada uno, de modo que los ingresos totales podían cifrarse en doce millones de euros. Por consiguiente, los beneficios podían calcularse en un 50%, es decir, cuatro millones de euros y la inversión más los beneficios se recuperarían en un plazo máximo de dos años desde el inicio del proyecto y posiblemente mucho antes si los chalets se vendían bajo planos.

Luis se puso manos a la obra y preparó un pre-proyecto aunque también le comentó a Pepe que él no iba a poner a su equipo a trabajar a menos que tuviera un encargo formal de los inversores. Para Pepe y Lucas esto suponía una dificultad, porque los de Eldorado querían ver un proyecto consolidado, para lo que era fundamental que la parte técnica del mismo estuviera resuelta y correctamente planteada, con los planos de construcción incluidos.

Pepe le indicó a Luis que necesitaban un mínimo de documentos para poder presentarlos a los inversores y si estos lo estimaban adecuado, entonces definitivamente habría un encargo formal al arquitecto.

Lo cierto es que aunque Pepe y Lucas tenían la autorización de

Richard Flynn para costear el trabajo de profesionales que les sirviera en sus proyectos, no estaban muy seguros de si esa autorización se extendía a los preparativos de proyectos que ellos, los inversores, aún no habían considerado.

En cualquier caso, Luis aceptó preparar a su cargo los documentos relativos al preproyecto y un boceto de la obra. Tendría toda la documentación preparada en dos semanas y si después se le daba luz verde, pondría a todo su equipo a trabajar para preparar el proyecto definitivo.

El segundo proyecto era el de Tafira. Saliendo de Las Palmas por la antigua carretera del Centro, a pocos kilómetros montaña arriba se encuentra Tafira, lugar elegido por los "elegantes" de la isla como residencia de verano, por su idónea ubicación. El microclima del lugar lo dota de una diferencia de hasta diez grados respecto de la capital, con un elevado grado de humedad que permite una vegetación exuberante. Las vistas hacia el mar son, además, sobrecogedoras, porque prácticamente todas las casas del pueblo se abren a un valle que muere al norte, en el mismo mar.

En el mejor lugar de todo Tafira, justo sobre la cuerda que remata el risco, un antiguo capitalista indiano edificó en los años sesenta una vivienda que nunca llegó a habitar porque murió antes de que la obra estuviera terminada. Durante años el edificio quedó sin acabar, cerrado y vacío, hasta que se sustanció la herencia y quedó en posesión de uno de sus nietos, originario de Santa Brígida, apenas unos kilómetros más hacia el interior. El heredero tardó algún tiempo en rematar la obra y cuando lo hizo, ya a finales de los años ochenta, pasó a ocupar la parte central de la vivienda con su mujer y su único hijo. La construcción era un tanto curiosa, con dos plantas hacia abajo en algunas secciones y hasta cuatro en otras, siguiendo la morfología del terreno. La parte central constaba de cuatro dormitorios enormes, todos con su baño completo, un estudio, un salón y un comedor independientes que vaciaban a una larga terraza sobre el risco y una zona para el servicio, con la cocina, dos habitaciones y un cuarto de baño. A ambos lados de esta estructura central había un patio. En el de la izquierda, se continuaba la construcción con cuatro niveles, de los cuales los dos superiores estaban diseñados y terminados como apartamentos independientes, también volcados al valle. Los inferiores estaban sin terminar, constando de enormes estancias vacías cuyas paredes tenían únicamente la mano de cemento sobre los ladrillos. Después del patio derecho había también cuatro niveles y tampoco habían sido completados dos de ellos. Sin embargo el superior contaba con una piscina al aire libre y dos pistas de pádel y el siguiente contenía un gran espacio que podía usarse como garaje para más de diez coches y que el dueño original pensó habilitar como taller de artilugios mecánicos, que le fascinaban. La superficie habitable total superaba los tres mil metros cuadrados, aunque la familia del heredero apenas hiciera uso de las partes adyacentes, restringiendo su vida al cuerpo central.

Al remate de la década de los noventa la casa se puso en venta y fue adquirida por Aumar Higgins, empresario del sector del automóvil, que la habitó durante quince años. Ahora deseaba deshacerse de ella, porque quería retirarse a vivir a Madrid.

En este caso no era Luis Ojeda el implicado, sino directamente Pepe, que conocía a Aumar y que, de hecho, sabía de su intención de irse a vivir a Madrid. Pepe tanteó a su amigo sobre el precio y las condiciones del edificio y recibió una orientación en torno a los dos millones y medio de euros. Visitó la casa por invitación de Aumar y pudo comprobar personalmente que rehabilitarla para conseguir unas viviendas decentes costaría, al menos, otro millón más y construir unos cinco apartamentos colgados sobre el risco en la parte no utilizada, otro millón y medio más. Por consiguiente, con una inversión de cinco millones tendrían un hotelito de lujo de doce suites en el mejor lugar de Tafira. Pero no bastaba esto, porque para recuperar la inversión rápidamente había que vender el proyecto de hotel a una cadena hotelera.

Aquí entró en juego otro de los contactos de Pepe, Abelardo Cabrera, el propietario del Hotel Buenavista-Kher, al que le expuso el proyecto. Abelardo se mostró muy interesado, pero no dispuesto a invertir él en el reacondicionamiento de la casa y sus propiedades. De hecho, su motivo era más de tipo económico: estaba corto de liquidez y tenía un hotel de Lanzarote en venta para obtener los recursos necesarios, pero tenía que ampliar el negocio y la propuesta de Pepe le había parecido magnífica, porque la ubicación era perfecta y más de una vez él había pensado hacerle una oferta a Aumar Higgins, a quien conocía muy bien. Si Pepe entraba con sus inversores a preparar el hotel para él, le ahorraba tener que comprometer recursos que no tenía en ese momento y le entregaba llave en mano un proyecto hotelero adecuado a sus intereses.

En conclusión, tenían un proyecto de inversión cuadrado desde el punto de vista de su recuperación porque Abelardo Cabrera estaba dispuesto a firmar un compromiso de compra del edificio, siempre que su reforma estuviera planteada en los términos acordados, para el buen fin de la operación. El precio que Abelardo estaba dispuesto a pagar era de siete millones de euros, la mitad al formalizar la compra y el resto en un plazo de seis meses a partir de la misma.

Los dos estaban razonablemente satisfechos de las gestiones realizadas porque en apenas tres semanas tenían ya enfocados dos interesantes proyectos. Si bien la inversión requerida no era muy relevante, desde el punto de vista de los requisitos del Grupo de inversores, también pensaron que para los primeros proyectos quizá fuera más prudente apuntar al límite mínimo de inversión más que al máximo. Además, estaban seguros de que, si eran aprobados y se ejecutaban, surgirían nuevas posibilidades de negocio rápidamente.

Era un sábado por la mañana cuando Pepe llamó desde el teléfono manos libres de su despacho al número de teléfono de Richard Flynn para comunicarle que estaban trabajando sobre dos proyectos, pero que necesitarían una orientación respecto de su viabilidad, porque antes de seguir adelante había que incurrir en gastos relacionados con el proyecto de arquitectura de ambos, así como el estudio medioambiental y de servicios correspondiente. Richard se notaba alegre y contento de saber de ellos y les pidió que le detallaran los dos proyectos. No les interrumpió en ningún momento durante su extensa explicación, compartida por los dos y cuando hubieron terminado, aguardó en silencio por unos instantes. Después, para asombro de los dos amigos, les preguntó por las personas que intervenían en los proyectos. Quiso detalles del alcalde de Monteleón, Hans Obermann, del arquitecto Luis Ojeda y del empresario hotelero Abelardo Cabrera. También cuestionó si lo óptimo no fuera buscar un comprador global de los chalets de Monteleón, en lugar de establecer un proceso de venta unidad por unidad. Preguntó cuál era el importe previsto de los gastos que sería necesario cubrir para sacar adelante el presupuesto de obras de los dos proyectos y cuando Lucas le respondió que la estimación era de unos doce mil euros, les respondió que siguieran adelante con los dos proyectos, que le parecían bien planteados y que les enviaba una transferencia de veinte mil euros, para cubrir estos gastos y cualquier otro imprevisto que surgiera. Además, añadió, tenían que buscar al menos otro proyecto más, porque el grupo debía elegir como mínimo entre tres. Les advirtió que no quedaba ya mucho tiempo para la siguiente reunión, con el objetivo de que aceleraran los pasos para consolidar lo ya realizado.

Pepe y Lucas quedaron muy satisfechos con la conversación con Richard, porque notaron un respaldo a su trabajo. Pepe llamó entonces al arquitecto Luis Ojeda, para informarle que el proyecto de Monteleón había sido considerado inicialmente viable y, por consiguiente, podía encargarle el proyecto de construcción. Le habló también del asunto de vender toda la urbanización en bloque en lugar de hacerlo chalet por chalet y Luis quedó en pensarlo y ver posibilidades.

Después se pasaron por Tafira, para ver de nuevo a Aumar Higgins, que estaba disponible en su casa y pedirle que preparara un documento en el que hubiera un pre acuerdo de compraventa del edificio.

A la salida de la reunión con Aumar decidieron ir a almorzar a un restaurante cercano, en la carretera de Santa Brígida a la Atalaya, El Castillete, que tenía una carne a la piedra deliciosa. Pepe conocía al dueño, Jorge, desde hacía años y aprovechó para presentarle a Lucas. Después pasaron al salón y se sentaron al fondo. Había algunas mesas ya ocupadas y Lucas recorrió despreocupadamente con la vista el salón, cuando de repente se quedó paralizado al ver, unas mesas más allá, a Raquel.

Raquel estaba con dos hombres y otra mujer. Llevaba una blusa fina de seda color marfil y falda corta, bastante corta, porque desde su posición Lucas podía ver perfectamente las largas piernas de la chica. Ella no podía verle a él, porque estaba mirando hacia delante. La conversación parecía muy amena, porque Lucas podía escuchar las risas de los cuatro y hablaban en inglés. Pepe, al ver la expresión de asombro de su amigo, se giró para mirar y entonces Raquel, que estaba apartándose un mechón de pelo de la cara, les pilló a los dos observándola. Su rostro quedó por un instante paralizado y Lucas vio durante un segundo esos dos enormes ojos verdes fijos en él, con una extraña expresión. Un instante después, la cara de Raquel se iluminó, apareció una deliciosa sonrisa en ella y vieron que, después de decir unas palabras a sus compañeros, haciendo un ademán con la cabeza en dirección a Pepe y Lucas, se levantaba de su silla. Lucas se levantó también, pero cuando quiso avanzar ya estaba Raquel junto a él, radiante y sonriente. Le dio un par de besos y saludó también a Pepe, que se estaba poniendo de pie.

-No te levantes, Pepe —le dijo Raquel. -¿Cómo estáis, chicos? Gracias por venir.

-¡Pero si no sabíamos que estabas aquí! -le respondió Lucas, mientras la recorría con la vista de arriba abajo. -Si incluso creía que estabas fuera de España.

Raquel amplió su sonrisa y moviendo la cabeza ligeramente hacia atrás, en dirección a sus compañeros de mesa, replicó: -Hemos llegado esta mañana a Las Palmas desde Atenas y esta misma tarde salimos para Cabo Verde. Pero, Lucas, si te envié un email ayer diciéndote que pasaría por la isla hoy y que quería saludarte. Al veros, he pensado que lo habías leído porque en él te puse que estaría almorzando con unos amigos aquí en el Castillete.

-Pues no, al menos hasta primera horas de esta mañana no tenía ningún correo tuyo. Pero mira, me alegro mucho de la casualidad, ¡caramba! ¿Cómo estás?

-Trabajando, como siempre. Lo cierto es que este viaje también es de trabajo, porque tenemos una reunión en Cabo Verde mañana.

-¿Volverás por aquí después?

-No, de allí vuelo a Lisboa y después a Sao Paulo en vuelo directo. Tengo que pasar la próxima semana en Brasil, pero —dejó unos segundos de suspense, ampliando su sonrisa de nuevo —tengo entendido que quizá nos veamos muy pronto por aquella parte del mundo. —Se llevó una mano a la boca, indicando con un gesto cómico que se había ido de la lengua.

-¿Puedes decirnos más? ¿Has hablado con Richard? Le hemos pasado esta mañana los detalles de los proyectos que hemos venido preparando desde que nos vimos.

-He hablado con él hace unos minutos. Me llamó para comentármelo. —Giró la cabeza hacia sus compañeros de mesa y añadió: -Tengo que irme ahora, chicos. Hemos terminado de comer y debemos hacer una gestión antes de volver al aeropuerto.

Pepe miró hacia la mesa y vio que, efectivamente, los tres se estaban levantando y la chica recogía el bolso de Raquel, que colgaba en su silla.

-Estoy encantada de haberte visto —miró hacia Pepe y corrigió rápidamente —de haberos visto, quiero decir. —Se inclinó para darle un beso a Pepe y luego, dándole un rápido abrazo, besó a Lucas en la comisura de los labios. —Nos veremos en unos días, Lucas. Sólo te diré que parece que estáis haciendo un buen trabajo, según me han comentado.

Sus compañeros llegaron a su altura, pero Raquel no los presentó. Cogió del brazo al hombre junto al que había estado sentada y salió del restaurante con ellos. Justo en la puerta, al salir, se giró levemente para mirar en dirección a Pepe y Lucas. Este último ya se había sentado, pero estaba observándola. Raquel sonrió, saludó con la mano y salió.

-¡Qué casualidad más asombrosa! —soltó Pepe, al quedarse solos.

—Con lo grande que es la isla y vamos a coincidir al mismo restaurante y al mismo tiempo.

-¡Ya lo creo! Pero me ha encantado la sorpresa. Lo único que no me ha gustado es el plan que seguramente llevará con ese tipo.

-No es propiedad tuya, -le replicó Pepe. —Es libre para hacer lo que quiera con quien quiera, ¿no te parece?

-Sí, si es cierto, pero me fastidia, ¡qué quieres que te diga!

-¿Así que están contentos con nosotros? —planteó Pepe, cambiando de tema.

-Eso ha dicho. Y que nos veremos pronto y por lo visto, tendremos que viajar.

-¡Estupendo! Si las cosas están siendo encarriladas tenemos algo muy interesante entre manos.

-Mira Pepe, si en la próxima reunión nos aprueban al menos uno de los proyectos, dejo definitivamente el trabajo en Belkar y me dedico a tiempo completo a esto contigo. Incluso dejo las clases de la Escuela.

-¡Eh Lucas! Espera, que aún no tenemos nada aprobado; en cualquier caso, no te haría falta trabajar en los laboratorios, porque con esto ganaremos una pasta impresionante, pero lo de las clases yo lo mantendría porque ya sabes que aquí eso te da un prestigio especial. Y sería incluso bueno para el negocio.

-Bueno, lo veremos después de esa reunión. ¿Dónde será?

-Ella ha dicho que por esa parte del mundo. ¡Genial!

-Bien, pues tenemos que ponernos a trabajar rápido para que todo esté listo en seis semanas. Hay muchas cosas que hacer pero básicamente gestionar los dos proyectos para que toda la documentación esté correctamente preparada para la reunión. Y nos falta, especialmente, el tercer proyecto que nos ha mencionado Richard.

Con estos comentarios dieron por terminado el almuerzo. Jorge, el dueño, se sentó con ellos porque eran los últimos clientes, sirvió unas copas (de whisky, naturalmente) y tuvieron una amena conversación durante las dos horas siguientes que les llevó por América Latina, el fútbol, la política local y, cómo no, las mujeres.

Capítulo 10

Aranjuez, 1836

Fernando del Castillo llegó a su residencia de Aranjuez a la hora del almuerzo. Después de un mes frenético, causado por los problemas derivados de la aplicación del Decreto de Exclaustración de las Órdenes Religiosas, decidió tomarse unos días de reposo. Llego en carroza escoltado por su Guardia personal de cuatro hombres a caballo.

Sus criados estaban esperándole en la puerta principal de la residencia y con ellos, su amigo Álvaro. Fernando descendió de la carroza de un salto, saludó a la servidumbre y fue a abrazar a Álvaro.

-¿Te están tratando bien, querido Álvaro?

Álvaro le recibió con una sonrisa. —Creo, Fernando, que me he acostumbrado demasiado a estas comodidades. Cuando cambien las cosas, tengo intención de trasladar la Cartuja a tu residencia, ¿te lo imaginas?

Fernando rió a carcajadas la ocurrencia de su amigo. Lo notaba mucho más relajado que la última vez que estuvo con él, allá en el Monasterio. Es lo que él necesitaba también: relajarse después de las preocupaciones de estas últimas semanas. Pasaron dentro y Fernando se aseó rápidamente para juntarse con su amigo en el saloncito y tomar un aperitivo antes del almuerzo.

Le contó a Álvaro que el decreto había sido una bomba y que habían tenido que reprimir manifestaciones tanto a favor como en contra e incluso intentos de la muchedumbre de hacerse con algunos conventos en Madrid por la fuerza. Los religiosos en general habían reaccionado bien y en estos momentos todos los edificios propiedad de órdenes religiosas estaban controlados por la policía, que procedía a hacer inventario de propiedades y bienes, junto con personal del Ministerio de Hacienda. Estimaban que esta operación duraría varios meses y después el Gobierno decidiría qué propiedades y bienes conservar y cuales subastar.

-¿Cuál ha sido la reacción de la Santa Sede? —preguntó Álvaro.

-Formalmente muy dura, exigiendo la restitución de todo lo incautado. El nuncio de su Santidad no sale del Palacio Real en todo el día, pidiendo audiencias que le retrasan y exigiendo la anulación del decreto. Por cauces extraoficiales está intentando que los obispados controlen los bienes de las órdenes aunque dudo que lo consiga. El Gobierno ha visto la tremenda vía de financiación que la extinción de las comunidades de religiosos le ha puesto en sus manos y todo lo rápidamente que pueda subastará los bienes más apetitosos, empezando posiblemente por las obras de arte. Y como además ha tenido el respaldo mayoritario de las Cortes, creo que tendremos desamortización para rato. Juan y Medio va y viene muy ufano declarando que esto es sólo el principio y que está preparando otros decretos aún más sustanciosos. Y sé que le apoyan Isturiz, Álvarez Guerra y otros del grupo, incluyendo a mi jefe, Olózaga.

-¿Tienes noticias del Monasterio?

-Quiero que sepas que encomendé a Bermúdez su vigilancia, porque con lo imbécil que es, me parecía el más apropiado para custodiar esas propiedades. Por otro lado, manteniéndolo allí no se cruzará en tu camino, ya que es el único que te conoce. De todas formas, tengo intención de ir allí de visita cuando vuelva de estos días de reposo. ¿Quieres algo de allí?

-No hace falta. Creo que estoy mejor informado que tú, gracias a mis correos voladores. Bermúdez se instaló la semana pasada en el refectorio, donde ha hecho colocar su escritorio y su dormitorio. Por lo visto las celdas le parecieron demasiado espartanas. Lleva tres días recorriendo todos los rincones del Monasterio con un albacea, levantando acta de los bienes que dejamos. Calculo que a estas alturas habrá descubierto ya que la lista que firmó incluía dos Dureros, otros cuadros menores y todos los objetos de oro, que han desaparecido del Monasterio. Aquí tienes el documento que firmó; otra copia está en poder del Vicario del Arzobispo, pero con la firma de Bermúdez falsificada por mí. Tu documento es el original, para que lo uses como mejor proveas.

–Pero, ¡Álvaro!, ¡esto es fulminante!

–Ese imbécil de Bermúdez tiene la fea costumbre de firmar documentos sin verificar su contenido y eso le va a perder un día de estos. –rió Álvaro y se levantaron para acudir al comedor, donde ya les estaba esperando el almuerzo.

Durante los días siguientes, Fernando y Álvaro disfrutaron de la compañía mutua, recordando muchas de las escenas de su juventud en París. Conversaron, pasearon a caballo por los jardines, fueron de excursión a pueblos cercanos y acudieron a algunas fiestas celebradas en honor del Intendente, en las que siempre le presentó como un amigo de la juventud que venía a establecerse en España.

Finalmente, Fernando tuvo que regresar a Madrid y Álvaro decidió que le acompañaría porque tenía intención de ver a sus monjes. Además, en Madrid estaría más cerca de los centros de decisión y le interesaba conocer cómo se irían desarrollando las circunstancias. Seguía pensando que estas medidas del Gobierno serían de corta duración y al final la razón se impondría, ayudada por la presión de la Iglesia y las propiedades incautadas volverían a sus legítimos propietarios.

La residencia oficial del Intendente de Hacienda en Madrid se encontraba en un hotelito del Paseo del Prado, frente al Jardín Botánico. Era mucho más pequeña que la de Aranjuez porque no pertenecía a la familia de Fernando sino que era la residencia oficial. Aún así, sus cuatro dormitorios eran más que suficientes para Fernando y Álvaro.

Cuando llegó a Madrid fue a ver a los hermanos mayores que quedaban en la ciudad, en el Palacio del Duque del Infantado. Al llegar a la entrada percibió un movimiento inusual; dos criados corrían desde la zona de los aposentos a la de servicio llevando unas jofainas y varias toallas y el mayordomo estaba dando instrucciones a un mensajero. Al verle, salió corriendo hacia Álvaro y le dijo: -¡Señor, señor! ¡Iba a mandarle un mensaje en este momento! ¡Uno de sus compañeros ha fallecido!

Álvaro subió las escaleras de dos en dos y llegó a la estancia donde vivían sus hermanos monjes. Entró y vio al hermano Manuel en el lecho y junto a él, los otros dos hermanos, dos criados y a sus pies, ¡al mismo Vicario!

-¡Querido Álvaro! —exclamó éste al verle. —¡Qué desgracia más grande!

Álvaro lo ignoró y se inclinó junto al lecho. El hermano Manuel estaba muy pálido. Tenía la sábana cubriéndole hasta el cuello y uno de los criados estaba retirando los paños que parece habían usado en él.

-¿Qué ha ocurrido? —preguntó Álvaro a uno de los cartujos.

-El hermano Manuel estaba conversando con su Ilustrísima en esta estancia, cuando de repente escuchamos un golpe en el patio y lo vimos tirado abajo.

-¡Se volvió loco cuando hablábamos, se subió al alféizar de la ventana y se arrojó como poseído por el diablo, sin que yo pudiera retenerle! —argumentó el Vicario, bastante agitado. -¡Dios tenga piedad de él, después de una vida de entrega y contemplación!

Álvaro sintió que la cólera se apoderaba de él. ¡El propio Vicario había intentado asesinar a uno de sus monjes! Se acercó furioso a él, intentando controlarse. Este lo vio venir, e instintivamente retrocedió hasta la pared. Allí pareció rehacerse y dijo: -Lo encontramos aún con vida. He podido atenderle y darle la extremaunción e incluso ha dado tiempo a que confesara sus pecados; pero cuando lo hemos levantado del suelo del patio ha expirado. ¡Pobre Hombre! ¡Dios sabe qué le ha impulsado a arrojarse! ¡Creo que la emoción de cambiar de vida, a su edad, ha podido sobre su fe!

¡Dios y también su Ilustrísima!, pensó Álvaro, pero no dijo nada. Habría que seguir actuando, para poder conocer la verdad. Pudo controlarse su rabia y respondió al Vicario, no sin ironía:

-¡Al menos tuvo la fortuna de pasar sus últimos momentos con su Ilustrísima! ¡Y de que le administrarais Vos mismo la extremaunción! –E inclinándose, intentó besar el anillo de la mano del Vicario, pero cuando estaba apenas rozándolo con los labios éste retiró la mano rápidamente.

Regresó junto al lecho con el cadáver y lo veló durante el resto de la tarde. El pobre Manuel había cumplido ya 72 años. ¡Quién iba a suicidarse a esa edad, después de haber entregado toda su vida al Señor! ¡Pero si con sus fuerzas no hubiera podido siquiera subirse a la ventana! ¡Y Manuel, que era paciencia infinita! Se entretuvo en recordar los mejores momentos de aquellos veinte años que pasó junto al Hermano Manuel y todo lo que aprendió de él. Su paciencia, su gracejo andaluz, las reprimendas que le daba cuando él era aún novicio; el respeto que le prestó desde que fuera elegido Prior del Monasterio. Cierto es que últimamente estaba un poco inestable y a veces perdía los nervios, pero todos lo achacaban a su edad y a un principio de demencia senil. ¡Manuel, Manuel, ahora estarás a la derecha del Señor! ¡Ayúdame desde tu posición, te lo ruego!

Cuando salió del cuarto fue a consolar a los otros dos hermanos que habían quedado en el Palacio del Duque. Los hermanos Cosme y Abelardo estaban en la capillita del Palacio, rezando un rosario. Álvaro se les unió y cuando lo terminaron y recitaron las letanías, les pidió que salieran con él a dar un paseo por los jardines de detrás del palacio.

-Contadme, hermanos, lo que deba saber, por favor -les dijo.

-Esta mañana apareció el Vicario. –empezó Cosme. -Dijo que había venido a ver al Señor Duque y que al no encontrarle, había pensado en pasar a saludarnos. Nos pidió unos minutos a solas con cada uno, por si deseábamos confesarnos con él. Naturalmente, el hermano Abelardo y yo seguimos sus instrucciones y le dejamos a solas con el hermano Manuel. Estábamos en la antesala esperando, cuando un criado subió corriendo, gritando que el hermano Manuel había caído al patio. Bajamos a verle y detrás bajó su Ilustrísima, totalmente descompuesto. El hermano Manuel no tenía lesiones externas, pero debió golpearse fuertemente la cabeza porque balbuceaba de forma totalmente incoherente palabras sueltas. Pudimos oírle nombrar a Jesucristo Nuestro Señor, al Santo Padre, al Vicario y algo del secreto que hemos jurado.

-El Vicario se inclinó junto a él, le cogió la cabeza y le rogó que se confesara –añadió Abelardo, -Manuel dijo algo que no pude escuchar y creo que su Ilustrísima tampoco y luego ya no dijo nada más, perdió el conocimiento y murió.

-Hermanos, -respondió Álvaro, después de un par de minutos de concentración, -Estáis en peligro en este palacio. Cuando su Ilustrísima se vaya, haced vuestro equipaje, no os despidáis de nadie y salid por la parte de atrás. Encaminaos a Madrid y buscad la Posada del Dragón, en la Cava Baja. Su dueño es un gran amigo mío. Pedidle que os acoja en mi nombre y esperad allí instrucciones mías. Voy a sacaros de España lo más rápido posible.

-¿Tiene todo esto algo que ver con nuestra actividad de los últimos días en el Monasterio, hermano Álvaro? –preguntó Cosme.

-No estoy seguro aún -respondió éste -pero creo que sí. Y no tengo toda la confianza que debiera en su Ilustrísima tampoco.

Por eso creo que es mejor poner espacio entre vosotros y el Vicario. Haced lo que os he dicho. Ahora iré a despedirme de su Ilustrísima. Si quisiera saludaros antes de irse, no permitáis que se quede solo con uno de los dos. Y otra cosa más: si os ofrece el anillo para que lo beséis, acercároslo a los labios pero no lleguéis a tocarlo con ellos. Confiad plenamente en lo que os digo, hermanos.-Los bendijo y regresó al palacio para ver al Vicario.

Al inclinarse para besarle el anillo antes, en el aposento del difunto hermano Manuel, Álvaro había podido examinarlo detenidamente muy de cerca y vio unas trazas de un polvo amarillento en su borde exterior. Sin ser un conocedor de drogas y venenos, sin embargo intuyó que ese polvillo podía tener algo que ver con la muerte del hermano Manuel. Más que un veneno, quizá fuera un potente alucinógeno que hiciera perder la razón de golpe. Eso explicaría la caída por la ventana, a menos que el propio Vicario lo hubiera arrastrado hasta ella y empujado. Pero nadie había mencionado ruido o grito alguno antes de oír el cuerpo chocar contra las losas del patio. Claro está que a Álvaro el Vicario no le dejó besarle el anillo, pero al estar tan cerca pudo ver ese resto de polvo. De repente tuvo una idea.

Llegó al aposento donde estaba tendido el cuerpo del hermano Manuel. No había nadie, ni siquiera los criados. Se acercó al cadáver y examinó su rostro y particularmente los labios. Vio también restos del polvillo amarillento en el labio inferior. Encontró una hoja de papel sobre el escritorio, lo cogió e hizo un pequeño cucurucho con un trozo de la hoja. Después, con una esquina del papel empujó el polvillo hacia dentro del cucurucho. Lo dobló y fue a metérselo de vuelta en el bolsillo interior de la chaqueta cuando la puerta se abrió y apareció su Ilustrísima. Este vio el papel, que Álvaro terminó de introducirse en el bolsillo, pero no dijo nada sobre él.

-Veo que sigues aquí, Álvaro. Vengo a despedirme.

Tengo que concelebrar una Eucaristía esta tarde en Madrid y voy a ofrecerla por el eterno descanso del hermano Manuel.-

-Yo también me voy, Ilustrísima. Debo regresar a la residencia de mi anfitrión. Es una suerte que nadie me conozca en Madrid y la cobertura de ser un viejo amigo del Intendente de Hacienda funciona perfectamente, además de ser cierta.

-¡Vente en mi carroza entonces! —respondió el otro -Debo pasar cerca de la residencia del Intendente y me gustaría que conversáramos un rato.

Álvaro no vio forma de eludir esta invitación y por otro lado, tenía interés en conocer hasta donde llegaba la implicación del Vicario y qué había detrás de todo este asunto, de modo que accedió y salió junto con él al patio del palacio, donde ya esperaba la carroza.

-Son tiempos difíciles, Álvaro —empezó el Vicario, camino de Madrid. —Y más difíciles para nosotros, como responsables de la Iglesia, que tenemos que hacer valer nuestra postura y al mismo tiempo no incomodar más a las autoridades laicas del país.

-¿No incomodar más a las autoridades, Ilustrísima? -respondió Álvaro. -¿Con todo el respeto, creéis que siendo blandos con ellos conseguiréis que restituyan aquello de lo que se han apropiado?

-¡Álvaro, Álvaro! Debes confiar en nosotros y en nuestra experiencia. Tú no eres un político, porque no has sido educado para ello y porque no has necesitado serlo. Deja estas cosas en manos de los profesionales, que sabemos hacerlo. Es cuestión de tiempo: el Gobierno acabará entendiendo su error y rectificará. Nosotros obtendremos todas nuestras propiedades y bienes y tú, Álvaro, volverás en unos meses a tu Cartuja, para seguir rigiendo sus destinos como antes.

-Pero, ya que hablamos de la Cartuja —prosiguió el Vicario, -cuéntame qué ha pasado allí. El hermano Manuel parecía muy nervioso al mencionarla.

-No ha pasado nada, Ilustrísima, que Vos no sepáis. Simplemente recibimos órdenes de desalojar el Monasterio y eso hemos hecho. Es comprensible que para personas que llevaban toda la vida en él, la salida fuera algo difícil de asimilar.

-Álvaro, como Prior que fuiste allí, si hubiera habido algo extraño, lo hubieras detectado, ¿verdad?

-¿A qué se refiere su Ilustrísima? —preguntó Álvaro, inquieto.

-No sé, Álvaro, a reuniones clandestinas, visitas recientes de desconocidos, movimientos en la noche,... algo extraño, en fin.

-No, Ilustrísima, no hay nada que yo haya detectado fuera de las pequeñas cosas cotidianas de un grupo de monjes cartujos. Nada de particular.

-Bueno, hijo mío, no insistiré más. Además, veo que ya estamos llegando a tu residencia. ¿Qué han dispuesto tus superiores para ti?

-De momento, me han pedido que continúe en Madrid, asistiendo a aquellos cartujos que pasen por aquí. Más adelante, quizá deseen que vaya al extranjero, posiblemente a Grenoble, donde está nuestra sede principal, como su Ilustrísima conoce.

-Bien, bien. Quisiera que nos viéramos la semana que viene, para continuar en contacto. Incluso, podríamos celebrar juntos un funeral en memoria del hermano Manuel, ¿te parece bien?

-Como su Ilustrísima disponga, -respondió Álvaro. Se inclinó hacia la mano del Vicario, pero éste le impidió llegar a besar el anillo, estrechándole la mano.

-Y la próxima vez que nos veamos, -terminó éste -recuerda que mi nombre es Domingo y humanamente no soy nada más que otro humilde servidor del Señor. En privado quiero que me tutees, porque necesitamos sentirnos próximos.

-De acuerdo, Ilustrísima -dijo Álvaro descendiendo de la carroza -la próxima vez que estemos en privado le tutearé. Id con Dios.

Álvaro entró en su dormitorio, se tumbó sobre la cama y pidió a Dios que le diera fuerzas para superar estas pruebas que le estaba poniendo en el camino. Después se quedó dormido, aún vestido.

Capítulo 11

Las Palmas, siglo XXI

Una semana después, Richard les llamó para saber cómo iban preparando las presentaciones. Les comentó que era muy importante quedar bien con el grupo, porque si recibían aprobación serían considerados colaboradores definitivos y si no, quedaría finalizada dicha colaboración para siempre. Por otro lado, él personalmente se jugaba su prestigio en el grupo al haber sido su introductor y gestor y por consiguiente, quería asegurarse que no habría ningún fleco suelto. Les hizo saber que viajaría a Las Palmas en dos días, para reunirse con ellos y pulir entre los tres la preparación de los proyectos. Como el día planteado era un martes, Lucas decidió pedirle a su jefe, Heraclio, unos días de vacaciones. Dado que no había disfrutado prácticamente de días libres porque los había pensado guardar para el verano y Navidad, Heraclio no puso pega alguna al respecto. De esta forma, Lucas estaría a la entera disposición del proyecto antes, durante y después de la visita de Richard.

El día señalado fue Pepe a recoger a Richard a su hotel, el Santa Catalina, porque habían pensado que era mejor que uno sólo lo recogiera, para no darle la impresión de un servilismo innecesario. Por esa razón tampoco fueron a recogerle al aeropuerto la tarde anterior, aunque fue Richard el que se adelantó a ellos al indicarles que no era necesario que pasaran a recogerle al llegar, porque tenía un vehículo de alquiler y unos amigos ingleses en el sur que deseaba ver.

Lucas permaneció en el despacho de Pepe organizando la pequeña presentación que pensaban darle, con el proyector conectado al ordenador y una pila de papeles, en su mayoría ya preparados en inglés, aunque algunos, como los proyectos de las obras, directamente en español.

Llegó Pepe con Richard, que parecía un poco tenso. Saludó a Lucas, Pepe pidió unos cafés y cuando hubieron llegado encargó a su secretaria

Pilar que reservara una mesa en el Rías Bajas para tres a las dos, cerró la puerta e indicó que no le pasaran llamadas. Y entonces empezaron la exposición, que compartieron entre los dos, porque Richard dijo que no le importaba que fuera en español, aunque la definitiva con el grupo tendría que ser, obviamente, en inglés. Tardaron media hora con cada proyecto y Richard fue tomando notas de vez en cuando y hojeando los papeles que le iban pasando, sin decir nada.

Una vez dieron por terminada la exposición, Richard habló:

-Caballeros, debo decirles que han hecho un trabajo sólido e inte-resante con ambos proyectos.

Pepe y Lucas se miraron y sonrieron. Richard mantuvo su expresión inmutada y continuó:

-Lamentablemente el planteamiento es incorrecto.

Los dos volvieron a mirarse, pero esta vez el gesto era de asombro. Pepe explotó: -Pero, ¿qué es lo que está mal, en su opinión?

-Déjenme explicarme. Mi objetivo como el de ustedes es que el Comité de Aprobaciones del grupo apruebe estos proyectos, o si no los dos, al menos uno de ellos. Ambos son económicamente viables y cumplen los requisitos solicitados, eso es cierto, pero deben ustedes comprender que mis socios analizan centenares de proyectos todos los años que cumplen todos los requisitos, pero sólo aprueban unos pocos de ellos. Mi función hoy es conseguir adaptar sus proyectos para que puedan ser escogidos dentro de tres semanas. Y tal como están plan-teados ahora, no lo serán. ¿Me entienden?

-Pues,... sí, claro —tartamudeó Pepe, -pero, ¿qué es lo que hay que hacer entonces?

-Analicemos cada uno por separado. -Richard se levantó de la silla, indicó a Lucas que pusiera el esquema del proyecto de Monteleón en el ordenador para que quedara proyectado en la pantalla de la pared y señaló hacia ella.

-Este proyecto no será viable a menos que haya una venta cierta y concertada de los chalets ligada a su construcción. Dicho de otro modo, a pesar de su rentabilidad, el grupo no dará luz verde a este proyecto si no existe un comprador que cierre un compromiso de compra de todos los chalets, de modo que la inversión realizada quede retornada como máximo dos o tres meses después de finalizar su construcción. El problema fundamental es que no podemos quedar a merced de que se vendan todos los chalets uno por uno. Si por alguna razón quedara alguno sin venderse durante un tiempo, la rentabilidad del proyecto se vería afectada, como entenderán ustedes. Y no queremos que esto ocurra. Por consiguiente, la única forma de que el proyecto resulte viable es garantizando que un comprador pagará el precio fijado por el conjunto de residencias a construir.

-Eso es muy lógico, -argumentó Lucas –pero en esas circunstancias, ¿por qué un comprador esperaría a que el proyecto de construcción estuviera terminado, en lugar de hacer él mismo de constructor, lo que abarataría sus costes al final?

-Tiene razón, Lucas. Un promotor avispado tomaría el proyecto desde sus inicios.

Pero no estamos buscando un promotor avispado, sino un promotor interesado, que por razones temporales no pueda asumir él la construcción pero sí estuviera dispuesto a comprar el bloque de chalets para su promoción comercial. Hay muchos potenciales compradores de un proyecto así que o no tienen los fondos disponibles en este momento, o no quieren asumir su construcción por diferentes motivos. Deben ustedes buscarlos y obtener un compromiso de compra del conjunto de chalets para adjuntarlo al proyecto. Sólo así conseguiremos que el grupo lo apruebe, se lo aseguro.

Pepe y Lucas permanecieron en silencio durante unos segundos. Richard pidió entonces a Lucas que pusiera el segundo proyecto en la pantalla de la pared.

-En cuanto a este proyecto, efectivamente tenemos ya un comprador en el otro extremo de la operación, por lo que el inconveniente anterior no le es aplicable. Sin embargo, sé que mis socios le pondrán un pero y es que es una operación relativamente pequeña en comparación con lo que normalmente hacemos. Cinco millones de euros es el límite mínimo para una inversión, pero en estos momentos estamos enfocándonos en importes sustancialmente superiores, por lo que los fondos no siempre están disponibles para proyectos de menor calado.

-¡Pero en este caso tenemos la inversión recuperada en un año desde la finalización de la construcción, Richard! -interrumpió Pepe, que estaba un poco exasperado. –¡Creo que no se puede pedir más!

-Efectivamente, aunque el documento de compromiso del Señor … –miró a la pantalla para leer el nombre –Cabrera, Abelardo Cabrera, no es suficiente. Necesitaríamos algo más robusto que un simple compromiso, porque si el Sr. Cabrera decide posteriormente que el proyecto no se ajusta a sus necesidades, nos quedaríamos con una obra terminada y ningún comprador en ciernes y sería terrible.

-Podríamos incluir una cláusula de indemnización en el documento, por si se retracta de su compromiso –sugirió Lucas, que había estado callado hasta entonces.

-Sí, podríamos hacerlo, pero incluso con ella, qué posibilidades hay de que algún día podamos cobrar esa indemnización, si acudiéramos a los tribunales y por otro lado, seguiríamos teniendo el problema de una obra terminada y ningún comprador. No, no es ese el camino. Si queremos sacar adelante este proyecto, a pesar de su calado, tenemos que afianzarlo más, con una certeza mayor de recuperar la inversión. Creo que el Sr. Cabrera debería poner su dinero donde pone su palabra, como decimos en Inglaterra. -Ya, -respondió Pepe, intentando contener su nerviosismo al ver que se le podía ir volando esta oportunidad – lo que ocurre es que Abelardo Cabrera no tiene en este momento el capital para acometer un proyecto como éste; si no, ya lo hubiera hecho él, que también conoce al propietario del edificio y la parcela. Me parece fuera de lugar plantearle que participe en la inversión en este momento.

-No es eso lo que quiero decir, Pepe y tranquilícese, que estamos todos en el mismo bando; todos queremos sacar estos proyectos adelante y por eso les estoy cuestionando el planteamiento. Creo que el Sr. Cabrera podría estar en condiciones de afianzar su interés en el proyecto de un modo más material, digámoslo así. Me refiero a que podría poner alguna de sus propiedades en prenda, para el hipotético supuesto en que renunciara a la compra del edificio reformado, por diferentes motivos. Porque me indicaron ustedes que el Sr. Cabrera es propietario de al menos un hotel, ¿no es cierto?

-Sí, es el dueño del Buenavista-Kher aquí en Gran Canaria, pero tiene otro hotel en Lanzarote y algunas inversiones menores en las otras islas.

-Pues sería cuestión de plantearle que afianzara su disposición con una de esas propiedades, al menos con un importe equivalente al de su compromiso, es decir –volvió a mirar a la pantalla –siete millones de euros.

Pepe y Lucas se miraron. Realmente Lucas no conocía apenas a Abelardo Cabrera, e intentaba adivinar por la reacción de su amigo la posible respuesta de Cabrera a este planteamiento. Pero Pepe se quedó mudo e inexpresivo, mirando a los papeles que tenía delante, sobre la mesa.

-Además, tenemos otro problema –añadió Richard –y es que nos falta el tercer proyecto para la terna que debemos presentar. ¿Alguna idea, caballeros?

Fue Lucas el que respondió ahora, viendo la actitud de introversión de Pepe. –Tenemos algunas ideas, pero aún no están maduras.

-Necesitamos algo más que ideas, señores. Para poner blanco sobre negro, si no pueden presentar tres proyectos consistentes dentro de tres semanas, no habrá presentación alguna. Por eso quería venir también, porque estas cuestiones hay que decirlas frente a frente y no por teléfono. Quiero motivarles, aunque parezca lo contrario, porque quiero que ustedes se consoliden en el grupo Eldorado. Hay mucho más allá de lo que ustedes han percibido hasta ahora. Hay unas posibilidades inmensas detrás y estos proyectos de inversión son sólo el comienzo, pero tienen que fructificar. Si ustedes consolidan su trabajo y presentan algo que el grupo no tenga más remedio que aprobar, pondremos en marcha la segunda fase de su colaboración y puedo anticiparles que supone pasar a integrar un grupo de participación en beneficios que, como mínimo, representa un retorno de más de un millón de euros anuales a cada miembro. Y hay más fases después, pero no puedo decirles nada más por ahora.

En resumen, que es fundamental que encuentren ese tercer proyecto y lo tengan preparado para nuestro próximo encuentro y que es también necesario que modifiquen los otros dos proyectos con los planteamientos que les he expuesto, en cuyo caso tendremos la seguridad de que al menos uno saldrá adelante. Les reitero mi disposición a colaborar con ustedes para tenerlo todo preparado porque, no lo olviden, estoy en su equipo. ¡Ah, se me olvidaba! Deben ustedes hacer una reserva de vuelo para el día 23 de este mes. Nos reuniremos en Santiago de Chile. Dejen el regreso abierto, por si la estancia se alarga. Ocúpense solo del vuelo, que de lo demás nos encargaremos nosotros. Si les parece bien, hablaremos dentro de las cuarenta y ocho horas siguientes, con el fin de determinar el tercer proyecto. Y también si les parece bien, podemos ir a comer algo, porque tengo un hambre de espanto; anoche quedé con mis amigos del sur y lo único que hicimos fue beber cerveza y esta mañana apenas tomé un desayuno "a la española" en el hotel.

Y salieron para el restaurante Rías Bajas, donde Pepe tenía la mesa reservada. Durante el almuerzo ya no se habló de trabajo y aunque Lucas quiso preguntarle a Richard por Raquel, no se atrevió, pero su nombre salió de refilón al comentar lo bien que lo habían pasado aquel fin de semana en el que el grupo había decidido contar con ellos. La comida fue pagada por Richard, que participó ampliamente en los "Laphroaig" posteriores. Al acabar, le dejaron en el hotel y cada uno se fue a su casa, porque había que descansar después de un día tan tenso.

Los dos se pusieron manos a la obra en los dos días siguientes, por un lado para reacondicionar los proyectos existentes y por el otro, para dar con un tercer proyecto que fuese apetecible para el grupo.

En lo que respecta a Monteleón, se reunieron con el arquitecto Luis Ojeda con el fin de plantearle la imperiosa necesidad de encontrar un promotor que comprara el conjunto de chalets. Fueron muy claros con él porque la realidad así lo demandaba y Luis inmediatamente calculó la viabilidad de ser él el promotor, aprovechando bien la oportunidad. El problema era que no tenía el encaje financiero suficiente. Una vez descontado de los gastos de inversión el concepto de promoción comercial, porque no se iba a realizar esta labor, la inversión resultante prevista se reducía a siete millones de euros y por consiguiente, para mantener el rédito de la inversión en el cincuenta por ciento bastaba con que el promotor adquiriera el proyecto por diez millones y medio de euros. Si efectivamente dedicaba quinientos mil a la promoción comercial, podría embolsarse un millón neto como beneficio de la promoción. Y Luis confiaba que al eliminar el riesgo de la materialización de la inversión, el rédito pudiera también reducirse a un más que interesante treinta y cinco o cuarenta por ciento es decir, que su coste si decidía hacerse promotor, no excedería los diez millones de euros.

Luis estaba muy seguro de poder conseguir que los chalets se vendieran rápidamente, porque los mismos alemanes que residían en Monteleón harían una promoción espontánea entre sus amigos de Alemania, al conocer de las lujosas viviendas. El verdadero inconveniente era no contar con diez millones para comprar el proyecto. Sus honorarios por la operación estaban bastante inflados, por lo que esperaba obtener neto casi un millón de euros, pero no tenía más que otro tanto invertido en acciones.

Pensó en la posibilidad de pedir un aval bancario, de modo que los inversores pudieran concederle contra dicho aval un periodo de tiempo, de entre seis meses y un año, para vender los chalets y pagarles con esos fondos. Quizá pudiera lograr que su banco habitual le emitiera el aval sobre la propiedad de su vivienda, que aunque antigua estaba en la misma Avenida Marítima y cuyo valor era superior a los dos millones de euros. Pero claro, el aval sería equivalente al valor del inmueble y por consiguiente, no sería suficiente para cubrir la operación. Había que buscar un socio. Pensó rápidamente en Pepe, que a lo mejor podía poner también su capital para ayudarle a completar el importe y se lo comentó.

Pero Pepe no estaba por la labor, porque aunque podía reunir fácilmente más de un millón de euros, no quería involucrarse en la operación inmobiliaria a espaldas del grupo de inversores, ahora que les había surgido este negocio. Lo que le respondió a Luis fue que él hablaría con Richard, para tantear el terreno.

Y sobre el otro proyecto, el de Tafira, tres cuartos de lo mismo. Abelardo Cabrera no podía disponer del dinero para garantizar la compra del hotel una vez reformado el edificio, precisamente porque, como Pepe le había indicado a Richard, si lo hubiera tenido, él hubiera hecho la reforma sin contar con nadie. Pero ahora que habían hablado del proyecto y que estaban a punto de ponerse manos a la obra, deseaba ferozmente poder hacerse con el edificio, porque además podría competir directamente con el Hotel-Escuela de Santa Brígida y esto le daría la reputación que buscaba. Pepe le puso al corriente de los requerimientos del grupo de inversores y de la posibilidad de establecer una prenda sobre alguna de sus propiedades. Abelardo sopesó esta solución con precaución, porque el hotel de Lanzarote no era útil ya que con una prenda no podría venderlo, le quedaban dos hostales que tenía en el Hierro y en la Gomera y una pequeña urbanización en Tenerife.

Por supuesto, también el buque estrella: El Hotel Buenavista-Kher. Pero iba a luchar por el importe a afianzar, porque no estaba dispuesto a constituir una prenda que equivaliera a la cantidad total de la compra prevista, los siete millones, ya que entonces hasta podría hacer la reforma él mismo. Así se lo manifestó a Pepe, que acordó comentarlo con los inversores y decirle algo.

En cuanto al tercer proyecto, estuvieron dando vueltas a varias ideas, pero no pudieron consolidar nada serio. Lo más interesante era un potencial desarrollo de una playa en la zona occidental de la isla, al estilo de la de Amadores, pero aún no estaba muy claro si los permisos necesarios serían concedidos o no y Pepe no se atrevía a presentar el proyecto en esta situación.

Esa misma tarde les llamó Richard para saber cómo iban las cosas. Le explicaron la situación de ambos proyectos y Richard prometió llamarles de nuevo al día siguiente con algunas ideas sobre lo expuesto.

Por la mañana les llamó. Respecto de Monteleón, les planteaba una alternativa: los inversores podrían aceptar, estaba seguro, una propuesta en la que el promotor, Luis Ojeda, acompañara a su compromiso de compra una cantidad, como señal, de dos millones de euros, antes de la ejecución del proyecto. Después, a los tres meses, otros dos millones, otros dos a los seis y los nueve y el resto, hasta completar nueve millones y medio, en el aniversario de la firma del compromiso. De esta manera se le concedía tiempo a Luis Ojeda para efectuar la promoción efectiva y vender los chalets. Además, al rebajar el importe de la venta a Luis, le hacían un favor, a costa de reducir el rédito de un cincuenta por ciento a un mero treinta y cinco. Así, Luis podría obtener dos millones y medio brutos de su intermediación comercial. Y cuanto antes tuviera vendidas las viviendas, más cómodos se le harían los pagos a los inversores.

En lo referente al proyecto de Tafira, en principio podría aceptarse una prenda equivalente al setenta por ciento del valor total comprometido, es decir, de unos cinco millones de euros, por parte de Abelardo Cabrera. Alternativamente, podrían aceptar dos millones en efectivo, como en el caso de Luis Ojeda, a la firma del compromiso y el pago de la cantidad restante a la entrega del edificio reformado.

Pepe y Lucas recibieron estas noticias encantados, porque ofrecían una posibilidades de éxito, al flexibilizar las condiciones cara a Luis y a Abelardo.

Por último, Richard sacó a colación el asunto del tercer proyecto. Tenía una idea que quería comentarles. Les preguntó si conocían a José Trías López, de Autocan. Claro que le conocían, especialmente Pepe, que gracias a su relación con José Trías había conseguido un jugoso contrato para su empresa de seguridad para equipar con cámaras en tiempo real varias de las paradas de la empresa de autobuses.

Pues resulta que Richard había conocido que Autocan estaba intentando entrar en el sector de las telecomunicaciones en las islas porque lo consideraban un paso natural para expandirse en el archipiélago. Este proyecto había surgido de unas relaciones de uno de los inversores en Estados Unidos y se había interesado mucho. En consecuencia y a falta de lago más sólido, Pepe y Lucas harían bien en hablar con José Trías y sutilmente plantear o mejor, hacer que él planteara su proyecto de telecomunicaciones, para ofrecerle financiación. Era un negocio un tanto atípico para el grupo de inversores, pero parecía interesante, uno de los socios más influyentes estaba interesado y, además, podría servir para completar la terna requerida.

Lo cierto es que las cosas funcionaron bastante bien. Luis Ojeda palideció ligeramente cuando le comunicaron que con dos millones de euros de entrada podía convertirse en el promotor del desarrollo de Monteleón pero inmediatamente después se puso a pensar en el dinero que podría sacar de la operación, además del prestigio. Abelardo Cabrera estuvo a punto de renunciar al proyecto, pero Pepe le hizo ver que la ocasión era única y además, ese mismo día había estado reunido con unos potenciales compradores para su hotel de Lanzarote y la operación parecía bastante bien consolidada.

La reunión con José Trías, de Autocan, fue un éxito. Pepe pidió la entrevista con la excusa de hablar del tema de las cámaras de seguridad y de ahí saltaron a las estrategias de la empresa para los próximos años porque, al tener necesidad las cámaras de una conexión inalámbrica con la central, Pepe le sugirió que porqué no entraban en ese sector, a lo que José Trías le respondió que parecía haberle leído el pensamiento, porque era un punto central en su estrategia. Pepe le comentó que estaban representando a un grupo internacional de inversores y que quizá pudieran ayudarle con la financiación necesaria para este desarrollo. José Trías no se lo pensó dos veces, porque sus líneas de financiación tradicionales con sus bancos y con la Caja Rural estaban agotadas después de las últimas inversiones. Llamó al director financiero y mostraron a Pepe y Lucas un expediente con los números ya hechos, indudablemente parte de una presentación ya preparada en inglés y les hizo ver que necesitaban dieciocho millones de euros para la segunda fase de la red de comunicaciones que estaban montando.

Pepe pidió todo el dossier y José Trías le prometió que tendría tres copias a primera hora del día siguiente. Pepe le avisó que tendrían que trabajar rápido porque en apenas tres semanas tendrían una reunión con el grupo de inversores para presentarles el proyecto. José Trías, sinceramente ilusionado, le contestó que pondría a todo su equipo a trabajar. Antes de terminar la reunión les hizo firmar un compromiso de confidencialidad.

Al día siguiente, puntualmente, recibieron los documentos de Autocan. Efectivamente, las necesidades de financiación eran de dieciocho millones de euros, pero la empresa ya había asumido otros veinticuatro de sus bancos para la primera fase del desarrollo del proyecto de telecomunicaciones. El proyecto original estimaba únicamente este importe como el necesario para su éxito, pero había habido problemas con los últimos satélites de comunicaciones y el coste del alquiler de banda en los existentes se había multiplicado por cinco. A Autocan le había pillado con el proyecto ya aprobado y comenzado y ahora sólo cabía la huida hacia delante porque abandonar el proyecto supondría asumir unas pérdidas de más de diez millones. José Trías creía firmemente que el negocio de las telecomunicaciones daría a la empresa el empuje necesario para afrontar la próxima década y no pensaba abandonar aunque el riesgo fuera mayor de lo estimado.

En el dossier ofrecía como garantía para el préstamo los bienes patrimoniales del negocio, valorados en treinta millones, aunque también existía una prenda sobre ellos por valor del préstamo de veinticuatro que los bancos le habían concedido. Sin embargo, José Trías argumentaba en la documentación que al realizar las primeras inversiones el patrimonio de la empresa se incrementaría en quince millones más, por lo que había margen de maniobra suficiente para afianzar la operación. El dossier contenía un compendio exhaustivo de datos financieros del negocio tradicional de Autocan, junto con un detalle del proyecto de comunicaciones y una sencilla descripción de las fases que contemplaba. Todo ello en un perfecto inglés y muy bien presentado.

Pepe y Lucas le enviaron el material a Richard por mensajero después de ponerle al corriente de la reunión y los datos generales del proyecto. Richard les indicó su satisfacción inicial, pendiente de un análisis más a fondo de la operación y quedó en llamarles lo antes posible. Mientras tanto, Pepe y Lucas debían encargar a una agencia de investigación, con toda la confidencialidad debida, un informe sobre el patrimonio personal de los propietarios de Autocan porque, como aclaró, en proyectos de financiación de este empaque era fundamental que los propietarios comprometieran su propio patrimonio si el negocio era incapaz de generar las garantías suficientes y en este caso así parecía, al menos inicialmente. Les pidió, sin embargo, que aún no comentaran nada de este asunto con José Trías porque a lo mejor no llegaría a ser necesario pero la agencia de investigación debía hacer su trabajo con celeridad para el caso de que se planteara esta posibilidad.

Pepe tenía varios contactos en Las Palmas, dadas las características de su empresa, dedicada a la seguridad, pero no podía poner la mano en el fuego por ninguno de ellos en lo que se refería a la confidencialidad, ya que en una ciudad tan contenida, todo acaba conociéndose. Por eso llamó a una agencia de detectives de la península, concretamente de Barcelona, que aunque fuera más cara sí podría garantizar esa discreción que era fundamental.

En la tarde del día siguiente, Pepe y Lucas estaban saliendo del despacho de Luis Ojeda, que estaba terminando el proyecto de obra de Monteleón, cuando recibieron la llamada de Richard. En principio y a tenor de los datos presentados, el proyecto Autocan podría ser viable, pero aquí también había que modificar el planteamiento. Para empezar, era necesario que los propietarios se embarcaran en el mismopatrimonialmente. Por lo tanto, tenían que conocer el estado de las finanzas personales de José Trías y quién fuera copropietario del negocio con él. En segundo lugar, dadas las características del sector, era importante contar con una garantía adicional, que no era fácil que procediera del propio negocio. Al preguntar Lucas por esta garantía, Richard le respondió que dos personas viajarían a Las Palmas el lunes de la siguiente semana para apoyarles en la preparación del proyecto y reunirse con José Trías. Pepe se sintió un poco molesto por esta noticia, porque parecía suponer la incapacidad de los dos para rematar este negocio y así se lo indicó a Richard. La respuesta de éste fue un tanto sorprendente, por lo grosera, ya que le indicó que efectivamente, no les veía capacitados para continuar esta operación y que por eso les enviaba dos profesionales. También le dijo que aprovecharan la ocasión para aprender de los profesionales y que no se preocupara, que sus honorarios serían respetados y no se les cargarían los gastos derivados de esta decisión.

Lucas se quedó un tanto cortado, pero le hizo ver a Pepe que era una ocasión perfecta para hacer lo que había indicado Richard, aprender. Sin embargo, le quedó el resquemor de la actitud tan brusca de éste, que no esperaba, porque hasta el momento había sido muy amable con ellos dos. Lo achacó a alguna tensión puntual del inglés.

El lunes por la mañana aparecieron en la empresa de Pepe dos personas que querían verle. La secretaria de Pepe, Pilar, les pidió sus nombres y los hizo esperar en la antesala. Llamó a la puerta del despacho y saludando a Pepe y a Lucas, anunció: -La Srta. Acebo y el Sr. von Keitel desean verles.

Pepe le pidió que los hiciera pasar al despacho y ambos se levantaron para saludarles. Al mirar hacia la puerta, Lucas dejó escapar una exclamación de sorpresa:

-¡Raquel!

Raquel entró primero, vistiendo unos pantalones blancos a juego con una blusa del mismo color, el pelo recogido en un moño detrás de la cabeza y un portafolio en la mano. Sonreía abiertamente al mirar a Lucas y a él se acercó el primero para darle un par de besos. Mientras se los daba., le susurró al oído: -Hola Lucas, me alegro un montón de verte otra vez. Nos vemos esta noche, ¿vale? – Después se acercó a Pepe y le dio otros dos besos.

A continuación se volvió hacia su compañero, que se había quedado en el umbral de la puerta y lo presentó: -Señores, les presento a Roberto von Keitel, a quienes ya conocen de la fiesta que tuvimos en Taurito hace unas semanas.

Pepe y Lucas estrecharon las manos con Roberto y les invitaron a sentarse a la mesa. Roberto decidió ir al grano inmediatamente y sacó del portafolios que llevaba Raquel la copia del expediente de Autocan que habían mandado a Richard, junto con unos cuantos papeles más.

Lo primero que hizo fue pedirles a Pepe y Lucas que le dejaran hablar a él en la reunión con José Trías. Este tipo de negociaciones era su especialidad pero debían dejarle desenvolverse sin interrupciones. También solicitó el informe de los detectives sobre el patrimonio personal del dueño de Autocan. Lucas se lo entregó porque lo habían recibido esa misma mañana. José Trías tenía propiedades inmobiliarias en España por un valor de dos millones de euros y en Brasil por otros cuatro millones de euros. Además, tenía una sociedad domiciliada en Gran Cayman, de la que no se tenían más datos. En lo que se refería a Autocan, era el único propietario de la misma y el valor estimado estaba en unos treinta millones, aunque esta cifra se había calculado a partir de las últimas cifras presentadas a Hacienda, algunos meses atrás. Sus relaciones con los bancos eran buenas, pero le habían cortado la financiación porque su nivel de endeudamiento había llegado al límite. En estos momentos, se calculaba que Autocan debía veintiséis millones de euros, plasmados en varios créditos menores a corto plazo y un crédito sindicado de veinte millones a siete años, con un interés un punto por encima de lo considerado habitual.

Roberto se mantuvo en silencio mientras leía el informe con mucha atención y Lucas y Raquel se fueron a la antesala a tomar un café.

-¡Es genial que hayas venido tú, Raquel! –le dijo Lucas cuando salieron del despacho. -¿Cuánto tiempo os vais a quedar?

-Hasta mañana por la tarde, en principio, a menos que Roberto considere que hay que extender la estancia. Estamos alojados en el Santa Catalina, que le recomendé a Richard y le gustó mucho más que el Reina Isabel. Pero si te apetece, me gustaría conocer tu casa –le respondió y tomándole el rostro con las manos acercó el suyo y le besó en los labios.

Cuando Lucas se hubo recuperado le respondió que sería magnífico, aunque no esperara un palacio y además, como soltero que era, el apartamento estaba hecho un desastre. Ella volvió a sonreír y después de coger la taza con el café humeante, regresaron al despacho.

El resto de la reunión se dedicó a repasar los números de Autocan. Lucas observó que tanto Roberto como Raquel se habían estudiado el dossier, porque conocían al dedillo los pormenores de la empresa y de su proyecto.

Salieron después para la reunión con José Trías y fueron recibidos por él mismo, su director financiero, Pedro Hurtado y un asesor de José Trías llamado Carlos Cuesta. A José Trías se le notaba algo nervioso y al director financiero, algo receloso, pero Lucas pensó que esa era la actitud lógica en un financiero. El asesor permaneció callado desde el principio, dejando que la conversación la llevara José Trías.

Este repitió casi exactamente lo que aparecía en el dossier entregado y nadie lo interrumpió. Roberto escuchaba impasible y Raquel tomó algunas notas. Cuando terminó, Roberto pasó a exponer sus planteamientos. Les dijo que habían estudiado el proyecto con bastante intensidad, a pesar de la premura y que además lo habían consultado con gran parte del comité de aprobaciones del grupo de inversores. La decisión informal era que valía la pena integrarse en un proyecto como éste.

José Trías soltó un suspiro de alivio y palmeó en la espalda al financiero, que le sonrió tímidamente.

-Sin embargo, -prosiguió Roberto -el grupo considera que necesita ciertas garantías adicionales, consistentes en un aseguramiento patrimonial por el propietario del negocio, que es usted, dado el elevado nivel de endeudamiento que tienen en estos momentos.

José Trías se le quedó mirando como si no entendiera lo que le había dicho. Después miró a su financiero, que no dijo nada y a su asesor, que habló por él:

-¿Quiere usted decir que el Sr. Trías tendría que garantizar con algunos de sus bienes la financiación de ustedes?

-Efectivamente, eso es lo que he dicho, -respondió Roberto, con un deje de prepotencia en su marcado acento venezolano.

-¡Pero, eso es absurdo! —exclamó José Trías. -¿Cómo voy a garantizar yo un crédito con mi propio patrimonio? ¿Están ustedes locos o qué?

Roberto lo miró un par de segundos como si fuera a matarlo, plantó una fuerte palmada en la mesa y comenzó a recoger sus papeles, mientras decía, con voz grave:

-Señores, ya no hay más que hablar. Hemos terminado la reunión.

Hubo un intercambio de miradas en la sala. Pepe y Lucas se miraron y los dos a la vez dirigieron luego su vista hacia Roberto, que habiendo recogido sus documentos estaba comenzando a levantarse. Raquel también lo miraba, aunque de reojo observaba a José Trías, que estaba con cara de idiota viendo lo que hacía Roberto. Su financiero y el asesor estaban con la vista en sus respectivos papeles. Y Roberto no miraba a nadie en particular; simplemente se levantaba para irse con su documentación en la mano.

De repente, cuando Roberto ya estaba girándose hacia la puerta, José Trías se levantó de golpe y dijo: -¡Está bien! ¡Lo siento! Vuelva, por favor y plantearemos lo que sea.

Roberto, muy calmadamente, se detuvo, se dio la vuelta despacio y mirándole cara a cara, respondió: -Señor Trías, mi intención al reunirme con usted es ofrecerle una solución para que puedan sacar adelante su proyecto de telecomunicaciones, ni más ni menos. No tengo porqué aguantar desprecios ni malas actitudes, simplemente porque a usted no le guste lo que le estoy planteando. Si quiere que dialoguemos, bien, pero si vuelve a comportarse como hace unos minutos, nos vamos definitivamente.

-¡Está bien, está bien! ¡Lo siento! -repitió José Trías.

-Bien, como iba diciendo antes de la interrupción —se detuvo un instante, para remachar su indignación —este tipo de operación requiere garantías adicionales, por su misma naturaleza. —José Trías se removió incómodo en su asiento.

-Nosotros no somos una entidad benéfica. Prestamos un servicio único y cobramos por él. Sería iluso por mi parte acudir al grupo de inversores que represento para recomendarles que le den a usted treinta o cuarenta millones de euros sin garantía alguna de peso, confiando únicamente en que el negocio le salga bien para recuperar la inversión. Creo que esto lo comprenderá, ¿no es así? —Al decirlo, levantó la vista y se quedó mirando fijamente a José Trías. Este mantuvo la mirada un instante y luego respondió: -Por supuesto, hasta aquí lo entiendo muy bien. Pero ¿por qué menciona una cifra muy superior a la que realmente necesitamos de ustedes?

-Pues entonces prosigo. He dicho treinta o cuarenta millones, pero podrían ser cincuenta o sesenta, si llegamos a un acuerdo satisfactorio. –Los ojos de José Trías se abrieron ligeramente y miró fugazmente a sus consejeros.

-No es un problema de fondos, sino de engranar una estructura financiera adecuada a la recuperación de dichos fondos con garantía. Nuestro grupo considera claves sectores como el de las telecomunicaciones y cree que debe hacerse un especial esfuerzo para ayudar a su desarrollo. Por eso no habría dificultad para ampliar una línea de crédito superior a sus necesidades actuales. Con ella podría potenciar aún más su proyecto, pero también podría disminuir su deuda con las instituciones financieras que ya le han prestado fondos. Si usted puede considerar la posibilidad de comprometer parte de su patrimonio en la operación y diseñamos una ingeniería financiera adecuada, veo una fácil salida del túnel. Además, parte de nuestro crédito no se reflejaría en el pasivo del balance, porque lo constituiríamos a partir de colateral. De este modo, ustedes podrían sanear sus cuentas formalmente y replantear sus relaciones financieras.

-Si le digo la verdad, no entiendo gran cosa de lo que comenta, pero la música de fondo no me desagrada –respondió José Trías. –Si le parece bien, mis asesores tomarán nota de lo que plantea y procurarán ponerlo de manera que lo entienda yo después.

-Me parece correcto –replicó Roberto. –Podemos seguir la reunión con sus asesores únicamente, pero necesitaría una respuesta por su parte en los próximos dos días, porque la reunión semestral del grupo de inversores se celebrará la semana que viene y si el proyecto no está consolidado para entonces, no lo presentaré.

-¿Dos días para una decisión? ¿Se da usted cuenta de lo que está pidiendo?

-Usted mismo, Sr. Trías. Yo ya le he expuesto mis planteamientos. Pero si no podemos presentar el proyecto ahora, quizá podamos hacerlo más adelante, dentro de seis meses.

-Bueno, bueno, sigan ustedes con la reunión y veremos qué se puede hacer. –Y con esto, José Trías se levantó, saludó uno por uno a los visitantes y salió en dirección a su despacho.

El resto de la reunión sirvió para plantear la postura financiera. Roberto indicó que el Sr. Trías debería comprometer un ochenta por ciento de su patrimonio personal para empezar y que, además, deberían suscribir garantías adicionales por un importe al menos equivalente al del crédito a aplicar. Ofreció también la posibilidad de que el mismo grupo de inversores aportara las garantías adicionales, a un coste, por supuesto, pero así aliviarían las cargas con sus instituciones financieras corrientes. El grupo permitiría que parte de los fondos se destinara al repago anticipado de los préstamos de Autocan emitidos por sus bancos.

Por otro lado, para poder ejercer un control directo sobre el uso de los fondos y la marcha del proyecto, se plantearía la transmisión de las acciones de la empresa a la sociedad constituida en Gran Caimán, que a su vez emitiría acciones preferenciales a nombre de los inversores. Así, en caso de dificultades, al menos podrían ejercer sus derechos sobre la empresa.

Los asesores plantearon su oposición a esta última sección del esquema, por cuanto que supondría, de hecho, la pérdida de la propiedad de la empresa para el Sr. Trías. Roberto aclaró que únicamente en el supuesto que se incumpliera seriamente alguno de los compromisos de pago entraría en acción el ejercicio de los derechos de los accionistas preferenciales y a esto no podía negarse nadie puesto que, al fin y al cabo, era con su dinero con el que la empresa iba a ser reflotada y su proyecto de telecomunicaciones culminado.

En esta tesitura se dio por terminada la reunión y los cuatro abandonaron la sede de Autocan siendo ya las dos y media de la tarde.

Almorzaron en un restaurante de la parte típica de Las Palmas, en Vegueta. Allí aprovechó Lucas para cuestionarle a Roberto el desarrollo de la reunión, debido a que en principio el objetivo inicial había quedado desvirtuado. Roberto estaba muy contento con el resultado y con dos whiskys ya en el gaznate, mientras picaba unas patatas, les explicó que la idea le había surgido al estudiar la operación unos días antes y que los inversores con los que había conversado le habían dado su visto bueno. No les había dicho nada a ellos porque quería conocer al Sr. Trías y al equipo que tenía, antes de lanzar la idea. Les confesó que estaba convencido de que José Trías aceptaría sus condiciones porque eran las únicas que podían sacarle adelante su proyecto. También les dio a conocer que esa misma tarde volvería a hablar con él personalmente y que al día siguiente se pondría nuevamente en contacto con José Trías para informarle que el plazo para su respuesta se acortaba un día, porque tenía que regresar a Zúrich para unas reuniones preparatorias de la del Club de Inversores.

Durante el almuerzo Roberto siguió tomando whiskys, rechazando el vino y por supuesto el agua. Recibió al menos cuatro llamadas al móvil, que tramitó levantándose de la mesa y saliendo a la calle para conversar. Después de cada llamada volvía más animado y al regresar de la última les anunció a todos que los de Eldorado aprobaban plenamente la gestión efectuada y la propuesta planteada a José Trías. También les comentó, rogando guardaran la debida discreción, que la operación estaba ya aprobada de hecho, aunque los inversores querrían ver la presentación de la misma por Pepe y Lucas en Santiago de Chile.

Y finalmente, para rematar su comentario, les dejó caer que, según lo acordado, recibirían otros cuarenta mil euros al presentar los proyectos, más cien mil por éste, al superar los diez millones de euros y una participación de un uno por ciento en los beneficios como mínimo.

Después pidió a Pepe si le podía acercar al hotel para descansar un rato antes de llamar al Sr. Trías. Raquel le preguntó si la necesitaba, pero le dijo que no y que en todo caso se verían a la noche, si acaso, para comentar las conclusiones de la reunión vespertina. Salieron todos del restaurante y Lucas y Raquel decidieron dar un paseo hacia el centro de la ciudad.

-Sorprendente este Roberto, ¿verdad? —rompió el fuego Lucas.

-Lo es, Lucas. Es un tipo muy peculiar. Es tremendamente inteligente y con un carácter muy especial.

-Perdona que te haga esta pregunta, pero ¿tienes algo con él?

-Lucas, como ya te dije, somos adultos los dos. Yo no te hago estas preguntas y te pido que tampoco me las hagas tú a mí. —Se detuvo un momento —Pero para tu información, la respuesta es no. No tengo nada con Roberto. Trabajo con él cuando así me lo indican, pero no me enrollo con él porque no es mi tipo.

-Y yo ¿soy tu tipo?

-Mira, guapo, -respondió Raquel, haciendo un mohín que le resultó tremendamente excitante a Lucas —si no fueras mi tipo, no te pediría en este momento que vayamos a tu apartamento, para una reunión muy pero que muy especial entre los dos. —Y girándose, llamó a un taxi que paró junto a ellos.

La blusa de Raquel se quedó al otro lado de la puerta del apartamento. Los pantalones en el recibidor y el moño desapareció al entrar en el dormitorio. Fueron besándose hacia el interior del cuarto, pero en lugar de caer en la cama se dirigieron hacia las puertas del balcón; el atardecer aportaba una luz especial al mar y las crestas de las pequeñas olas ofrecían extraños brillos que refulgían como chispas.

-¿Recuerdas aquella noche en el yate? —le preguntó ella.

Se dio la vuelta para apoyarse en la barandilla interna del balcón y se inclinó hacia delante ofreciéndole su tesoro en la misma posición que la primera vez que lo hicieron. Sin embargo Lucas, a pesar de la ansiedad que le llenaba, quiso dedicarse a darle a Raquel el máximo placer posible, mientras él pudiera aguantarlo. Le acarició la melena desplegada y fue besándola suavemente por los hombros y la parte superior de la espalda. Raquel gimió de gusto como lo había hecho en el barco y por un momento Lucas casi decidió rematar la faena directamente, por no poder aguantar. Sin embargo quiso regalarle a la chica este momento tan especial y siguió besándola cada vez más abajo en la espalda, mientras sus manos iban lentamente rodeándola por debajo de los brazos en dirección a sus senos.

-¡Lucas por favor! -suplicó Raquel -¡Hazlo ya, por piedad!

Él la ignoró y alcanzó sus pechos, cubriéndolos con ambas manos suavemente, buscando los duros pezones que tanto recordaba. Raquel se movió para colocarse totalmente preparada para él. Lucas, desde atrás, quiso voltearla para besarle los pezones pero cuando Raquel gimió de placer ya no pudo hacer otra cosa sino cogerse el miembro con una de las manos y penetrarla rápidamente. Sintió la humedad de los labios de Raquel cuando se abrían para dejarle pasar y el calor interno de sus músculos cerrándose en torno a su pene. Ella empezó a moverse hacia delante y hacia atrás, girando levemente las caderas a la vez. Lucas le acarició los firmes pechos, cogiendo los pezones entre los dedos índice y pulgar con extrema suavidad, moviendo el dedo pulgar alrededor de cada uno. Raquel empezó a moverse cada vez más deprisa, mientras empezaba ya no a gemir otra vez, sino a gritar sin poder evitarlo. Alargó las manos por detrás y sujetó a Lucas por los glúteos, para que entrara bien dentro de ella. Y en pleno grito llegó al orgasmo. Lucas se perdió también y bajó todas las barreras que hasta el momento le habían permitido controlarse. Sintió el chorro según salía de él con auténtica presión, porque su pene estaba fuertemente apretado por los músculos vaginales de Raquel, que se dilataban y contraían rítmicamente mientras su orgasmo la recorría desde abajo hacia arriba hasta inundar todo su cerebro. Ambos se derrumbaron sobre la alfombra, extasiados de placer, con los brazos y las piernas entrelazados.

Descansaron juntos un rato y después se asearon y salieron al balcón, cuando el sol de poniente coloreaba de bermellón las nubes del horizonte. Lucas había preparado un granizado de limón, que saboreaban viendo el cielo oscurecerse lentamente. Raquel dio un suspiro y dijo: -Podría acostumbrarme a eso.

-Si "esto" me incluye a mí, sería maravilloso —respondió Lucas.

Raquel sonrió, lo cogió del brazo y le besó en los labios. —"Esto" eres tú.

-¿Quieres que nos lo planteemos en serio?

-Quisiera que nos lo planteáramos, Lucas, a la vuelta de la reunión en Chile. Quiero conocerte y que tú me conozcas y estar contigo; tengo tantas cosas que contarte, pero hay que esperar hasta después de la reunión; ¿te parece bien?

-Lo que dices es fantástico, cariño —Lucas se sorprendió del apelativo que le había salido. Raquel no pareció tan sorprendida, ya que apoyó su cabeza sobre el hombro de él.

En ese preciso instante sonó el teléfono móvil de Raquel en el salón. Entró, lo cogió y respondió con monosílabos. Después colgó y volvió a salir al balcón.

-Era Roberto. Dice que llamó a José Trías y que fue a verle a su oficina. Acaba de terminar su reunión con él y quiere vernos en la terraza del Hotel donde estamos. Va a llamar también a Pepe.

-Bueno, pues vayamos entonces. Parece que el día está siendo intenso —comentó

Lucas. Raquel rió el chiste y recogió sus cosas, saliendo juntos del apartamento.

En la terraza del Hotel Santa Catalina estaban ya Roberto y Pepe. Roberto estaba tomando un whisky y Pepe, un Laphroaig seco en copa balón. Raquel pidió un gin tonic y Lucas, otro Laphroaig.

-Ha habido un ligero inconveniente en esta reunión – lanzó Roberto, cuando el camarero hubo traído las copas. –José Trías necesita más tiempo para tomar una decisión y aunque le he indicado que si no acepta inmediatamente el crédito podría demorarse al menos seis meses más, dice que una decisión así no puede tomarse precipitadamente y que aunque sea el dueño y señor del negocio, se debe a sus empleados.

-Pero, ¿podría verse incapacitado para sacar adelante su proyecto, si no consigue financiación? –planteó Pepe.

-Más que eso, -remachó Raquel. –Según los datos con que contamos, no tiene absolutamente ninguna posibilidad de culminar el proyecto sin financiación adicional antes que termine este mes y sabemos también que es muy improbable que los bancos le concedan nuevos créditos.

-Pues no entiendo su actitud, sinceramente –replicó Pepe. –Como empresario, una oportunidad así no puede desperdiciarse. Además, los costes del crédito no son excesivamente caros, contando que con elimina la financiación bancaria actual que le está ahogando.

-Hubiera querido rematar esta operación hoy mismo –volvió a intervenir Roberto, -y así ustedes podrían centrarse en las otras dos operaciones que tienen que presentarnos. Sin embargo, las cosas no siempre salen como uno quiere. –Se quedó pensativo, acariciándose la barbilla con una mano.

Unos segundos después, levantó la cabeza y con un brillo especial en los ojos exclamó: -¡Ya lo tengo! –Todos se quedaron mirándole.

-Invitaremos al Sr. Trías a Chile, para que conozca a algunos de los otros miembros del club. Además, le presentaremos a ciertos contactos nuestros, ¿no tiene patrimonio en Brasil?, pues bien, saludará al Ministro de Hacienda de Brasil y al Gobernador del Banco Central, por ejemplo. ¡Pepe! ¿Pueden ustedes hacer una reserva para el Sr. Trías en su mismo vuelo para Santiago? Viajen en primera, sin escatimar recursos, por favor. ¡Ah! ¡El sólo! No quiero ver ni al asesor ese ni a nadie de su empresa en Chile.

Pepe y Lucas se miraron y asintieron. Roberto tomó su móvil y marcó el número de José Trías, que tenía ya registrado en su agenda. Espero los tonos y cuando el otro respondió, le planteó la visita a Chile: -Sr. Trías, estamos aquí con Pepe y Lucas discutiendo sobre lo que hemos charlado antes y se nos ha ocurrido la solución para evitar que esto se demore más. Respetando su petición de tiempo para tomar una decisión, hemos pensado que quizá pueda tomarla la semana que viene, en la reunión de los inversores que celebraremos en Santiago de Chile. Tenemos el gusto de invitarle a ella, para que conozca a las personas cuyo dinero le ofrecemos y para facilitarle su toma de decisión. ¿Qué le parece?

La respuesta debió ser satisfactoria, porque Roberto soltó una carcajada, intercambió un par de comentarios jocosos con su interlocutor y quedó en verle de nuevo en Santiago la semana siguiente.

-¡Chévere! ¡Ya está todo en marcha! – exclamó cuando hubo cortado la comunicación. – Ahora les toca a ustedes estar listos para la reunión. Tienen que presentar los tres proyectos bajo el prisma que les ha indicado Richard. Raquel, ¿tienes inconveniente en quedarte a ayudarles a prepararlo todo y de paso vuelas con ellos a Chile directamente? Lo comentaré a los otros miembros, para que no haya problemas.

-Encantada de echarles una mano, Roberto —respondió Raquel con una gran sonrisa. – Pero tendré que comprarme ropa adecuada para el fresco de esta época del año en Chile.
-Compra lo que te parezca. Y gracias por acceder. Es muy importante que todo esté bien organizado y, señores, -dijo mirando a Pepe y Lucas —Raquel es, junto con María, las dos personas que mejor pueden organizar cualquier cosa.

-¡Encantados de tenerla con nosotros! —fue Pepe el que respondió primero. Lucas guardó silencio, porque no hubiera podido soñar con este regalo jamás.

Roberto se despidió de los tres, ya que aunque su vuelo no estaba previsto hasta el día siguiente por la tarde, argumentó que tenía bastante trabajo atrasado por hacer y que le venía bien la tranquilidad del hotel para trabajar. Así mismo, les indicó que no era necesario que le llevaran al aeropuerto al día siguiente, porque tenía ya reservado un coche con chófer.

Pepe y Lucas esperaron en la terraza del Santa Catalina a Raquel, que subió a su habitación para recoger la bolsa de sus cosas, accediendo al ruego de Lucas de que pasase la noche con él en su apartamento.

-Maravillosa mujer, ¿verdad? —le comentó Pepe a Lucas.

-Pepe, creo que estoy coladito por ella. —respondió Lucas. —Y creo que ella me corresponde. En cualquier caso, estos días nos van a venir de perlas para ver por dónde pueden ir las cosas.

-¡Bueno, si deja de interesarte, me lo dices, que me apunto al carro! —replicó Pepe, con cara de sorna. Los dos se echaron a reír y justo en ese momento apareció Raquel, que se había cambiado a ropa un poco más informal y traía una pequeña bolsa de viaje al brazo.

Salieron juntos del hotel y al llegar a León y Castillo, Pepe se fue hacia la izquierda, en dirección a su casa, mientras que los otros dos se dirigieron caminando hacia la Plaza de la Feria, al apartamento de Lucas, donde practicaron de nuevo el sublime arte de amar, casi hasta el amanecer.

Durante los siguientes días trabajaron con intensidad, preparando todos los documentos necesarios para la reunión. La aportación de Raquel fue decisiva, porque pudo con su experiencia darle la forma a los proyectos para que no hubiera problemas serios que anticipar. Además, planteó sesiones de preguntas en las que hacía de abogado del diablo, desmontando las argumentaciones de los dos una y otra vez, hasta que tanto Pepe como Lucas se sintieron perfectamente capaces de enfrentarse a un tribunal de la inquisición.

En el plano personal, Raquel y Lucas dispusieron de bastante tiempo para conocerse más y mejor. Si bien durante la semana apenas pudieron hacer otra cosa que trabajar en la oficina de Pepe, decidieron darse el fin de semana de descanso para estar frescos en la reunión. Además, Raquel se sentía muy tranquila con la preparación del material y de las presentaciones y les transmitió a ellos esa misma tranquilidad.

Por eso el viernes por la noche salieron los dos hacia el hotel Gloria Palace, en la playa de Amadores, cuyo nombre sirvió de chiste durante todo el fin de semana. Lucas le enseñó toda la zona a Raquel, pasearon por la playa, comieron en uno de los restaurantes de Puerto Mogán que Lucas conocía e hicieron alguna excursión en coche por el centro de la isla, a la Presa de las Niñas y a Tejeda. Ambos se contaron su vida, sus pasados amores y desamores y sus ilusiones. Raquel le explicó a Lucas que no le gustaba vivir en Londres, pero que había conocido a alguno de los miembros del grupo de inversores a través de una amiga y que el trabajo era fascinante y el sueldo también. Sin embargo, veía este trabajo como algo provisional y le encantaría ir a vivir a algún lugar con un clima más "humano", como Portugal o España. Sacó Lucas el tema de plantearse seriamente la relación, dado que habían estado varios días de convivencia intensa y Raquel le hizo ver que, sin responderle, la relación estaba claramente planteada. Pero le pidió que esperara hasta después de la reunión de Chile en cualquier caso.

Capítulo 12

Chile, siglo XXI

El lunes por la tarde salieron en un vuelo de Iberia hacia Madrid con Pepe y con José Trías, para después conectar con el vuelo Madrid -Santiago de Chile de la misma aerolínea, con escala en Sao Paulo. Viajaron en la parte superior del 747 los cuatro solos en la cabina de primera. Raquel y Lucas disfrutaron del viaje e incluso tuvieron ocasión de explorarse mutuamente en los lavabos exclusivos de la sección de primera, mientras sus dos acompañantes dormitaban en sus asientos convertidos en camas.

Al salir de la zona internacional del aeropuerto les estaban esperando dos personas con un cartel en el que ponía "Eldorado". Eran un chófer y un asistente, que recogieron sus bultos y les guiaron hasta un monovolumen aparcado justamente a las puertas del terminal. El camino llevaba en dirección a Santiago pero se desvió poco después hacia la izquierda y cruzando el río Maipó llegaron hasta una carretera secundaria, aunque aún asfaltada, que al cabo de unos tres kilómetros les llevó a la verja de entrada de una finca llamada "Fundo Pajaritos". La verja se abrió automáticamente y entraron en una zona de arboleda, con un sendero que la atravesaba durante otros dos o tres kilómetros, subiendo ligeramente a lo alto de un cerro. Arriba esta la casa de una sola planta y muy extensa, con alas laterales que parecían cerrarla en su parte posterior. El vehículo se detuvo en la puerta de entrada, un magnífico portón de dos hojas, en madera oscura, con goznes en hierro negro y un elegante repujado en su contorno. Una de las hojas estaba entreabierta y por la apertura salió una persona que se acercó a ellos. Era Rodrigo de Rivas.

-¡Bienvenidos a mi morada! —les saludó, besando a Raquel y estrechando las manos de los demás. José Trías le fue presentado por Pepe.

-¡Es un lugar precioso! – admiró Raquel, mirando alrededor.

-Pasen al interior y les mostraré la casa por dentro. Quiero que la sientan como propia mientras estén en ella. El servicio está a su disposición para lo que precisen. Lamentablemente no disponemos de habitaciones para todos, ya que la casa sólo ofrece ocho dormitorios y somos algunos más, pero hemos reservado algunas suites en el hotel Intercontinental, en Las Condes. Me temo que al ser los últimos en llegar ustedes tendrán que pasar la noche allí. Sin embargo el Sr. Trías sí tiene habitación disponible con nosotros, porque uno de nuestros invitados ha fallado y su cuarto ha quedado libre.

Aparecieron dos mozos por la parte trasera del vehículo y preguntaron cuáles eran las maletas del Sr. Trías, que descargaron del mismo. Raquel, Pepe, José Trías y Lucas siguieron a Rodrigo al interior.

La entrada se abría a un patio interior amplio, con macizos de plantas y flores en las esquinas y en torno a un pequeño cuadrado central, en el que había una sencilla fuente de piedra de un metro de altura con un chorro de agua cristalina en su parte superior. Detrás, otra puerta de madera de doble hoja indicaba la entrada al salón, que era rectangular y extenso y que contenía tres espacios diferentes, con enormes butacones en uno de ellos, una chimenea central y almohadones alrededor de la misma en el centro y una mesita baja en una depresión de dos escalones y tresillos modernos en el otro extremo. Había ventanales en la pared que daba al patio y un impresionante muro de piedra vista en la pared opuesta, con algunos cuadros de caza y de paisajes. El techo era de artesonado de madera y el suelo, de loza, color ladrillo claro.

Rodrigo les guió hasta una puerta en una de las esquinas, por la que pasaron a un pequeño pasillo con otras puertas. Al fondo se veía luz exterior y allá fueron, para salir a la terraza de la parte posterior del edificio. Lucas se detuvo al cruzar la puerta, porque la vista era absolutamente espectacular. La terraza cerraba el cerro y debajo de ella se abría una enorme extensión de prados y bosques, hasta las montañas del horizonte, en dirección sur. Paseando la vista por la pradera, Lucas observó ganado diverso, una maderería y un río que separaba la pradera en dos secciones asimétricas, con un puente de madera en la zona próxima a la casa.

-Esos campos, ¿pertenecen también a la casa? –pudo balbucear Pepe.

-Sí, no sólo los campos, sino los bosques, hasta casi el horizonte –aclaró Rodrigo, señalando con la mano. Un bisabuelo mío vino de Alemania y compró el cerro, luego fue ampliando las propiedades con los campos adyacentes. En la época de Allende nos expropiaron el fundo, pero lo recuperamos con Pinochet y hemos ido extendiéndolo con los años. Actualmente el límite está a unos veinte kilómetros hacia el sur, más los cuatro que hay por la parte de delante y unos diez de ancho. Antes lo dedicábamos casi completamente a la producción agrícola, pero ahora estamos en la ganadería y la madera, como observarán.

-Pero en fin –continuó -el resto de la casa ya tendrán tiempo de verlo y disfrutarlo.

Vayamos allá al fondo, junto a la piscina, donde está el resto del grupo y después podrán ustedes refrescarse un poco y descansar antes del almuerzo.

Todos se encaminaron a la zona de la piscina, que era de forma irregular, con una pequeña isleta en medio. Una chica en pantalón corto se acercó a ellos corriendo, saludando con una mano. Era María, que abrazó a Raquel efusivamente. Después se acercó a Lucas y le besó rápidamente en los labios, con la sonrisa cómplice que él ya conocía de la ocasión anterior. Luego saludó a Pepe con dos besos y por último, a José Trías ofreciéndole la mano.

Del grupo de personas se acercaron también Ernest Gard, Roberto, Viviana y Eli. A Pepe, al ver a la última, se le iluminó el rostro y prácticamente se le olvidó el resto del universo. Roberto saludó a José Trías con mucho formalismo y lo presentó a Ernest y entre los dos lo fueron presentando al resto de las personas.

Lucas, con Raquel a un lado y María al otro, se acercó a las mesas que había junto a la piscina. No vio a Richard por ningún lado y así se lo indicó a Raquel, que tampoco sabía de él. Entonces María les informó que Richard había dejado el grupo Eldorado, según le habían dicho, por una equivocación grave en el análisis de un proyecto en Europa Central. Lucas se quedó un poco intranquilo al oírlo, porque lo mismo les podía pasar a ellos, pero después pensó que contaban con la ayuda de Roberto y de Raquel, que sabían perfectamente enfocar los proyectos. Y además, así pudo explicar la actitud irritada e irrespetuosa de Richard cuando hablaron con él por teléfono la semana anterior.

Las otras personas junto a las mesas eran, según las fue presentando María, el Director de la Bolsa de Santiago y su esposa, el Ministro de Hacienda de Brasil y su esposa y dos asesores personales del Presidente de Panamá con sus novias. También estaba David Elbe, a quién habían conocido en el hotel de Taurito y una señora muy mayor, en silla de ruedas, que fue presentada como Margaret Weiss. Un poco más retirados Lucas pudo ver a cuatro escoltas, de pie y vigilantes, que les miraban discretamente y en silencio.

Después se retiraron a la casa para refrescarse, guiados por una señorita del servicio. Tenían dos pequeñas alcobas con aseo a su disposición para cambiarse de ropa y asearse un poco, de modo que Pepe y Lucas pasaron a uno y Raquel se metió en el otro con María.

Mientras se afeitaba, Lucas le comentó a Pepe lo del asunto de Richard. No sabían cuándo tendrían que hacer su presentación, pero decidieron no beber nada durante el día, por si acaso.

En el almuerzo, que se celebró en el comedor de la casa, atendido por varios camareros, a Lucas le tocó junto a Ernest y a María. Pepe estaba enfrente, entre Eli y José Trías, al que escoltaba en su lado derecho el ministro de Hacienda brasileño. La comida fue muy distendida, con varias conversaciones paralelas en muchos momentos.

La sobremesa se hizo en el salón, con cafés y copas, que educadamente rechazaron Lucas y Pepe. Después, Rodrigo anunció que la expedición estaba lista: los asistentes suramericanos, sus acompañantes y el Sr.Trías estaban cordialmente invitados a un vuelo vespertino a Valparaíso en helicóptero para tomar el té y una vuelta por Viña del Mar, antes de volver al fundo. En una extensión cercana había dos helicópteros esperando a los pasajeros. Los invitados salieron del salón, acompañados por Roberto, Eli y Viviana.

Cuando los demás se quedaron solos, Rodrigo preguntó si estaban todos listos para la reunión de presentación de los proyectos de España. Pepe pidió entonces que trajeran su maleta, en la que estaba la presentación. Un mayordomo trajo un ordenador portátil y otro, un proyector, que instalaron en dos minutos. Mientras tanto, los miembros del grupo charlaban amigablemente, con una copa en la mano.

Una vez estuvo el equipo listo y la presentación cargada, Pepe y Lucas procedieron a hacer su trabajo. Entregaron a los asistentes una ficha resumen de cada proyecto, que había sido iniciativa de Raquel, en la que quedaban reflejados de manera sinóptica todos los datos de cada proyecto, el de Monteleón, el de Tafira y el de Autocan.

Durante la siguiente hora y media se dedicaron a defender sus planteamientos contra los comentarios de David y Rodrigo muy especialmente, mientras Ernest y la señora Weiss permanecían en silencio. Toda la presentación y la defensa posterior se hicieron en inglés por Lucas, aunque en ocasiones le tradujo a Pepe una pregunta y después tradujo al resto su respuesta. Raquel y María no intervinieron, pero Raquel estuvo tomando notas durante casi toda la reunión.

Cuando la sesión de interrogatorio hubo acabado, Rodrigo rogó a Pepe y Lucas que les dejaran solos para discutir las conclusiones y encargó a María que los acompañara hasta que ellos terminaran. Lucas miró de reojo a Raquel al salir del salón y la mirada que ella cruzó con él le dio a entender que la labor realizada era satisfactoria.

Pepe, Lucas y María, pues, salieron a la terraza junto a la piscina y estuvieron tomando un trago y charlando de boberías durante unos diez minutos, hasta que fueron llamados de nuevo al salón. Los miembros del grupo estaban de pie conversando junto al tresillo y cuando entraron los tres en el salón, Lucas miró primero a Raquel, que le recibió con su deliciosa sonrisa. Rodrigo se acercó a ellos y les dijo: -Enhorabuena, señores, han hecho un trabajo excelente. Sus proyectos de inversión han sido aprobados.

Todos les estrecharon las manos y les felicitaron. En un aparte, Lucas le preguntó a Rodrigo sobre el proyecto de José Trías, pensando que éste no había tomado su decisión. Rodrigo le respondió que no se preocupara, que Roberto obtendría el consentimiento de José Trías y que su proyecto era el más interesante para el grupo. También le indicó que la inversión de Tafira se vería demorada algunos meses porque los fondos disponibles estaban ya todos asignados, pero en breve se liberarían recursos para dedicarlos a esa operación. Finalmente, le pidió que le acompañara a su despacho, junto con Pepe. Allí, en torno a una robusta mesa de caoba con algunos papeles perfectamente ordenados, les ofreció un sobre cerrado. En él había, según les indicó, la segunda parte de sus honorarios según lo acordado y además, cien mil euros más, por el proyecto de Autocan. Lucas se extrañó de que les diesen ya lo correspondiente a Autocan, cuando el Sr. Trías no había formalizado aún su consentimiento, pero tampoco pensó en protestar. Su parte de este sobre ascendía a setenta mil euros, de modo que por primera vez en mucho tiempo se sintió verdaderamente feliz.

El resto de la tarde lo pasaron conversando con Rodrigo y David, principalmente y por supuesto, con Raquel y María. La señora Weiss se despidió para volver al aeropuerto, ya que, según dijo, sólo había venido a conocerles y debía regresar a Miami. Al estrechar la mano de Lucas la mantuvo entre las suyas durante unos segundos, mirándolo fijamente a los ojos. Lucas esperó unas palabras que parecían a punto de salir de sus labios, pero la señora Weiss retiró las manos sin decir nada, giró la silla y pidió a su ayudante que la sacara de la casa.

A eso de las ocho pudieron escuchar los helicópteros regresando de Valparaíso y Viña del Mar. De ellos salieron los invitados muy satisfechos con la excursión, especialmente José Trías, que venía acompañado por Roberto. Pepe y Lucas hablaron con él brevemente y les dijo que estaba muy contento de haber venido y que creía que iba a aprobar la operación, pendiente de una consulta con sus asesores. Roberto le puso una mano sobre el hombro y le invitó a acercarse al bar para tomar algo, invitación que José Trías aceptó encantado.

Se sirvió una pantagruélica cena en el comedor, porque aunque la primavera estaba encima, en lo alto del cerro refrescaba notablemente al caer el sol, regada por los excelentes vinos Don Melchor. La sobremesa se hizo en el salón, aunque fue relativamente breve porque los invitados políticos y sus mujeres se disculparon para volver a la ciudad.

Poco después, Pepe y Lucas decidieron ir al hotel y se apuntaron también Raquel y Eli. María, que estaba con ellos, le dijo algo al oído a Raquel, mirando a Lucas, a lo que Raquel respondió con una carcajada y diciendo: -De ninguna manera. Sólo cuando yo no esté. – Lucas se puso un poco colorado, interpretando la sugerencia de María.

Al despedirse, Rodrigo les comentó que tenían el hotel reservado y pagado por tres días, aunque podían hacer lo que quisieran, o volver a España antes o quedarse algunos días más, porque los fondos estarían disponibles en unos quince días. También les pidió que prepararan todos los documentos legales necesarios para los proyectos y comentó que José Trías se quedaría en su casa durante uno o dos días más y que regresaría a Canarias por su cuenta, independientemente de ellos.

Ya en la suite del hotel, solos los dos, Lucas le preguntó a Raquel si era el momento de charlar, como habían convenido. Raquel suspiró, le cogió una mano y le respondió: -Lucas, me siento muy atraída hacia ti. Esa relación que no buscaba cuando nos conocimos es la que me gustaría tener contigo ahora. Me siento muy bien contigo y creo que merece la pena empezar a caminar juntos. –Lucas le dio un beso, que ella recibió con agrado. –Tengo un problema, no obstante –continuó, un poco más nerviosa. –Mi trabajo actual, que adoro, me obliga a salir volando a cualquier parte del mundo sin apenas aviso y nunca sé cuánto tiempo tengo que estar en cada ciudad. Supongo que no puedo pedírtelo, pero si pudieras aceptarlo, para mí sería fantástico intentar compaginar mi vida profesional y un proyecto de futuro contigo. Tendrías que confiar en mí, desde luego. Además, tenemos que disimular la relación cara a los miembros de Eldorado, porque pueden ver una cierta incompatibilidad entre nuestros trabajos y nuestra relación y no quisiera que ello te afectara a ti o a mí.

Lucas suspiró y le respondió: -Raquel, lo que he descubierto en ti me atrae más que cualquier otra cosa. Por supuesto que puedo entenderlo y me imagino que esto supone que tú seguirás viviendo en Londres y yo, en Las Palmas y que nos veremos lo más posible donde sea posible. No tengo ningún problema con ello, aunque no sea la situación ideal. En cuanto a la confianza, quiero que sepas que confío plenamente en ti, como te pido que tú lo hagas conmigo. Sólo tengo algo dentro que aún se mueve y quisiera quedarme tranquilo: ¿recuerdas cuando nos vimos en el restaurante El Castillete?

-Vas a preguntarme por el hombre que estaba conmigo allí, ¿verdad? –le contestó ella, mirándole a los ojos.

-Sí, es verdad. Vi cómo te cogía del brazo al salir y me dieron unos celos espantosos, pero tenía que respetar tu libertad.

-Lucas, las circunstancias cambian. Yo no era virgen cuando me conociste, ni tenía interés en atarme a nadie. Me atraen los hombres interesantes y con personalidad, por eso me gustaste tú desde el principio. No fuiste mi primer hombre y aún no sé si serás el último, pero en este momento sólo quiero estar contigo y sólo puedo desearte a ti. Confía en mi.

Y diciendo esto, acercó su rostro al de él. Lucas sintió que esos enormes ojos verdes le hipnotizaban una vez más y se vio transportado a otra realidad, más allá del sofá en el que estaban recostados, pasando la suite y el hotel, la ciudad y el país, el continente y la Madre Tierra.

Los dos siguientes días fueron un sueño. Recorrieron las calles de Santiago, desde Las Condes al centro, junto al Palacio de la Moneda.

Almorzaron en el restaurante El Camarón unos inolvidables locos con papa mayo, con Pepe y Eli, que también se había quedado con ellos y alquilaron un coche para visitar las regiones del sur. Y al final, tuvieron que regresar a Europa. Los cuatro volaron en Iberia hasta Madrid, montando una divertida fiesta en la cabina de primera del avión y en Barajas se despidieron de Raquel y Eli, que volaban a Londres. Lucas quedó con Raquel en llamarse por la noche al llegar cada uno a su casa y preparar una visita suya a Londres durante el fin de semana.

En el vuelo de Madrid a Las Palmas, Pepe y Lucas hicieron balance del viaje. Se sentían pletóricos y a la vez, reventados. Llevaban sus honorarios en el bolsillo, con una bonita sensación de alivio después de las tensiones de las últimas semanas. Los proyectos estaban aprobados y ahora el trabajo iba a consistir en gestionar su desarrollo adecuado, mientras se lanzaban a la búsqueda de otros nuevos. Para Lucas, ésta era la confirmación que necesitaba para dejar de trabajar en Belkar y centrarse en su nuevo trabajo. Para Pepe, algo parecido. Iba a ascender a su segundo a director general de su empresa, para distanciarse de ella y dedicarse con Lucas a los de Eldorado. Alquilarían un despacho en el centro de la ciudad, con una secretaria que sería Pilar, la actual secretaria de Pepe, que además, sabía inglés y alemán.

En cuanto a su relación con Raquel, Lucas no podía creerse la suerte que tenía. Una mujer bellísima, inteligente y profesional, todo ello combinado con una personalidad arrebatadora y había decidido acercarse a él. Alucinante. Pepe le deseó lo mejor, porque, al contrario que Lucas, su relación con Eli era exclusivamente sexual. Ni él quería comprometerse con una mujer, ni Eli quería tampoco atarse a un hombre y una vez puestas las cartas sobre la mesa, lo cierto es que lo pasaron muy bien juntos y repetirían las citas de vez en cuando.

Esa noche, cuando llegó a su apartamento, Lucas llamó al móvil de Raquel, pero no parecía tener cobertura. Pensó que quizá su avión hubiera salido con retraso y aún estuviera en vuelo y llamó de nuevo más tarde y poco después, sin éxito. Por último, derrotado por el largo viaje, se fue a dormir, no sin antes dejarle un aviso en el contestador deseándole que pasara una buena noche.

Capítulo 13

Chamartín, 1836

El hermano Cosme y el hermano Abelardo esperaron a que saliera la carroza del Vicario. Después hicieron dos hatillos con sus cosas y salieron por los jardines traseros del palacio. Alcanzaron el camino que conducía a Madrid y se pusieron a andar en dirección a la urbe. Siendo dos personas de edad respetable, más de uno de los viajeros que se cruzaba con ellos les preguntaba si querían que los llevasen en el carro, pero ellos rechazaban amablemente la oferta. Al caer la tarde, sin embargo, ya estaban desfallecidos. Vieron un coche venir en dirección a Chamartín, que al rebasarles se detuvo y dio la vuelta, regresando hacia Madrid. Al pasar a su lado se detuvo y el criado abrió la portezuela desde arriba. Del interior asomó el rostro de un hombre mayor que muy amablemente les invitó a compartir la carroza con él hasta su destino. Esta vez no despreciaron la oferta y subieron.

-Soy Eugenio Montes, diputado en Cortes. Ustedes, permítanme que lo adivine, son dos frailes que viajan de incógnito, ¿es cierto?

Los monjes se miraron espantados y Cosme se rehízo lo suficiente como para responder: -Sí, Excelencia, somos monjes cartujos, que al haber sido expulsados de nuestro Monasterio estamos viajando a Madrid.

-Les agradezco su sinceridad, señores. De hecho, venía a recogerles del Palacio del Duque del Infantado. Me han ahorrado ustedes tener que haberle mentido al Duque sobre mis verdaderas intenciones. Igualmente, no les mentiré a ustedes tampoco. Van a acompañarme porque su Prior, me pidió que viniera a buscarles ahora. Ha habido cambio de planes.

Los dos monjes suspiraron de alivio y se relajaron. Le informaron al Sr. Montes que el Prior les había indicado acercarse a la Taberna del Dragón, en Madrid, a pedir acogida.

El Sr. Montes les dijo que la Taberna ya no era segura para ellos y que él les acogería en su casa durante unos días. Y la carroza entró en Madrid, dirigiéndose hacia el barrio de Chamberí.

Llegaron frente a un caserón antiguo del centro del barrio y la carroza entró en el patio de carruajes. El Sr. Montes invitó a los monjes a descender del vehículo y a entrar en la casa. Cosme y Abelardo fueron conducidos a sus respectivos dormitorios, e invitados a refrescarse para bajar al comedor a cenar. Los dos estaban encantados, después de la tragedia del día y de la precipitada huida, de poder descansar bien.

Cosme se adecentó, se vistió con la otra muda que llevaba y salió al pasillo. Tocó en la puerta del dormitorio de Abelardo pero no respondió nadie, así que pensó que éste habría bajado ya al comedor e hizo lo mismo. En el salón encontró al Sr. Montes y a un desconocido que fue presentado como el Ingeniero Iturmendi, que les acompañaría en la cena. El Sr. Montes le informó a Cosme que había llegado un mensaje del Prior pidiendo que Abelardo fuera a verle de inmediato, por lo que no estaría con ellos. Pasaron al comedor y se sentaron a la mesa. El criado sirvió unos aperitivos con oporto que Cosme rehusó inicialmente pero ante la insistencia del Sr. Montes y para no ofenderle, aceptó finalmente. El Sr. Montes hizo un brindis por la Verdad, que Cosme entendió dirigido a Jesucristo, que es la Verdad y la Vida. La cena consistió en una sopa de garbanzos producto de un cocido madrileño anterior y unas perdices escabechadas con tomate que Cosme no había probado jamás y le parecieron un manjar sin igual. El vino fue tinto de Valdemorillo y tanto Cosme como los otros dos comensales sucumbieron a sus encantos con generosidad, cayendo dos botellas en el curso de la cena.

Al terminar pasaron al saloncito y tomaron otro oporto con algunas pastas y un puro, que Cosme definitivamente rehusó, porque no había fumado en su vida. Se dejó caer en la butaca y se sintió en el cielo. La cena había sido espectacular, el vino, increíble, el oporto, un descubrimiento fascinante y la conversación de estos dos caballeros, amena y divertida. El Sr. Montes y el Ingeniero Iturmendi se dedicaron a repasar las anécdotas más graciosas del Parlamento, abriendo un mundo totalmente desconocido para Cosme. Poco a poco, entre las gracias de los otros, el humo de los habanos y los efectos de la comida y la bebida, Cosme fue entrando en un sopor profundo, colmado de felicidad. Soñó con que el Señor le llamaba por fin al Reino de los Cielos y él subía y llegaba a las Puertas del Paraíso. Al mirar dentro, lo vio convertido en un magnífico comedor, con las nubes por techo y por suelo y una mesa interminable delante de él. Dios Padre en persona estaba sentado enfrente y le decía: -Cosme, creías que el Paraíso Divino iba a ser aburrido, todo el día a mi lado escuchándome sin hacer nada. Ahora que has llegado, ha empezado para ti una eternidad de infinito placer. Come y bebe cuanto quieras, porque la comida y la bebida son también infinitas aquí y nunca te sentirás harto si no lo deseas, ni engordarás porque tu cuerpo ya no existe, es solo ilusión. Y Cosme se vio arrastrado dulcemente por dos ángeles que lo conducían suavemente, cogiéndole uno por los pies y otro por los hombros hacia una butaca al costado de Dios Padre. Después los ángeles se quedaron detrás de él, sonriendo, mientras Dios daba unas palmadas para pedir más comida. Al fondo vio más ángeles que traían enormes fuentes de fruta y cántaros de vino y agua y Cosme comió y bebió sin saciarse hasta que quiso terminar.

Deseó dormir una siesta y de inmediato los ángeles volvieron a cogerlo por las piernas y por los hombros y lo llevaron más hacia dentro a una sala donde había otra persona recostada en lo que parecía una cama muy blanca. Cosme sonrió pensando que definitivamente el Cielo era magnífico y feliz por haber pasado con éxito su tránsito terrenal. Los ángeles le llevaron hasta una cama y le dejaron ahí, manteniéndose a su lado. Cosme giró la cabeza para ver a su compañero de siesta y vio con alegría que no era otro que Abelardo. Este le miraba con los ojos abiertos y sonreía. Cosme le preguntó cuánto tiempo llevaba en el Cielo y Abelardo abrió despacio la boca y soltó un grito desgarrador que dejó a Cosme totalmente aturdido. Espantado, miró a los ángeles, cuyos rostros empezaron a tener las facciones definidas del Sr. Montes y del Ingeniero Iturmendi. Y al mirar a su alrededor vio que el firmamento y el suelo de nubes se habían convertido en techo y suelos de ladrillo y que Abelardo estaba a su lado en una cama no blanca sino roja de la sangre que manaba de sus múltiples heridas abiertas. El monje estaba desnudo, con un torniquete de madera en una pierna que le había triturado el pie convirtiéndolo en una masa informe. Tenía la piel del pecho y el vientre retirada, con manchas blancas entre la sangre, manchas que eran de la sal derramada sobre las heridas. Abelardo ya no gritaba; sólo emitía algunos gemidos.

Cosme empezó a temblar de miedo sin control al darse cuenta de la situación. Un hombre fornido, con la camisa manchada de la sangre de Abelardo, le sujetó con fuerza los tobillos y les puso unos grilletes fijados a la cama.

-Creo que este monje será más hablador que su compañero -oyó decir al Ingeniero.

– Al menos, como pago al festín que se ha metido en el cuerpo.

-Hablará sin duda —respondió el Sr. Montes -porque no querrá que le pase lo mismo que al otro. Luego miró al verdugo y le dijo: -¡Pablo, córtale una mano al otro y métesela en la boca a éste, para ir abriéndosela!

Cosme vio con horror que el tal Pablo sonreía; después fue a una mesa auxiliar, cogió un hacha de mediano tamaño que había allí, se acercó a Abelardo, le agarró la mano derecha, la apoyó contra la tabla de madera, levantó bien arriba el hacha y la dejó caer con fuerza, separándola de un solo golpe. Abelardo apenas gimió, porque estaba ya moribundo; simplemente su cuerpo se estremeció. Con la mano chorreando sangre, Pablo se acercó a Cosme. Entonces Cosme cayó en la cuenta de que se habían olvidado de sujetarle las manos; lo iba a hacer el verdugo cuando le dieron la última instrucción y se fue a ejecutarla. En un momento de lucidez dentro de lo horroroso del momento, mantuvo las manos sin moverlas hasta que el verdugo se encontraba ya casi encima de él. Pensó por un segundo que esta última prueba que Dios le pedía era su entrada al Reino de los Cielos y se infundió el valor necesario para aguantar la tortura si salía mal lo que iba a hacer.

Muy rápidamente, justo cuando Pablo se inclinaba sobre él para meterle la mano del pobre Abelardo en la boca, movió su mano hacia delante y agarró con toda la fuerza que pudo reunir los testículos de éste, que aulló de dolor y se encogió y Cosme apretó aún más. Vio a Pablo con los ojos desorbitados por el dolor levantar el hacha y pensó: -Ahora llega; si me corta el brazo para zafarse, mi sufrimiento será largo, posiblemente aún peor que el de Abelardo. Si ha perdido el juicio y me golpea con el hacha en la cabeza o el pecho, estaré salvado. -Cerró los ojos para no ver el golpe y se encomendó al Señor.

Capítulo 14

Las Palmas, siglo XXI

En la mañana, Lucas intentó varias veces más hablar con Raquel y se fue inquietando según pasaban las horas. Pepe, al verlo, le pidió a Pilar, la secretaria, que se encargase de ir llamando cada quince minutos al móvil de Raquel y si contestaba, les avisara. Mientras tanto, llamaron a Luis Ojeda y a Abelardo Cabrera para indicarles la aprobación de sus respectivos proyectos, matizándole a Abelardo que los fondos tardarían unos meses en llegar debido a por limitaciones temporales. Curiosamente, Abelardo les preguntó si se podía acelerar la operación, incluso estaba dispuesto a poner como garantía el Hotel Buenavista-Kher. Quedaron en consultarlo y responderle lo antes posible.

Lucas quiso utilizar esta excusa para intentar localizar a Raquel. En Chile, Roberto le había pasado su número de móvil, por si Raquel, como sustituta de Richard, no estaba disponible y necesitaban contactar con el grupo. Llamó y Roberto respondió, con su acento venezolano y voz grave.

-Soy Lucas, -saludó – y le llamo porque tenemos una duda respecto de uno de los proyectos y no puedo localizar a Raquel.

-¿No puede localizarla? –respondió Roberto -¿No viajó con ustedes a Europa ayer?

-Sí, pero ella volvió a Londres desde Madrid con Eli y nosotros regresamos a Las Palmas.

-Bueno, ya dará señales de vida. Si no, luego llamaré a Eli. ¿De qué asunto se trata?

Lucas se lo comentó y Roberto pareció alegrarse ante la propuesta de Abelardo Cabrera. Dijo que hablaría con los otros miembros y les respondería en el día. Antes de cortar, Lucas le pidió que, si localizaba a Raquel, le dijera que quería hablar con ella.

Por la tarde hablaron con los abogados, siguiendo un email que habían reunido de Roberto, con las instrucciones para preparar los documentos legales necesarios para los proyectos. Observaron que, en el caso de José Trías, se había incluido una póliza de seguros por un colateral equivalente a treinta millones de euros, con un coste de seiscientos mil euros. Junto a la indicación de este documento, Roberto había añadido: "según lo acordado con José Trías en Santiago".

Saliendo del despacho para cerrar el día, Pilar les indicó que había estado intentando localizar durante todo el día a Raquel sin éxito. Lucas se imaginó que habría tenido que salir a otro viaje de negocios y que su móvil no tendría cobertura en el país donde estuviera. Y como a él sí podría localizarle, ya hablarían cuando pudieran.

Pasó una semana. Los documentos legales quedaron ultimados por los abogados, entregados a los firmantes y firmados convenientemente. Por parte de Eldorado firmaron Pepe y Lucas, en virtud del apoderamiento notarial que protocolarizó el notario Ramonell allá en Taurito. José Trías firmó las garantías personales, siendo las de su patrimonio en Brasil refrendadas en el Consulado Brasileño en Las Palmas y una casa en la isla. El documento de emisión de las acciones preferenciales de la sociedad de Gran Caimán también fue firmado e incluso les dio el cheque por importe de seiscientos mil euros correspondiente a la póliza de seguros. En cuanto a Luis Ojeda, también firmó toda la documentación para constituir una unión temporal de empresas en la que él ponía dos millones de euros para el desarrollo de Monteleón.

Raquel seguía sin dar señales de vida. Pilar, la secretaria de Pepe, llamaba varias veces por la mañana y por la tarde al móvil, sin respuesta. Pepe y Lucas estaban buscando la oficina para poner su despacho profesional, cuando sonó el teléfono de Lucas. Era María.

-Lucas, ¿sabes algo de Raquel? —preguntó María cuando Lucas contestó.

-¡María! ¡Qué gusto oírte! No, no sé nada de ella, ¿y tú? —replicó él.

-Yo tampoco. Te llamaba por si ella estaba contigo o sabías dónde estaba.

-No, la dejamos con Eli en Barajas cogiendo el avión de Londres y no he vuelto a saber de ella. La he llamado al móvil infinitas veces, pero no responde nunca.

-A mí me pasa igual. Acabo de volver a Miami esta mañana y al no tener noticias de ella, he preguntado en Eldorado, pero nadie sabe de ella y por un momento pensé que estaba contigo. También he llamado a Eli pero dice que cada una cogió un taxi al llegar a Heathrow y que no sabe de ella tampoco.

-¿Conoces a alguien con quien pueda estar? ¿Algún amigo? ¿Familia?

-No, lo cierto es que no. Sólo tengo la dirección de su apartamento en Londres, porque me he quedado en él alguna vez al ir a Europa, pero aparte de los miembros del grupo Eldorado, no he conocido a más gente de su círculo.

-Yo tampoco. Sólo los extranjeros que estaban con ella cuando me la encontré aquí en Las Palmas, pero no me los presentó.

-¿Que estuvo en Las Palmas con unos extranjeros? ¿Cuándo fue eso?

-Unos días antes de que viniera Richard para analizar nuestros proyectos. Coincidimos por casualidad en el Restaurante El Castillete, pero me dijo que me había enviado un email para decirme que iba a estar allí.
-¡Qué extraño! Yo manejaba su agenda y no tenía ningún viaje a Las Palmas aparte del que hizo con Roberto von Keitel para ayudaros con la preparación final de los proyectos. Pero, en fin, seguimos igual y estoy preocupada. Lucas, ahora que recuerdo, tengo una llave de su apartamento, que me dio por si necesitaba quedarme allí y ella no estaba.

-María, te encargo un billete de avión de Miami a Londres cuanto antes y quedo contigo allí para ir a su casa, ¿puedes?

-Sí,... supongo que sí. Sólo tengo que decirlo aquí, en la oficina y cogerme un par de días libres, si es posible. –La voz de María sonó incierta pero animada.

-Pues averígualo y me llamas, por favor. O mejor, dame tu número y te llamo yo y así ya estoy en contacto contigo.

María le dio los números de su móvil, de su oficina y el de su casa en Miami. Quedaron en hablar en dos horas. Pepe entendió perfectamente que Lucas quisiera volar a Londres e incluso le animó diciéndole que el trabajo principal estaba ya terminado y que él podía encargarse de todo mientras Lucas localizaba a Raquel.

Dos horas después, Lucas llamó a María. No había problema y podía volar a Londres. Incluso le habían felicitado por la iniciativa y le habían pedido que les pusiera al corriente de sus gestiones, si conseguía encontrarla o no. Encargó pues los billetes a la agencia de viajes que usaba Pepe habitualmente, coordinando los vuelos para que llegaran simultáneamente a Londres y poder ir juntos al apartamento de Raquel. Entonces Lucas se acordó de Richard Flynn, cuyos números de teléfono tenían. Le llamó al móvil, porque aunque ya no trabajara para Eldorado, quizá él supiera de María. El teléfono sonó apenas un tono cuando una voz respondió indicando que el número estaba dado de baja. Llamó después a su oficina y una señorita contestó diciendo que el señor Flynn ya no trabajaba allí y no podían localizarle.

Lucas llegó a Londres hacia las tres de la tarde. Como cualquier día de Septiembre, no hacía mucho frío, pero llovía. Salió del terminal y espero a María, que al venir de Miami salía por otra sección del aeropuerto. No tuvo que esperar mucho, porque poco después, la preciosa rubia de ojos azules salió por la puerta de la sala de equipajes y le obsequió con una deliciosa sonrisa. Al llegar junto a él le besó en los labios y se cogió de su brazo.

-¡Hola Lucas! ¡Qué guapo estás! –le dijo.

-¡María, sabes cómo poner nervioso a un hombre y no sólo por lo que le dices! —le respondió Lucas, admirando el vestido casi transparente que ella llevaba, mostrando sus magníficas piernas y una buena sección de su busto.

Salieron del terminal y alquilaron un coche que Lucas había reservado desde Las Palmas, junto con dos habitaciones en un hotel de la zona de Kensington, en Londres, en previsión de que no localizaran a Raquel. El apartamento estaba en Fulham, justo detrás del estadio de fútbol del Chelsea, en una urbanización que ocupaba el terreno de lo que había sido el Hospital de Fulham. Dejaron el coche justo debajo del balcón, que estaba cerrado. Subieron en el ascensor hasta la segunda planta y llegaron a la puerta del apartamento. Llamaron al timbre y esperaron unos segundos pero nadie abrió. Entonces María sacó la llave e intentó meterla en la cerradura pero fue imposible. Lucas lo intentó también la llave no entraba en la cerradura.

-¿Estás segura que ésta es la llave correcta? ¿No te habrás equivocado?

-No. Estoy segura, porque la he usado antes. Es la llave del apartamento.

-Pues ya no lo es. Mira, vamos a preguntar a los vecinos, por si saben algo de ella.

Llamaron a la puerta del otro apartamento del piso. Al cabo de un momento abrió una chica joven. María le preguntó por Raquel, si la conocía y si sabía dónde podía estar. La chica respondió que la conocía de cruzarse en la puerta y de pedirse algo de vez en cuando para cocinar, como sal o leche. Que era muy simpática y que hacía días que no había nadie en el apartamento, aunque era normal porque viajaba a menudo.

María le explicó que era amiga de Raquel y que tenía una llave del piso pero que no podía abrir la puerta. La chica comentó que el jueves anterior por la mañana había oído ruidos en el hall de entrada y al abrir la puerta había visto a un cerrajero que le comentó que estaban cambiando la cerradura porque habían perdido la llave.

No pudiendo obtener más información se despidieron de la vecina. Lucas escribió una nota en un papel que pasaron por debajo de la puerta de Raquel y se fueron. Al salir, Lucas comprobó que la plaza destinada al apartamento estaba libre, porque los números de cada plaza seguían la numeración de los apartamentos.

Llegaron al hotel, se inscribieron y dejaron sus bultos en las habitaciones, que eran contiguas. Después bajaron a la cafetería para tomar algo. El dato del cerrajero era preocupante, porque María había desaparecido hacía ya diez días, por lo que era extraño que un cerrajero estuviera cambiando la cerradura apenas hacía cuatro días, a menos que ella hubiera regresado y vuelto a irse, lo que no cuadraba al no haber contactado a ninguno de los dos, ni al grupo Eldorado.

A Lucas se le ocurrió que quizá fuera buena idea ver su oficina al día siguiente, por si pudieran encontrar alguna pista de su paradero. Raquel conocía la oficina, de modo que decidieron hacerlo. Tomaron dos tragos para relajarse y poco después de las once, subieron a sus dormitorios. Lucas se acostó enseguida. En sus sueños, Raquel le llamaba y él no podía ver dónde estaba. Oía que ella le llamaba, pero no podía hacer nada. Escuchó unos golpes. Abrió los ojos y se sentó en la cama. Los golpes venían de la puerta que comunicaba con el cuarto de al lado y la voz que le llamaba era la de María.

Abrió la puerta y ella entró en el cuarto, llevando un pijama de seda muy sugerente.

-Te oí gritar y pensé que tenías una pesadilla. Yo tampoco puedo dormir. ¿Te importa que me acueste contigo, en tu cama?

-Bueno, de acuerdo —dijo Lucas, un poco desconcertado y aún medio dormido. Le hizo sitio y apagó la luz. María se acercó a él y puso su cabeza sobre su pecho. Su cabello olía maravillosamente bien y el seno que apoyaba contra él le hacía recordar los de Raquel, tan tersos y suaves. Notó una rápida erección y María debió sentirla también, porque llevó una mano hasta la cintura del pantalón corto que él usaba habitualmente como pijama y comenzó a meter los dedos por dentro del mismo.

-¡No! —gritó Lucas, pegando un salto y saliendo de la cama. —¡No puedo, María, lo siento!

María se quedó mirándolo un momento y después le respondió:

-Está bien. Lo siento. No te preocupes, te dejaré tranquilo al menos esta noche. Pero quiero que sepas que me tendrás si me necesitas. Además, Raquel me lo dijo en Chile: sólo cuando yo no esté.

Lucas regresó a la cama y se acostó, dándole la espalda a María.

-Magnífica herramienta la tuya, compañero de cama. -Escuchó decir a María y prefirió no responder. Al rato pudo por fin dormirse.

En la mañana fueron a la oficina de Raquel. Estaba en New Fetter Lane, saliendo de Strand. Lucas le preguntó a María porqué Raquel no trabajaba con Richard, siendo los dos miembros de Eldorado. Ella respondió que Richard había sido miembro del grupo y Raquel, una empleada. Y que los miembros de Eldorado tenían además, otros asuntos y negocios que no deseaban que los empleados conocieran. Por eso no compartían oficinas. La de Raquel era un despacho dentro de un centro de negocios. Eldorado lo prefería así, porque cuando un proyecto surgía que requiriera mayor atención, podía contratarse más personal y alquilar más espacio para cubrir las necesidades durante el tiempo de preparación.

La persona que atendía la recepción del centro de negocios les pidió documentación de Eldorado para dejarles pasar a la oficina de Raquel. María mostró un carnet de la sociedad. El recepcionista entonces sacó un listado de personas autorizadas y comprobó si su nombre estaba incluido en él. Lo estaba y les dio la llave de la oficina, indicándoles dónde se encontraba. Saliendo de recepción, Lucas se dio la vuelta y le preguntó cuándo era la última vez que Raquel había entrado en su oficina y si lo había hecho alguien más desde que ella salió. Las respuestas fueron que Raquel había entrado y salido de su oficina por última vez el día anterior a su viaje a Las Palmas con Roberto, con quien había estado en la oficina y que nadie había entrado en ella desde entonces, únicamente el personal de limpieza habitual.

El despacho de Raquel estaba nítidamente ordenado, con apenas papeles sobre el escritorio. No había casi objetos personales: un jarrón de cerámica en una esquina del ventanal y una planta en el otro. María se acercó a la mesa, se sentó en el sillón y empezó a mirar en los cajones. Lucas repasó los libros del mueble del fondo, que eran todos de temas económicos y financieros, la gran mayoría en inglés. Después cogió los papeles de la mesa, que estaban colocados en una bandeja y los leyó.

El primero era concerniente a una solicitud de Richard Flynn pidiendo autorización al grupo para un desembolso de cien mil euros en Polonia, como gastos de representación de un tal Dr. Wattisch. Sobre el documento aparecía un texto escrito a mano que decía: "Desautorizado. Canalizar asunto vía M. Acebo", con una firma ilegible. Se lo enseñó a María, que dijo que la firma era de Roberto von Keitel.

El siguiente papel era una hoja de ruta de Raquel, con los viajes previstos en el mes. Lucas pudo ver el de Las Palmas y el de Chile, pero en medio de los dos había previsto uno a Varsovia y antes del de Las Palmas, Sao Paulo. Lucas se lo pasó a María, que al verlo lo reconoció como la agenda que ella había preparado para Raquel.

-No veo el viaje previo que hizo a Las Palmas, ni a Grecia o Cabo Verde. –indicó Lucas.

-Es que esos viajes no estaban previstos en su hoja de ruta, Lucas. –respondió ella. –Por eso me sorprendí cuando me dijiste que la viste allí, porque en esos días se suponía que ella estaba aquí en Londres.
-¿Qué tenía que hacer después de regresar de Chile?

-Espera que recuerde, -María se quedó pensando un segundo. Sí, tenía que volar a Varsovia otra vez porque iba a hacerse cargo de los proyectos de Richard en Polonia; de allí a Fráncfort para hablar con el representante del grupo en Alemania, luego a Lugano, en Suiza, para una reunión con otros miembros del grupo y de vuelta a Londres más o menos para finales de mes. Y ahora recuerdo también que me pidió que le dejara una semana libre para volar a Las Palmas, para verte.

Lucas sintió un pinchazo en el pecho al escuchar esto último. Ella había hecho planes para verle de nuevo entre tanto viaje. María se dio cuenta de la reacción de Lucas y levantándose del sillón, rodeó la mesa y se acercó a él.

-Lo siento, Lucas. Son momentos difíciles, lo sé. –Le dijo, mirándole a los ojos.

-Examinemos el ordenador, si te parece –respondió él, para salir de esa situación.

María asintió y volvió detrás de la mesa, sentándose en el sillón de nuevo. Lucas se colocó junto a ella, de pie. Por un momento pudo vislumbrar, desde su posición, a través del escote, buena parte de los preciosos senos de María y se forzó a fijar la vista en la pantalla del ordenador. María encendió la máquina, que mostró casi inmediatamente el menú de opciones. Seleccionó MS Word y comprobó los últimos documentos abiertos. Eran los relativos a los proyectos de Las Palmas y contenían toda la información remitida por Pepe y Lucas. También referenciaban a unas hojas de cálculo con las previsiones financieras de cada proyecto.

No habiendo nada más interesante en esa sección, María abrió el Outlook Express de Raquel. Los últimos correos recibidos eran de Roberto, planteando algunas dudas sobre los proyectos que Raquel debía analizar y uno de María, que correspondía a la última parte de la agenda de viajes de Raquel, la que María acababa de recordar. Ningún otro email recibido y pendiente de leer desde ése.

En la agenda telefónica del ordenador había varios nombres y números de teléfonos. Casi todos, de hombres, cosa que hizo fruncir el ceño a Lucas. María fue bajando por la lista con su dedo, por si reconocía algún nombre, cuando de repente se detuvo.

-¡Mira, Lucas!

Lucas acercó el rostro a la pantalla y vio, justo encima del dedo de María, la palabra "Casa" y un número de teléfono.

Los dos se miraron. María tomó un papel y un bolígrafo y copió el número. Después siguió toda la lista hasta el final. Entre los nombres estaban los de los miembros del grupo que Lucas conocía, como Roberto, Ernest, Rodrigo, James Whitehall o David Elbe. Vio también el suyo propio, que estaba subrayado en azul. María le indicó que podía reconocer muchos de los nombres como integrantes o relacionados con el grupo Eldorado. Lucas le pidió que imprimiera toda la lista, cosa que María hizo de inmediato.

En el ordenador no había nada más que pareciera interesante, ni tampoco entre los papeles de la mesa o los cajones, que contenían diversos utensilios de papelería y objetos de tocador de Raquel.

María llamó entonces a Miami para informar de los pasos seguidos para localizar a Raquel. Mientras hablaba, Lucas observó que se dirigía a su interlocutor como "Señora" y se lo preguntó cuando ella terminó la conversación.

-Sí, Lucas. Tengo jefa en Miami y tú la conoces. Es la señora Weiss, la que viste en Chile. Ella es la dueña del negocio, o mejor, la principal accionista. Me ha pedido que desconecte de mi trabajo pendiente para centrarme en localizar a Raquel, así que, cuenta conmigo, muchacho. ¿Qué hacemos ahora?
-Hombre, yo creo que podemos usar este despacho como centro de operaciones, si no hay inconveniente y empezar llamando al teléfono que aparece en la lista junto a la palabra "casa", por empezar por

algún sitio.

María marcó el número y puso el altavoz de la base del teléfono. Sonó el tono de llamada dos veces y después se oyó la voz de una mujer: -¿Quién es?

María respondió: -Raquel Acebo, por favor.

Hubo dos segundos de silencio y la voz contestó, muy seca: -Se ha equivocado de número. Y colgó.

-Extraño, ¿verdad? —dijo Lucas.

-Sí, no me ha parecido una equivocación. Esos segundos de silencio parecían más bien como si supiera quién es Raquel y le hubiera sorprendido la llamada.
-¿Es posible averiguar dónde estamos llamando?

-Déjame pensar. Sí, podemos localizar el barrio, pero no la casa. En general, cada barrio tiene asignados unos lotes de números, de modo que sabremos por lo menos a qué zona de Londres corresponde ese número. Voy a preguntárselo al recepcionista. —Salió del despacho.

En ese momento sonó el móvil de Lucas. Era Pepe. Llamaba para saber de él y si había conseguido saber algo de Raquel. Lucas le puso al corriente. Pepe le comentó que todo seguía su curso normal en Las Palmas, con José Trías y con Luis Ojeda pendientes de la recepción de los fondos para lanzar sus proyectos. El dinero pagado por José Trías para su póliza de seguros había sido transferido a una cuenta de Eldorado en Bermuda, por indicación de Roberto. Por último le dijo que se preocupara de saber dónde estaba Raquel y que se quedase en Londres el tiempo que hiciera falta, porque no era necesario en Las Palmas. Lucas le agradeció el apoyo y quedaron en hablar de nuevo más tarde.
María regresó al despacho con una sonrisa en los labios.

-¡Lo tengo! ¡Sé de dónde es este teléfono!

-¿Qué? ¿De dónde?

-De la casa de Raquel.

-Pero, ¿tiene otra casa?

-¡No, tonto! De la casa que visitamos anoche.

-Pero ¿cómo puede ser? ¿Estás segura?

-¡Sí! Le he dado el número al recepcionista y al verlo me ha dicho que sabía el barrio y hasta la casa, porque correspondía al apartamento de Raquel y me ha enseñado la lista de números que tiene de todos los despachos, donde efectivamente, para Raquel aparecen su móvil y éste.

-¡Pues vayamos allá ahora mismo! –remató Lucas y salieron corriendo.

Llegaron a la urbanización y volvieron a aparcar en la misma plaza de visitantes donde habían dejado el coche la tarde anterior. Subieron al segundo piso y llamaron a la puerta del apartamento de Raquel. No respondió nadie.

-¡Llamemos al teléfono que tenemos! ¡Así comprobaremos si es el de su casa! –planteó Lucas. María llamó por su móvil al número indicado y esperaron. Se escuchó un teléfono sonando muy apagado. Lucas puso el oído en la puerta de Raquel, pero el sonido no mejoraba. Al segundo tono, María le indicó a Lucas que alguien iba a contestar. María puso cara de escuchar con atención y sin decir nada, pulsó la tecla de desconexión del móvil. Lucas se la quedó mirando, expectante.

-¡No te lo vas a creer! –le dijo ella.

-¿El qué? –le requirió él, nervioso.

-Era la vecina. La chica que vive ahí. –Y señaló a la otra puerta del pasillo. –He reconocido su voz perfectamente.

-¡Claro! ¡Por eso sonaba un teléfono, pero no en casa de Raquel sino en ésa!

-¿Qué hacemos? –preguntó María.

-Pues aclarar este asunto ahora mismo. –Se dirigió a la otra puerta y llamó al timbre.

Abrió la chica del día anterior, que al verlos, por un instante, puso cara de asombro.
-Hola –le dijo Lucas. –Somos los amigos de tu vecina Raquel. Queremos saber cómo es que contestas tú al teléfono cuando llamamos al número de su casa.

-¡Ah! ¿Erais vosotros los que llamabais? Pasad y os lo explico. –Y abrió la puerta para que entraran los dos. María miró alrededor y noto que el mobiliario era exactamente igual que el del apartamento de Raquel. Eran los dos de un dormitorio y tanto el cuarto como el salón de los dos daban al área de aparcamiento inferior y más allá al jardín interior de la urbanización.

-Lo que ocurre es que Raquel no tiene teléfono en casa –les aclaró la vecina, que dijo llamarse Jenny. Y como necesitaba dar uno en su oficina, me pidió si podía dar el mío y me pareció bien.

-¿Por qué dijiste antes que nos habíamos equivocado de teléfono, cuando preguntamos por ella? –preguntó María.

-Porque por un momento no caí en que ella había dado mi teléfono y honestamente pensé que quien llamaba se había equivocado. Os lo aseguro, no la he visto desde hace días, pero no creo que sea para preocuparse, porque viaja a menudo y, si sois sus amigos, supongo que lo sabréis.

Lucas no estaba muy convencido de la candidez de las respuestas de Jenny, pero realmente no había mucho más que hacer aquí. Le preguntó si sabía quién era el cerrajero que había cambiado la cerradura del otro apartamento, pero ella respondió que nunca lo había visto antes, ni, lógicamente, tampoco después.

Por consiguiente, se despidieron de ella y salieron de su piso. Volvieron a llamar al de Raquel sin éxito y bajaron por las escaleras al portal. Cuando Lucas estaba a punto de abrir la puerta del portal para dejar pasar a María, le llamó la atención el chirrido de unos frenos en la zona de aparcamiento. Miró a través del cristal de la puerta y vio un vehículo que frenaba bruscamente en la plaza del apartamento de Raquel y casi antes de parar se bajaban de él tres sujetos de aspecto un tanto intrigante, grandes y fornidos, como descargadores del puerto. Uno de ellos miró hacia arriba, a los balcones de Jenny y Raquel, al salir del coche y luego hacia el portal. Lucas se apartó de la puerta rápidamente pero pudo ver a los tres dirigirse hacia el portal a toda prisa.

-¡Rápido María, al ascensor! –exclamó. Ante la mirada atónita de su amiga aclaró: ¡Vienen tres tipos hacia aquí y no tienen muy buena pinta!

Corrieron al ascensor y pulsaron el botón del último piso, el cuarto. –Cuando salgamos al pasillo, no hagas ruido –le previno Lucas a María. –No sé a qué vienen, pero no me gusta nada.

El ascensor llegó a la planta y se abrieron las puertas. Salieron al pasillo y escucharon. Se oía a los hombres subir por las escaleras a grandes zancadas. Lucas le hizo gestos a María para que volviera a entrar al ascensor y él mismo se quedó con medio cuerpo fuera y el otro medio dentro, escuchando. Las pisadas se detuvieron en la segunda planta y pudieron oír unos mamporrazos en una puerta dados por uno de los hombres. Hubo un momento de silencio y de repente sonó un golpe seco y el chasquido de la madera al quebrarse. Después, una puerta que batía contra la pared. Los hombres hablaron entre sí con palabras muy rápidas pero Lucas y María pudieron entenderlos: hablaban en español. El acento era colombiano o panameño o posiblemente venezolano. Les oyeron entrar en el piso y Lucas imaginó que era el de Raquel porque la vecina no había hecho sonido alguno. Aprovecharon entonces para bajar en el ascensor al vestíbulo. Miraron alrededor pero no había nadie de modo que salieron del edificio, cogieron el coche y se fueron. Al pasar al lado del vehículo de los tres hombres, Lucas pudo ver a un cuarto, el conductor, que estaba sentado dentro. Era una cara especial, picada de viruelas y con un corte en el labio inferior que permitía que, con la boca cerrada, asomara un poco un diente, dándole un aspecto repugnante. Durante un segundo se intercambiaron las miradas. Después, Lucas aceleró y lo perdió de vista.

Acudieron a la policía, que mandó una patrulla mientras les tomaba declaración. Cuando estaban terminando, les informaron que, efectivamente, acababa de notificarse un aviso de entrada ilegal en el apartamento que citaban, aunque no había nadie en él. Con toda probabilidad era un robo porque los muebles y objetos aparecían revueltos. Los vecinos corroboraban su denuncia; el robo acababa de producirse y habían sido vistos tres individuos y un cuarto al volante de un coche. Les preguntaron si podían quedarse para identificar a los sospechosos en los archivos de la policía, pero Lucas pensó que tenían otras prioridades y además, especialmente le interesaba denunciar la desaparición de Raquel. Dieron los datos del hotel y los de sus domicilios respectivos y salieron de la comisaría.

A la vuelta había un pequeño restaurante. Como ya era un poco tarde, comieron algo y decidieron ir a la oficina de Richard Flynn, cuya dirección tenían ambos, en Bishopsgate. Quizá Richard supiera de Raquel, porque habían trabajado juntos durante casi un año y ella le había acompañado en varios de sus viajes profesionales. Lucas intentó apartar de su mente la idea de que Raquel y Richard hubieran podido ser algo más que compañeros de trabajo; en cualquier caso lo que importaba era el presente y, por supuesto, el futuro.

La oficina de Richard era nuevamente un centro de negocios. La recepcionista les informó que el señor Flynn se había ido de repente, sin siquiera recoger sus cosas. Les dejó pasar, gracias a la identificación de María y en esta ocasión el despacho era lo opuesto al de Raquel: un desorden absoluto, con pilas de papeles amontonados de cualquier forma sobre la mesa y en el suelo. Se dedicaron a estudiarlos durante un buen rato, pero todos contenían datos y estudios diversos sobre los proyectos de inversión que manejaba Richard. Lucas miró alrededor del despacho y dijo:

-Aquí falta algo.

María se detuvo y miró también.
-¡Sé que falta! Es el ordenador.

Efectivamente, en el despacho no había ordenador. En una esquina había una impresora y en el suelo, al lado de la mesa, había unos conectores libres, pero no se veía un ordenador por ninguna parte.

-¿Usaba Richard un ordenador portátil habitualmente? —le preguntó Lucas a María.

-Pues, ahora que lo dices, sí. Cuando le he visto en algunas reuniones en Miami y un par de veces aquí en Londres, siempre llevaba un portátil.

-Eso explica la impresora y los conectores. Pero ¿dónde lo tendrá?

-Yo pienso que se lo llevó cuando le comunicaron que estaba expulsado del grupo.

-Hablemos de eso, María, -dijo Lucas, sentándose en uno de los sillones e invitándola a ella a hacer lo mismo. -¿Qué pasó para que fuera expulsado?

-Lo cierto es que no lo sé, Lucas —respondió ella, sentándose enfrente y mostrándole las larguísimas piernas cruzadas. —Allí en nuestra oficina de Miami aparecieron hace poco varios de los miembros del grupo y se reunieron en la sala de juntas con mi jefa, la señora Weiss. Desde mi mesa pude escuchar algunas conversaciones elevadas, pero sin distinguir las palabras. También hablaron por teléfono con gente de fuera, porque vi las líneas abiertas desde mi centralita. Al cabo del rato salieron de la sala y la señora Weiss me informó que el señor Richard Flynn había cometido un acto grave contra Eldorado y estaba expulsado, dándome instrucciones para rechazar cualquier gasto originado por el señor Flynn a partir de ese día y para avisarla si el señor Flynn pretendía comunicarse con alguien del grupo. Y eso es todo lo que sé.

-Entonces, con toda seguridad Richard se llevó su ordenador a casa y dejó la oficina con los papeles para su posible sustituto. En fin, hasta aquí hemos llegado. Si te parece, vámonos al hotel a descansar y mañana volvemos a casa de Raquel, a ver el apartamento, si la policía nos lo permite.

Llegaron al hotel y en la misma puerta de las habitaciones acordaron verse en una hora para tomar algo y salir a cenar. Lucas pasó la tarjeta por el lector de su habitación y al encenderse la luz, vio que alguien había entrado en ella. En ese momento María pegó un grito desde la suya. Lucas salió corriendo al pasillo y entró en el cuarto de María. Todo estaba revuelto. La bolsa de viaje abierta en el suelo, la ropa tirada por la cama, las puertas de los armarios abiertas de par en par. Lucas se aseguró que no había nadie en el baño, ni en su propio cuarto, que estaba igual que el de Raquel y llamó a seguridad del hotel.

El Jefe de Seguridad del hotel llegó enseguida y al ver el desorden, llamó a la policía directamente desde su móvil. Después organizó las cosas para que Lucas y María pudieran ir a una suite en la planta ejecutiva, disculpándose por lo ocurrido. Les explicó que la policía levantaría acta del asalto a sus habitaciones y que revisaran todo para ver si les faltaba algo. No parecía faltar nada, así que decidieron irse a la suite mientras la policía llegaba. El Jefe de Seguridad les comentó que una vez hechas las diligencias necesarias para identificar huellas les devolverían todos sus objetos personales, pero que si necesitaban algo, lo que fuese, el hotel se encargaría de ello inmediatamente. Lucas pidió que les subieran una botella de whisky, preferiblemente Laphroaig y un cubo con hielos. Estaba bastante nervioso después de los acontecimientos del día y necesitaba relajarse un poco.

La suite era magnífica, con un espacio central amplio y dos habitaciones en cada extremo con sendas camas enormes.

Esperaron tomando una copa hasta que llegó la policía y se sentaron en el tresillo. Uno de los dos policías era el que les había tomado declaración en la comisaria en la mañana.

-Vaya, señores, parece que tienen ustedes un día un poco complicado –observó y Lucas no supo si lo decía en serio o con un cierto aire de sorna.

-¿Cree usted que pudiera estar esto relacionado con el asalto al apartamento de nuestra amiga?

-No sé. ¿Quién sabía que estaba ustedes alojados en el hotel?

-Las personas de la empresa –respondió María. –Mi jefa en Miami, el compañero de mi amigo en Las Palmas y la agencia de viajes que nos reservó las habitaciones.

-Y usted también –recalcó Lucas, porque se lo dijimos esta mañana.

-¿Nadie más? –preguntó el policía, sin haber entrado al trapo. O quizá siguiendo la corriente a Lucas.

Lucas y María pensaron unos segundos. Lo cierto es que las personas que conocían su paradero no podían ser los autores del asalto a las habitaciones. De repente, María pegó un salto: -¡Ya sé quiénes han sido!

Lucas y el policía se la quedaron mirando.

-¡Los hombres que han asaltado el apartamento de Raquel! ¡Ellos han sido!

-¡Claro! ¡Dejamos un papel debajo de la puerta diciéndole a Raquel que estaríamos en el hotel y pusimos nuestro nombre!

El policía habló por su intercomunicador con alguien. Espero un poco y recibió una respuesta.

-El conserje dice que un hombre preguntó si una pareja llamada Lucas y María estaban alojados aquí. Le dio los números de las habitaciones y le invitó a llamarles desde un teléfono de la recepción. La persona tenía la cara picada y un poco desfigurada. ¿No es la descripción del cuarto hombre, el del coche, que ustedes nos dieron esta mañana?

-Sí lo es. Eran ellos.

-Bien, esperen un momento, por favor. Me temo que tendrán que venir conmigo de nuevo a comisaría para mostrarles nuestros archivos por si pueden identificar a cualquiera de los cuatro. Esta mañana no quisieron pasar por el proceso pero ahora tendrán que hacerlo. No será muy largo, no se preocupen. Los archivos están informatizados y con ciertas limitaciones es posible que puedan identificar a los autores en menos de una hora. Después los traeremos aquí de vuelta y si mis superiores lo autorizan, pondremos un servicio de guardia en el hall y delante de esta suite.

Lucas miró a María y suspiró. –Está bien. Vamos a comisaria, a ver si podemos terminar ya con todo esto y descansar. Según salían llegaba el Jefe de Seguridad con el Director del Hotel, para disculparse nuevamente y ofrecerles una cena en compensación, además de no cobrarles la estancia en el hotel. Le comentaron que iban a comisaría y que con mucho gusto aceptarían la cena al regreso.

En comisaría estuvieron relativamente poco tiempo revisando todos los archivos de personas que encajaran con la descripción, principalmente porque una persona con las características del cara picada era sencilla de descubrir si estaba fichada y porque los cuatro parecían ser latinoamericanos y los archivos de Scotland Yard no cubrían muchos individuos de América Latina. El policía encargado de la identificación les indicó que pasaría estos datos a la Interpol, para acceder a sus archivos, mucho más extensos.

Saliendo de la sala de identificación, a María le llamó la atención un mural en una pared, con las fotografías de cadáveres recientes sin identificar. Concretamente, uno de ellos, que era de un hombre desnudo, con la cara aplastada e irreconocible. Lo observó con detenimiento y llevándose una mano a la boca, soltó un grito.

-¡Es Richard! ¡Es Richard Flynn!"

-¿Qué dices? —cuestionó Lucas. —¡Es imposible reconocerle!

-¡Sí, mira el antebrazo izquierdo! ¡Tiene un tatuaje de una careta de teatro clásico!

A él se la vi una vez que vino a Miami y se remangó las mangas de la camisa. Además, en la excursión de pesca en Canarias se le veía perfectamente.

-Yo, la verdad, no recuerdo haberle visto un tatuaje —confesó Lucas, pero la complexión del cuerpo es la suya.

-Señores, nuevamente tengo que pedirles que me acompañen, en este caso al depósito de cadáveres de Central London, para una identificación de este cadáver.

El cuerpo era, efectivamente, el de Richard Flynn. María estudió el tatuaje del antebrazo y era el mismo que ella había visto antes. Además, aunque la cara era irreconocible, el corte de pelo y la forma de las orejas, además de las manos, eran las de Richard.

Firmaron el documento de reconocimiento y salieron con el policía. -¿Cómo ha muerto? ¿Cuándo ha sido? —le preguntó Lucas.

-Parece un asesinato, señores. El cuerpo apareció en una obra de la calle Holborn hace cinco días. El aplastamiento facial se corresponde con un golpe dado con un mazo pesado —María se sobresaltó y buscó acomodo en los brazos de Lucas —según dice la ficha de la autopsia. La muerte se produjo por asfixia después del golpe y por el traumatismo provocado. Intentaron que el cadáver quedara cubierto por hormigón en un encofrado de la obra, pero un perro se puso a ladrar cuando iban a arrojar el hormigón, lo que atrajo la atención de uno de los obreros, que vio el cuerpo.

-Disculpe, -dijo Lucas —ha sido un día muy largo y con bastantes sorpresas. -¿Podríamos regresar al hotel, por favor?

-Por supuesto. Un compañero les llevará. Pondremos guardia toda la noche en el hall. A menos que deseen pasar la noche en otro hotel.

-La verdad es que prefiero dormir protegido esta noche. Mañana —miró a María —nos iremos de Londres, de vuelta a Las Palmas. —María no dijo nada.

Ya en el hotel, en recepción les preguntaron si deseaban la cena ofrecida. Lucas dijo que sí y subieron a la suite. Al cerrar la puerta, María se echó en sus brazos y se puso a llorar. La abrazó y estuvieron así unos minutos.

-¿Sabes qué significa esto, verdad? —fue ella la primera en hablar.

-Sí. —respondió él —Que hay muchas posibilidades de que a Raquel le haya pasado lo mismo que a Richard.

-¡Dios mío! —suspiró ella. —Lo siento por ti y por mí. ¡Si por lo menos supiéramos por qué!

-Lo descubriremos, María. Lo descubriremos.

Mientras les preparaban la cena, se ducharon en sus respectivos cuartos y se cambiaron de ropa. Lucas aprovechó para llamar a Pepe y ponerle al corriente de lo sucedido. Después llamaron a la puerta y apareció una camarera con el carrito de la cena, que preparó con mimo en el saloncito central de la suite. Extendió las tablas de la mesa, alisó el mantel, colocó los platos y las copas y para rematar, encendió dos velas. El centro de mesa era un ramo de flores rojas y blancas. Lucas le dio una propina y se marchó.

María apareció en la puerta de su cuarto, con ese pijama tan sugerente de la noche anterior. Ya refrescada, su rostro parecía otro, con los mechones rubios cayendo por las mejillas. Únicamente había ciertas sombras en los ojos, que denotaban la tensión acumulada del día. Vio la mesa puesta y dijo -¡Qué bonita! ¡Y qué flores! Pero, Lucas, no tengo hambre.

-Hay que comer algo, chica. —respondió Lucas. Al menos, que acabe el día de forma tranquila. Lo necesitamos, además, para seguir mañana.

-Dijiste en comisaría que mañana volverías a Las Palmas. ¿Son ésos tus planes?

-No, dije que volveríamos los dos, porque me gustaría que vinieras conmigo, si puedes. Eres mi vínculo con Raquel y ahora mismo, te necesito cerca de mí.

Ella se le acercó y cogiéndole la cabeza, le besó.

-Está bien, llamaré mañana a la señora Weiss y le pediré unos días libres y me iré contigo a Las Palmas.

-¡Magnífico! Y ahora, a cenar.

El hotel había preparado unos maravillosos blinis de caviar como aperitivo, seguido por langosta con gambas y trufa. Tenían dos botellas de vino blanco Sancerre y una botella de champán Krugg. El vino cayó rápidamente durante la cena, fruto de las tensiones padecidas y cuando terminaron se dejaron caer en el sofá con la botella de champán.

Se sintieron mucho mejor, en parte por el alimento y la bebida y en parte por no haber hablado del tema central del día durante la cena. María le contó sobre ella, su familia, su trabajo, sus aspiraciones y él hizo lo mismo.

Lucas se inclinó hacia la mesita a servir otra copa de champán para los dos, cuando María le puso una mano sobre el brazo y le planteó: -¿Sabes una cosa? Me apetecería mucho darte un masaje, para dejarte bien relajado. ¿Me dejarías?

-Claro que sí, quizá consigas romper la tabla que siento en el cuello y los hombros.

Ella se levantó del sofá, cogió las dos copas en una mano y la botella de champán en la otra y caminó muy despacio hacia el dormitorio de Lucas. Él la siguió sin decir nada. Allí, se quitó la camiseta y se tumbó sobre la cama. María le indicó que se pusiera boca abajo, con los brazos desplegados en cruz. Cerró los ojos y escuchó el tintineo de las copas al dejarlas María sobre la mesilla. Oyó los pasos de ella sobre la moqueta, saliendo del dormitorio y regresando unos segundos después. Sintió cómo trepaba en la cama y se ponía a horcajadas sobre sus piernas. La presión era suave y peligrosamente atractiva. Y empezó con el masaje. Notó que le ponía una crema por la espalda, que seguramente era lo que fue a recoger al otro dormitorio. Los movimientos de las manos de ella eran firmes y tiernos a la vez, haciendo especial énfasis en sus hombros y cuello. Lucas sintió cómo se iban relajando sus músculos de la espalda, mientras se le excitaba otro, especialmente cuando ella, al inclinarse hacia delante sobre él, le rozó con sus pechos en la espalda. Lucas se la imaginó desnuda sobre él y tuvo que recolocarse brevemente para dejarle espacio al nuevo invitado que despuntaba entre sus piernas. Ella lo notó, porque su movimiento repentino la desestabilizó momentáneamente. Se movió a un lado, lentamente metió la mano entre sus piernas, le cogió el miembro emergente y con mucha suavidad lo colocó para que no le molestara. Lucas se sintió en el cielo. María le puso una mano en la cadera e hizo presión con ella para darle a entender que se diera la vuelta. Él lo hizo, sin abrir los ojos. Entonces ella empezó a acariciarle el pecho con una mano, mientras con la otra volvía a coger su pene, moviendo sus dedos despacio a lo largo del miembro. Lucas quiso decir algo pero ella le chistó y dijo susurrando: -Déjate llevar, cariño.

–Después sintió su húmeda boca recogiendo su miembro, con los labios apretados alrededor de él. María empezó a mover la cabeza arriba y abajo, acariciándole los testículos con la mano. Al cabo de unos minutos Lucas creyó que reventaba y con su mano detuvo el movimiento del rostro de María. Ella le entendió y se subió sobre él. Lucas abrió los ojos entonces para ver a esta hermosa chica de ojos azules que se sentaba sobre su pene y muy despacito se lo introducía en la vagina. Pudo sentir el fuerte calor del sexo de ella y vio cómo María hacía un gesto de placer al entrarle toda su longitud. Y ella se puso a moverse, cimbreando las caderas, mientras se acariciaba los pechos y le miraba fijamente a los ojos. Lo cierto es que ni él ni ella pudieron contenerse mucho y su orgasmo llegó casi al mismo tiempo, con María temblando con espasmos sobre él y gimiendo de placer. Después, se derrumbó en su pecho, quedándose quieta un rato, con su pene aún dentro de su cuerpo.

-Gracias, Lucas, por este regalo; -murmuró María a su oído. –Lo necesitaba de verdad.

-No quería hacerlo, -protestó él, -por fidelidad a Raquel, pero lo cierto es que yo también lo necesitaba. Supongo que era la terapia adecuada para el momento.

-Bueno, la verdad es que yo lo deseaba desde que te vi en Canarias, pero Raquel se me adelantó. Quiero decirte que me gustas mucho y que aunque no sea el momento oportuno, si Raquel …, bueno, si tú quieres, me encantaría estar contigo más adelante, cuando estés listo.

-María, no sé qué decirte,… sigo queriéndola, viva o no. Esto ha sido, no sé qué decir.
-No digas nada. No hace falta. Me siento de maravilla ahora mismo y quiero que tú también, a pesar de todo. Descansemos y mañana o dentro de unos días, volvemos a hablar, si te parece, ¿vale?

Lucas no respondió. María lo miró y vio que se había dormido. Se quedó observándolo, aún entrelazada con él, un rato. Luego se soltó suavemente, le acarició el rostro y lo besó en los labios. Después entró en el baño, se duchó, se secó y se tumbó junto a él, desnuda, para dormir una deliciosa noche junto al hombre que amaba.

Cuando Lucas despertó, durante un instante no supo dónde estaba. Abrió los ojos y miró alrededor. Era la suite del hotel. Recordó entonces la noche pasada, reforzando el recuerdo con el suave aroma de ella en las sábanas. María no estaba en el dormitorio, pero escuchó unos pasos en la puerta y vio su rostro asomarse.

-¡Buenos Días! −saludó ella con una sonrisa. Ya estaba vestida y peinada.

Venía a despertarte. −Se le acercó, se sentó junto a él en la cama y le besó.

Él le devolvió el beso y le preguntó: -¿Qué hora es?

-Son las nueve. Nos acaban de traer el desayuno que pedí antes. Ven, antes que se enfríe el café.

-Voy enseguida. −respondió y de un salto se fue al baño. Se duchó rápidamente, se pasó la cuchilla por la barba incipiente y salió del baño frotándose un poco de loción en las mejillas. María estaba entrando en el dormitorio en ese momento y al verlo desnudo en la puerta del baño, lo repasó de arriba abajo con la mirada y exclamó: -¿Y si dejamos que se enfríe el café?

-Mejor desayunamos −respondió él, azorado, intentando controlar la reacción física que empezaba a manifestarse. Se vistió y salió al salón con ella.

Después del desayuno, Lucas llamó al teléfono de la vecina de Raquel. Querían hablar con ella, para saber qué había pasado en el apartamento de Raquel y si estaba precintado por la policía. Y querían evitar ir allí, pensando en los gorilas que lo asaltaron y que entraron en sus habitaciones. No contestó nadie.

Mientras lo intentaba de nuevo, sonó su móvil y le indicó a María que lo cogiera y respondiera. Ella saludó al que llamaba y puso cara de escuchar. De pronto abrió los ojos de sorpresa y balbuceando, le alargó el teléfono a Lucas: -¡Es Pepe! ¡Dice que es sobre el cliente ese vuestro que vino a Chile! ¡Que está muerto!

Lucas agarró el móvil, soltando el otro y habló con su amigo. Pepe estaba bastante alterado. Acababa de enterarse por la radio que el empresario José Trías había aparecido en la playa de Las Alcaravaneras muerto. El locutor hablaba de que el cuerpo presentaba un fuerte golpe en la cabeza y había fallecido ahogado en el mar. Se elucubraba si el golpe había sido o no fortuito; quizá había resbalado en las peñas del norte de la playa, se había golpeado y caído al mar.

Lucas le pidió que se tranquilizara pero él mismo estaba bastante nervioso. Decidió sobre la marcha que regresar a Las Palmas sería lo mejor. Quedó con Pepe en que le llamaría por la tarde, una vez aclarado si María podía irse con él. Al ser cinco horas menos en Miami, María no podía hablar con la señora Weiss hasta las dos de la tarde, hora de Londres.

Llamaron a la puerta. Era el policía que estaba de guardia por ellos en el hotel, que venía a pedirles si le podían acompañar nuevamente a la comisaría para hacer una gestión.

En comisaría, vieron de nuevo al policía del día anterior, Alex Grant. Este les informó que alguien había entrado por la noche en el centro de negocios de la oficina de Richard y que el despacho aparecía revuelto. Lucas pensó que quizá no es que alguien hubiera entrado, sino que la policía, al verlo, pensara que ese desorden era producto de un robo, pero se calló. —Obviamente, no han sido ustedes, porque estaban controlados en el hotel — continuó el policía. —Además, ya habían visitado ustedes esa oficina ayer, antes del robo, según nos ha indicado la recepcionista. En cualquier caso, no es éste el motivo de haberles traído aquí. Ha aparecido el cuerpo de una mujer esta noche.

-¡No! –soltó Lucas. Las piernas apenas pudieron sujetarle y se apoyó en María, que tampoco se mantenía muy bien y buscó un banco en el que se sentaron los dos.

-En esta ocasión, ha habido violación y estrangulamiento. Una vez muerta, le aplastaron la cabeza con una losa. El cadáver se ha encontrado esta mañana en un descampado al Este de Londres, sin ropa ni identificación alguna.

-¡Dios mío! -esta vez fue María la que gritó y se tapó la cara con las manos.

El policía continuó: -Lamento la crudeza, pero es mejor plantearlo así. La mujer parece coincidir con la descripción de su amiga desaparecida y por eso les hemos llamado. En cualquier caso, quisiera que, antes de acercarnos al Instituto Forense, vieran las fotos que tenemos del cadáver, por si nos pudiéramos ahorrar la desagradable visita.

Lucas y María se rehicieron un poco y asintieron. Alex Grant abrió el expediente que sujetaba y sacó una foto que les mostró. Lucas vio el torso de una mujer desnuda, ya que la foto dejaba fuera el rostro y el resto del cuerpo desde cintura para abajo. La miró con aprensión, pero también con atención. María se puso a llorar.

-Creo que no es ella –murmuró Lucas. Al ver que no le habían escuchado, lo repitió en voz alta -¡Creo que no es ella!

María dejó de llorar y se quedó mirándolo. El policía le preguntó en qué se basaba.

-Raquel tiene unas areolas anchas, bastante más anchas que esta mujer y un poco más oscuras –dijo.

-No es suficiente, me temo –respondió Alex. –El color puede variar por el flash de la foto, por la acumulación de sangre en otras zonas del cuerpo, por la postura del cadáver. Lo mismo puede ocurrir con la anchura que usted menciona. Voy a mostrarles más fotos.

Sacó otra foto, esta vez de cintura para abajo. El pubis estaba totalmente depilado, igual que el de Raquel, o el de María. Las piernas estaban en una postura forzada y presentaban hematomas diversos. Eran largas y esbeltas. No había cicatrices o tatuajes que pudieran verse.

Lucas movió la cabeza. −No puedo decirlo. Quiero ver algo que me diga que no es Raquel, pero no puedo, no puedo.

-¿Tiene una foto de sus pies? −espetó María de repente.

-Creo que sí, espere. −Rebuscó en el expediente; descartó dos fotos más y sacó otra que le pasó a María.

Ella la examinó detenidamente. Podía verse un pie, con los dedos hacia arriba, apoyado en el césped del descampado. La parte de planta que asomaba se veía sucia, como si hubiera caminado descalza, pero María se fijó en las uñas.

-¿Y el otro pie? ¿Aparece en alguna otra foto?

El policía ya tenía preparada la otra foto y se la pasó. María la miró cuidadosamente. Después levantó la cabeza, despacio, esgrimió una gran sonrisa y dijo: ¡No es ella!

Ante la mirada inquisitiva de los hombres, continuó: -Cuando estuvimos en Chile hace quince días, coincidí un momento en el aseo con Raquel. Estaba quejándose de un pie, porque había tropezado en la casa de Rodrigo y se había levantado la uña del dedo pulgar. Le ayudé a cortársela, para que no le rozara con los zapatos. Yo misma la vi limarse el borde y sé que le quedó muy corta, con la carne del dedo asomando por fuera de la uña. Como veréis en las fotos, los dos pulgares de esta mujer tienen las uñas bastante largas y a Raquel no le hubiera podido crecer de nuevo la uña tan pronto. Además, esta mujer tenía un principio de juanete en el pie derecho y Raquel no y lo sé porque era el pie de la uña rota. ¡No es Raquel!

Alex se mantuvo callado un instante y luego comentó: -Necesito que vean la última foto, para que su testimonio sea concluyente. No quería mostrársela hasta el final. Es de la cabeza y cara de la mujer. Les prevengo que es muy desagradable, porque la losa aplastó la cara, hundiéndola hacia dentro. Hay manchas de pelo y trozos de cerebro por todas partes y está, como pueden imaginar, horriblemente desfigurada. Sin embargo, si pueden ustedes ver algo en la foto que ratifique los datos anteriores, estableceremos que éste no es el cadáver de su amiga Raquel. Y les enseñó la última foto.

-No es ella. —contestó María en apenas unos segundos. El pelo de Raquel es más fino que el de esta mujer. El color es similar, pero el grosor no. Del resto, poco se puede ver. —Apartó la mirada de la foto y se la devolvió al policía.

-Bien, haremos unas pruebas de ADN con muestras de su apartamento o de su oficina para asegurarnos, pero de momento descartaremos que sea ella. Siento haberles hecho pasar por esto, pero era necesario.

-Lo entendemos, Alex -replicó Lucas levantándose del banco.

Al menos nos permite mantener la ilusión de que Raquel pueda seguir viva.

-¿Podemos irnos de Londres? —continuó. —Quiero volver a mi casa lo antes posible y si María puede, quiero que venga conmigo.

-Claro que pueden irse. Si les necesitáramos otra vez, tenemos sus teléfonos y direcciones. De todas formas, vamos a entrar a fondo en la investigación de la desaparición de su amiga y en la localización de los cuatro sospechosos del asalto doble y les iremos informando de su curso. —Les acompañó a la salida de la comisaría y les estrechó las manos. El policía que les había traído desde el hotel les estaba esperando con un coche y les llevó de vuelta.

María llamó a la señora Weiss. Aunque era un poco temprano para Miami, poco más de las ocho hora local, hubo suerte porque ya estaba en la oficina. La puso al corriente de la situación, incluyendo el fallecimiento de José Trías en Canarias y le preguntó si podía cogerse unos días libres para viajar a Las Palmas con Lucas. Pero la señora Weiss tenía otros planes para ella. La necesitaba urgentemente en Miami para informar a los miembros del grupo de los incidentes en Londres y plantear un plan de acción. Además, su sustituta temporal era un desastre y tenía que reincorporarse para poner en orden las agendas y temas pendientes. Después, podría descansar.

Vista la tesitura, María decidió acatar las instrucciones, aunque por un momento pensó en dimitir. Pero mantuvo la cabeza fría y concluyó que era mejor volar de vuelta a Miami y una vez terminadas las tareas allí, regresar a Europa para estar con Lucas y ayudar en la búsqueda de Raquel.

Así pues, Lucas llamó a Pepe y le encargó los billetes de avión; para él a Las Palmas y para María, a Miami. Se abrazaron y besaron dentro de la suite y quedaron en hablarse una vez que hubieran llegado a sus respectivas ciudades. Después cogieron sus bolsas y bajaron a recepción. El director del hotel apareció y los pidió disculpas de nuevo por los incidentes. Les dijo que su estancia era invitación del hotel y les animó a visitarles de nuevo, porque pondrían la misma suite a su disposición por el precio de una habitación ordinaria. Puso además un vehículo de cortesía del hotel para llevarlos al aeropuerto.

En la terminal de vuelos extracomunitarios se despidieron de nuevo. El avión de María salía antes, por lo que Lucas la acompañó hasta el control de pasaportes y la vio desaparecer hacia dentro, rumbo a Miami, esperando verla pronto en Las Palmas. Después fue a su terminal y poco después salía en un avión de Monarch directo a Gando, el aeropuerto de Gran Canaria.

Pepe le estaba esperando. Se dieron un fuerte abrazo y cogiendo el coche, que él mismo conducía, se encaminaron a Las Palmas. Por el camino hablaron de lo ocurrido en Londres y también de la noticia sobre José Trías. Lucas le comentó que habían hablado de ello con la señora Weiss y Pepe a su vez había llamado a Roberto. La respuesta de Roberto había sido bastante curiosa porque fríamente dejó caer que habría que hacerse cargo del negocio en su lugar, ahora que el control lo asumía el grupo. Y le encargó que hablase con los abogados para tener toda la documentación preparada para una inminente reunión con el personal de la empresa.

-Estoy empezando a preocuparme bastante – le dijo Lucas al oír esto. -Apenas hemos consolidado nuestra posición con el grupo Eldorado y primero despiden a Richard, nuestro contacto y luego aparece asesinado; después desaparece Raquel, que nos ha ayudado en los proyectos y no sabemos si continúa viva. Además, asaltan su apartamento y nuestras habitaciones en el hotel. Y por último, muere José Trías y aún no está claro si por accidente o por invitación. Pepe, esto no me está gustando nada.

-A mí tampoco, Lucas. Lo cierto es que no entiendo lo que está pasando, pero es muy incómodo. De todas formas, si nos centramos en nuestro trabajo aquí y en apoyar a los miembros del grupo en lo que planteen en nuestra región, creo que podríamos seguir perfectamente.

-Ya, pero yo necesito saber qué ha sido de Raquel, amigo mío. Estoy enamorado de ella y no puedo pensar que no vuelva a verla nunca más, ahora que empezábamos a plantearnos un futuro común.

-Sí, Lucas, pero poco puedes hacer más que esperar hasta que Scotland Yard tenga éxito en sus investigaciones o que ella aparezca de repente, para decirte que estuvo desconectada porque tenía que cuidar a su madre enferma en un lugar sin teléfonos ni cobertura o algo así.

-Tienes razón, pero no lo acepto. Necesito descansar un poco y tener tiempo para pensar qué voy a hacer; lo entiendes, ¿verdad?

-Claro que lo entiendo. Mira, tómate unos días de tranquilidad. No hay mucho que hacer ahora. Tengo una reunión con los abogados mañana para revisar la documentación de Autocan y por la tarde para ver la nueva oficina, pero si quieres esperamos a que te reincorpores y la vemos entonces.

-No, te acompañaré mañana por la tarde a la oficina. Por la mañana iré a Belkar y le presentaré mi dimisión a Heraclio. Necesito concentrarme en algo concreto y no voy a dejarte solo.

-Como quieras, colega. Si te va bien, nos vemos a mediodía en Las Rías Bajas y celebramos tu regreso de Londres y tu dimisión de Belkar, ¿vale?

Llegaron a la Plaza de la Feria y Pepe dejó a Lucas en su casa. Al abrir la puerta, sintió la ultima presencia de Raquel unos días antes y recorrió con la mirada la estancia, viéndola reírse con él, ayudándole a preparar la comida en la cocina americana y especialmente, el sitio junto al ventanal del balcón donde habían hecho el amor aquella noche. Y se puso a llorar, echándola un montón de menos.

De madrugada le llamó María para preguntarle qué tal había llegado y decirle que estaba ya en su casa, a miles de kilómetros de distancia de él y que sin embargo lo sentía a su lado. Y que muy pronto se verían.

Capítulo 15

Madrid, 1836

Angel Losada era dueño de la Posada del Dragón, en la Cava Baja. Su familia había regentado este establecimiento desde varias generaciones atrás y aunque Angel había estudiado leyes, cuando su padre murió él decidió continuar el negocio personalmente.

No era muy pesada la labor y le permitía conocer a muchas personas, algunos que no merecían ni pasar la noche en el establecimiento y otros, que habían ganado su amistad. Era el caso de Álvaro, el Prior de la Cartuja del Paular, a quien había conocido a través de su amigo Fernando del Castillo. Angel Losada había estudiado en el colegio de los jesuitas de Madrid, compañero de curso desde los ocho años de Fernando del Castillo. Cuando Fernando marchó a la Sorbona a estudiar Leyes, él fue enviado por su familia a Valladolid, donde residía un tío suyo. Sin embargo, en los veranos regresaba a Madrid, donde se juntaba con Fernando. Un verano, Fernando trajo consigo a Álvaro y a Angel le pareció un muchacho muy espabilado y sorprendentemente inteligente. Los tres hicieron excelentes migas y estrecharon una amistad que había durado casi treinta años.

Esa mañana, Angel estaba regresando a la Posada desde el Mercado de la Paja, donde había ido a saludar a un comerciante, cuando al entrar, vio a Álvaro que le esperaba.

-¿Cómo estás, Álvaro? –le preguntó, mientras le abrazaba.

-Me estoy acostumbrando mejor de lo que esperaba, gracias a Fernando. Pero la situación es bastante seria, ya conoces qué está pasando.

Angel lo llevó a su saloncito privado y pidió a uno de los empleados que trajera café y unas pastas.

-Tú me conoces, Álvaro y sabes que no soy religioso y que comparto en gran medida la política que está llevando a cabo el que llaman por ahí el Nigromante. –Prosiguió Angel. –Creo que las órdenes religiosas han acumulado durante siglos un enorme patrimonio que ha quedado en manos muertas y que, dada la situación en nuestro país, es necesario activar para que el Gobierno pueda financiar sus proyectos sociales. Pero, Álvaro, no me ha parecido bien la forma en que han hecho cumplir esta medida. Creo que tenían que haber negociado, haberos dado más tiempo e incluso permitir que los monjes más mayores permanecieran hasta su fallecimiento en el que ha sido su hogar.

-Te agradezco la sinceridad que siempre has tenido conmigo –respondió Álvaro y también la hospitalidad con mis dos compañeros, Cosme y Abelardo.

-¿Compañeros? ¿Qué compañeros? Aquí no he alojado a ningún monje o fraile desde antes del decreto.

-¿Qué no han venido mis dos compañeros a pedirte alojamiento? Los dejé hace tres días en el Palacio del Duque del Infantado, con instrucciones de venir aquí en mi nombre.

En ese momento se acercó un empleado y se dirigió a Álvaro. – Hay un correo en la puerta que pregunta por usted, caballero.-Se levantó, acompañado por Ángel y se acercó a la puerta. El correo le dijo que venía de parte del Duque del Infantado y que había pasado por su residencia, en la que le indicaron que fuera a la Posada del Dragón. Traía un mensaje del Duque, que le entregó y se retiró unos pasos, por si quería preparar una respuesta.

Álvaro rompió el sello lacrado del sobre y abriendo la carta, la leyó en alto para que Ángel conociera su contenido: "Estimado Prior: Ante todo, quiero desearle que se encuentre usted bien en estos momentos de tribulación. Tengo también que darle una mala noticia: sus compañeros Cosme y Abelardo han desaparecido desde el mismo día que falleció el hermano Manuel. Al parecer, se llevaron sus cosas con ellos, pero nadie les vio partir y no sé, por consiguiente, donde pueden estar.

Como anfitrión, me siento personalmente responsable por su suerte y estoy bastante afligido. Si usted conociera de su paradero, le ruego al menos me indique que se encuentran bien. Reciba usted un saludo respetuoso, Pedro Alcántara de Toledo, Duque del Infantado."

-¿Has visto lo que dice el Duque? —le preguntó a Angel.

-Estos son los dos compañeros a los que te referías hace unos minutos, ¿verdad?

-Sí. Tengo que hablar contigo en confidencia, pero antes, debo responder al Duque. —Se dirigió al correo: -Dígale Vd. al Señor Duque que le agradezco muchísimo su preocupación. Dígale que yo desconozco también el paradero de mis compañeros y que si supiera algo, de inmediato se lo haría saber a él; por último, dígale que le ruego me corresponda y me mantenga informado si tiene nuevos detalles.

El correo asintió y salió de la Posada. Álvaro le pidió a Angel que le acompañara dando un paseo por los alrededores para ponerle al corriente de los acontecimientos, porque realmente necesitaba aire fresco. Le explicó todo lo ocurrido desde la expropiación del Monasterio, pero en lugar de darle a conocer la existencia de la cripta, le comentó que lo que los monjes habían hecho era sacar del edificio los objetos más valiosos del culto. Y que pensaba que el propio Vicario estaba buscando algo más, relatándole la conversación que tuvo con su Ilustrísima cuando éste le acercó a la residencia de Fernando. Al llegar a este punto, sacó del bolsillo el pañuelo con los polvos que recogió de los labios del hermano Manuel y se lo pasó a Ángel.

-¿Puedes encargarte de averiguar qué polvos contiene este pañuelo? Quisiera confirmar si son lo que creo que son, porque esto demostraría la culpabilidad del Vicario.

Ángel recogió el pañuelo y lo guardó. —Tengo un amigo boticario y él nos dirá qué son. Acompáñame y se lo damos ahora -respondió, volviendo sobre sus pasos y encaminándose en dirección a la Plaza de

Ramales. -¿Cuál va a ser tu siguiente movimiento?

-Voy a intentar descubrir qué es lo que está pasando. También voy a ponerme en contacto con el resto de los monjes, para advertirles que están ocurriendo cosas extrañas y que se cuiden.

-Deberíamos avisar también a Fernando, porque tiene muchos contactos y alguno puede darnos más pistas.

-El problema es que la Iglesia está implicada; al menos así lo parece. Y la situación está ya bastante complicada para que esto salga a la luz. Podríamos dar pie a la expulsión de todo el clero de España y entonces estaríamos aún peor que ahora. Pero tienes razón: hay que hablar con Fernando de ello.

Llegaron a la botica. Ángel presentó a Álvaro como un viejo amigo y el boticario, un hombre muy mayor y encorvado, les hizo pasar al laboratorio trasero. Con una pequeña espátula depositó los polvos en una bandejita e hizo cuatro montoncitos minúsculos. Después cogió un frasco con un líquido transparente, extrajo unas gotas y las dejó caer sobre uno de los montoncitos. Salieron unas burbujas y se hizo una pasta de color café.

El boticario recogió otro de los montoncitos con la espátula y lo depositó en otro frasco al que añadió un líquido diferente. Tapó el frasco y lo agitó y luego lo cogió con unas pinzas, le quitó la tapa y lo calentó sobre una candela. Al minuto, empezó a burbujear. Entonces el boticario se lo acercó a la nariz y olisqueó dentro del frasco. Puso cara de asco y apartó el frasco. Se acercó a la alacena, se subió a un peldaño y rebuscó al fondo, hasta que sacó un pote, del que extrajo con otra espátula un poco de polvo, que metió en otro frasco y repitió la operación de calentado. Olió después y movió la cabeza en sentido afirmativo. Arrojó en una palangana ambos frascos. Ahí tiró también los otros dos montoncitos y la pasta que hizo al principio. Se volvió a los dos y les dijo:

-El polvo que habéis traído no es un veneno. -Álvaro puso cara de desconcierto y Ángel respiró de alivio. —Pero es muy curioso, -continuó -es una sustancia que a veces los boticarios recetamos en una proporción muy pequeña para los dementes. Proviene de América y parece que la utilizaban los sacerdotes mayas para entrar en un estado de trance; la llamamos mezcal. El preparado que habéis traído es puro, al cien por ciento y nosotros nunca lo mezclamos a más de un 10%.

-¿Qué efectos puede tener? -preguntó Álvaro.

-En esta concentración, letales supongo. La persona que absorba un poco de este polvo sufrirá gravísimas alucinaciones. Imagino que verá demonios que vienen a por él, aún más; no solo los verá, los sentirá como totalmente reales.

-¿Cómo puede absorberlo, por la piel?

-No, debe ser a través de una herida, o también por una mucosa, como los labios. ¿Dónde estaba este polvo?

-En un anillo. Y mi pregunta es, ¿cómo es posible que no afectara al propietario del anillo?

-Por tres razones, supongo. La primera, porque la piel, si no está herida, no lo absorbe. La segunda, porque la mano que portaba ese anillo podía estar protegida por un guante. La tercera, porque existe un antídoto, también basado en el mezcal, que impide que se produzca el efecto alucinógeno. Si esta persona ha tomado el antídoto, no estará afectada por los tremendos efectos de esta droga.

A Álvaro se le ocurrió algo de repente: -¿Podría prepararme un poco del antídoto, por si acaso necesito usarlo?

-Claro que sí. Pensé que nunca iba a usar este frasco que me remitió hace años un colega de México. Ahora tendré la ocasión.-respondió el boticario. -Me llevará una hora o así. Si quieren, se lo enviaré a la Posada más tarde.

-¡Estupenda idea! —comentó Ángel. —Álvaro, te invito a almorzar en la Posada y así mientras esperaremos al preparado. De paso, así me contarás tus planes; me has dejado intrigado.

Y los dos amigos salieron de la botica, en dirección a la Posada. Detrás de ellos, un hombre alto y delgado les observó y les siguió de lejos, como había hecho desde que Álvaro dejara su residencia por la mañana.

Capítulo 16

Las Palmas, siglo XXI

A Heraclio no le gustó nada la decisión de Lucas de dimitir. Estaba muy contento con él, le dijo y si necesitaba un aumento de sueldo, con mucho gusto se plantearía. Si lo que quería era unas semanas de descanso, podía también contar con ellas. Lucas le explicó que no era una cuestión de Belkar, sino del negocio que estaba montando con Pepe y le detalló en líneas generales los pasos que habían dado y los planteamientos globales del negocio. Y Heraclio, que era una gran persona, entendió perfectamente que Lucas quisiera abandonar el barco de Belkar por otro mucho más atractivo. Le agradeció su trabajo durante todo el tiempo que había estado con él y le propuso ir a Las Rías Bajas a darse un homenaje. Lucas le informó que había quedado allí con Pepe y Heraclio le dijo que fantástico, que almorzarían juntos los tres.

Y almorzaron. Aunque Lucas no se sentía con ánimos, lo cierto es que los dos compañeros de mesa estaban de un humor magnífico y la comida fue muy placentera. A pesar de su relativa distancia de la realidad, porque no hacía más que darle vueltas a los sucesos recientes, agradeció de corazón a Pepe por la directa y a Heraclio por acompañar, el detalle de sacarlo y ofrecerle un buen rato, para que se relajara.

Por la tarde, al terminar el yantar, fueron Pepe y Lucas a ver la nueva oficina, en Presidente Alvear, una muy correcta ubicación a tiro de piedra del centro de la ciudad y con fácil salida hacia el aeropuerto y el sur. Firmaron el contrato de alquiler y Pepe llamó a su secretaria Pilar para decirle que la oficina estaba lista para ser amueblada y ocupada.

Antes de que cerraran el día, llamó Roberto al móvil de Pepe. Lucas le hizo señas a su amigo de que se encargase él de hablar. Roberto les informó de que el lunes de la semana siguiente debían convocar una reunión con los responsables de Autocan, a las cuatro de la tarde, en sus oficinas. Roberto desembarcaría en la isla con varios profesionales dispuestos a hacerse cargo del negocio como nuevos propietarios y quería presentarse a los directivos actuales. También le dijo a Pepe que necesitarían que él y Lucas ocuparan un sillón en el Consejo de Administración cada uno y que la remuneración sería adecuada y satisfactoria.

Pepe se lo comentó a su amigo, que en realidad estaba más interesado por saber cómo le habían ido las cosas a María en Miami que en este nuevo negocio. Estuvo esperando, ya en su apartamento, hasta las doce y media de la noche, que eran las seis y media de la tarde en Miami, cuando finalmente llamó María.

Le dijo que había querido esperar hasta llamar desde casa, porque en la oficina había mucha gente entrando y saliendo y no tenía la intimidad necesaria. Había estado reunida con la señora Weiss, Rodrigo de Rivas, Roberto von Keitel, David Elbe y otras tres personas más que no conocía, detallando lo que había ocurrido en Londres. Le habían preguntado particularmente por Richard Flynn y por los documentos que habían visto en su despacho. También quisieron tener detalles de la implicación de la policía en la investigación de la desaparición de Raquel y Roberto apuntó el nombre de Alex Grant, el policía responsable de la investigación. Le dijo a María que él coordinaría los contactos con Scotland Yard para estar al tanto del progreso de la investigación.

Después la invitaron a salir de la sala y estuvieron reunidos varias horas; incluso tuvo que pedir comida de un servicio de catering para que la sirviera en la sala para ellos. Por último, volvieron a llamarla a la reunión. Tendría que preparar vuelos y estancia para cinco personas en Las Palmas, el equipo de dirección que, coordinado por Roberto, se haría cargo de la gestión de Autocan. La duración prevista de la estancia era de veinte días y tenía que reservar habitaciones en el Hotel Santa Catalina, que además era el más próximo a las oficinas de Autocan y vehículos para todos.

Luego le hablaron de la seguridad. El grupo estaba preocupado por la seguridad de sus integrantes, porque los sucesos recientes apuntaban a una clara agresión contra el equipo de Eldorado en Londres. Por consiguiente, cerraban las actuaciones en Inglaterra hasta nuevo aviso

194

y María tenía que coordinar la terminación de los alquileres de las oficinas de Richard y Raquel y el envío de todos los efectos a la oficina de Miami. Por otro lado, el equipo que desembarcaba en Las Palmas debía contar con seguridad 24 horas, de modo que tendrían que contratar un servicio de escolta muy discreto para los veinte días previstos para su estancia en la isla.

En cuanto a su potencial viaje a Europa, todo dependía de las necesidades de Roberto y su gente. En principio se quedaría en Miami, porque había bastantes cosas que hacer para los equipos de América, pero si Roberto estimaba, una vez establecido en Las Palmas, que su colaboración era esencial, entonces tendría que ir allí para asistirles sobre el terreno.

-Espero que me necesite –añadió María, una vez terminado el relato –Roberto es un desastre de organización y no confía en nadie más que en la gente del grupo, así que creo que al final acabaré yendo a Las Palmas. Será cuestión de que se encuentre con la primera dificultad y no pueda resolverla. Por lo tanto, te agradecería que no fueseis demasiado eficientes tratando de ayudarle y así tendrá que contar conmigo.

-Vale, -contestó él –ya veremos cómo lo organizamos. De entrada le diré a nuestra secretaria, se llama Pilar y lo ha sido de Pepe hasta ahora, que cualquier petición de Roberto y sus muchachos me la pase a mí antes de hacer nada, a ver si conseguimos que vengas por aquí.

-Estupendo, Lucas. Ahora te dejo, que ha sido un día largo y tengo que descansar. Aún no me he repuesto del jet-lag. Que tengas buenas noches. Ya hablaremos.

Lucas se quedó tranquilo después de la conversación. María parecía encontrarse bien y se abrían posibilidades para que se reunieran de nuevo pronto. No es que la quisiera, pensó. A quien él quería era a Raquel, estuviera viva o no. Pero María, de alguna manera, le recordaba a Raquel y además, era su vínculo con ella. Estar con María era en cierto modo como estar con Raquel. Y por eso la quería cerca, además de preocuparse por ella.

El fin de semana pasó sin nada de particular, excepto que las noticias locales indicaron que la autopsia revelaba que José Trías había fallecido por accidente, al resbalar en las peñas de la playa y darse un fuerte golpe en la cabeza, cayendo al mar después y ahogándose. Al ser a última hora, no había más gente en la playa y nadie le pudo auxiliar a tiempo. Se encontró su coche arriba en el aparcamiento cercano, con ropa para cambiarse y su toalla en la arena de la playa. Era un visitante habitual de esta playita, tan tranquila, porque tenía una residencia en el mismo pueblo, a las afueras. La policía cerró la investigación con el dictamen de la autopsia y el cuerpo había sido incinerado por indicación de sus familiares, que habían viajado desde Brasil, donde vivían desde hacía años.

Lucas no hizo sino descansar, pasear por la ciudad y pensar en Raquel. También pensó en María. El lunes a mediodía llegó Roberto con su equipo. Los presentó como los mejores profesionales en sus áreas respectivas, elementos cuyo trabajo consistía en hacerse rápidamente con las riendas de un negocio, re-enfocarlo y supervisar su entrega a un equipo directivo competente. Eran todos residentes de Estados Unidos, pero había dos argentinos, un panameño y un cubano exiliado.

La reunión con los directivos de Autocan se celebró en la sala de juntas y además del director financiero y del asesor, a quienes ya conocían, estaban el director general adjunto, el de administración, el comercial y el de producción. En un extremo de la gran sala había dos escoltas, del grupo de cinco contratado por Pilar con una empresa local de seguridad, a requerimiento de María. Se hizo ver a los directivos que la falta de José Trías no paralizaría la actividad de la empresa y aunque no garantizaban la continuidad del puesto de trabajo de nadie, la colaboración absoluta con el equipo sería un factor fundamental a la hora de contar con las personas para el futuro.

Carlos Cuesta, el asesor, interrumpió a Roberto para manifestar que él representaba a la familia de José Trías y que no estaban de acuerdo con la toma de poder por parte de Eldorado. Todos se le quedaron mirando. A Lucas le llamó la atención que los expertos de Roberto ni se inmutaron, como si no les dieran la menor importancia a estas manifestaciones. Le dio la impresión que estaban acostumbrados a este tipo de situaciones.

Roberto le miró fijamente y respondió: -Me parece muy bien que la familia del señor Trías no esté de acuerdo. Están en su derecho de discrepar. Lo cierto es que, fallecido Don José Trías, Eldorado ha hecho uso del acuerdo firmado con él y ha ejecutado la opción sobre las acciones preferenciales de la empresa matriz, en Gran Caimán. Desde ese mismo momento, somos los legítimos propietarios del negocio y, por consiguiente, tomaremos cuantas decisiones creamos oportunas para la buena marcha del mismo. Por cierto, usted, señor Cuesta, era hasta ahora el asesor personal del señor Trías, ¿no es cierto?

-Sí, lo he sido —respondió el otro.

-Pues como el señor Trías ya no está entre nosotros, no son necesarios sus servicios de asesoría. Por consiguiente, haga el favor de salir de esta sala inmediatamente, ya que usted no pertenece a esta empresa. Presente su liquidación por correo cuando lo crea oportuno y con gusto la atenderemos.

Carlos Cuesta se quedó paralizado un momento. Roberto hizo una seña a los escoltas, que se levantaron de las sillas en las que estaban sentados, al fondo. Al verlo, Carlos Cuesta se levantó de un respingo, cogió sus papeles y salió de la sala sin mirar a nadie ni soltar palabra.

-¿Alguien más desea discrepar? —preguntó Roberto con prepotencia mientras recorría con la mirada a todos los asistentes. Naturalmente, nadie dijo nada.

-Magnífico. —continuó. -La primera medida después de la expulsión del señor Cuesta es el nombramiento de un Consejo de Administración. Hasta ahora alguno de ustedes formaban parte de él. Pues bien, todos los cargos han sido revocados, como lo indica este documento —esgrimió un papel delante de todos —firmado ante notario esta misma mañana y en él constan los nuevos consejeros. Los que les interesan a ustedes son los señores José Alonso y Lucas Goldsmith, aquí presentes. Los demás puestos están ocupados por miembros del grupo Eldorado y yo, naturalmente, soy el nuevo Consejero Delegado.

A partir de este momento, cualquier decisión que deba tomarse será consultada y refrendada por estos señores —señaló a su equipo. —Para que la decisión sea ejecutiva, deberá contar con la firma de al menos un miembro de este equipo y si la decisión supone un gasto, si supera los cincuenta mil euros, deberá contar con mi firma inexorablemente. ¿Alguna duda? ¿Alguna pregunta? —soltó al terminar. Hubo un silencio que Roberto llevó al máximo, mirando detenidamente con una sonrisa a cada uno de los presentes. -¡Pues a trabajar, señores! —Y se levantó de un salto, recogiendo sus papeles. Los directivos se levantaron y fueron saliendo. Los de su equipo se quedaron sentados, como si no fuera con ellos y Pepe y Lucas, al verlo, se sentaron también. Lucas miró a Pepe y entendió por su expresión que su amigo estaba tan indignado como él por el maltrato y la arrogancia de Roberto para con los directivos de Autocan.

Cuando se cerró la puerta, Pepe explotó: -¿Pero cómo puede usted tratar así a unos profesionales que han sacado esta empresa adelante desde hace más de diez años? Roberto lo miró sonriendo. Estaba celebrando su actuación.

-Pepe y usted también, Lucas. Entiéndanme. Era absolutamente necesario hacer esta representación hoy, para dejarles bien claro quién manda desde ahora en esta empresa. Me odiarán y me temerán, pero me obedecerán, que es lo que necesitamos. A partir de ahora vamos a trabajar todos para sacar adelante este negocio y rápidamente para colocar a un equipo directivo local leal y eficaz al mando del buque. La tarea de mis compañeros — giró una mano señalando a los miembros del equipo — es asegurarse que en estos primeros días se plantea una estrategia eficiente en cada departamento de la empresa, que no se cometen ni atentados ni estupideces y que entre los empleados se puede contar con aquellos que podrían constituir ese nuevo equipo directivo. Analizarán también las tripas del negocio y presentarán propuestas para rentabilizar de la mejor forma nuestra inversión. Como miembros del Consejo de Administración, ustedes valorarán conmigo la adecuación de esas propuestas. Por cierto, sus honorarios como consejeros son de cien mil euros al año, con una prima de asistencia a las reuniones de cinco mil euros. Dado que esta reunión ha sido considerada como de constitución del nuevo Consejo, ahora cuando salgan de las oficinas, tendrán un cheque a su disposición en Caja.

Gustavo, por favor, instruya las indicaciones oportunas –dijo, dirigiéndose a uno de los argentinos, que tomó nota en un papel, asintiendo con la cabeza.

-Denme un voto de confianza, aunque mis maneras no les parezcan corteses –remató. – Tengo bastante experiencia en estas lides y les puedo asegurar que es el mejor método para controlar rápidamente un negocio.

-De acuerdo, -sentenció Pepe. –Espero que todo salga bien.

-No se preocupen. Continúen ustedes con los otros dos proyectos de la isla; por cierto, se me ha informado que a finales de mes tendremos disponibles los fondos para la inversión de Tafira, de modo que ya no hay que esperar cinco meses más. Pueden ustedes decírselo al señor... –se quedó en blanco por un momento – al señor Cabrera, Abelardo, ¿no es así?

Lucas y Pepe se despidieron del equipo y salieron de la sala. Al pasar por la sección de administración, se hizo un silencio atroz entre los empleados que trabajaban en sus escritorios. Cuando comenzaron a descender por las escaleras principales del edificio, una voz les llamó desde atrás. Era el encargado de Caja, que tenía sus cheques preparados y venía para entregárselos. Allí en el mismo descansillo de la escalera firmaron el recibo y cogieron los cheques.

-Desde luego, lleva apenas una hora en la empresa y ya ha conseguido una eficiencia nunca vista en el archipiélago –consideró Lucas, mientras salían del edificio.

-Pero no es la forma apropiada, en mi opinión, -sentenció Pepe.

– Espero que no tenga que enfrentarse a un paro o una huelga en los próximos días.

-Pues, ¿sabes qué te digo? Que no me importa ver los toros desde la barrera y encima que me paguen generosamente por hacerlo.

María llamó por la tarde para saber qué tal había ido todo. Lucas le contó lo ocurrido en Autocan y le preguntó si tenía referencias de Roberto. Ella le respondió que había oído cosas bastante peores del amigo, pero que ella no tenía acceso a los historiales de los miembros. Dijo que intentaría averiguar algo más de él.

Finalmente Roberto no necesitó de María y ella se quedó trabajando en Miami, a pesar suyo. Durante los quince días siguientes Pepe y Lucas se dedicaron al seguimiento del proyecto de Monteleón, con Luis Ojeda. La preparación de los terrenos ya había comenzado y así tenían una excusa para bajar al sur a ver cómo se iban desarrollando las obras.

Roberto tampoco les molestó para nada hasta la mañana en que les llamó para comunicarles que las propuestas de su equipo estaban siendo preparadas y que el Consejo de Administración se reuniría el jueves a las diez de la mañana. Lamentablemente, indicó, no podrían tenerlas antes de la reunión, porque quedaban unos flecos por rematar, pero se les aportaría una exhaustiva información en la reunión.

Acudieron los dos juntos y fueron recibidos por el conserje, que les llevó hasta la sala de juntas. El mobiliario era diferente, con unos murales en la pared del fondo y otras sillas, bastante más incómodas, a juicio de Lucas. En la sala estaban los cuatro miembros del equipo y Lucas reconoció también al director general adjunto de José Trías y al director financiero. Les saludaron y se acercaron al rincón donde una señorita servía café.

Entró Roberto, que fue directamente a ellos con una amplia sonrisa y les estrechó las manos. Estaba más moreno que la última vez que lo vieron y más gordo también. Les invitó a tomar asiento, junto con el resto de los asistentes.

-Vayamos al grano, señores. –inició la reunión del Consejo. -Ante todo, quiero agradecerles a ustedes, a todos ustedes –y al decir esto, miró a su equipo y a los directivos presentes –su esfuerzo durante estas jornadas pasadas para diseñar las propuestas que hoy vamos a considerar. Como ya les he indicado, su esfuerzo va a ser recompensado ampliamente, con una gratificación extraordinaria que recibirán hoy mismo. – Todos sonrieron y se relajaron.

Hizo una señal a la señorita, que entregó a Lucas y a Pepe unas carpetas con el logotipo de Autocan.

-En ese dossier -indicó, -están las propuestas estudiadas.

Básicamente consisten en la fragmentación del grupo en tres divisiones diferentes: telecomunicaciones internacionales, nacionales y patrimonio inmobiliario. Las dos primeras, que agrupan el negocio primario de la empresa, serán vendidas a Inter Telecom, con quien hemos llegado a un acuerdo a un precio muy justo. La patrimonial será nuestro nuevo buque insignia, aunque muy aligerado de carga. El edificio en el que estamos será alquilado a Inter Telecom durante un periodo pactado de diez años y los almacenes de material del polígono de Arinaga se venderán dentro del paquete al mismo comprador. El monto total de la operación es de veintiséis millones de euros, que servirán para liquidar la deuda bancaria actual de veintidós y ofrecerán un remanente positivo de cuatro millones en caja para futuras inversiones.

Lucas y Pepe revisaron el documento, mientras Roberto hablaba. Cuando terminó, Pepe comentó: -¿Cuántos empleados asumirá Inter

Telecom y cuántos se quedarán en el negocio?

-Inter Telecom no está interesado en la mano de obra, sino en el negocio en sí mismo – respondió Roberto. –Por supuesto, las dos personas aquí presentes serán absorbidas por el comprador, con un contrato blindado que ya hemos negociado –el director general adjunto y el financiero sonrieron al escuchar estas palabras –pero el resto del personal será indemnizado, mediante una regulación de empleo, cuyo coste está ya incluido en el precio de la adquisición.

-Y, ¿cuántos permanecerán en la empresa? –planteó Lucas.

-Creo que ha quedado claro, -respondió Roberto, con su clásico toque de irritación en la voz – el buque insignia será simplemente una sociedad de inversión inmobiliaria cuyos dos activos por el momento serán este edificio, alquilado por Inter Telecom y la residencia de D. José Trías, que ha ocupado después de desalojar a su familia. No tendrá empleados inicialmente; sólo socios, los del grupo Eldorado. Y, naturalmente, ustedes, que seguirán siendo miembros del Consejo de Administración y adquirirán también la condición de socios con las acciones que les daremos gratuitamente.

-¿Y el proyecto internacional de telecomunicaciones que pretendía desarrollar José Trías? –preguntó Pepe.

-Ese proyecto -miró Roberto a los directivos -era un capricho personal del señor Trías, para el que la empresa no estaba preparada. Ahora lo asumirá Inter Telecom y muy posiblemente nos salga un nuevo cliente para el grupo Eldorado.

-A ver si lo entiendo bien –cuestionó Lucas –Autocan se vende a Inter Telecom, los empleados se van a la calle y se queda una sociedad de inversión inmobiliaria con el edificio en el que estamos, sin empleados.

-Lo ha entendido usted perfectamente – remachó Roberto. – Pero se olvida de un detalle: un beneficio de cuatro millones de euros, que sustanciarán futuras inversiones en su área geográfica.

-Si no recuerdo mal, Autocan fue valorado en más de treinta millones de euros para los efectos de nuestro proyecto de inversión – matizó Lucas. –En este sentido, la adquisición del negocio por Inter Telecom, aún incluyendo las indemnizaciones por despido y considerando el valor del edificio, es realmente barata, ¿no creen ustedes?

-No lo es, créame –respondió Roberto antes que nadie más lo hiciera. No ha sido fácil encontrar un comprador tan generoso en tan poco tiempo.

-Lo que no entiendo, -insistió Lucas –es por qué esta prisa en deshacerse de la empresa. Podría seguir funcionando tranquilamente hasta encontrar un comprador a mejor precio o incluso sin tener que ser vendida.

Esta vez Roberto no dijo nada. Se quedó callado durante unos segundos y después, dirigiéndose a los demás asistentes, les solicitó que salieran de la sala porque tenía que discutir unos temas confidenciales con Pepe y con Lucas. Cuando todos los demás hubieron salido, volvió a dirigirse a Lucas:

-Señor Goldsmith, no deseaba que los demás escucharan esto. ¡Deje de tocarme las pelotas! ¡Estoy bastante arrecho por este interrogatorio y no voy a consentirle que siga haciéndome perder el tiempo! ¡Si le parece bien lo que proponemos, magnífico; y si no, haga el favor de largarse y dejarnos en paz de una vez!

-¿Sabe que le digo? –saltó Lucas antes que Pepe pudiera siquiera reaccionar, estupefacto ante la inesperada andanada. -¡Que el que está hasta las narices de usted soy yo, con ese carácter tan estúpido y esa mala educación! ¡Conmigo no le va a servir ese truco, porque no le voy a permitir que me grite, o me ofenda. ¡Váyase a la mierda!

Y levantándose de golpe, enfiló hacia la puerta, que abrió, pasó y cerró con un portazo que hizo retumbar las paredes. Los directivos y miembros de su equipo, que estaban en la antesala, se le quedaron mirando estupefactos. Lucas avanzó hacia las escaleras, las bajó y salió del edificio. Detrás, corriendo, salió el encargado de la Caja, blandiendo su cheque con la prima de asistencia al Consejo de cinco mil euros.

Lucas llegó a la oficina y llamó a María. Eran las seis de la mañana en Miami, pero a ella no le importó escuchar su voz estando aún en la cama. Lucas le comentó los pormenores de la reunión y la reacción de Roberto a sus preguntas. Ella escuchó sin decir nada.

-Supongo que ya he dejado de trabajar con el grupo Eldorado —remató Lucas, cuando hubo acabado de contarlo todo. —Pero no podía soportar por más tiempo a ese imbécil, de verdad. Y, además, no me gusta nada lo de Autocan. Me huele muy mal. A pesar de lo que se dice, tengo la sensación de que la muerte de José Trías no fue accidental, ¿sabes? Todo cuadra. Firma sus compromisos con Eldorado, emite las acciones preferenciales que permiten al grupo hacerse con el control del negocio en caso de impago o defunción y va y muere. Estoy empezando a pensar que todo era un montaje desde el principio para hacerse con Autocan y venderlo inmediatamente para sacar dinero. Y si esto fuera verdad, María, deberías estar lo más lejos posible de esa panda de estafadores y asesinos.

-No sé, Lucas. A lo mejor tiene más sentido que siga por si averiguo algo. Hasta ahora me han tratado muy bien. ¿Y si estás equivocado?

-¿Y si no lo estoy? Recuerda que Richard murió asesinado y que Raquel desapareció y que a nosotros nos revolvieron las habitaciones del hotel. Esto no me gusta nada. Imagínate que no es nadie atacando al grupo, sino los de Eldorado defendiéndose de situaciones incómodas.

-Lucas, voy a seguir. Intentaré descubrir algo desde aquí.

-Ten muchísimo cuidado. Que no te vea nadie. No me llames desde la oficina. Usa el móvil o el teléfono de tu casa. Y si notas algo raro, sal corriendo, por favor.

-Vale, no te preocupes. Estaré alerta. Un beso, cariño. –Y colgó.

En eso llegó Pepe a la oficina. Venía muy molesto, por la cara que traía.

-Lucas, ¿me quieres explicar a qué ha venido todo eso?

-Mira Pepe, estoy muy nervioso, porque tengo sensaciones extrañas. Me estoy planteando si Eldorado no es sino una tapadera de un negocio de estafadores y asesinos.

-¡Qué dices!

-Lo que oyes. Mira, Richard es asesinado, punto uno. Raquel desaparece y seguramente también está muerta, punto dos. Su apartamento es desvalijado y nuestras habitaciones del hotel, revueltas, punto tres. José Trías muere y Eldorado se hace con su empresa, punto cuatro. Y el final del primer acto: Eldorado despieza Autocan y obtiene cuatro millones de euros, más una sociedad como cabeza de puente en la isla. Y aún más, José Trías afianzó con gran parte de su patrimonio la operación de crédito. Estoy convencido que, aunque no le hubieran llegado los fondos, Eldorado se habrá quedado con sus posesiones, si no, al tiempo. -Estás un poco tenso, Lucas. Creo que ves lo que no hay, pero lo entiendo, porque lo de Raquel te ha afectado mucho. A mí tampoco me gusta Roberto, ni su actitud prepotente, pero no considero que lo que está haciendo en Autocan sea algo premeditado. Se han encontrado con una empresa en las manos y como no quieren dedicarse a la gestión física de esa empresa, la venden, obteniendo además interesantes beneficios. Aquí no pierde nadie, los empleados cobran su indemnización, el negocio pasa a otras manos que pagan un precio justo por él y Eldorado saca algún dinero y nosotros también, Lucas, porque nos cae un 2% de los cuatro millones de beneficios, según nuestro acuerdo, o sea, otros ochenta mil euros entre los dos.

-Hombre, sí pierde alguien, la familia de José Trías, que se queda sin empresa ni patrimonio.

-Sí, puede ser, pero es por culpa de José Trías, que puso todo a nombre del grupo como condición para la operación. No le des más vueltas. Haz una cosa, tómate unos días de descanso, tranquilízate. Yo me encargo de supervisar los dos proyectos que tenemos y mientras, descansa. Quédate en la isla, o viaja a algún otro lado, pero descansa. He hablado con Roberto después de tu explosión y me ha pedido que te presente sus disculpas por su actitud contigo y que te entiende, que esto no va más allá de un arrebato momentáneo y que lo da por cerrado. Parece un buen tipo, Lucas, quizá malhumorado y maleducado, pero un buen tipo.

-Puede que tengas razón, amigo mío y estoy viendo visiones.

Creo que haré lo que dices y voy a despejarme unos días. ¿Puedes de verdad hacerte cargo del tema una o dos semanas tú solo?

-Pues no, -Pepe rió —Que sí, hombre, que sí. Que no te preocupes. Y que ni me llames mientras descansas. Si hubiera algo urgente, ya te llamaré yo a ti. Y si cobramos nuestro porcentaje antes de que vuelvas, te lo ingreso en tu cuenta. Igual que este cheque que no has querido cogerle al administrativo por tu asistencia al Consejo. Gástatelo estos días, que te lo has ganado.

Lucas se fue caminando hacia su casa, pensando qué iba a hacer en los próximos días. Ni Pepe ni María parecían entender lo que él adivinaba en Eldorado, pero como decían, quizá estuviera obsesionado y viera lo que no había. Decidió ir al hotel de Taurito a descansar. Allí había conocido a Raquel y había cambiado su vida.

Reservó una suite para cuatro días. Sin pedirla, le dieron la misma que utilizó la primera vez. Al subir a la recepción de planta, esperó ver a María, como había aparecido cuando la conoció, pero era una señorita del hotel la que estaba allí, muy mona y muy atenta, pero del hotel. Lucas entró en la suite y se dirigió al saloncito. Allí había conocido a Raquel, cuando pasó para servirles unos cafés a Pepe y a él. Entró después al dormitorio, en el que pasó la última noche en el hotel con ella, después de regresar del barco. Le pareció verla tumbada en la cama, esperándole.

Pasó la mañana sentado en la terraza de la suite, disfrutando de la vista. Hacía un día muy luminoso y se veía hasta Tenerife a lo lejos. A mediodía bajó al comedor. Podía haber buscado algún otro restaurante de la zona, porque el hotel no era precisamente barato, pero el dinero ya no suponía un problema, después de los fuertes ingresos que había tenido en esta última época. Almorzó bien, a gusto y en paz y determinó que subiría a dormir una siesta y luego se daría un baño.

Cuando salió al salón, para dirigirse al ascensor, miró alrededor desenfadadamente y entonces vio a ¡Roberto! ¡Estaba sentado con Raquel!

Lucas no podía creerlo. La mujer que estaba con Roberto sentada en un sillón se encontraba de espaldas a él, pero la forma de la cabeza y el pelo eran los mismos que los de Raquel. Por un momento pensó en ir al ascensor y subir a su cuarto, ¡Raquel y Roberto juntos! La persona que más quería, con el sujeto más impresentable. Hizo acopio de sus fuerzas y se dirigió a donde estaban, sin dejar de mirarla a ella.

Y según se fue acercando y empezó a verla de perfil, descubrió que no era Raquel. Era una morena muy guapa, de ojos oscuros, con el mismo corte y color que Raquel, pero no era ella. Se desinfló, justo cuando Roberto lo vio y puso cara de aturdimiento.

-¡Lucas! ¿Queeeé hace usted aquí? —preguntó Roberto, sin mover un músculo, con una sonrisa claramente forzada.

-Me imagino que lo mismo que usted, Roberto. —respondió él secamente. —Disfrutar de estas magníficas instalaciones.

Roberto debió pensar que la cortesía le funcionaría mejor con Lucas que la mala educación y haciendo el gesto de levantarse, señaló a su acompañante y dijo:

-Le presento a Susana Corsina; Susana, este es Lucas Goldsmith, uno de nuestros representantes en la isla. −Lucas y Susana intercambiaron unos besos.

-Siéntese un momento y tómese un café −le invitó Roberto. Lucas se sentó, pensando que la ocasión se la brindaba la providencia.

-Susana es una amiga de la Universidad, de Venezuela. −Ella sonrió y cambió de postura. Tenía una sonrisa muy sexy y un escultural cuerpo. −Ha venido a estar unos días conmigo y pensé que este hotel podría servirnos de punto de arranque para mostrarle la isla, pero ella − giró la cabeza hacia la chica, que continuaba sonriendo y miraba a Lucas de arriba abajo como si estuviera pensando "¡ya te pillaré cuando pueda, guapo!" −ella está más interesada en comprar todo lo que se vende en las tiendas que en los paisajes que le enseño.

-Bueno, a veces me enseñas algo que merece la pena, Roberto − saltó ella, sin dejar de mirar a Lucas. Lucas vio de reojo que a Roberto no le hacía ninguna gracia tal comentario y que se revolvía en su sillón.

-Umm, cariño, ¿por qué no nos dejas solos para hablar de negocios un rato, mientras te refrescas para bajar a ver las tiendas de Puerto Rico? − respondió Roberto.

-¡Chévere! −exclamó ella. Te espero arriba. −Se levantó del sillón, descruzando las piernas de modo que Lucas pudiera admirar sus torneados muslos, él se levantó también y Susana se despidió de él con dos besos lentos y un suave pellizco en el lóbulo de una oreja. −Encantada de saludarte, Lucas. −le dijo al oído, después de darle el segundo beso. -Espero verte en la piscina uno de estos días.

Después, contoneando las caderas, se dirigió hacia el ascensor.

-Preciosa muchacha, Roberto −comentó Lucas, con toda la intención de fastidiar al otro.

Roberto ignoró el comentario. –Así que se ha tomado usted unos días de descanso. -planteó directamente. –Creo que le vendrán bien. Estaba usted ciertamente alterado, pero no se preocupe, lo entiendo y no le guardo rencor.

Lucas decidió en ese momento que no iba a aguantar más impertinencias de este imbécil y se dejó llevar.

-Roberto, lamento decirle que sigo pensando que es usted un maleducado, pero además y esto es lo más grave, estoy seguro que es un estafador y puede que hasta un asesino. No puedo creer que la muerte del señor Trías haya sido accidental y que ustedes hayan tenido la suerte de hacerse con un negocio valorado en veintitantos millones de euros sin haber soltado un euro por su parte. No puedo creer que no esté implicado en el asesinato de Richard Flynn, que quizá supiera demasiado de algo que debía quedar secreto y puede que lo mismo haya pasado con Raquel. Y hablando de ella, ¡le exijo que me diga dónde está y si está viva!

Roberto le miró fijamente, con la cabeza apoyada en los nudillos de las manos. Después respondió: -Esta usted muy equivocado. En este negocio no hay trapos sucios y mucho menos asesinatos. Me está usted contando una película, Lucas, que no tiene que ver con la realidad. Ciertamente Richard ha sido asesinado, pero creemos que fue alguien a quien hizo promesas que luego no pudo cumplir. El se encargaba de Europa y en sus objetivos se encontraban algunos países de la zona oriental. Creemos que prometió a algunas personas que sus proyectos serían aprobados por Eldorado y pensamos que incluso recibió algún dinero de estas personas para conseguirlo. Como el Comité de Aprobaciones rechazó estos proyectos, sus socios se enfadaron y lo asesinaron.

El señor Trías falleció al resbalar por las peñas de una playa en esta isla, cerca de su casa y murió ahogado al caer al agua atontado, según ha indicado la investigación policial. Es una coincidencia sí, pero las coincidencias suceden. Y yo he tenido que hacerme cargo de un negocio que no nos interesa en absoluto, porque lo que buscamos es una rentabilidad inmediata a nuestras inversiones. En el caso de Autocan, la mejor manera de enfocarlo era vendiendo la empresa a otra que pueda obtener el máximo provecho y nosotros sacar un interesante beneficio, claro.

Y, se me olvidaba. Su amiga Raquel posiblemente haya estado implicada en la trama de Richard, porque también apoyaba su trabajo en toda Europa y además, era su novia. Ella ha sido la siguiente víctima de la pandilla a la que prometieron lo que no era posible cumplir. Para que lo sepa, estamos cooperando con Interpol para investigar cada uno de los contactos que conocemos de Richard y Raquel en los países del Este de Europa, especialmente, de los proyectos que presentaron y fueron rechazados. Descanse usted, Lucas y relájese. Ve usted fantasmas donde no los hay. Mi carácter es algo abrasivo, lo sé y también sé que a usted no le caigo nada bien, pero no soy un estafador y menos un asesino. Soy un financiero que pretende hacer lo mejor posible su trabajo. Como usted.

Lucas meditó unos segundos. ¿Y si tenía razón este tipo y él estaba dándole un sentido equivocado a una serie de desgraciados incidentes? Su explicación era coherente, pero le costaba aceptarla, viniendo de él. Sin embargo, también Pepe y María sostenían que no había ninguna trama delictiva detrás. Y, efectivamente, lo que había comentado Roberto podría haber ocurrido perfectamente. Pero algo le decía que había más y que le estaban mintiendo. Y, desde luego, aunque fuera verdad, no le iba a dar la satisfacción a este impresentable de creer que le había convencido.

Se levantó del sillón, diciéndole a Roberto: -Será mejor que lo que dice sea cierto. Yo también tengo contactos en Scotland Yard y concretamente, con los que llevan la investigación del asesinato de Richard y la desaparición y posible asesinato de Raquel. También estoy colaborando con ellos para esclarecer lo ocurrido. Buenas Tardes. Dele recuerdos a Susana. Espero que compre mucho en Puerto Rico.

Roberto no dijo nada y se quedó sentado, en la postura rígida que había mantenido durante la conversación. Lucas cogió el ascensor y subió a su suite. Desde allí, llamó a Pepe para comentarle que estaba en Taurito y que se había encontrado con Roberto en el hotel y le detalló la conversación.

-¿Lo ves? —respondió Pepe —todo tiene su explicación. Lo que ocurre es que estás obsesionado. Creo que tu charla con Roberto ha sido muy conveniente y desde ahora verás las cosas de otro modo.

Sigue descansando, porque por aquí no hay nada que merezca la pena. Si te necesito, te llamaré. —Y terminó —Has tenido una excelente idea yendo a ese magnífico hotel; te envidio.

Después llamó a María, a Miami. Le contó todo también y le dijo que quizá tuvieran razón y las cosas eran mucho más simples. María también le recomendó que descansara, que se fuera a la playa y se pegara un baño y —susurrando, continuó —quiero que pienses en mí mientras estás en el hotel y que recuerdes la primera vez que nos vimos... y a Raquel, naturalmente. Te echo de menos, Lucas y estando tú donde estás, más aún.

Entonces Lucas decidió hacer caso a sus amigos y como ya le había dado una bofetada simbólica a Roberto, se sintió eufórico y poniéndose el bañador y cogiendo una toalla, salió del hotel, montó en el coche y enfiló carretera arriba hacia Playa Amadores. Aparcó en el aparcamiento subterráneo de la playa, para que el sol no calentara el coche.

El agua estaba espléndida, muy tranquila y ligeramente fresquita y no había casi nadie. Lucas se dio un par de chapuzones y luego descansó secándose tumbado en su toalla. Lo cierto es que él también echaba de menos a María, pero más a Raquel. Mientras tomaba el sol, hizo planes para los próximos días. Terminando la estancia en el hotel, se iría a Tenerife en el ferry de Agaete para llevarse el coche y recorrería la isla en dos o tres días, parando donde le apeteciera.

Al rato, sintiendo ya incómodo el sol, recogió sus cosas y bajó al aparcamiento hacia su coche. En la zona donde estaba aparcado sólo había otro vehículo, junto al suyo precisamente. Sacó el mando para desbloquear las puertas y cuando iba a pulsar el botón, sintió un tremendo golpe en la cabeza y cayó al suelo, sin conocimiento.

Capítulo 17

Se despertó desorientado. Abrió los ojos y miró alrededor. Estaba sentado en el asiento del conductor de su propio coche, en el aparcamiento de Playa Amadores. La cabeza le dolía de una forma terrible. Se la tocó y notó un gran chichón en la parte posterior, entre la nuca y la coronilla. Poco a poco fue recordando, como en sueños, lo que había pasado. Respiró hondo y salió del coche lentamente, medio mareado. El vehículo que estaba aparcado junto al suyo cuando llegó al aparcamiento se había ido, pero vio algo en el suelo. Enfocó la mirada y vio una gran mancha de sangre y un rastro que terminaba bruscamente unos metros más allá. Se repasó todo el cuerpo, para ver dónde había sido herido, pero aparte del chichón, no tenía otro golpe ni sangre en ninguna parte del cuerpo.

Miró arriba y abajo del aparcamiento y al no ver a nadie, decidió volver al hotel y tomarse un tubo entero de aspirinas. No entendía lo que había pasado, porque ni le habían robado el coche, cuyas llaves estaban puestas en el contacto, ni le habían herido, más allá del golpe en la cabeza, ni llevaba documentación o dinero encima, como podía comprobarse al ir en bañador. Además, sólo recordaba caer al suelo pero no cómo había llegado a abrir la puerta del coche y sentarse.

Llegó al hotel con la cabeza latiéndole. Salió del coche, fue directamente al ascensor y subió hasta su planta. A la señorita de la recepción le pidió un bote de aspirinas y entró en su suite. Al llegar a la zona del dormitorio, se dejó caer sobre la cama. -Curioso, pensó, -huelo el perfume de Raquel. Creo que el golpe en la cabeza me ha dado ya hasta alucinaciones olfativas.

Llamaron a la puerta. Se incorporó y fue hacia ella despacio. Al abrirla, vio a la señorita con una bandeja que tenía un bote de aspirinas sin abrir y un vaso de agua, que le sonrió y le dijo: -Señor Goldsmith, aquí le traigo lo que me ha pedido. Sin embargo, si le parece bien, se lo doy en la Suite Real, -hizo un gesto con la cabeza en dirección a ella,

-donde le están esperando.

Lucas quería descansar y que se le pasara el martilleo en la cabeza, pero en su estado no pudo más que balbucear un -De acuerdo – y tal como estaba, únicamente con una camisa y el bañador, siguió a la señorita hasta la doble puerta de la Suite Real.

Se abrió la puerta y un hombre bastante robusto les franqueó la entrada. Llegaron al saloncito que ya conocía Lucas y en el sofá vio una persona con un puro en la mano, luciendo una enorme pulsera de plata, que reconoció al instante. ¡Era Juan Oramas!

Detrás de él había dos hombres más, con toda la pinta de gorilas. La señorita dejó la bandeja en la mesita del tresillo, sonrió y se fue sin decir palabra.

-No digas nada, Lucas y permíteme que nos tuteemos —empezó Juan Oramas. —Tómate un par de aspirinas, que te vendrán muy bien; pareces una batata. —Se dirigió al hombre que había abierto la puerta — Prepárale a mi amigo un trinque, que está hecho gofio. Dale un whisky, con poco hielo. Mira a ver si hay Laphroaig, que es su favorito y tráe-noslo a la terraza, al jacuzzi. -Y viendo que Lucas se había tomado ya las aspirinas, le dijo: -Vamos Lucas, salgamos al jacuzzi, que allí podremos hablar tranquilamente. Es que no me gustan los sitios cerrados. —Se le-vantó y salió a la terraza. Los gorilas no se movieron de su sitio hasta que Lucas se levantó, con algún trabajo, del sofá. Detrás de él le acompaña-ron hasta la terraza. Juan Oramas ya había entrado en el jacuzzi y Lucas se metió también. Se acomodó una toalla a modo de almohada detrás de la cabeza y la postura le hizo sentirse mejor. Le trajeron el whisky y aunque no le apetecía, tomó un sorbo que no le sentó mal del todo.

-Escúchame ahora porque lo que te voy a contar te ayudará a en-tender muchas cosas que ahora ves cambadas —siguió Juan, pero sin atisbo alguno de prepotencia, al contrario que el imbécil de Roberto. —Lo primero es que acaban de intentar largarte.

Lucas oyó lo que le decía, pero no lo entendió y puso una cara que transmitía su extrañeza.

-Pero eso te lo explicaré al final. Vamos por orden. ¿Recuerdas aquella tarde en que os reunisteis en el Hotel Reina Isabel con el medio guiri? -No esperó a que Lucas contestara. —Pues bien, como seguramente sabrás, esa terraza es mi despacho. Llevo años llevando desde allí mis asuntos y recibiendo a todos los cambuyoneros de la isla y tengo un sexto sentido para adivinar cuándo se está preparando un negocio a mi alrededor, especialmente cuando la reunión se celebra a escasos metros de mi "despacho". A ti no te conocía más que de vista, pero de Pepe conozco hasta los polvos que echa y con quien los echa. El guiri me llamó la atención, por la forma de vestir, tan pija y por su acento y decidí enterarme de lo que hablabais. Así que me enteré de vuestro negocio y os he estado siguiendo desde entonces, no sólo lo que hacíais, sino un seguimiento de verdad. Sé que estuvisteis en este hotel y que volasteis en helicóptero a un yate al sur. Sé también qué proyectos habéis preparado, incluyendo a mi buen amigo Luis Ojeda y a Aberlado y al infortunado José Trías. No os pude seguir cuando viajasteis fuera de la isla, porque mi gente es de aquí y mi control termina aquí, pero os esperaban cuando volvisteis. Conozco al bobomierda del Roberto no se qué y he hecho averiguaciones sobre los otros miembros de ese grupo que se hace llamar Eldorado que pasaron por la isla. Sé que te hiciste muy amigo de una de las chicas, Raquel me han dicho que se llama y que ha desaparecido. Y sé que has tenido problemas serios, porque hoy han querido meterte en un gánigo.

Ahora habló Lucas, cuyo dolor de cabeza era menos físico y más interior. A pesar de las fuertes expresiones canarias de Oramas lo entendió perfectamente -¿Qué han intentado matarme? -Sí, en el aparcamiento de la playa. Mis hombres te seguían a distancia para no ser descubiertos. Entraste en el aparcamiento y dos hombres que estaban escondidos detrás del vehículo que estaba aparcado junto al tuyo salieron por detrás de ti y te golpearon con una barra en la cabeza. Cuando caíste al suelo, levantaron la barra para pegarte un estampido y reventarte el cráneo de una vez, pero sonó un tiro y mis hombres pudieron ver a dos personas que, desde otro coche aparcado más lejos, corrían hacia vosotros disparando. El hombre que levantaba la barra cayó como un cachanchán junto a ti y el otro levantó los brazos y se quedó escarranchado. Mis muchachos estaban al fondo del aparcamiento, porque estaban esperándote junto a la rampa de salida, pero vieron cómo metían en el vehículo a los dos guanajos, el herido y el otro. Te recogieron del suelo, abrieron tu coche, te sentaron en el asiento de conducir y revisaron tu herida de la cabeza. Después se montaron en el coche de tus asaltantes, lo llevaron hasta el suyo, uno de ellos se bajó y sacaron los dos vehículos del aparcamiento. Mis hombres no les siguieron, porque tenían instrucciones de seguirte a ti y como vieron que empezabas a moverte decidieron esperarte donde estaban, sin intervenir. Son estos dos que están aquí con nosotros.

-¿Y quién me salvó la vida?

-No lo sé y eso me hace estar tupido -confesó Juan, echando una chupada al puro y expulsando el humo haciendo halos. -Te han estado siguiendo desde que volviste del extranjero la última vez, pero son jodidamente buenos, porque cada vez que mis hombres han intentado descubrirlos, han levantado el vuelo. Pero hoy te aseguro que te han salvado la vida.

-¿Y tú, qué pintas en todo esto? ¿Por qué nos sigues?

-Pues, Lucas, porque si no lo sabes, esta es mi isla, mi territorio, mi casa. Aquí no se hace un bisne y menos ilegal, si yo no lo sé o estoy metido en él. Y porque desde el principio me intrigó el hecho de que quisieran buscar proyectos de inversión en la isla, que es el culo del mundo, para entendernos. Después, tal y como se han ido desarrollando las cosas, no tengo la menor duda de que estos tipos se han metido en mi territorio y eso me ha dejado caliente como un macho. Además, se han cargado al pirado de José Trías y con eso me han encontrado, porque aquí no se liquida a nadie sin mi permiso.

-Mira, -prosiguió —tenemos objetivos comunes, aunque sea por ahora. Yo quiero a estos tipos fuera de mi territorio y necesito darles una lección. Tú quieres aclarar qué pasó con tu chica y vengarte si es cierto que la han matado. Creo que ha llegado el momento de que unamos fuerzas. Yo te protejo y tú me ayudas. Así jalamos juntos de la liña.

-¿Cómo puedo ayudarte?

-De varias formas. Primero, averiguando quién esta detrás de este grupo. Yo he tocado fondo en esto, porque mis recursos fuera de la isla son muy limitados. Segundo, sirviendo de cebo para ese amigo tuyo, Roberto y sus machangos, porque no tengo claro si tiene más gente por la isla y quiero cogerlos a todos. Y por último, preparando un montaje para que venga todo el grupo aquí a Gran Canaria, a mi territorio. Entonces será cosa mía. A cambio te protegeré y te ayudaré a descubrir qué le pasó a tu chica. Y si se la cargaron, te serviré la cabeza del asesino y del que ordenó su muerte, en bandeja, para que te las tomes como si fuera un bocadillo de pata. Pero te vienes conmigo.

-Creo que puedo hacer algo respecto de los dos primeros puntos, pero, en cuanto al tercero, si desaparezco de escena, no veo cómo ayudarte.

-A través de Pepe, claro está. Tú llamas a Pepe y le dices que han intentado matarte y que te vas a esconder una temporada. Ellos intentarán encontrarte a través de tu socio y les daremos el momento y el lugar adecuados para hacerles una encerrona. Mientras tanto, Pepe trabajará en un nuevo proyecto, uno mío, que suponga un caramelo tan goloso para el grupo que tengan que aparecer todos por aquí. Y entonces empezaremos la jarana.

-No es mala idea, -replicó Lucas, a quien se le había pasado el dolor de cabeza y se encontraba mucho mejor, después del whisky. —Supongo que no podré poner condiciones.

-Te escucho —contestó Juan, más bien divertido por la osadía de este hombre.

-Mi prioridad sigue siendo descubrir qué pasó con Raquel, quiero que quede claro. Además, quiero que protejáis a Pepe y que sepas que si viniera por aquí, a María no se le toca un pelo, porque es de los nuestros. Y por último, que no hagas nada con respecto a este grupo sin contar conmigo. Yo los conozco y sé hasta dónde podemos llegar.

-¿María? ¡Ah sí, la otra yegua! ¡Choss! ¿Le has abierto las bembas a ésa también? ¡Eres cojonudo, chacho! Bueno, no me parecen condiciones imposibles. Estoy de acuerdo. ¿Trato hecho? Lanzó la mano derecha hacia Lucas, que la apretó.

-A partir de ahora, somos socios, Lucas. Esto significa que yo no te engañaré, pero si tú lo haces, te mato. ¿Está claro?

Lucas asintió.

-¡Chicos! – gritó Juan, saliendo del jacuzzi -¡Chicos! –Los matones se acercaron. –Lucas es mi socio a partir de ahora. ¿Sabéis lo que significa, verdad? Que daréis vuestra vida por él, si es necesario, como lo hacéis conmigo. ¿Dónde están mis cholas? ¡Manuel, la toalla! ¿No ves que estoy enchumbado y que tengo el buche revirado?

Los gorilas sonrieron forzadamente y estrecharon la mano de Lucas, que también había salido del jacuzzi. El tal Manuel vino corriendo con las toallas y las zapatillas de Juan.

-¿Dónde voy a quedarme entonces? –cuestionó Lucas.

-Ahora mismo nos vamos de aquí. Jonay –señaló a uno de los gorilas –irá contigo en tu coche y conducirá si lo prefieres. No, que conduzca él, que tú tienes el estacazo en la cabeza. Te llevaremos a un refugio y esconderemos tu coche allí también. Te conseguiremos un móvil de tarjeta para tus llamadas y algo de ropa para que te cambies y cosas de aseo. Donde vamos no te encontraría nadie, puedes estar seguro. Venga, recoge tus cosas. Jonay te acompañará. Paga tu cuenta y coge el coche. Y no te preocupes por ese Roberto. Nada más hablar contigo subió a su suite, recogió sus bolsas y pidió la cuenta. La mujer estaba bastante rascada, pero él más. Creo que le pusiste en su sitio y decidió quitarte de su vista para siempre.

Diez minutos después, Jonay y Lucas salían en coche del hotel, cogiendo la carretera hacia Mogán. Oramas y los otros dos guardaespaldas salieron poco después y tomaron la carretera en sentido contrario. Al salir del hotel se cruzaron con un coche que, ocupado por un hombre y una mujer, subía la cuesta en sentido inverso, hacia Mogán.

Jonay condujo por la complicada carretera en dirección norte y este hasta Artenara, un precioso pueblo en el interior, en la cuerda de la montaña. Entró en el pueblo y lo cruzó, para llegar a una calle arriba en la ladera, en la que destacaba una casa terrera muy amplia, con portón y un muro que cercaba la propiedad. Pitó dos veces y el portón se abrió para mostrar un patio interior extenso. Al fondo, a la izquierda, había una zona con un tejado de cinc y Jonay aparcó el coche debajo de ese techado. Condujo después a Lucas al interior de la casa y le mostró una habitación sencilla, pero cómoda, cuya ventana daba al valle. A un lado de la habitación estaba el cuarto de baño y al otro el salón y una cocina americana. Jonay le explicó que ésta era una casa más dentro del complejo, que contaba con cinco viviendas, aparte de la principal. En general se usaba para esconder a un miembro del grupo cuando surgía la necesidad, pero cuando no tenía esa utilidad, servía de discreto picadero. Lucas comprobó que todo estaba muy limpio y las sábanas estaban recién planchadas, así que no le preocuparon los usos alternativos en otros momentos.

El salón tenía una televisión y un pequeño bar junto a la cocina, con unas botellas de ron y de whisky. Jonay le preguntó si quería beber algo pero Lucas rechazó la invitación. El otro le preguntó entonces si le importaba que él tomara un trago, a lo que Lucas respondió que no tenía ningún problema y que si iba a estar con él en la casa, que se pusiera cómodo. El otro se lo agradeció con una sonrisa y le contestó que no era necesario que estuviera con él, que él estaría donde Lucas quisiera porque el refugio era muy seguro. Por consiguiente, mientras Lucas no saliera a la calle, no tenía porqué tener escolta a su lado.

Lucas se sentó en el sofá y puso la televisión, aunque no le prestó la más mínima atención, más que por otra cosa, para no tener que llevar una conversación con su escolta.

Poco después, cuando hubo terminado su trago, Jonay le pidió permiso para irse. Lucas se lo dio encantado. El otro le informó que la cena estaría lista en una hora y que le avisarían para ir a la vivienda principal a cenar, a menos que prefiriera hacerlo solo en esta casa. Lucas no tenía ganas de conversar ni de ver a nadie y, además, volvía a dolerle la cabeza, de modo que le contestó que no se encontraba muy bien y prefería cenar él solo. El escolta acordó entonces traerle una bandeja cuando estuviera preparada.

Con la bandeja de la cena, Jonay le trajo un teléfono móvil. Le explicó que podía usarlo para hablar con sus amigos, pero que debía contactar con ellos en teléfonos que no pudieran estar pinchados, por lo que se olvidara de sus móviles o de los de su oficina.

Lucas dio rápida cuenta del filete de ternera con papas que le habían preparado con una copa de vino barato y un plátano de postre. Apartó la bandeja y se recostó en el sofá. Si tenía suerte, Pepe estaría a esas horas cenando bien en Rías Bajas, bien en el Club Náutico, porque ahora que el dinero entraba generosamente, Pepe ya mantenía un estatus más elevado y solía comer y cenar fuera de casa, por comodidad y para que se le viera. Era la oportunidad adecuada para poder hablar con él sin que nadie pudiera descubrirles.

Llamó a Rías Bajas, preguntando por él, pero se le indicó que no estaba. Probó entonces en el Club Náutico y, efectivamente, Pepe estaba allí cenando. Le llamaron y se puso al teléfono. Lucas recordó que el teléfono estaba al final de una larga barra, junto a la entrada al comedor, por lo que era difícil que alguien pudiera escuchar su conversación.

–¡Lucas! –exclamó Pepe al teléfono. –¡Te he estado llamando toda la tarde! Roberto quiere vernos en Autocan para discutir la cuestión del alquiler del edificio.

Lucas pensó que quizá Roberto no supiera aún el desenlace del incidente en Amadores y que de este modo podría comprobar si seguía vivo o no y en qué estado, sin comprometerse. También dudo de la verdadera intención detrás de la invitación a la oficina de Autocan.

-¡Pepe, es una trampa! -le respondió y pasó a contarle el intento de asesinato y la extraña intervención que lo abortó. Le contó también la charla con Oramas.

-¡No puede ser! –protestó Pepe. –Seguro que eran dos chorizos intentando robarte.

-Ya y los que me salvaron trabajan para Roberto, ¿verdad? ¡Que no, Pepe! Que ahora estoy convencido que Roberto organizó la muerte de José Trías, igual que dio la orden de eliminarme hoy.

-¿Y Oramas, no te estará engañando y fue él el que organizó el asalto?

-¡Venga hombre! ¿Qué ganaría Oramas conmigo? Lo que pretende es cargarse a estos tipos para que le dejen limpio su territorio. Y me protege porque sabe que yo puedo ayudarle a ello.

-¿Dónde estás?

-No puedo decírtelo, amigo mío. Es mejor para los dos. Pero quiero que le digas a Roberto que has hablado conmigo, que estoy muy asustado pero que mañana llamaré para hablar de nuevo contigo. No le menciones nada más, ni la asociación con Oramas ni otra cosa que no sea que me han asaltado y que estoy pasando la noche en casa de un amigo, porque no me atrevo a volver a mi casa.

-De acuerdo. ¿Cómo puedo localizarte?

-Yo lo haré, Pepe. No llames a mi móvil, porque lo he desconectado. Y mañana cuando te llame, haré el paripé al teléfono y tú me seguirás la conversación, porque seguramente estarán escuchando.

-¿Estás bien? —se interesó su amigo.

-Con un gran dolor de cabeza, pero por lo demás perfectamente.
Pepe, voy a por ellos y tú me tienes que ayudar, ¿de acuerdo? Sabes que
tenemos a Oramas y sus gorilas con nosotros.

-Ya, pero eso no impidió que esta tarde casi te mataran, por lo que
me dices. No son infalibles, además, Oramas es el mayor delincuente de
toda la isla, es el padrino de la mafia local, ¿lo sabes?

-Vale. ¿Me vas a ayudar?

-Sabes que lo haré.

-Le he pedido a Oramas que te ponga una discreta escolta también.
Si los ves, no te asustes, que están para protegerte.

-¿Y cómo sabría cuáles son los buenos y cuáles los malos? Da igual.
Llamaré a Roberto y le diré lo que indicas. Llámame mañana para organizar la cuestión.

-Buenas noches, socio.

-Buenas noches, ¡cuídate!

Pensó en llamar a María, pero no quería hacerlo a ninguno de los
teléfonos que tenía de ella, por precaución, así que se abstuvo de hacerlo. Por consiguiente, se fue a dormir, sin que el dolor de cabeza hubiera remitido.

Por la mañana apareció Oramas y se sentaron en el salón a plantear la estrategia. Lucas debía llamar a Pepe a la oficina para decirle que quería verle para contarle algo importante, pero que estaba asustado y refugiado en casa de un amigo en San Mateo, en la carretera del Centro. Quería ver a su amigo a las nueve de la noche y tenía que darle la dirección del lugar, que era una casa terrera independiente, en mitad del campo.

Los hombres de Oramas estarían apostados en los puntos de acceso a la casa y alrededor y dentro de ella. Había planeado tener allí a ocho hombres, por si los otros eran más de lo estimado. Una furgoneta los iría dejando en sus puestos en la tarde, para no levantar sospechas y no dejar vehículos extraños. Lucas estaría allí también desde la tarde, por si Roberto enviaba gente temprano para controlar la situación.

Lucas llamó a Pepe y expuso el asunto, poniendo una voz de angustia. Pepe hizo bastante bien su papel y acordó verle en ese lugar por la noche, a las nueve.

A las cuatro de la tarde Jonay condujo a Lucas en su propio coche hasta San Mateo, seguido por la furgoneta con el resto de los hombres. Dejarían el coche de Lucas a la entrada de la casa, de modo que sirviera de señuelo para los intrusos. La expedición tardó unos cuarenta y cinco minutos en llegar al lugar, que parecía totalmente solitario. Jonay abrió la puerta de la casa e inspeccionó todas las estancias, dando después vía libre a Lucas para que entrara. Le siguieron dos hombres más, mientras que los restantes se distribuyeron alrededor de la casa y la finca. Todos llevaban walkie- talkies.

Cerca de las diez, ya entrada la noche, el hombre apostado en la cuneta en la entrada de la carretera dio un toque en la radio; personas extrañas estaban acercándose por la vereda que daba a la casa. Aún no podía distinguir su número, pero al menos eran dos. Al mismo tiempo, desde el lado opuesto del camino, otro toque: dos personas más avanzando hacia la casa.

Jonay encendió las luces del salón y del porche, para demostrar que la vivienda estaba habitada y porque con la luz del porche podía verse el coche de Lucas aparcado en la entrada. Le pidió a Lucas que no entrara en la zona de luz del salón y que, cuando escuchara los primeros disparos, se metiera debajo de la cama en el dormitorio.

Unos minutos después los hombres del exterior comunicaron que la avanzadilla del grupo atacante se acercaba a la parte posterior de la casa. En ese momento se escuchó el motor de un coche, que culebreaba por el sendero. Lucas pensó que sería Pepe y así se lo indicó a Jonay. El vehículo llegó a la altura de la entrada a la casa. Se detuvo y su conductor paró el motor y apagó las luces. Luego abrió la puerta y salió, cerrándola después. Se acercó a la puerta y llamó. Jonay le hizo gestos a Lucas para que abriera y se apostó directamente delante de ella. Los otros dos gorilas vigilaban, mientras tanto, las ventanas traseras del salón.

Lucas abrió la puerta y la luz del salón iluminó el rostro del recién llegado. Era Pepe. Al verle, le dio un abrazo y le hizo pasar adentro. Pensó entonces que la situación era más grave de lo que había previsto. La presencia de Pepe implicaba un grave riesgo para él, porque pasaba a ser objetivo de Roberto también. Lo que Lucas esperaba era que Roberto hubiera intentado engañar a Pepe con alguna artimaña, para que no acudiera a la reunión. De esa forma, Roberto hubiera podido enfrentarse al problema de Lucas y cerrarlo sin que Pepe conociera la verdad de la situación. Podía haber ido a por Lucas y simular un accidente mortal de coche, nada extraño en estas carreteras de la montaña, por otro lado. Pero al permitir a Pepe acudir a la cita pasaba a ser un testigo y por lo tanto, eliminable.

Jonay debió pensar lo mismo, porque con un gesto les hizo callar y pasar al dormitorio, cuya ventana daba a la parte delantera de la casa y que estaba a oscuras. Después dio dos toques en la radio para avisar a sus compañeros que la fiesta iba a empezar. Lucas indicó a Pepe que se tumbara boca abajo en el suelo, como él mismo estaba haciendo.

En ese preciso momento, las luces del salón y del porche se apagaron, pero Lucas no supo si lo habían hecho los atacantes o Jonay para sorprenderlos. Alguien gritó en la parte trasera de la casa y se escucharon tres disparos. Hubo un segundo de silencio y después se oyó el ruido de cristales rotos en el salón y un objeto pesado que caía al suelo. Hubo dos gritos y varios pasos rápidos y Lucas pudo escuchar a un hombre con la voz muy nerviosa gritando: -¡Estoy herido! Entonces se oyó un disparo y el herido se calló. Sonaron cuatro o cinco disparos más, nuevos pasos y ruido en el exterior. Después, silencio. De pronto, alguien se acercó a la puerta del dormitorio. Lucas no podía ver más que una figura borrosa, con un arma en la mano y un aparato sobre el rostro, porque la oscuridad era fuerte, siendo además, una noche sin luna al estar nublada. La figura se quedó inmóvil durante un segundo y después, tirando del picaporte de la puerta del dormitorio, la cerró de golpe por fuera.

Pepe y Lucas se quedaron tumbados en el suelo sin saber qué hacer. Del salón vinieron ruidos de más cristales rotos y, de repente, un "Wooooshhhhhh" que abrió violentamente la puerta hacia dentro del dormitorio. Pepe y Lucas rodaron hacia la ventana del fondo, empujados por una corriente muy intensa. Después, vieron las llamas en el salón, prendiéndolo todo.

Se miraron y se lanzaron a abrir la ventana y sus contraventanas, que estaban cerradas. Por un momento Lucas se imaginó que, al abrir la ventana, aparecería detrás una verja de hierro, como suele ser normal en las plantas bajas de las casas terreras, para evitar los robos. Pero no, esta ventana está libre, así que saltaron hacia fuera y corrieron hacia los coches. Mirando hacia atrás, Lucas pudo ver una enorme llamarada de más de cinco metros de altura que salía del cuerpo central de la casa y el dormitorio donde las llamas ya alcanzaban la cama junto a la que habían estado unos segundos antes.

Cada uno entró en su coche y enfilaron sendero arriba hasta la carretera. Lucas siguió al coche de su amigo hasta la última curva de la montaña, donde había un mirador y allí se detuvieron los dos. Se acercaron al borde andando y pudieron ver la casa terrera totalmente en llamas, que incluso se extendían a los árboles cercanos. A lo lejos, casi en lo más bajo del valle, saliendo de San Mateo, vieron un coche de bomberos que se dirigía hacia la casa. Lucas pensó que cuando llegara, unos diez minutos después, ya no podrían hacer nada por la casa y los bomberos se dedicarían a apagar el incendio forestal que parecía haberse provocado.

-¿Qué ha pasado aquí? –preguntó Pepe a Lucas, aún asustado.

-No tengo ni idea, Pepe. Se suponía que los hombres de Oramas iban a liquidar a Roberto y su gente, pero no sé qué ha pasado. Sólo sé que a nosotros no nos han disparado, aunque pudieron hacerlo. Pero tampoco sé si querían que muriéramos abrasados en el incendio o que nos escapáramos.

-¿Tú también viste a la figura del umbral de la puerta? Pensé que nos iba a disparar en ese momento y cerré los ojos.

-Yo vi pasar toda mi vida por delante de mí en dos segundos, incluso detalles que se me habían olvidado. Y me quedé con la cara de Raquel y el olor de su perfume y me invadió una paz enorme, por lo que pensé que ya estaba muerto, hasta que el portazo que dio me hizo volver a la realidad.

-Creo que quisieron que nos salvásemos, porque cerraron la puerta para que la onda de la explosión que provocó el incendio no nos hiriera.

- Pues no me imagino a Roberto salvándonos la vida, - replicó Lucas.

-Ni yo tampoco. ¿Y los hombres de Oramas?

-Si hubieran sido ellos, nos hubieran sacado de la casa antes de incendiarla, ¿no crees? O nos hubieran matado directamente, pero no entiendo por qué hemos salido indemnes y libres.

-¿Y qué hacemos ahora?

-Creo que lo más prudente es que hablemos con Oramas y le contemos lo que ha pasado. Si salimos corriendo tendremos tanto a Oramas como a Roberto buscándonos. Me parece que lo mejor es darle la cara a Oramas y estar bajo su protección.

-De acuerdo, -respondió Pepe. -¿Y dónde podemos encontrarlo?

-Sígueme, que vamos a Artenara, donde he estado escondido en una de sus casas. Sus hombres le avisarán que he vuelto y vendrá a vernos.

Cogió el coche, se aseguró que Pepe le seguía y volvió a Artenara. Al llegar al portón de la entrada, pitó y un hombre salió para comprobar quién era. Cuando fue identificado, avisó que dejaran pasar al segundo coche también. Aparcó en el patio, hizo señas a Pepe para que hiciera lo mismo y le llevó hasta la casa donde estaba. Se dejó caer en el sofá y su amigo lo imitó, no sin antes acercarse al pequeño bar y prepararse dos whiskys, que bebieron con intensidad.

Apenas una hora después, entró Oramas seguido de dos gorilas. Estaba muy irritado y se plantó delante de ellos. -¿Qué coño ha pasado esta noche? —gritó.

Lucas le explicó lo poco que ellos sabían. Oramas se sentó en el sillón delante del sofá y le escuchó atentamente. Cuando Lucas terminó, Oramas les hizo una seña a los gorilas. Lucas pensó que la historia terminaba aquí, la suya y la de Pepe, pero los gorilas, atendiendo la orden, salieron de la casa.

-Ahora que estamos solos, quiero deciros lo que ha ocurrido. —dijo Oramas, yendo al bar y sirviendo tres generosos tragos de whisky. Puso tres hielos en cada copa y las movió en sentido contrario a las agujas del reloj, durante un rato. Lucas se quedó observándolo, intentando recordar a quién había visto hacer lo mismo.

-Uno de mis hombres —continuó cuando hubo terminado —trabaja en el cuerpo de bomberos de San Mateo y me ha informado que la casa ha ardido por los cuatro costados y se han encontrado, por ahora, tres cadáveres calcinados. Uno de ellos es de los nuestros porque llevaba una cadena con la que se identifican mis chicos, o no lo es y se la pusieron antes de que ardiera la casa. Los otros dos no llevaban cadena alguna. Ninguno de mis hombres ha reportado a la base, así que debo entender que están muertos o los han cogido vivos. ¡Ocho hombres leales! La furgoneta ha desaparecido también. La casa fue incendiada con una bomba de expansión y mi hombre cogió los restos y los ha ocultado, para desviar la investigación. La bomba es de fabricación israelí. Me parece que detrás de este Roberto hay algo bastante sofisticado.

-¿Qué hacemos ahora? —cuestionó Pepe.

-Seguir con el plan convenido e intentarlo otra vez. Roberto sigue por ahí, porque al mismo tiempo que su gente entraba en la casa, él salía del hotel Santa Catalina hacia el sur en el deportivo con el que se ha movido por la isla estos días, pero mis hombres lo han perdido a la altura de la Playa del Inglés. El pensará que estáis muertos. Eso no nos interesa, porque sin vosotros no hay cebo. Por tanto, haremos que uno de vosotros "resucite", porque pudo escapar del incendio, mientras que el otro ha muerto en la casa. Así reducimos el riesgo a una sola persona. ¿Quién de los dos quiere resucitar?

-Seré yo, -respondió Lucas. —A quien se quiere cargar es a mí. Pepe, no puedes exponerte más. Juan, protégelo mientras rematamos este asunto, ¿de acuerdo?
-Pero, no puedo desaparecer —replicó Pepe. —Aparte del negocio, tengo mi empresa y mis cosas.

-Mira Pepe. En tu empresa ya has nombrado a un director general, que puede hacer tu trabajo perfectamente unos días. En el negocio, no sé qué negocio nos va a quedar si el promotor es un asesino y un estafador. A Pilar, la secretaria, le diré que te has cogido unos días libres fuera de la isla y aunque Roberto le preguntara por ti y ella se lo comentara, él sabrá que es una excusa mía. No hay ningún problema. Esta situación se resolverá en unos días y entonces vuelves a tu rutina habitual. Y si estos días te pones a tomar el sol, todo el mundo pensará que, efectivamente, te fuiste de vacaciones.

Oramas asintió y miró en dirección a Pepe.

-No vale. –planteó Pepe, levantándose y paseando por el salón. –No vale porque no tenemos porqué desaparecer ninguno de los dos. Lo lógico es dar la cara, para que entienda que hemos salido vivos del incendio y que tiene que intentarlo otra vez. Este es el verdadero cebo que tenemos que ponerle enfrente. De modo que seguimos los dos en el mismo barco.

-El problema es dar con él –expuso Oramas. –No creo que vuelva al hotel esta noche, sabiendo que estaremos buscándole y sería estúpido si aparece por el aeropuerto, el ferry o el jet-foil, porque lo trincaríamos como a un baifo. Supongo que se esconderá o huirá desde algún puerto y entonces, ¿cómo contactaréis con él? Tampoco sabemos si ha dejado gente controlando vuestra oficina o vuestras casas. Y no es adecuado que vayáis a casa, porque no es el mejor sitio para una emboscada.

-¡Ya lo tengo! –respondió Lucas. –Si llamamos a María a Miami y le contamos lo que ha pasado, alguien de allí le pasará la información a Roberto.

-Está bien -dijo Pepe, -pero ¿y si nos citan en algún punto de Europa o América, ahora que saben que aquí estamos a cubierto?

-Da igual, porque les corre prisa para liquidarnos y no pueden perder el tiempo. Podemos ir a la policía y contar lo que sabemos y aunque no les pillen, seguro que lo de Autocan queda desbaratado y eso duele.

-Me temo, Lucas, que es tarde para lo de Autocan. Esta mañana se hizo la venta a Inter Telecom. De hecho, incluso tenemos la transferencia de la venta temporalmente en nuestro banco, junto con nuestras comisiones.

-¡Mierda!

-Pero se me ocurre otra cosa. Podemos plantear que tenemos pruebas del asesinato de Richard y lo que escondía, porque seguro que escondía algo, ya que han estado buscándolo en el apartamento de Raquel, las oficinas de Londres y vuestras habitaciones del hotel en Londres. Y que exigimos un dinero para entregarles todo el material y cada uno por su lado. De esta manera, las condiciones las ponemos nosotros y demandamos que el intercambio se haga aquí, en la isla.

-Incluye en las exigencias que nos digan qué pasó con Raquel —añadió Lucas.

-A mí lo de pedir un rescate me parece mogollón —intervino Oramas. —Chachos, la de cosas que podríamos hacer juntos.

Pepe y Lucas se miraron y a pesar del estrés del día y el cansancio a estas horas de la noche, no pudieron hacer más que reírse a carcajadas durante un rato, acompañados por Oramas. Después descansaron.

Capítulo 18

Al día siguiente, pasadas las dos de la tarde, llamó Lucas a María, que se alegró muchísimo al oír su voz. Lucas apenas la dejó hablar, para detallarle los dos intentos de asesinato por parte de Roberto. María se quedó de piedra al escucharle.

-¡No puedo creerlo! –respondió. –Roberto será un hombre sin escrúpulos, pero no creo que pueda llegar a matar a nadie por dinero.

-¡Pues créetelo, María! Lo ha intentado ya dos veces y va a seguir intentándolo. Por eso queremos llegar a un pacto. Quiero que le expliques al grupo que queremos dinero a cambio de nuestro silencio y cierto material que obra en nuestro poder relativo a la muerte de Richard y a algo que él escondía y todo está en un pen drive. Y el compromiso de no tocarnos nunca.

-Pero Lucas, ¡eso es muy peligroso! –exclamó María, verdaderamente asustada.

-¿No decías hace un momento que no creías que Roberto pudiera ser un asesino?

Además, ¿qué puede ser más peligrosos que lo que he pasado en estos dos últimos días? Díselo al grupo. Te llamaré en una hora. –Y colgó. Se dolió por haber tenido que ser tan brusco con ella, pero estaba seguro que la conversación estaba siendo grabada y quería demostrarle al grupo su indignación y, por qué no, su temor.

-¡Hostias pijo! –dijo Oramas. –Dentro de una hora les dices que el intercambio se hará aquí, en esta misma casa, esta noche. Tendré a todos mis hombres apostados, más de cuarenta y esta vez no habrá sorpresas.

Una hora después, Lucas volvió a llamar a María. La voz de ella sonaba aún más inquieta. – Lucas, he hablado con la señora Weiss y me ha pedido que le pase tu llamada, porque quiere hablar contigo. ¿Qué hago?

-Pásame.

-Un momento. Cuídate, por favor –casi lloraba al teléfono. Lucas reprimió un intento de decirle que no se preocupara. Hubo un clic.

-Señor Goldsmith, soy Margaret Weiss –escuchó la voz fina, lenta de la señora.

-Señora Weiss, le advierto que tanto mi socio como yo estamos asustados y queremos terminar con esto cuanto antes.

-Señor Goldsmith, no soy lo que usted cree –cortó ella. –No me dedico a estafar y menos a matar.

-Señora, en estas circunstancias me da igual a qué se dedique. Lo que quiero es que nos dejen tranquilos de una vez. Nos dan un dinero, les devolvemos un pen drive y nos dejan en paz para siempre. ¿De acuerdo?

-Señor Goldsmith –dijo ella muy despacio, masticando las palabras. –Quiero dejarle claro que no tenemos nada que ver con esos intentos de asesinato en su persona, que deploro. Tampoco tenemos nada que ver con la muerte de Richard Flynn, ni la desaparición de nuestra querida empleada Raquel Acebo, ni el fallecimiento del señor José Trías. Sé que puede parecerle mentira, pero estoy tan interesada como usted en saber qué está pasando y he iniciado una investigación desde mi oficina para descubrirlo. Mientras tanto, quisiera pedirle que confíe en mí y verle en persona. Tengo cosas que decirle que no puedo explicar por teléfono.

-Siento que me está preparando una encerrona, señora Weiss.

-Lamento que piense eso de mí. No hay ninguna encerrona, señor Goldsmith. ¿Cómo podría demostrárselo?

-Muy sencillo. Acuda usted aquí, a mi terreno –Oramas asintió a su lado, complacido por la propuesta. –Y aquí la recibiré y hablaremos.

-Creo que no tengo otra opción, señor Goldsmith. –Dudó un instante –Tomaré un jet privado para ir a verle. –Si llama en una hora, María le dirá cuándo llegaré a su isla. Supongo que tendrá la bondad de recogerme en el aeropuerto, ¿no?

Lucas miró a Oramas. –Me encargaré de que alguien la recoja y la traiga aquí, señora Weiss. Pero no traiga a ningún gorila con usted, se lo ruego.

-No se preocupe. Iré sola.

Entonces a Lucas se le ocurrió una idea.

-¡No! Que venga María con usted también.

-Como usted desee, señor Goldsmith.

-¿Y Roberto?

-¿También quiere que venga a la reunión? No puedo aceptar esta demanda, lo siento.

-No le he pedido que venga con usted. Sólo le preguntaba por él.

-No sé dónde está. Supongo que en su isla, pero no he hablado con él.

-No sé si creerla, señora Weiss. Pero no importa. La recibiré y hablaremos.

-Hasta pronto, señor Goldsmith.

-¡Es una trampa! –exclamó Pepe, cuando la conversación hubo terminado.

-Puede que lo sea, pero no lo creo –respondió Lucas. –Si viene sola, se mete en la boca del lobo voluntariamente.

-Pero puede hacer que un ejército la siga y venir a por nosotros. -Chachos, -interrumpió Oramas –éste es mi cuartel general y la mitad del pueblo está conmigo. Hasta la policía del pueblo está conmigo. Nadie será capaz de llegar a la primera calle del pueblo sin que yo me entere. Tendré a todos mis hombres aquí, pero si hay que salir corriendo, tenemos una vía de salida por la montaña y transporte listo en cierto punto allá arriba.

-¿Y si es ella la que está detrás de todo? Parece muy bien informada. –preguntó Pepe.

-Ya veremos –contestó Lucas. –Pero sólo lo sabremos cuando estemos con ella.

María le indicó, en la siguiente llamada, que el avión estaba ya reservado y saldría de Miami a las doce de la noche hora de Las Palmas. Haría escala en las Azores y después bajaría a Gran Canaria y su hora estimada de llegada eran las diez de la mañana del día siguiente. Después, en voz baja, le dio las gracias por sugerir que fuera ella también.

Oramas les informó que había destacado un par de hombres a Tenerife, para discretamente averiguar el paradero de Roberto si estaba allí. En la eventualidad de que la señora Weiss y Roberto estuvieran compinchados, vigilaba a su vez las terminales de ferry y jet-foil y alguno de los puertos deportivos del sur. Sin embargo tenía un problema de estructura, porque al destinar tantos hombres a los círculos de seguridad en torno a ellos, no podía cubrir todos los accesos a la isla.

A la mañana siguiente, Oramas destacó un coche grande para recoger a la señora Weiss y a María en el aeropuerto. El chófer les informó por el móvil que el avión había aterrizado sin retraso y estaban pasando el control de pasaportes. Cinco minutos después les comunicó que las señoras estaban ya en el vehículo y que salía hacia su destino. Pasaron unos veinte minutos y Oramas le llamó para saber por donde iban. No respondió nadie. Pensando en la falta de cobertura, le pasó el teléfono a uno de sus gorilas para que siguiera intentándolo. Al cabo de otros veinte minutos, ya preocupado, despachó un vehículo en sentido contrario para encontrarse con ellos. Media hora después el conductor del otro vehículo llamó para informar que había habido un accidente a la altura de la salida del túnel de la carretera de circunvalación y todo daba a entender que el coche que venía del aeropuerto había derrapado y caído por la pendiente hasta un barranco a unos cincuenta metros más abajo. Estaban ya los bomberos y la Guardia Civil intentando el rescate de los ocupantes del vehículo.

Tres minutos después llamó de nuevo para precisar que había sido rescatado un solo cadáver, el del conductor y no había señales de más ocupantes.

-¡Han desaparecido! —exclamó Pepe al oír esta noticia.

-O se las han llevado -matizó Oramas, irritado de nuevo por la pérdida de otro hombre.

-La cuestión es ¿dónde pueden estar? —añadió Lucas —porque esto trastoca nuestros planes y además, me preocupa la vida de María, que ha venido por culpa mía. Pero Juan tiene razón, si las han secuestrado, es que alguien sabía de su llegada y eso, aquí, es imposible, porque nosotros no hemos hablado con nadie y Juan confía en sus muchachos.

-¡Claro que confío en ellos! ¡Quiero que sepáis que el conductor del coche era un sobrino segundo mío! ¡Cómo no voy a confiar en mi propia familia!

-Entonces, o alguien se enteró de sus planes en Miami, o ellas han desaparecido por voluntad propia, no cabe otra —siguió Lucas.

-Eso lo sabremos pronto —determinó Oramas. —Si han sido secuestradas, tendremos noticias pronto, porque pudieron haberlas matado y dejado junto al coche, como a mi sobrino. Si no lo han hecho es que piensan utilizarlas contra nosotros.

-¿Y si no han sido secuestradas? —cuestionó Pepe.

-Entonces también lo sabremos pronto, porque no han venido hasta la isla para desaparecer, eso lo hubieran hecho mucho mejor donde estaban.

Efectivamente, a las dos horas sonó el teléfono móvil por el que habían comunicado con el conductor y apareció su número en él. El gorila se lo pasó a Oramas, que se lo puso un momento al oído y luego, separándose de él, conectó la función manos libres.

-Escúchenme bien —se oyó la voz de un hombre, con acento latinoamericano, pero Lucas supo que no era la de Roberto.

-Tenemos a las señoras, como ya saben —continuó la voz. —Haremos un intercambio. Ustedes nos entregan el material que tienen y nosotros se las devolvemos. No admito otra alternativa. Si les parece bien, lo haremos de inmediato. Si no están de acuerdo, cortaremos a la joven en pedazos ahora mismo, o lo haremos con la vieja y disfrutaremos con la joven hasta que reviente, pero denla por muerta también. Y después iremos a por ustedes.

-¡Quiero hablar con Roberto! —gritó Lucas, exaltado.

-No conozco a ningún Rob... —el interlocutor se calló en seco. Después de un segundo, se escuchó otra voz:
-Si estás muerto, ¡qué me importa que sepas que estoy aquí! -¡Era Roberto!

-¿Dónde está Raquel, cabrón? —volvió a gritar Lucas.

-¿Cabrón? ¿Yo o tú? ¡Porque Raquel se follaba a Richard y a todo el que podía cuando ya estaba contigo, necio! ¿Quieres saber dónde está? ¡Donde vas a estar tú también, a un metro bajo tierra! ¡Y quiero que sepas que disfruté mucho con ella, antes de que se le fuera el alma!

El mundo se le vino encima. Había creído asumir la muerte de Raquel, pero siempre tuvo una esperanza. La confirmación de su asesinato fue un mazazo terrible. Se quedó sin habla, con la mirada perdida, como un muñeco con el resorte roto.

Pepe se acercó al teléfono, pero Oramas se le adelantó.

-¡Escucha, bastardo! ¡Has matado a mis hombres! ¡Te voy a despellejar vivo! ¡Así sí que vas a disfrutar, hijo de puta! ¡No sabes lo que has despertado!

-Bien, parece que tienen un animal con ustedes –fue la respuesta, medida y prepotente, de Roberto. –Bueno, hablaré con usted, Pepe, si está ahí.

-Sí, aquí estoy –respondió Pepe.

-Vamos a encontrarnos en la playa del Hombre; bueno, en la playa no, en un barco en el mar, enfrente de la playa del Hombre. Reconocerán mi barco enseguida, porque verán una bandera roja izada. Quiero que vengan los dos solos, con el material que tienen, en una barca que hay preparada en el puerto, también dotada de una banderola roja. No quiero sorpresas, o las mujeres acabaran de carnada, en pedazos y ustedes también. Quiero que estén dentro de veinte minutos en la barca, en el puerto. Si no, en vez de la bandera roja izaremos la cabeza de Margaret Weiss. Después, tendrán otros cinco minutos para llegar hasta el barco.

-¡Imposible que estemos en veinte minutos! ¡Estamos al otro lado de la isla! ¡Tardaremos como mínimo una hora en llegar! –gritó Pepe.

-Tienen veinte minutos, ni uno más. Si no están en la barca saliendo del puerto en ese tiempo, les juro que haré lo que les he dicho.

Lucas se estaba reponiendo del shock y escuchó la conversación. De pronto, intervino junto al teléfono: -¡Quiero hablar con María! ¡Quiero saber que está viva!

-¿Quiere saber si está viva? —respondió Roberto. —Pues lo sabrá enseguida. —Un segundo de silencio y de repente, se escuchó un grito desesperado de mujer. ¡Era María!

-¿Quiere seguir comprobando si está viva? —se mofó Roberto — Aquí hay cola para demostrárselo. Pero mientras tanto avanza el tiempo. Y colgó.

Oramas se paseó por la estancia, pensando. Se fue hacia sus muchachos y cuchicheó algo con ellos. Dos salieron corriendo y otros dos se quedaron junto a él.
-¡Venga! –dijo. –Nos está esperando un vehículo.

-¡Pero es imposible llegar en ese tiempo! –protestó Pepe -¡Aunque el coche volase!

Oramas sonrió. –Precisamente, Pepe, eso es lo que vamos a hacer. –Y salió corriendo hacia la parte posterior de la casa. Ellos le siguieron. Pasaron a un garaje, cuya puerta del fondo estaba abierta. Entraron en un pasillo con escaleras que subía por la ladera de la montaña. Era un túnel construido como vía de escape, que terminaba en el cerro de detrás de la casa. Al salir del túnel, vieron un helicóptero cuyas aspas estaban girando. Oramas les hizo señas para que se subieran por la puerta posterior, mientras él lo hacía como copiloto. Uno de sus hombres se sentó junto a ellos y emprendieron el vuelo. Desde arriba pudieron ver varios coches que, a toda velocidad, bajaban por las calles del pueblo en dirección a la carretera. Era el resto del equipo de Oramas, que se dirigía también a la Playa del Hombre.

Sobrevolaron la sierra y pronto vieron el mar de la costa este de la isla. Oramas indicó al piloto que mantuviera la altura, para intentar distinguir el barco en la costa, pero el piloto le respondió que debían descender, porque había pasillo aéreo de tráfico comercial en esos niveles. Bajaron y pasaron por encima del pueblo, hacia el mar. A unos doscientos metros de la costa, pudieron ver un barco para la pesca deportiva, anclado. Dado que en esa zona no había pesca, llamaba la atención. Tampoco se veían aparejos para pescar colocados en la popa. De hecho, no se veía a nadie a bordo. Lo que Lucas sí pudo ver perfectamente fue la blusa roja de María, ondeando al viento como una bandera.

-¡No se ve a nadie a bordo! –dijo Oramas, observando el barco mientras el piloto hacía un giro alrededor del mismo, a cierta altura. –Creo que es una trampa.

-¡Pero tenemos que ir a él! –respondió Pepe.

-¿Dónde estarán estos tipos? –inquirió Oramas. –No creo que estén dentro del barco. No hay mucho espacio en el pequeño camarote de proa y no hay nadie en cubierta. Y no os va a recibir ese imbécil solo, sin ayuda.

Lucas meditó un momento. El barco debía ser de alquiler, pero en playa del Hombre no se alquilaban barcos para la pesca deportiva. Todos los barcos de la zona eran de pescadores profesionales. ¿Y por qué la Playa del Hombre, en vez de alguno de los puertos del sur de la isla, con más gente y más barcos? Entonces cayó en la cuenta.

-¡Están en la casa de José Trías! –gritó. -¡Están usando la casa de José Trías como centro de operaciones! ¡Seguro! Pepe, ¿cuál es la casa?

-He estado una vez en ella, en una fiesta –respondió éste. –Déjame ver, vaya usted hacia las casas, por el sur del pueblo. –El piloto le obedeció. Lucas miró la hora. Habían pasado doce minutos desde que salieron de Artenara.

-¡Esa es! –señaló Pepe a una, un poco separada de las demás, con un gran jardín delante y una piscina y un pequeño bosque en la parte posterior. La casa era de dos plantas, estilo inglés, con amplios ventanales dando al porche posterior. Parecía bastante grande. Podían verse aparcados tres vehículos en la entrada, uno de los cuales era el deportivo alquilado de Roberto.

-¡Bingo! –soltó Oramas. Y llamó por el móvil a sus muchachos, para darles instrucciones. Después le ordenó al piloto que aterrizara en el puerto, en la rampa de salida de las barcas de pescadores hacia el mar, que estaba vacía en ese momento.

-¡Tenéis que montaros en la barca! –dijo Oramas. -¡Y tenéis que ir al barco! Puede que estén mirando y hay que aparentar que no sabemos dónde tienen su cuartel. Mientras tanto, mis hombres llegarán y rodearemos la casa. Pero como no sabemos dónde tienen a las mujeres, hay que hacer lo que pide.

El helicóptero aterrizó. Cuando estaban saliendo de él, Oramas llamó a Lucas y le pasó dos objetos. Una pistola con el seguro puesto y una caja negra que sacó de debajo de su asiento. -¿Sabes usar una pipa? –le preguntó. Lucas asintió, sin estar muy convencido de su respuesta. -¿Y esto? –señaló a la caja negra. –Eso no es más que una pieza del helicóptero que hay que cambiar, pero hará las veces del material que tenéis que entregarle a Roberto. ¿Recuerdas?

Salieron corriendo hacia las barcas. Una de ellas tenía una banderola roja y saltaron a ella. Las llaves estaban puestas. Pepe sabía manejar una barca, así que se encargó él de pilotarla. La puso en marcha, soltó las amarras y la dirigió hacia la salida del puerto. Lucas miró al reloj: marcaba veinte minutos justos. Se sentó y miró hacia atrás. El helicóptero había ascendido de nuevo y había desaparecido. La casa de José Trías no podía verse desde donde estaban y pensó que quizá hubiera puesto algún vigía en el puerto.

De repente escuchó un ruido metálico en el motor fuera borda y vio cómo salía un chorro de aceite del motor hacia un lado. El motor tosió y se detuvo. Pepe soltó el volante y fue a popa a revisar el motor. Lucas le comentó lo que había visto y se agachó a verlo.

-¡Nos han disparado! —anunció Pepe, agachando inconscientemente la cabeza. -¡Agáchate, Lucas! Se tumbó sobre el piso de la barca y Lucas se lanzó junto a él.

Pasaron unos segundos en silencio. Lucas levantó levemente la cabeza, girándola en todos los sentidos, pero no vio otro barco que aquel al que se dirigían. -¡Tienen que haber disparado desde el barco! —le dijo a Pepe.

-¡Imposible! El disparo ha entrado por el lado derecho del motor y tenemos el barco delante a nuestra izquierda. Han disparado desde tierra.

Lucas levantó la cabeza de nuevo. El barco estaba a unos cincuenta metros de ellos. Efectivamente no podían haber disparado desde él. Miró la hora. Minuto veinticinco. Nadie en la cubierta que pudiera ver.

Y entonces, vio el barco convertirse en una bola de fuego y subir unos metros sobre el mar para caer hecho pedazos, trozos de madera ardiendo, al agua. Simultáneamente llegó la onda expansiva, que casi volcó la barca. Lucas miró otra vez y pudo ver la parte central del barco en llamas aguantando un momento sobre el agua. Luego se hundió rápidamente y sólo quedó un poco de humo de algunos tablones que flotaban y gran cantidad de residuos repartidos en una extensa superficie.

-¡Lo han volado! —Pepe estaba histérico -¡Han volado el barco!

Lucas no podía hablar. Si María y la señora Weiss estaban en él, ahora servirían de carnada para los peces durante unos días. Se sintió paralizado, pero fue surgiendo dentro de él una furia que le hizo ponerse a temblar de pies a cabeza durante unos segundos, hasta que pudo dominarse. Primero Raquel, ahora María.

-¡Querían matarnos! —exclamó Pepe. —Estaba preparado para explotar cuando estuviéramos a bordo.

-¡Es cierto! Pero, entonces, ¡el que nos ha disparado nos ha salvado la vida!

-Parece que sí. Al darle al motor nos ha detenido y hecho imposible que llegáramos a tiempo al barco. Pero no perdamos tiempo. Tenemos que regresar al puerto cuanto antes. Saca el remo de tu derecha. Yo remaré con el otro y veamos si volvemos rápido.

La adrenalina del momento hizo que remaran bastante rápido y acompasados. Mientras volvían, miraban al puerto y a las zonas adyacentes, pero no distinguían a nadie que pudiera ser la persona que les había disparado. Y tampoco temían por sus vidas, convencidos que la intención del francotirador había sido salvárselas.

En el puerto estaba esperando Oramas con tres de sus gorilas. Les ayudaron a salir de la barca y recogieron la caja negra que llevaban y que ya olvidaba Lucas.

-¡Esto sí que era una trampa! –soltó Oramas. -¡Estaba preparado para estallar con vosotros dentro! ¿Cómo es que os parasteis a mitad de camino?

-Porque nos dispararon al motor y la barca se detuvo. Alguien nos ha salvado la vida. Creí que era uno de los tuyos, Juan.

-Y nosotros ¿qué íbamos a saber que en el barco había un explosivo? –respondió éste. –Pasan cosas muy raras últimamente. Y me jeringa lo del barco porque la policía va a creer que yo estaba metido en esto y no me interesa.

-¡Pero si estás implicado, Juan! –dijo Lucas –Si no, ¿qué estás haciendo aquí?

-Tienes razón. Vámonos antes de que lleguen los picoletos. Y vayamos a la casa donde está ese bobomierda de Roberto, que tengo ganas de conocerle. Mis hombres ya han llegado y están rodeando la finca. Y me acaban de decir desde el helicóptero que nadie ha salido de ella.

Montaron en un coche que uno de sus gorilas conducía y fueron hacia el sur, a la finca de José Trías. Se detuvieron a unos cien metros de la entrada, donde había otros tres hombres agachados, esperando.

-Hay tres hombres en la planta baja del edificio y no parece haber nadie custodiando el exterior, ni tampoco perros. Posiblemente haya un sistema de seguridad electrónica, pero no hay cámaras ni sensores en la verja que rodea la finca. Parece la típica seguridad de una casa de familia. Los tres hombres pueden verse a través de los ventanales del salón. –explicó uno de los hombres de Oramas.

-¡Vamos a la parte de atrás! ¡Vosotros conocéis al Roberto ese! Podréis decirme si es uno de esos. –indicó Oramas. Se montaron en el coche y fueron por un sendero hasta la parte posterior. La casa más próxima estaba a unos doscientos metros y junto a ella había un terraplén y unos árboles. Más cerca, un pequeño grupo de árboles y matorrales, hacia los que se dirigió el grupo. Al lado de un árbol había dos hombres más. Desde allí se veía perfectamente el salón, con los ventanales sin cortinas. Había un hombre sentado de espaldas a la ventana, otro de pie junto a una especie de chimenea y un tercero, que paseaba por la estancia y de vez en cuando se detenía, gesticulando.

-¡Ese es Roberto! –dijo Lucas, observando al hombre que se movía. Parecía muy molesto y sus gestos eran absurdamente exagerados. Lucas miró al otro hombre, que estaba de pie, pero no pudo reconocerlo. Oramas ordenó entonces que todos volvieran al coche y regresaron al puesto de vigilancia de la parte delantera de la finca. Habló por el móvil con alguien y luego cortó.

-Me informan que hay un cuarto tipo en una de las habitaciones del piso de arriba, porque ha pasado un par de veces por una ventana. Puede que haya más gente, pero no pueden verse. Voy a dar la orden de asalto.

-¿Y si ese tipo de arriba está vigilando a las mujeres, si no estaban en el barco y las mata en cuanto nos vea entrar?

-Ese riesgo hay que asumirlo y lo asumo yo. Sinceramente, chachos, me da igual si las mujeres la palman; para mí no representan nada. Pero me voy a cargar al payaso del Roberto ese y a su gente.

-Tengo una idea –planteó Lucas. -¿Por qué no entro yo solo, para hablar con Roberto? Mientras les despisto, vosotros asaltáis silenciosamente la casa. Envías a un par de hombres arriba directamente, de modo que ese gorila no pueda hacerle nada a las mujeres, si están ahí.

-Porque ese Roberto sabe que no estás solo y en cuanto te vea va a encender todas las alarmas. Lo mejor es tomar la ofensiva.

-Pues entonces, ¿por qué no elimináis al hombre de arriba primero, por si acaso?

-A mí me da igual por qué plato empezar, mientras Roberto se quede para los postres. – respondió Oramas. Acto seguido, habló con uno de sus hombres, que sacó un rifle del maletero del coche. Lo montó y apoyándose sobre el capó del coche, apuntó con la mira telescópica. Miró un momento a Oramas y éste asintió. Pasaron unos segundos de tensión durante los cuales Lucas enfocó su atención en el dedo del tirador, que estaba apoyado en el gatillo, sin mover un solo músculo. De pronto, el dedo se flexionó y Lucas escuchó el sonido del tiro, mientras el rifle hacía un pequeño movimiento hacia atrás, absorbido por el hombro del tirador. Lucas miró entonces a la casa, a la ventana superior, en la que habían aparecido brevemente la cabeza y los hombros del tipo. La cabeza desapareció de golpe, a la vez que el cristal de la ventana se deshacía en miles de pedazos que caían al suelo. Oramas gritó algo al teléfono y luego dio orden a los muchachos de avanzar hacia la casa.

Lucas escuchó gritos desde la casa, pero ningún disparo más. Al cabo de unos dos minutos sonó su móvil de nuevo. Se lo puso al oído y un segundo después cortó y les dijo: -Hay un problema. Lucas pensó inmediatamente en María.

-Ese Roberto tiene un mando en una mano y le ha dicho a mis

hombres que hará estallar un cinturón explosivo que tienen puesto las mujeres si no vamos al salón de la casa. – En mi opinión, es un farol, porque si no, no hubiera tenido a un vigilante con las mujeres arriba. Y, en cualquier caso, por mí se las puede cargar y luego iré a por él.

-¡Están vivas! ¡Tenemos que ir, Juan! –advirtió Lucas. –¡Si existe la mínima posibilidad de que les pase algo, ahora que están vivas, hay que ir!

-¡No seáis estúpidos! Pueden que estén vivas y puede que no, pero podéis considerarlas muertas porque o son ellas o sois vosotros.

-Me da igual –cortó Lucas –Yo voy. Y se encaminó hacia la casa. Pepe le siguió.

Oramas se quedó mirándolos. Después hizo una seña a dos de sus hombres, que se habían quedado con él y salió tras Lucas y Pepe.
Llegaron a la casa. En la puerta les esperaban sus hombres, que les indicaron dónde estaba el salón. Al entrar en él, vieron a dos gorilas de Oramas apuntando con sus pistolas a las dos personas que estaban con Roberto, que a su vez, les apuntaban con sus propias pistolas. Vio Lucas a Roberto sujetando una especie de mando en la mano izquierda, con una pistola en la derecha. Estaba sonriendo. Miró luego a sus compañeros. A uno no lo conocía, pero el otro era ¡cara cortada! ¡El hombre que había visto en el coche debajo del apartamento de Raquel en Londres!

-Bienvenidos, señores –pronunció Roberto, haciendo un ademán con la mano de la pistola para indicarles que pasaran. –Usted debe ser Oramas, ¿verdad? –se dirigió a Oramas. - Debería estar usted a mi lado, en lugar de enfrente. Me han hablado de usted y valdría la pena que colaborásemos. Antes, sin embargo, necesito que sus hombres salgan de este cuarto. Me pone muy nervioso que ustedes sean más que nosotros y puedo apretar este pulsador por error debido a los nervios.

-Pepe y Lucas no van armados –dijo Oramas, pronunciando las palabras cuidadosamente. Lucas cayó en la cuenta que era un mensaje para él, porque llevaba la pistola sujeta por el cinturón del pantalón, en la espalda.

-Por eso lo digo –dijo Roberto. –Dígales a sus hombres que salgan de aquí.

Oramas lo sopesó un segundo y luego les indicó a sus hombres que esperaran fuera de la casa. Si el cabrón éste iba a volar algo dentro de ella, al menos evitaría que a sus hombres les pasara algo.

-Ahora te pediré que hagas lo mismo con los tuyos –planteó Oramas. –Mira, dejo mi pipa en la mesa. –Y muy despacio, se inclinó y dejó el arma sobre la mesilla. Después se movió hacia el sofá.

-Está bien. –respondió Roberto, sin dejar de sonreír. Esta situación le estaba haciendo sentir placer. –Caballeros, espérennos fuera y no provoquen conflictos con esos señores de fuera, que posiblemente trabajemos en equipo con ellos.

Cara cortada y el otro salieron del salón. Roberto comenzó a caminar de nuevo, sin dejar la pistola de la mano derecha y el mando de la izquierda.

-Cuesta apartarle de este mundo, señor Goldsmith.

-Eso parece.

-En el aparcamiento de Puerto Rico, mis hombres tenían instrucciones de matarle a palos, pero salió usted ileso y mis hombres desaparecieron. ¿Fueron sus muchachos, verdad? –se dirigió a Oramas, que no dijo nada.

-Después, en la casa terrera de San Mateo, volvieron a fallar y me costó otros tres hombres. Y ahora, han salido ilesos de la explosión del barco. Increíble.

-¿Por qué teníamos que estar en veinticinco minutos precisamente?

–inquirió Lucas.

-Porque el puto detonador se puso en marcha pensando que estaban ustedes en Las Palmas y llegarían con tiempo suficiente. Cuando lo dejamos en el barco, nadie iba a volver a él a cambiarlo. Pero veo que no llegaron a tiempo de estallar con él. ¿Cómo supieron de esta casa?

-Un helicóptero mío sobrevoló el pueblo y encontró su deportivo aquí dentro –intervino Oramas.

-¡Claro! ¡No pensé en eso! Por cierto, Oramas, hay algo que quería preguntarle. ¿Por qué aparece usted en escena?

-Porque has invadido mi territorio y yo mando aquí. Eres una amenaza para la estabilidad de mi gente y mis negocios.

-Eso no es razón suficiente –dijo Roberto, después de meditar un momento. –Es una buena razón, pero no es suficiente para ponerse del lado de estos tipos – señaló de nuevo a Pepe y Lucas -y protegerles la vida incluso con la de sus hombres. Usted sabe algo más. Dígame ¿qué busca realmente?

-¿Sabes qué? ¡Te lo voy a decir! –gritó Oramas, profundamente irritado. -Y te lo voy a decir porque no vas a salir vivo de aquí. ¡Mataste a mi hijo, hijo de la gran puta!

Roberto se sorprendió tanto que sus manos se crisparon alrededor del arma y el mando. Lucas miró al botón, que estaba a milímetros del pulgar de Roberto.

-¿Su hijo? ¿El chófer? ¿Uno de los que estaba en la casa? Lo siento. Si lo hubiera sabido, mis hombres hubieran tenido más cuidado. Saben hacer bien su trabajo.

-¡No! ¡Mataste a mi hijo y yo te voy a matar aquí mismo, ahora! –Y se echó sobre Roberto. Este lo vio venir y levantando la mano, sin apenas apuntar, disparó. Una décima de segundo antes, anticipando lo que iba a ocurrir, Lucas le disparó a él, aprovechando que Roberto estaba mirando a Oramas y podía coger la pistola que tenía detrás. De casualidad, la bala de Lucas rozó una oreja de Roberto y el gesto que hizo de dolor provocó que su brazo se moviera lo suficiente para que el disparo a Oramas fallara su objetivo y le alcanzara en un brazo. Oramas dio un respingo hacia atrás, sujetándose el brazo.

-¡Diga a sus hombres que se queden donde están! —gritó Roberto, muy alterado. -¡Lucas, tire esa pistola al suelo ahora! —Lucas la tiró al suelo, junto al sofá. Roberto se movió hacia los ventanales para controlar de una ojeada los movimientos en el exterior. Después se giró y apuntó a la cabeza de Lucas, a la vez mirando a Oramas.

-¡Tú vas a ser el primero! ¡Eres un cabrón entrometido y sobras en este mundo! Después también voy a matarte a ti, Pepe y el último será este tipo, que ya me ha tocado bastante los huevos. Me importa un carajo haberme cargado a su hijo, ¿sabe? ¡Esta tarde saldré de esta puta isla para no volver nunca! ¡Ya he conseguido lo que quería!

-¿Y el dinero? —interrumpió Pepe.

-¿Qué dinero?

-El de la venta de Autocan.

-¿Qué le pasa a ese dinero? Ya es mío.

-No, no lo es —respondió Pepe. Está en una cuenta de nuestra sociedad y había que hacer una transferencia a Eldorado, que aún no se ha hecho Si nos mata, se queda sin ese dinero, creo yo.

-Tienes razón. Muchas gracias. Pensándolo, mejor, tú te vas a ir el primero. —Y levantando el brazo con la pistola, le apuntó y disparó. Lucas gritó.

Pepe se llevó las manos al pecho, puso cara de sorpresa y cayó al suelo boca abajo. Lucas saltó a su lado, se agachó y le dio la vuelta. Una gran mancha de sangre se extendía debajo de él. Le tocó la carótida. Sin pulso. Pepe había muerto.

La furia volvió a él. Notó que el cuerpo se desconectaba de su cerebro y se levantaba, mirando hacia Roberto. Vio a Roberto apuntando con la pistola a Oramas, que se sujetaba un brazo sangrante con el otro y que levantó el rostro y esperó el disparo. Lucas saltó hacia él en el mismo instante en que Roberto iba a apretar el gatillo; éste lo vio de reojo e hizo un movimiento reflejo hacia él, pero Lucas ya estaba casi encima de él. Le alcanzó con la pistola en la cabeza y Lucas cayó al suelo. Miró hacia arriba y vio a Roberto apuntándole a la cara, a punto de apretar el gatillo, con una mueca de satisfacción en el rostro.

Y se quedó una milésima de segundo inmóvil. Lucas vio un chorro de sangre que empezó a salir como a cámara lenta justo encima de la oreja de Roberto. También vio a Roberto inclinarse muy despacio hacia la derecha y el maldito dedo pulgar apretando el botón que detonaba los cinturones de explosivos; entonces, el ventanal de detrás de él se hizo añicos. Finalmente, oyó una explosión y perdió el conocimiento.

Capítulo 19

Lucas escuchó un sonido rítmico. Abrió los ojos. Lo primero que vio fue la cara dulce de María, con una gran sonrisa, sobre la suya. Pensó que si el más allá era como se decía, esta forma de entrar en él estaba muy bien. Pensó inmediatamente en Raquel. Este pensamiento hizo que levantara la cabeza para intentar verla y la cabeza le dolió terriblemente. Entonces comprendió que no había muerto, porque sentía dolor. El sonido tomó forma: era el rotor de un helicóptero que se iba alejando.

-¿Estás bien, Lucas? —la voz de María resonó en su cabeza.

-¡No! ¡Me duele la cabeza como si fuera a estallar!

-¡Pues has estado a un milímetro de que ocurriera! —la voz de Oramas resonó detrás.

Lucas miró y lo vio sentado junto a él, en un sillón. Estaba pálido y tenía un brazo vendado y sujeto con un pañuelo al cuello, sobre el pecho. Miró luego a María, que estaba recostada junto a él. Estaban en una cama grande, seguramente en uno de los dormitorios de la casa de José Trías. María llevaba una blusa color rojo y un pantalón negro y tenía el pelo recogido con una cola de caballo.

-Cuando Roberto estaba apretando el gatillo para acabar contigo —continuó Oramas —le pegaron un tiro desde fuera, que le atravesó la cabeza. Al caer, te disparó y te rozó el cráneo.

-¡Pero yo vi cómo apretaba el pulsador del detonador!

- Sí, pero no pasó nada. —dijo María. -Era otra de las grandes mentiras de Roberto. No teníamos ningún cinturón de explosivos. De hecho, no le hacía falta, porque la señora Weiss está muy mal. Estábamos encerradas en este dormitorio, vigiladas fuera de él por uno de sus hombres, cuando sonó un disparo y ruido de cristales rotos. Debió ser cuando disparasteis a nuestro carcelero. La señora Weiss se quedó muy pálida y se desmayó. Le puse una toalla empapada en agua fría en la frente y la tumbé en la cama y aquí hemos estado hasta que sus hombres —señaló a Oramas —nos han encontrado.

-Hice llamar a uno de mis médicos y la reconoció. Ha dicho que parece ser un infarto cerebral, causado por todo lo ocurrido y por su edad y frágil salud. Acabo de enviarla con el médico al Hospital Juan Negrín en el helicóptero. Luego me llamará para informarnos de la evolución.

-Juan, ¿qué hacemos en esta casa? Ha habido tiros y víctimas. ¿Y la policía? ¿No deberíamos irnos ya?

-Amigo mío, no te olvides de que éste es mi territorio. Hemos hablado con la policía, que fue llamada por un vecino. Estábamos celebrando una fiesta con fuegos artificiales. Roberto y el tipo que nos cargamos aquí arriba —señaló fuera del cuarto —ya están haciendo submarinismo ahí fuera, lejos de la costa, con un peso atado para que no aparezcan por la playa. Los llevamos en el helicóptero, mientras mi médico se encargaba de la señora Weiss. En cuanto a Pepe, -Oramas bajó la cabeza; tenía simpatía por Pepe Alonso, al que conocía desde niño —hemos traído su coche y hemos simulado un accidente en la Presa de las Niñas. La autopsia la hará otro de mis hombres, de modo que oficialmente se ha partido la crisma en el accidente del coche. Así sus amigos podréis celebrar su funeral como corresponde. Por lo que respecta a la casa, creo que podremos seguir usándola todo lo que queramos, porque nadie va a protestar, ¿verdad? Me parece más segura que la tuya y más cómoda para vosotros que mi cuartel de Artenara, de modo que, si te parece bien, os quedáis aquí. Es vuestra. Están poniendo los cristales rotos y adecentando el salón y os voy a enviar a una o dos personas de servicio, para que os preparen algo de cenar. ¿De acuerdo?

María y Lucas asintieron.

-Lucas, -prosiguió Oramas, acercándose a la cama. —Te debo la vida. Si no hubieras disparado a Roberto cuando me apuntaba, me hubiera dado la mudanza. La herida del brazo es una niñería, un simple rasguño, como la de tu cabeza. Mi médico también te ha examinado y lavado la herida mientras estabas pajarito. Te ha rozado el hueso, pero no ha entrado. Tendrás un buen dolor de coco hoy, pero creo que ya estás acostumbrado. Y eso sí, por un tiempo tendrás que peinarte con la raya al otro lado. –Al decir esto, soltó una carcajada. Todos los presentes sonrieron, incluso Lucas. –Pero te debo la vida. Y Juan Oramas no olvida. –Salió del dormitorio y cerró la puerta.

-Cuéntame, María, ¿qué os pasó? ¿qué os hizo el animal de Roberto?

María se apoyó en su pecho y empezó: -Nos recogió el conductor de Oramas en el aeropuerto. Íbamos por la autopista y en un peaje, cuando estaba recogiendo la tarjeta, dos hombres entraron en el coche, uno delante y otro detrás, con nosotras. El de delante, amenazándole con una pistola, obligó al conductor a parar en una estación de servicio y allí nos obligaron a pasar a otro coche, con el que nos trajeron a esta casa. Después te llamaron y para demostrarte que estaba viva me quemó con un cigarro aquí – señaló en el pecho. Luego nos encerraron en este cuarto hasta que nos soltó la gente de Oramas.

-Creí que te había matado, niña –respondió Lucas.

-Lo sé –replicó ella, acariciándole el rostro –me lo ha contado Oramas. –Acercó la cara a la suya y le dio un largo beso, en el que puso toda la intención de expresarle lo que sentía por él.

-Ahora me siento mucho mejor –soltó él cuando terminaron de besarse. Ella sonrió

–Tienes que descansar un poco. Oramas ha dicho que aquí estamos totalmente seguros. Descansa.

-No puedo. Necesito saber. Han muerto dos personas muy queridas para mí, Raquel y Pepe y él delante de mí hace un rato. Quiero saber por qué han muerto.

-La señora Weiss me contó algunas cosas hoy y yo sé otras. ¿Quieres oírlas?

-Claro que sí. –Lucas se incorporó en la cama. La cabeza le daba vueltas. Al llevarse una mano a ella, notó que se la habían vendado. Pero se sintió con fuerzas para incorporarse un poco, para escuchar a María con atención.

-El club de inversores lo constituyó el marido de la señora Weiss, el señor Simón Weiss, hace más de veinte años. Los dos eran judíos alemanes, aunque la familia del Señor Weiss emigró a Estados Unidos en los años veinte y él se crió allí, mientras que la señora Weiss salió después de la guerra. El era un muchacho muy inteligente y entró a trabajar en el sector de las finanzas y durante la postguerra le fue tan bien, que decidieron crear un fondo de inversión para ayudar a negocios y personas que no pudieran acceder a las líneas tradicionales de crédito. Toda la estructura y forma de trabajar del grupo Eldorado es idea suya. Hace unos diez años, el señor Weiss murió y entonces la señora Weiss decidió invitar a otros capitalistas al negocio, porque era un verdadero negocio. Así quedó constituido el grupo Eldorado.

No teniendo hijos, la señora Weiss pensó hace tiempo que alguien joven de dentro del negocio debía estar preparado para sucederla en la dirección del grupo, sabiendo que le queda poco tiempo de vida. No ocultó sus preferencias por tres profesionales que destacaban sobre los demás: Richard Flynn, David Elbe y Roberto von Keitel. Recientemente se desencantó de David Elbe, aunque no sé el motivo y empezó a observar con mucha atención el trabajo de Raquel. Lo sé porque más de una vez se le escapó un comentario muy positivo de ella. Tenía pensado tomar una decisión a finales de este año, porque los médicos le habían comentado que estaba muy deteriorada y que debía jubilarse definitivamente, a sus casi ochenta años. Desgraciadamente Richard fue asesinado, Raquel parece que también y sólo queda Roberto de la terna que ella tenía en mente.

Entonces la señora Weiss, que no es ninguna estúpida, se olió algo raro respecto de Roberto. Inició una investigación interna para determinar las causas del asesinato de Richard y la desaparición de Raquel y la posible implicación de Roberto en ello. Aún no ha recibido las conclusiones, pero ha descubierto algo relacionado con Roberto que no le ha gustado y quería comentártelo, junto con otras cosas que no me ha dicho. Lo de Roberto lo sé en parte porque algunos documentos pasaron por mi mesa. Parece que, posiblemente junto con Rodrigo, el de Chile, provocaron que dos proyectos fracasaran reclamando así los activos que sustentaban el crédito como garantías. Después, estos activos se vendieron por debajo de su precio a negocios afines a ellos, consiguiendo así que los beneficios fueran para ellos, perjudicando al grupo. Por otro lado, lo del fallecimiento de José Trías es la segunda vez que ocurre en el plazo de un año. ¿Recuerdas la casa donde nos reunimos en Santiago de Chile?

-La de Rodrigo de Rivas.

-No, era propiedad de Néstor Franchi, dueño de una industria conservera en el país. Esto lo hemos descubierto esta semana. ¿Te acuerdas de cómo alardeaba Rodrigo de que su abuelo había comprado esas tierras?

-Claro que me acuerdo.

-Pues eran de otro hasta tres meses antes. La señora Weiss estuvo revisando los proyectos de Chile conmigo y comprobamos que el del Sr. Franchi estaba avalado por sus propiedades, pero en el primer borrador constaba esa casa y en el acuerdo final no. Creemos que Rodrigo de alguna forma acordó con el Sr. Franchi la cesión de esa finca como contraprestación a otro fondo diferente al nuestro y al morir éste, pasó a Rodrigo. Y su muerte fue bastante parecida a la de José Trías. De hecho, las mismas circunstancias.

-O sea, que Roberto y Rodrigo se cargaron a los empresarios para ejecutar las garantías, vender el negocio por debajo de su valor y hacerse con el beneficio y además, se quedaron con la casa del empresario chileno.

-Lo que parece claro ahora es que Roberto mandó asesinar a Richard para quitárselo de delante, luego hizo lo mismo con Raquel y después lo intentó contigo, seguramente porque te veía como un rival también.

-¿Yo, un rival de Roberto?

-Roberto sabía que tu nombramiento como representante del grupo fue dirigido por la señora Weiss.

-Eso no es así. Pepe Alonso fue escogido por Richard Flynn y él me pidió que me asociara con él.

-Te lo pidió, Lucas, porque la señora Weiss quería que tú trabajaras con nosotros. Richard lo organizó a través de Pepe porque tú no debías saberlo. Y Pepe guardó la confidencialidad debida.

Los dos mantuvieron unos segundos de silencio, pensando en el bueno de Pepe. Después siguió preguntando Lucas:

-¿Y por qué quería la señora Weiss que trabajara con el grupo? No me conocía de nada, creo yo.

-No lo sé, Lucas. Eso tendrás que preguntárselo a ella cuando se recupere. Y creo que lo hará, porque tiene muchas ganas de vivir. ¡Cuando sintió que se venía abajo me pidió que hiciera que la mantuvieran viva a toda costa!

Sonaron un par de golpes en la puerta. María se acercó y la abrió. Eran dos muchachas que habían llegado por instrucción de Oramas para prepararles la cena y quedarse como servicio de la casa. María salió un rato con ellas para organizarlo todo y Lucas se volvió a tumbar en la cama.

Cuando volvió María, lo encontró durmiendo. Sacó un pijama de su bolsa, se lo puso y se acostó junto a Lucas. Fue, después de todo, una noche muy tranquila.

Hacia las diez de la mañana llegó Oramas, que tuvo la deferencia de llamar desde la entrada de la finca a pesar de tener a sus hombres custodiando el recinto. María y Lucas ya habían desayunado y Lucas se encontraba bastante mejor. Estaban en el salón, cuyo ventanal ya había sido repuesto a primera hora por un cristalero enviado por Oramas y las alfombras manchadas habían sido retiradas y sustituidas por otras que había en otras estancias.

-Veo que tienes mejor cara esta mañana –le dijo Oramas a Lucas al verle. –No hay nada que una mujer bella no pueda conseguir. –María sonrió ante el cumplido.

-Juan, quería preguntarte qué pasó con tu hijo. He recordado que ayer le dijiste a

Roberto que lo había matado él. ¿Quién era? ¿Lo conocía yo?

-Lo conocías bien, pero María lo conocía aún mejor –respondió Oramas, con el rostro sombrío. María le miró fijamente.

-Era Richard Flynn. –añadió Oramas.

-¿Cómo? ¿Richard era tu hijo? –saltó María.

-Mi único hijo. Su madre, Mary Ann, fue la única mujer que no estuvo conmigo por mi dinero. Ella sabía lo importante que era para mí tener un hijo y me lo dio. Lo cierto es que fue mi mujer durante más de cinco años, pero no soportaba ni la isla ni mi estilo de vida y poco a poco fue pasando mayores temporadas en Inglaterra, hasta que un día se quedó allí definitivamente. El niño quedó con ella, porque así no tendría que criarse en medio de mis asuntos. Les he mantenido toda la vida, hasta que ella murió y pagué a mi hijo los mejores colegios en Inglaterra. Hice además que llevara el apellido de su madre, para protegerlo. Y cuando acabó la carrera, el primer Oramas universitario de la historia, entró a trabajar en una empresa de seguros en Londres. Allí conoció del grupo Eldorado y se pasó a trabajar con ellos hace cinco años. Yo no lo veía mucho, pero lo he querido siempre; lamentablemente, no hemos tenido ocasión de celebrar esa charla que hubiera querido tener con él para explicarle porqué fueron así las cosas. Y ése era mi hijo, que ese asesino mató hace un mes. Curioso que no sirviera de nada apartarlo de este miserable mundo en el que vivo.

Supongo que estaba predestinado.

-Lo siento –dijeron a la vez María y Lucas. –tenías un hijo maravilloso. –amplió María.

-Lo sé.-fue todo lo que contestó Oramas.

-Pero bueno, -añadió –quiero que sepáis que los pichoncitos que cogimos ayer aquí, los gorilillas de Roberto, están a punto de cantar una ópera. Los hemos dejado toda la noche sin dormir, para ablandarlos y mis chicos están empezando con ellos ahora. Os tendré informados.

-María, ¿puedes contarle a Oramas lo que te dijo la señora Weiss ayer?

María relató toda la historia de nuevo. Oramas la escuchó impasible. Cuando terminó, replicó: -Gran parte de lo que has dicho lo sabía por Richard. El recelaba de Roberto y de su ambición. Le dije que me lo trajera a la isla y yo me encargaría de él, pero mi hijo no era como yo y me prohibió hacer nada. Y yo lo respeté por Richard y seguramente podría haber evitado que lo matara.

-Yo fui el que propuso a Richard que el grupo invirtiera en Gran Canaria. Lo que yo buscaba era conocer cómo funcionaba el negocio y copiarlo, encargándole a Richard que lo llevara él. Cuando me dijo que andaban buscándote –miró a Lucas –le comenté que la mejor forma, para que tú no te enteraras de su interés, era hacerlo a través de Pepe Alonso, poniéndoos como representantes locales del grupo. Yo sabía que Pepe iba a encontrar proyectos financieros, gracias a sus contactos. Y si todo iba bien, detrás entraría yo, con más proyectos. Por eso, vuestra primera reunión con mi hijo fue en mi mismo despacho, en la terraza del Hotel Reina Isabel. Así os echaría un vistazo también. Y me gustaste, Lucas. Te vi parecido a mi hijo, quizá lo opuesto de lo que soy yo.

Calló. Hubo un momento de silencio, buscado por los tres. Después habló Lucas – Juan, voy a ir a Chile, a hablar con Rodrigo. Seguramente él sabrá más cosas respecto de Roberto y lo que buscaba. No sé, pero siento que hay algo más que la mera ambición de dos tipos.

-Haz lo que quieras, pero quiero que sepas que fuera de la isla no puedo protegerte. Además, tampoco puedo viajar contigo. Como te habrás imaginado, tengo un acuerdo con las autoridades, porque, entre otras cosas, puedo trabajar sin demasiados problemas, pero dos de las condiciones son que mi negocio no sale de la isla y que yo tampoco. Digamos que mi isla es a la vez mi cárcel. A mí me parece bien el acuerdo, la verdad, aunque hace más de veinte años que estoy aquí anclado.

-Iré yo solo. –María intentó protestar, pero Lucas levantó una mano pidiéndola que le dejara terminar –María, tú debes quedarte junto a la señora Weiss. Ella necesita a alguien conocido a su lado y además tú eres la mejor persona para estar pendiente de ella.
-Ten cuidado, Lucas. –saltó María. -Rodrigo es un cobarde y un pusilánime, pero puede ser peligroso si se siente acorralado. No sabemos si estaba habitualmente en contacto con Roberto y a lo mejor se piensa que está pasando algo. Y además, tú no estás aún recuperado.

-¿Qué no estoy recuperado? –Lucas se levantó del sofá y de un tirón, se quitó la venda de la cabeza. -¡Estoy muy recuperado!

Tenía un surco en el pelo, como una raya en el parietal izquierdo y la herida estaba bien tratada. Se miró en un espejo que había en la pared –Con un buen sombrero, esto ni se nota. –dijo. Los otros dos se echaron a reír.
-¿Cuándo quieres salir? –le preguntó María. –Puedo organizarte el

jet en el que vinimos de Miami para que, de vuelta a su base, te deje en Santiago. Eldorado pagará lo que cueste, porque tienen cuenta abierta con la empresa.

—Pues prepara lo necesario, incluyendo los permisos de despegue y aterrizaje y cuando todo esté, me voy.

—¿Estás seguro? —preguntó Oramas.

—Sí, lo estoy. Necesito averiguar, especialmente, qué pasó con Raquel. Pero también quiero saber hasta dónde llega la trama de Roberto, quién está implicado y porqué. Y creo que Rodrigo es la única posibilidad por ahora, mientras la señora Weiss está en coma. Si no voy a verle pronto, desaparecerá.

—De acuerdo —Oramas se encogió de hombros. —Por mi parte, esperaré a ver cómo cantan esos pájaros. También quiero averiguar cómo metieron sus pipas en la isla. No las han comprado en mi red de distribución. María, vente a mi casa y te quedas en ella, yo te mantendré la seguridad y te pondré un coche con chófer para que puedas moverte sin problemas, sobre todo cuando vayas a ver a la señora Weiss al hospital. Devolveremos esta casa a la familia Trías.

—Muchas gracias, Juan.

Lucas y María fueron a Las Palmas después, a ver a la señora Weiss, primero. Estaba sin cambio, protegida por dos vigilantes de seguridad de una empresa legal de Oramas las 24 horas y con permanente atención médica. Después se acercaron a las nuevas oficinas de Pepe y Lucas donde Pilar les estaba esperando. Lucas presentó a las mujeres, que no se conocían. Pilar se encontraba fatal. Había conocido la muerte de Pepe esa misma mañana, cuando lo informó la radio y había intentado ponerse en contacto con Lucas, sin éxito. Lucas le comentó que estaban trabajando en un asunto financiero de envergadura la tarde anterior, en la casa de José Trías de Playa del Hombre y que él se quedó allí pero Pepe quiso regresar a Las Palmas a su casa, porque quería regar sus plantas. Aparentemente sufrió un pinchazo y se despeñó.

Los restos estaban en el Instituto Forense de la ciudad y allí fueron los tres. Se encontraron con algunos conocidos de Pepe, que se había acercado para tener detalles del fallecimiento. Le estaban haciendo la autopsia en ese momento y Lucas y Pilar coordinaron la contratación de los servicios funerarios para llevarlo luego al tanatorio. Pilar recordó que Pepe le había dicho en varias ocasiones que no deseaba ser inhumado y que contratara el servicio de cremación más económico que hubiera. Pilar lo dispuso todo. Después, volvieron a la oficina, para que entre Pilar y María organizaran el vuelo de Lucas a Chile.

Lucas no quiso ni mover los papeles que había en el escritorio de Pepe. Tenían dos mesas de despacho enfrentadas en la misma sala y se quedó sentado en el tresillo de un rincón de la sala, pensando en todo lo ocurrido en las últimas horas.

Al cabo de un rato, entró Pilar. La habían llamado de la funeraria, para decirle que la autopsia estaba completada y pedir permiso para llevar el cuerpo al tanatorio. Ella lo había dado, pero quería informar a Lucas. También traía un sobre, que estaba en la caja fuerte y que contenía la última voluntad de Pepe, copia de la que estaba depositada ante Notario también. La abrieron y comprobaron que Pepe había dispuesto repartir todos sus bienes entre Pilar y Lucas, a partes iguales. Honestamente, ninguno de los dos había esperado tal generosidad y Pilar se echó a llorar por la pérdida de esa persona con la que había trabajado durante tantos años. María tuvo que entrar a consolarla, mientras Lucas se quedó sin saber qué hacer, impresionado por la generosidad de su socio con él, al donarle la mitad de una pequeña fortuna apenas unos meses después de montar el negocio en común. La parte de Lucas, aparte del 50% de la empresa de seguridad electrónica de Pepe, incluía cierto número de valores en bolsas españolas y extranjeras, además de un capital muy respetable en el banco y en bonos del Estado. A Pilar le había dado su casa y todo su contenido, su coche y parte del dinero en el banco.

Cada uno sumaba así aproximadamente unos cuatrocientos mil euros, más la mitad del negocio. A Lucas le pareció mal seguir analizando la herencia de Pepe. Dejó el papel y salió a pasear, seguido discretamente por los dos gorilas que Oramas había puesto a su servicio, por precaución.

Capítulo 20

Al día siguiente, Lucas salió de Las Palmas en dirección a Santiago de Chile en el reactor privado que había traído a la señora Weiss y a María a Canarias desde Miami. María le había dado los datos que había en Eldorado sobre Rodrigo de Rivas, junto con la dirección de la casa del fundo "Los Pajaritos" en la que se habían reunido. Durante nueve horas, lo único que hizo Lucas fue descansar, ver alguna película y, sobre todo, pensar qué iba a hacer en las próximas horas. El avión aterrizó en el aeropuerto de Santiago y pasó la aduana rápidamente, porque los agentes dieron por hecho que era un personaje VIP. Alquiló un coche que María ya había reservado y condujo hasta el Hotel Hyatt, donde tenía reservada una suite. Al entrar en ella, volvió a pensar en Raquel, porque aunque no era la misma de la otra vez, en ese hotel pasaron una deliciosa noche los dos, la última antes de su desaparición. Y realmente la echó de menos.

Dejó pasar la tarde y se acostó pronto, sin salir de la suite. Ni siquiera pidió algo de comer, porque en el avión había podido disfrutar de una buena comida, preparada con ingredientes canarios, pero de estilo oriental, que parece ser era lo que gustaba a sus pasajeros habituales.

Al amanecer, llamó a María. La señora Weiss continuaba estable, sin mejoría pero sin sorpresas. De Oramas no se sabía nada. Quedó en llamar por la tarde de nuevo. Se arregló, desayunó algo ligero en el restaurante de la terraza del hotel, que dominaba la ciudad y cogiendo el coche, se encaminó al fundo "Pajaritos". La verja de la entrada a la finca estaba abierta, por lo que llevó el coche hasta la casona, arriba en el cerro. No había ningún otro vehículo a la vista, pero también podían estar guardados en el garaje que había adosado a la izquierda de la casa.

Llamó a la puerta. Al cabo de un minuto, oyó pasos al otro lado. Después se corrió un cerrojo y la puerta se abrió. Era Rodrigo de Rivas, con el semblante muy pálido.

-Pase Señor Goldsmith. Le esperaba desde ayer le dijo al verle.

Lucas se lo pensó un instante. ¿Y si era una trampa? Rodrigo debió entenderlo, porque insistió: -No se preocupe. Estoy solo. Ayer despedí al servicio. Pase, por favor. —Se hizo a un lado. Lucas entró y Rodrigo cerró la puerta. Después dirigió a Lucas hasta el salón.

-Ahí está el bar, -le indicó a Lucas. -Yo estoy tomando un whisky, pero le serviré lo que desee.

-Gracias respondió Lucas, -tomaré lo mismo. Rodrigo le preparó la copa y después se acercaron al sofá y se sentaron frente a frente. El hombre parecía más viejo, más cansado, casi derrotado. -Viene usted a saber, lo sé. Espero no defraudarle. Sorbió un trago y continuó. Me imagino que Roberto le habrá contado su versión. Gracias por venir hasta aquí a escuchar la mía.

Lucas no dijo nada.

-Llevo más de diez años trabajando para Eldorado. Empecé como usted, siendo el representante del grupo en Chile. Me contrataron porque mi carrera profesional se había desarrollado en la banca de inversión. No me fue mal y en pocos años, después de varios proyectos interesantes, se me ofreció por la señora Weiss incorporarme como socio del grupo. De este modo, en lugar de honorarios y comisiones, comencé a cobrar unos interesantes dividendos, aunque tuve que poner un cierto capital. Me vi en la necesidad de pedir prestado para aportar este capital, porque no tenía ningún dinero ahorrado.

Rodrigo se revolvió en el sofá. No estaba cómodo contando estas confidencias a Lucas.

-Acudí a mis prestamistas habituales, porque las instituciones financieras me habían cerrado las puertas. Señor Goldsmith, soy un ludópata. Siempre he jugado, a todo lo que pudiera. Al póquer, a la polla, creo que ustedes lo llaman lotería o quiniela, en los casinos, en partidas privadas. Y a lo largo de mi vida, a veces me fue bien y gané mucho dinero, e ineludiblemente, después lo perdí todo. Cuando Eldorado me ofreció la representación en mi país, me habían despedido del banco, porque mi nivel crediticio y la imagen que daba era incompatible con mi profesión. Después fue peor, ya que ganando mucho más sueldo, perdía mucho más en el juego. Los prestamistas a los que acudí y que me prestaron la cantidad que necesitaba para ser socio de Eldorado, me cobraban unas tasas superiores al diez por ciento semanal. Hace un año pensé que ya no podía seguir adelante, porque no conseguía nuevos proyectos y mis dividendos habían mermado considerablemente. Entonces apareció Roberto que no sé cómo se había enterado de mi vicio o enfermedad o como quiera llamarlo y mi situación patrimonial.

Me ofreció su amistad, porque como miembro de Eldorado una palabra suya hubiera bastado para abrir una investigación y expulsarme del grupo. Me prestó la cantidad necesaria para cancelar todas mis deudas, que eran muchas. Me salvó de la vergüenza y sólo me pidió que le apoyara cuando fuera necesario. Me ayudó a preparar los últimos proyectos que además, salieron bien.

-¿Se refiere al del señor Franchi? interrumpió Lucas. Rodrigo palideció.

-Veo que sabe del asunto. Sí, ese proyecto estaba perdido porque no habría forma de recuperar la inversión. Roberto falsificó las cifras, para que pudiera ser aprobado. Yo estaba bastante asustado porque una vez prestado el dinero, se perdería irremediablemente. Las inversiones del señor Franchi eran imposibles desde el punto de vista de su viabilidad financiera. Roberto me convenció de que sugiriera al señor Franchi que me cediera esta villa – miró alrededor del salón – a cambio de conseguir la aprobación del proyecto. Y lo hizo cuando le dimos los fondos, asombrado y agradecido. Después, bueno usted ya sabe lo que ocurrió, el señor Franchi murió y Eldorado recuperó la inversión con sus propiedades.

-¿Quién lo mató?

-No lo sé, se lo juro. Al principio, creí en la suerte, como jugador. Las cartas estaban echadas y había salido escalera de color. Nadie descubriría nunca que habíamos falsificado un proyecto de esta envergadura. Pero después empezaron a ocurrir otras coas, la muerte de Richard, la desaparición de Raquel, la muerte de ese empresario canario... Pensé que eran demasiados aciertos al mismo número, todos alrededor de la figura de Roberto. Y le emplacé a que me dijera qué estaba pasando.

-¿Qué le respondió?

-Me dijo que no existe la suerte. Me humilló llamándome viejo inútil y vicioso, —Rodrigo se iba poniendo nervioso; dejó el whisky sobre la mesa y se llevó las manos al rostro —me dijo que yo era un perdedor y que él había alargado la mano para salvarme de la quiebra total y de un suicidio seguro. Y lo doloroso es que era cierto. Toda mi vida ha sido un fracaso, por mi ludopatía. Todo el dinero que he ganado y en ocasiones era una cantidad considerable, lo he perdido en el juego. Hoy vuelvo a no tener nada, excepto algo de dinero que guardo en la caja fuerte, esta casa y sus terrenos, porque no he tenido tiempo de hipotecarlos todavía. Pero en unos días también lo habría hecho y después ¿qué?

-¿Le confesó Roberto que él asesinó a Richard, a Raquel, al señor Juan?

-No. Estoy seguro de que mató a Richard, sin embargo, Era su gran rival en el grupo y con su muerte quedaba resuelto el problema. Nunca me dijo que él lo había ordenado asesinar, pero lo dio a entender cuando me dijo que aquel que se ponía delante de él, desaparecía. Y hace unos días, me llamó diciéndome que usted, señor Goldsmith, era un serio estorbo para nuestros intereses y que sería expulsado del grupo. Era un eufemismo para indicarme que lo mataría, sin duda, porque dos días después, volvió a llamarme para hacerme saber que la señora Weiss volaba a Canarias a entrevistarse con usted. Lo cierto es que yo llamé a Miami para confirmarlo, pero se me dijo que estaba en viaje de negocios y desconocían el destino. Ayer por la mañana llamé al teléfono que tenía de Roberto. Se puso un hombre con acento canario, al que no conocía y que respondió que Roberto estaba muy lejos y tardaría en volver. Entendí que algo le había pasado y entonces, comprendí que usted había ganado la partida, así que me dispuse a esperarle. No me había equivocado, por lo que veo.

-¿No puede decirme más? ¿Qué ha pasado con Raquel? Es la razón fundamental de mi visita.

-Lo siento señor Goldsmith. Creo sinceramente que está muerta, como lo estaría usted ahora mismo. ¿Cómo pudo librarse de Roberto? ¿Qué pasó?

-Simplemente tuve ayuda que Roberto no esperaba. Por cierto, sí está muerto.

Rodrigo abrió los ojos al escuchar esta frase. Se echó a la garganta el resto del contenido de su copa y se levantó a por más al bar del fondo.

-También ha muerto mi socio Pepe, asesinado por Roberto.

El otro se detuvo en seco. Dejó precipitadamente la copa sobre el bar y se tapó la boca con una mano. Lucas pudo verle hacer una arcada. Rodrigo le indicó que le esperara con la otra mano y salió corriendo del salón, conteniendo otra arcada justo en la salida hacia el despacho contiguo. Oyó sus pasos rápidos cruzando el despacho, hacia el aseo del fondo y la puerta que se cerraba de golpe.

Estuvo esperando durante unos minutos. La casa estaba muy tranquila y los únicos sonidos eran los de los muebles al crujir por la sequedad del ambiente. Lucas se levantó y paseó por el salón. Recordó su anterior paso por esta casa, junto a Raquel y la echó terriblemente de menos. Escuchó a Rodrigo salir del baño y regresar hacia el despacho. Como no lo vio aparecer por la puerta, se acercó al umbral y lo vio agachado junto a la mesa del despacho. Rodrigo al notar que se acercaba se volvió de cara a él. Su rostro estaba muy pálido y le temblaban los labios.

-Pase, Lucas, pase. Estoy abriendo la caja fuerte. Creo que debo mostrarle algo más. -Y volvió a mirar para abajo. La caja fuerte estaba empotrada en el suelo, debajo de la alfombra que Rodrigo había levantado. Se puso a manipular la rueda de combinación, mientras murmuraba: 7I, 3D, 2I, 1D.

De pronto, sonó una alarma. Rodrigo pegó un respingo y miró al monitor del ordenador que había sobre la mesa.

-¡Están viniendo! —grito histérico. -¡Están aquí! —Se levantó de un salto y Lucas pudo ver que le temblaba todo el cuerpo. Al levantarse, la alfombra cayó sobre la caja fuerte, cubriéndola totalmente. -¡Salgamos de aquí! —le gritó a Lucas.

-¡Al coche! —respondió éste y salió corriendo al exterior, cogiendo las llaves del bolsillo. Rodrigo le siguió.

Montaron en el coche y Lucas lo puso en marcha. -¿Hay otra salida de la finca? —le preguntó a su compañero. Rodrigo estaba histérico, jadeaba y luchaba por respirar.

-¿Podemos salir por otro lado? —le gritó Lucas. Entonces Rodrigo pareció reaccionar y dijo, balbuceando: -¡Sí! ¡Sí! Salga por detrás del garaje, hay un sendero que sale al otro lado del valle.

Lucas enfiló por el sendero, justo cuando apareció un vehículo por la esquina de la casa. -¡Maldita sea! —exclamó y puso el coche a la máxima potencia. El sendero era de tierra y había bastantes baches, por lo que iban saltando dentro del coche. Rodrigo estaba fuertemente agarrado al salpicadero y gritaba: -¡Le han seguido a usted! ¡No podían saber dónde estaba!

Lucas quería preguntarle quienes les perseguían, pero tenía que concentrarse en conseguir escapar de los perseguidores. Por el retrovisor pudo ver que el coche que les seguía tenía algunas dificultades para no salirse del sendero, a causa de la polvareda que el de Lucas iba levantando a su paso. Apretó la marcha y llegó hasta el valle cerro abajo. Allí el sendero se hacía más firme y pudo distanciarse de sus perseguidores.

Cruzaron una valla formada por tres grandes troncos que estaba abierta y a Lucas se le ocurrió una idea. Al fondo vio otra valla más, también abierta. Pisó a fondo el acelerador y nada más traspasar la valla, frenó en seco. De un salto bajó del vehículo y la cerró, asegurando el cierre con un mosquetón que estaba abierto, colgando del pasador. Después volvió corriendo al coche y arrancó. Vio al coche perseguidor frenando bruscamente a apenas centímetros del obstáculo. No puedo mirar más hacia atrás, porque el sendero volvía a ascender por la ladera del fondo del valle. Miró alrededor, buscando una salida a la carretera. Le pareció que a un kilómetro más o menos, el sendero terminaba en una zona despejada, sin árboles, para dar paso a algo que parecía una carretera asfaltada. Más relajado, miró a su pasajero, que seguía agarrotado, mirando al frente.

-¿Quién me ha seguido? ¿De quién habla?

-¡Ellos! ¡Tenemos que escapar!

-¿Quiénes son ellos? ¿Sus prestamistas?

-¡Ojalá fuera el viejo Marcos! ¡No! ¡Son los Buscadores!

-¿Buscadores? ¿Se refiere a gente de Roberto?

-Me refiero a algo que creía que no existía. —Rodrigo empezó a relajarse, al ver, saliendo a la zona despejada, que el coche de los perseguidores se había quedado al otro lado de la valla. Lucas miró también y entonces un reflejo, como de un espejo, le llamó la atención, proveniente de los perseguidores. ¡Una mira telescópica! ¡Tenían un rifle con mira telescópica! ¡Y ellos estaban sin cobertura, en plena zona despejada! Empezó a gritar para advertirle a Rodrigo que se agachara dentro del coche, cuando lo vio pegar un brinco. Simultáneamente un chorro de un líquido rojo oscuro salió de su cabeza y manchó el cristal delantero. Y un segundo después, Lucas escuchó el sonido de un disparo. Rodrigo cayó hacia delante, con la cabeza entre las piernas.

Lucas aceleró todo lo que pudo y casi derrapando alcanzó la cima de la ladera, detrás de unos árboles. Entonces paró y le buscó el pulso a Rodrigo, sin encontrarlo. ¡Estaba muerto! En ese momento su afán fue el de seguir huyendo, porque los asesinos querrían terminar con él también. Pero no podía hacerlo llevando un coche con un muerto dentro. Decidió sacar el cadáver del vehículo. Salió, abrió la puerta del copiloto y sacó el cuerpo, recostándolo debajo de un árbol. Le registró los bolsillos, pero no había nada en ellos, excepto una pluma en el bolsillo interior, con un logotipo parecido a un triángulo y en letras doradas las palabras "For Rodrigo de Rivas, from ELDORADO". Se lo guardó, cerró la puerta del copiloto y entró en el coche. Rápidamente salió a la carretera y, orientándose, resolvió no volver directamente a Santiago, por si le esperaban, sino hacer un rodeo por el sur y regresar por carreteras secundarias. Afortunadamente, el coche de alquiler tenía un plano de carreteras en la guantera. Siguió unos veinte kilómetros más en dirección sur, después tomó una carretera perpendicular y llegó a un pequeño pueblo. En una gasolinera había un servicio de lavado de automóviles y metió el coche en él, para después lavarlo bien por dentro, eliminando como pudo la sangre que había derramado Rodrigo.

Después entró en una cafetería y pidió algo de comer.

Llamó a María a Las Palmas desde un teléfono público del establecimiento. Ella se puso enseguida.

-¡Lucas, eres tú! ¿Estás bien?

-¡Sí! ¡Yo estoy bien! Oye, necesito que me organices algo. Comprueba, si puedes, si el jet sigue en el aeropuerto de Santiago y si está, intenta que me devuelva a Las Palmas ya mismo, si puede conseguir los permisos. ¡Necesito volver enseguida!

-¡Estaba esperando a que me llamaras, porque tienes que volver! ¡Tenemos novedades muy importantes, que ha conseguido Oramas! Tranquilo, he hablado antes con la compañía aérea y el jet está repostando y listo para el despegue en cuanto llegues al aeropuerto.

¡Te esperamos! Te avanzo algo de lo que nos hemos enterado: Oramas ha dicho que...

-¡Calla! –le interrumpió Lucas. ¡No digas nada por teléfono! ¡Me lo contarás cuando llegue! Haz que Oramas me organice un coche con escoltas en el aeropuerto y dile que quiero que refuerce tu seguridad y la de la señora Weiss. ¡Seguimos en peligro!

-De acuerdo.

-Pues nos vemos en unas horas. Hasta luego.

Pagó su almuerzo, puso algo de gasolina y condujo, siempre por caminos secundarios, hasta cerca del aeropuerto. Y de repente se acordó de la caja fuerte. ¡Había algo allí que Rodrigo le iba a enseñar! ¡No podía salir de Chile sin averiguarlo!

La cuestión era que tenía que volver al fundo Pajaritos. Esto suponía correr un doble riesgo. Por un lado, los asesinos de Rodrigo, que estarían buscándolo. Por otro, la policía chilena, en cuanto se descubriera la identidad del cadáver de Rodrigo, acudiría a la finca también. Supuso que la policía tardaría algo de tiempo en relacionar ese cadáver, si se encontraba inmediatamente, con la finca. Y supuso también que los asesinos lo último que esperarían es que él volviese a la casa, porque nadie en su sano juicio lo haría.

Así que resolvió regresar al fundo para ver qué contenía la caja fuerte. Dirigió el coche hacia la carretera que conducía a la finca y al llegar a la entrada de abajo, aparcó el vehículo a unos cincuenta metros, en un recodo con matorral bajo que permitía ocultarlo de la vista de los transeúntes. Había pensado en esperar hasta la noche pero lo cierto es que tenía demasiado miedo de permanecer más tiempo en los alrededores y además, no tenía linterna y no podría encender las luces de la casa, por si estaba vigilada. Por tanto, entró en el terreno y fue acercándose, campo a través, hasta arriba del cerro. No había ningún vehículo a la vista y la puerta estaba abierta. Esperó unos minutos y pasó adentro, con cautela.

No parecía haber nadie dentro. Volvió a escuchar los crujidos de la madera y se sintió más tranquilo. Avanzó por el salón, intentando evitar ser visto desde el exterior, hasta la puerta del despacho. Miró en su interior. Estaba todo como había quedado cuando lo abandonaron apresuradamente unas horas antes. Se agachó junto a la mesa y levantó la alfombra. La caja fuerte parecía inviolada. Intentó recordar la combinación que había oído murmurar a Rodrigo. 7D, 3I, 2D, 1I. Al poner el último número, sonó un clic en la caja. Agarró la manilla e intentó girarla. Se movió. Entonces tiró y la puerta de la caja fuerte se abrió hacia arriba. Al mirar en su interior, vio tres cosas: una pistola con su cargador, un fajo de dólares y un sobre tamaño folio, algo abultado.

Escuchó un crujido. Se le erizaron los pelos de la nuca, porque este crujido no era de la madera expandiéndose. Era una pisada en el suelo de la entrada a la casa. Paralizado un segundo, se maldijo por haber cometido la estupidez de regresar a la boca del lobo. A estas horas ya hubiera estado remontando el vuelo en dirección a Canarias, totalmente seguro. Y ahora venían a por él, o a buscar algo en la casa y él estaba en ella, lo que daba igual. Visto lo cual reaccionó. Cogió los objetos de la caja fuerte y bajó lentamente la tapa hasta cerrarla. Afortunadamente no hizo ningún ruido. Puso la alfombra sobre ella y de puntillas, se acercó a la puerta contraria del despacho, que se abría al aseo que había usado Rodrigo y a la entrada a la cochera. Volvió a escuchar otro crujido en la entrada. Y pensó que sería el último, porque el salón tenía suelo de losa, como el del despacho. Muy despacio, cruzó la puerta y se acercó a la de la cochera, que estaba cerrada. Su miedo era que la puerta estuviera cerrada con llave y quedara entrampado entre el aseo y el despacho. Por si acaso, montó el cargador en la pistola. Sabía usarla, porque había hecho algunas prácticas en el servicio militar y en la empresa de seguridad. Con la pistola en la mano izquierda, el dinero en un bolsillo y el sobre bajo el brazo, alcanzó el pomo de la puerta de la cochera y lo giró. ¡Bien, no estaba echada la llave! Tiró del pomo y la puerta se abrió, ¡rechinando en las bisagras!

Sonó un disparo y el marco de la puerta saltó en virutas. Al mismo tiempo, oyó una voz gritar en un español indeterminado de Iberoamérica: -¡Está junto a la cochera! ¡Rodéalo por fuera!

Lucas abrió de golpe la puerta y entró en el garaje, cerrándola después y pasándole el cerrojo. La luz del exterior entraba por debajo del portón del garaje, que tenía como un centímetro de holgura. Pudo ver un coche, un deportivo color rojo, guardado en el garaje. Se acercó a él y distinguió las llaves en el contacto. El mando del portón estaba en el asiento del copiloto.

En ese momento, alguien intentó abrir la puerta del garaje. A la vez, vio dos pies fuera del portón, calzando unos zapatos negros bastante sucios y ajados. Sonó otro disparo y el pomo de la puerta saltó, pero el cerrojo seguía en su sitio. Apuntó al agujero del pomo y disparó. Alguien gritó de dolor al otro lado y al oírlo, los pies del exterior corrieron hacia la puerta de entrada a la casa, a ayudar a su colega.

Lucas no lo pensó dos veces. Se lanzó al asiento del coche, asió el mando del portón y pulsó el botón, mientras ponía el coche en marcha. El portón del garaje empezó a levantarse. Miró hacia la puerta de acceso y volvió a disparar, porque vio movimiento al otro lado del agujero que había dejado el pomo. Desde allí le dispararon a él y la bala entró en la carrocería del coche, debajo de su puerta. Entonces, viendo que el portón le daba el hueco justo para pasar, aceleró y salió como una flecha del garaje. Enfiló el camino de salida hacia abajo del cerro, viendo por el retrovisor que uno de sus perseguidores había salido de la casa y le estaba apuntando de nuevo con su pistola. Con el ruido del motor y la tensión no oyó disparo alguno, pero notó que una de las ruedas traseras estaba mal, porque yendo camino abajo, la llanta empezó a rozar el suelo, impidiéndole dirigir bien el vehículo. Dio una curva cerrada y de repente encontró el coche de los otros tipos en medio del camino, bloqueándolo. Intentó esquivarlo, pero había árboles a ambos lados y además, con la velocidad que llevaba y sin una de las ruedas traseras, terminó estampándose contra el otro coche. Sintió el airbag abrirse y cerró los ojos.

Cuando volvió a abrirlos, el airbag estaba desinflándose. Comprobó que podía mover las extremidades y la cabeza e intentó abrir la puerta del coche, pero la carrocería se había deformado y estaba atrancada. Salió por la ventanilla, mirando hacia arriba, para ver si aparecía su perseguidor. Rebasó el otro coche, que había quedado medio levantado sobre el capó del suyo y corrió cerro abajo, hacia la entrada. Casi cuando llegaba a la verja de abajo, escuchó otro disparo, pero no miró atrás. Corrió hasta su propio coche, entró en él, lo puso en marcha y salió a toda velocidad. Desconocía si estos tipos estaban solos o no y pensó además que inmediatamente avisarían a su grupo para ir a por él. Sin preocuparse por la velocidad y amparado por el hecho de que la carretera no estaba transitada, casi voló hasta el aeropuerto. Aparcó el coche en la sección reservada a los coches de alquiler, dejó las llaves puestas y salió corriendo hacia el terminal. Justo cuando estaba entrando en él, recordó que llevaba un arma en el bolsillo. Cambió de dirección y entró en los lavabos. No había nadie. Entró en uno de los cubículos, tomó papel y repasó la pistola y el cargador, para borrar sus huellas. Luego se subió al inodoro y soltó la pistola y el cargador en la cisterna superior, esperando que el agua acabara con cualquier indicio. Salió y se acicaló un poco ante el espejo. Tenía la cara pálida y sus manos aún estaban temblando. Salió al terminal de nuevo y se acercó a la sección VIP, donde presentó su pasaporte e indicó que tenía un avión esperándole. El funcionario se lo quedó mirando un momento y le preguntó por su equipaje. Lucas le respondió que no llevaba maleta alguna porque todo su equipaje estaba ya en el avión. El funcionario consultó una pantalla entonces, introduciendo los datos de Lucas. Intentó disimular su tensión mirando hacia otro lado, pero estaba muy nervioso, pensando que quizá la policía ya tenía datos del asesinato de Rodrigo y podían haberle relacionado de algún modo. No tenía ninguna intención de pasarse varios días detenido en Chile, teniendo que explicar su implicación y estando expuesto a que los que querían matarle dieran con él. Necesitaba regresar a Las Palmas y sentirse protegido por la gente de Oramas. De repente vio al funcionario hacerle una seña a un compañero, que parecía un oficial de mayor rango. Este se acercó. Lucas miró alrededor, intentando anticipar si ya habían dado aviso para detenerle y venían por detrás. Entonces vio a un individuo que desde el otro lado del terminal le miró y empezó a acercarse. No parecía policía, aunque podía serlo de paisano, pero pensó que no lo era porque no hubiera estado solo. Debía ser uno de sus perseguidores, pero no lo podía saber con certeza porque no tuvo tiempo de verles la cara.

El oficial llegó a la altura del mostrador y su colega le mostró el pasaporte de Lucas. Lo observó, después miró a Lucas atentamente a la cara y le espetó: -¿Señor Goldsmith?

Lucas tragó saliva y respondió: -¿Sí?

-¡Qué coincidencia! ¡Tenemos el mismo apellido! —respondió el oficial, sonriéndole.

– Yo también me llamo Goldsmith. ¿De dónde es su familia?

Miró Lucas de refilón hacia el sujeto que iba aproximándose. Calculó que en unos diez segundos estaría junto a él.

-Ahora, de España, pero mi abuelo era de Alemania.

-¡Vaya! El mío era alemán también. Se llamaba Goldschmitt, pero cambió el apellido al inglés cuando salió de allí para evitarse problemas aquí, ya me entiende.

-Eso está bien —respondió Lucas, que estaba más interesado en seguir el avance del sujeto que se acercaba que en la intrascendente conversación con el oficial de aduana.

-Creo que somos los únicos Goldsmith en todo Chile. ¿Le pasa a usted igual en España?

-Sí, también —decidió que las respuestas cortas eran las más adecuadas, para poder terminar la conversación cuanto antes. De reojo vio que el individuo que se acercaba se había detenido un instante y hablaba con otro, que también le miraba. Se preparó para una encerrona.

274

-Bueno, pues que tenga muy buen viaje —terminó el oficial. Y dirigiéndose a su colega, le indicó: Dele el pasaporte a mi pariente lejano, para que pueda volver a su patria. —Y mirando a Lucas — Porque la patria la siente uno, aunque sea judío, ¿verdad?

Lucas no era judío, aunque su abuelo y su padre sí lo habían sido. Lo único que sabía de su familia, porque sus padres murieron jóvenes, era que eran judíos, como el apellido que llevaban, pero él fue educado en un colegio de jesuitas en Madrid y con una verdadera formación católica. Pero respondió como el otro esperaba de él: -Claro que sí, Shalom hermano.

-Shalom, señor Goldsmith —respondió complacido el oficial. Su compañero le entregó el pasaporte y Lucas pasó tras ellos rápidamente, justo cuando los dos sujetos llegaban al mostrador. No quiso mirar hacia atrás. Caminó hasta la puerta de salida a la sección de Vips del aeropuerto, bajó las escaleras a la pista y vio delante de él el jet. El piloto y la azafata estaban al pie de la escalerilla, hablando con un mozo del aeropuerto. Al verle le saludaron. — ¡Señor Goldsmith! Aduanas nos acaba de informar que estaba usted aquí. Le estábamos esperando desde esta mañana.

-Tuve algún contratiempo con el vehículo de alquiler, pero afortunadamente ya estoy aquí. ¿Podemos salir ya o hay que esperar?

-No, salimos inmediatamente, si no tiene inconveniente. Cuando nos ha llamado Aduanas hemos pedido pista y nos la han dado para dentro de cinco minutos. La aeronave está revisada y lista para despegar. ¿Quiere subir?

-Por supuesto.

-¿No ha traído su equipaje? —comentó la azafata, al verle llegar sin la bolsa de viaje que había traído ayer.

-No, eso es parte del contratiempo que he tenido. Pero no se preocupe, no llevaba nada importante. Vayámonos ya. —Y trepó la escalerilla de dos escalones en dos.

El piloto y la azafata le siguieron, despidiéndose del mecánico local y al entrar levantaron la escalerilla. El copiloto estaba ya en su puesto, realizando algunos controles. Lucas se sentó en la butaca que había utilizado a la venida y la azafata le sirvió, por indicación suya, un enorme Bloody Mary, que Lucas tomó con tantas ganas que ya lo había terminado antes que el avión enfilara la pista de despegue. Después se recostó y sintió como la aeronave despegaba mientras se dejaba llevar por un agradable sopor que se convirtió en un reparador sueño, camino a Gran Canaria.

Algunas horas despúes, se despertó con un hambre terrible. La azafata le preparó un almuerzo o cena, según el huso horario, que comió con avidez, regado con un magnífico vino tinto argentino de las bodegas del avión. Después le sirvió un Laphroaig, familiarizada con el gusto de Lucas por Raquel, al dar las instrucciones oportunas.

Saboreó el whisky cruzando el charco, permitiendo que las múltiples sensaciones experimentadas en las últimas horas emergieran de nuevo. Sintió el miedo otra vez, la pena al ver a Rodrigo muerto, el asco y el odio hacia sus asesinos, la furia cuando les disparó, la tensión de la huida. De pronto recordó los papeles que había traído consigo de la casa de Rodrigo y el fajo de billetes. Se levantó, cogió el sobre que había dejado sobre la mesa y el dinero del bolsillo de su chaqueta y volvió a la butaca.

Primero contó el dinero. Eran exactamente cincuenta y dos mil dólares. Después abrió el sobre. Contenía unos papeles y un DVD. Rodrigo parecía ser el autor del documento, porque relataba en las primeras hojas lo que le había contado a Lucas respecto de su vida profesional y su ludopatía. Se detuvo en la parte que Rodrigo no le había contado.

En una reunión del Consejo de Eldorado en Miami, para la revisión de ciertos proyectos, Roberto se acercó a mí para comentarme que había oído algo sobre una información que había llegado a conocimiento de Richard y que podía ser crucial para nuestro futuro. Había escuchado una conversación entre Richard Flynn y la señora Weiss en la que ésta le decía que guardara el DVD en un lugar seguro y que procurara que nadie supiera de su existencia. Le dijo también que era la mayor revelación de la historia y que había que protegerlo hasta que pudiera hacerse un uso adecuado de ello. Después le preguntó si se había encontrado algo más en el laboratorio, a lo que Richard respondió que nada más por ahora. Roberto vio cómo Richard guardaba el DVD en su maletín y salía del despacho de la señora Weiss.

Acordamos que yo intentaría sonsacar a Richard, ya que él y Roberto no se llevaban nada bien. Esa tarde estábamos tomando unas copas en el bar del hotel y aprovechando que Raquel, Roberto y los demás estaban enfrascados en otra conversación, saqué el asunto del laboratorio. Era éste un proyecto de financiación que Richard había preparado en Suiza. El laboratorio en cuestión necesitaba fondos para desarrollar un fármaco nuevo y no los conseguía de sus instituciones financieras. La señora Weiss y antes su marido, tenían una especial predilección por las compañías farmacéuticas y las estudiaban con mucho interés. En este caso, el laboratorio estaba en serias dificultades económicas derivadas de una pésima gestión de su investigación durante las dos últimas décadas. Aún sabiendo que ni siquiera una inyección de dinero fresco conseguiría salvar el negocio, Richard lo presentó al Comité de Aprobación de Eldorado. Lo cierto es que el proyecto fue rechazado por la mayoría de los miembros del Comité. Richard lo archivó y ahí quedó la cosa, hasta que unas semanas después nos enteramos que la señora Weiss había decidido adquirir el laboratorio, a título personal. Las gestiones las hizo Richard en su nombre y estuvo algunas semanas en Suiza, concretamente en Zúrich, preparando el proceso de toma de poder en el negocio. A todos nos sorprendió, porque su viabilidad era muy incierta, pero la señora Weiss era libre de gastar su dinero como quisiera y al no haber implicado a Eldorado, no era un asunto que pudiera concernirnos.

Saqué pues el tema de laboratorio con Richard. Él confiaba bastante en mí, ya que nos conocíamos desde hacía algún tiempo y habíamos colaborado en unos cuantos asuntos. A pesar de ello, se mostró muy discreto en sus observaciones, pero dejó entrever que el laboratorio guardaba un auténtico secreto. Intuí que podía ser un tema de un nuevo medicamento, pero me extrañó que no lo hubiera indicado como una de sus fortalezas cuando presentó el proyecto y así se lo manifesté. Richard respondió que ese asunto no era una fortaleza, sino más bien una amenaza y que por eso la señora Weiss había decidido comprarlo antes que cayera en las manos inadecuadas. Después de esto no dijo nada más al respecto.

Hablé con Roberto y le comenté lo que había dicho Richard. Pude adivinar en su semblante que esa información le interesaba muchísimo y que, al mismo tiempo, no se fiaba de mí para la siguiente fase de su estrategia. Yo estaba pasando una mala racha en el juego, dependiente de él financieramente pero débil en cualquier caso y por lo tanto, no recomendable para ser de confianza en asuntos delicados. Y tenía razón, porque abusé también de la confianza de Richard.

Esa misma tarde, en las oficinas de Eldorado, íbamos a trabajar Richard y yo en un nuevo proyecto de una cadena de supermercados alemana que quería implantarse en Chile. Cuando entré en la sala y me acerqué a Richard, que estaba manejando su computadora, éste, al sentirme detrás de él, cerró bruscamente la pantalla. Me imaginé que la información en la que trabajaba estaba relacionada con el laboratorio, porque ningún otro proyecto de la casa se consideraba secreto entre nosotros. En ese momento le llamó la señora Weiss a su despacho y él apagó la computadora, se levantó y salió. Su error fue olvidar un DVD en él, que yo saqué y copié en apenas dos minutos. Por qué lo hice, no lo sé seguro. Quería saber de qué trataba ese secreto, sí, pero sobre todo quería tener una carta en la manga con Roberto, por si quería extorsionarme con la deuda que había contraído con él. También quería tener algo que pudiera servirme para convertir en dinero, en caso de urgencia derivada de mi vicio. No me atrevía investigar su contenido allí mismo y lo guardé conmigo. Esa noche tuve que regresar a Chile, porque al día siguiente teníamos un Comité de Aprobación aquí, para valorar los proyectos de los españoles. En la mañana fue cuando me enteré que Richard había sido expulsado del grupo por la señora Weiss y que ya no lo veíamos más. Escondí el DVD en la caja fuerte y no lo saqué hasta que las reuniones terminaron.

Su contenido era un facsímil de un diario médico, aparentemente. Estaba escrito en alemán con grafía más bien anticuada, pero no pude saber qué decía porque no hablo alemán. Algunos amigos míos son alemanes, pero no he querido hacerles partícipes de este tema por si su intervención pudiera complicar las cosas más de lo que están.

Después empezó a desencadenarse el huracán. Richard fue asesinado, Raquel desapareció y Roberto estaba cada vez más prepotente y nervioso. Una noche me llamó desde España de madrugada para preguntarme si sabía dónde podía estar el DVD de Richard. Me dijo que creía que lo tenían los españoles, porque suponía que Richard se lo había entregado a Raquel y ésta a Pepe y Lucas, pero quería saber mi opinión. Yo le dije que sonaba consistente y que averiguara si los españoles lo tenían.

¡Dios mío! Pensé en ese momento que estaba certificando la muerte de Pepe y Lucas también, pero tenían que ser ellos o yo y yo no me atrevía a confesar que una copia de ese disco estaba en mi poder. Hace dos días que no sé nada de Roberto. Lo último que supe es que había citado a los españoles en la casa del empresario canario cuyo negocio se quedó Eldorado, con la señora Weiss y María como rehenes. No sé si habrá conseguido algo, pero le he llamado varias veces al móvil y no lo coge, excepto una vez que salió la voz de una persona con acento español. Pienso que algo le ha podido salir mal, espero que le haya salido todo mal. Si ha sido así, será cuestión de horas para que aparezcan por aquí la señora Weiss y los españoles. Quiero confesarles todo lo que he hecho, darles el disco y rogarles que me permitan vivir decentemente el resto de mi miserable vida. Tengo sesenta y cinco años ya y ganas de descansar de este tormento.

En cuanto a Eldorado, lo que sé me condena a muerte, a menos que utilice el DVD. Si consigo que la señora Weiss me entienda y quiera protegerme, todo irá bien. Si no, tendré que cambiarlo por mi vida. ¿Pero, a quién? Mi mejor baza es que Roberto haya muerto, o que esté encarcelado al menos. Pero el otro grupo es otra cosa. Sólo espero que no me localicen antes de que pueda hablar con la señora Weiss, o con los españoles. Por si acaso me encuentran antes, dejo estas líneas, que intentaré hacer llegar a las oficinas de Eldorado en Miami.

¡Era el DVD que tanto buscaba Roberto! ¡El DVD por el que había asesinado a Richard y seguramente a Raquel también!

Pensó que este disco sería la clave de todo este asunto. Decidió involucrar a Pilar, su secretaria, porque hablaba perfectamente alemán. Echó de menos a Pepe, que hubiera podido traducirlo él mismo. Y se juró que por Raquel y por Pepe y por la señora Weiss y por María, llegaría al fondo de la cuestión.

Después pensó en las palabras de Rodrigo, sobre "los Buscadores" había dicho.

¿Quiénes podrían ser? Los asesinos de Rodrigo y sus perseguidores eran latinos, porque hablaban en español, pero ¿quién estaría detrás? Evidentemente buscaban el disco también, aunque no podía entender por qué. ¿Y si eran parte de la pandilla de Roberto y no sabían aún que su jefe estaba muerto? Probablemente esto era lo que pasaba, porque al ser Roberto un miembro de Eldorado, Rodrigo lo identificaba como el verdadero grupo en la sombra. Si esto era así, una vez en Las Palmas estaría a salvo, primero por la ayuda de Oramas y luego porque estos asesinos no le seguirían hasta donde estaba su jefe sin instrucciones precisas de Roberto, instrucciones que nunca recibirían.

El resto del vuelo transcurrió sin incidencias y aterrizó en Las Palmas a las doce y media de la mañana del día siguiente. Oramas había coordinado con el aeropuerto las cosas y al pie de la escalerilla del avión esperaba un oficial de aduanas, que selló su pasaporte inmediatamente. Después, entró en el coche que Oramas había puesto a su disposición, con dos de sus gorilas que le saludaron amablemente, abriéndole la puerta del vehículo para que entrara.

Cuando Lucas llegó a la casa de Oramas, María estaba esperándole en la misma puerta. Se lanzó sobre él y lo besó largamente en la boca.

Los guardaespaldas hicieron como que no estaban. Luego, cogiéndolo de la mano, lo llevó al edificio central.

-¡Qué gusto volver a verte, Lucas!

-¡Qué gusto estar de nuevo en casa, María! ¡No sabes lo que ha pasado!

-Ni tú sabes lo que hemos descubierto aquí –le respondió ella. –Juan Oramas está esperándote también y tiene un montón de información que debes conocer.

-¿Cómo sigue la señora Weiss?

-Parece que un poco mejor, pero continúa en coma. Sin embargo sus constantes están estabilizadas y los médicos creen que podría salir de ese estado en cualquier momento.

Llegaron a la casa y pasaron al salón. Oramas estaba tomando una cerveza y se levantó para saludarlo.

-¡Chacho, mira qué bien me encuentro ya! ¡Puedo mover el puto brazo! –le espetó Oramas. Le dio un abrazo y pidió otra cerveza para Raquel y para Lucas a la persona de servicio.

-Tengo que contaros lo que me ha pasado en Chile –empezó Lucas. Oramas asintió con la cabeza y buscó una postura cómoda en el sillón en el que se había sentado.

Durante la hora siguiente, les contó lo ocurrido y sus sensaciones. María puso cara de angustia cuando Lucas explicó su conversación con Rodrigo y se horrorizó al conocer de su muerte. Después no abandonó el gesto de horror mientras él comentaba su regreso al fundo y su segunda escapada hasta el aeropuerto. Al final, les indicó lo que tenía en su poder, el dinero, el diario de Rodrigo y, por último, el DVD.

-Impresionante historia –reconoció Oramas cuando hubo terminado Lucas toda la exposición. –Muchacho, veo que no has tenido tiempo de aburrirte en tu viaje.

Este comentario provocó una carcajada en Lucas, que contagió a Raquel y con ello pudo relajar la tensión que expresaba.

-Pues aquí tampoco nos hemos aburrido –continuó Oramas. –Los pájaros cantaron ayer –dijo, refiriéndose a los gorilas de Roberto. –Se creían chicos duros, pero al final aflojaron y trinaron como jilgueros. Eran venezolanos, contratados por un socio de Roberto de allí. El cara cortada era el jefe del grupo. Dijo que Roberto les encargó eliminar a Richard y hacerse con ese disco. –interrumpió el relato al mencionar el nombre de su hijo y se quedó mirando al techo unos segundos; después prosiguió –Viajaron a Londres tres de ellos, esperaron a Richard a la salida de su despacho, cuya dirección les había pasado Roberto, lo metieron en su coche y lo llevaron a un antiguo taller abandonado a la orilla de ese coño de río que hay en Londres. Cara cortada fue el que mató a mi hijo, porque Richard no decía dónde tenía el disco. ¡Cómo iba a decirlo! –Volvió a callar unos segundos. Cuando habló de nuevo, su voz era seca y grave.

-Después lo echaron en una obra, para que el hormigón lo ocultase. Luego informaron a ese Roberto, que les ordenó buscar a Raquel.

-¡Entonces también han matado a Raquel! –exclamó Lucas.

-No –refutó Oramas. –Dijeron que ellos no la tocaron, que no pudieron encontrarla. Y sé que es verdad, porque en su estado, no podrían mentir. Estuvieron vigilando su oficina un par de días, pero ni entró ni salió de ella. Consiguieron por Roberto la dirección de su casa entonces y cuando llegaron a ella os vieron salir del edificio pero no os conocían; después encontraron la nota que dejasteis debajo de la puerta del apartamento de Raquel y así pudieron entrar en vuestras habitaciones del hotel, al no encontrar el DVD en la casa de Raquel. Os dejaron tranquilos porque no pudieron acercarse a vosotros ya que estabais protegidos por la policía británica.

A ti, Lucas, intentaron eliminarte aquí mismo, cuando fuiste a la Playa de Amadores. Cara cortada pensó que algo había salido mal, quizá tú te habías resistido, porque sus hombres no habían vuelto, pero imaginó que te habían quitado de en medio. Se llevaron una gran sorpresa cuando llamaste a Pepe al día siguiente. Se prepararon para acabar contigo y con Pepe en la casa de San Mateo y cara cortada puso a casi todo su grupo en el objetivo. Algo extraño ocurrió, porque ellos no pusieron la bomba en la casa y fueron tiroteados por personas que no eran de los míos. De su grupo murieron o desaparecieron seis, junto con mis ocho hombres. Tuvo que traerse refuerzos de Venezuela, para seguir vigilando esta casa y para intentar localizarte en la isla.

Hace unos días Roberto les ordenó interceptar el coche que, desde el aeropuerto, llevaba a María y a la señora Weiss. Mataron a mi hombre y las llevaron a Playa del Hombre como señuelo para ti. El resto ya lo conoces.

-¿Han dicho algo más sobre otros colaboradores de Roberto? –indagó Lucas.

-No. Siempre trabajaron siguiendo instrucciones de ese capullo y de nadie más. Por cierto, se me olvidaba, efectivamente se cargaron a José Trías, dándole un golpe en la cabeza y tirándolo a las rocas. También se cargaron hace unos meses a otro tipo en Chile, pero no me quedé con el nombre.

-Lo que me imaginaba –confesó Lucas. –Pero después de lo que me has contado, tengo más preguntas que respuestas: ¿qué pasó con Raquel entonces? ¿Y quiénes son esos tipos que me salvaron la vida en el aparcamiento y los que pusieron la bomba en la casa de San Mateo? ¿Quiénes han intentado matarme en Chile?

-Esa última pregunta quizá pueda responderla cara cortada –comentó Oramas. –Le costará un poco hablar, pero seguro que si sabe algo lo hará saber. Ahora está muy colaborador.

-¿Y sus compañeros?

-Lamentablemente nos han dejado para siempre –dijo Oramas sin inmutarse. Fue necesario su sacrificio para que cara cortada cantara. Pero él nos dirá algo, si lo sabe.

-¡Pues vamos a verle!

-No creo que sea oportuno que lo veáis ninguno de vosotros dos –rechazó Oramas. –Digamos que cara cortada es ahora cuerpo cortado y lo estoy manteniendo vivo para que suelte todo lo que lleva dentro. Dejadme a mí que le pregunte y vuelvo más tarde. Nos vemos luego.

Oramas salió del salón, dejando solos a Lucas y María. Ella se acercó a él y se sentó a su lado en el sofá.

-Quería dar por cerrado todo esto, olvidarlo de una vez –avanzó Lucas, mirando a María a los ojos-pero no puedo. Necesito respuestas y cuanto más nos metemos, más interrogantes aparecen.

-Creo que el mayor de todos es qué pasó con Raquel –respondió ella. -Si no la secuestraron los hombres de Roberto, ¿quién lo hizo y por qué?

-Siento que la solución está en este disco. Por él se ha asesinado a Richard y ahora a Rodrigo y han intentado matarnos a nosotros también. Hablaremos con Pilar para que nos traduzca su contenido.

Entró en el salón una señora para decirles que habían llamado del hospital. La señora Weiss acababa de recuperar el conocimiento.

Capítulo 21

Llegaron al hospital en apenas media hora, porque no había tráfico. La señora Weiss tenía los ojos cerrados y parecía estar descansando. El médico les comentó que había pronunciado unos nombres en alemán y después se durmió. Sus constantes parecían más normalizadas, pero hasta que despertara y pudieran hacerle pruebas no podrían saber su grado de recuperación. Lucas y María decidieron quedarse en la habitación, haciéndola compañía hasta que despertara.

Una hora más tarde, la señora Weiss abrió los ojos y pidió agua en inglés. María llamó a la enfermera, porque no sabía si podía darle agua corriente o había un procedimiento para los enfermos recuperándose de un coma y ésta trajo un vaso con un líquido que puso en los labios de la señora Weiss, incorporándola ligeramente y sujetándole la cabeza por detrás con la otra mano. La señora Weiss bebió con avidez. Cuando la enfermera hubo retirado el vaso, miró alrededor y sus ojos se animaron al ver a María. Esta la cogió de la mano y la señora Weiss se la apretó tímidamente. Luego le preguntó si todo estaba bien, en inglés, a lo que María respondió afirmativamente, recordando que la señora Weiss había desfallecido cuando estaban encerradas en la habitación de la casa de Roberto.

La señora Weiss pareció relajarse, hasta que vio a Lucas. Entonces, crispada, le murmuró algo a María, que Lucas no pudo escuchar. Vio que María miraba hacia él, sonriendo y asintiendo.

-Lucas, tienes que salir de la habitación —le comentó, acercándose a su lado de la cama y cogiéndolo por un brazo.

-¿Por qué? —preguntó él sorprendido. -¿Está molesta conmigo?

-¡No! —soltó María, aguantando una carcajada. —Es que la señora Weiss es muy presumida y no quiere que la veas sin arreglar. Voy a ayudarla a componerse un poco y te aviso, ¿vale?

Lucas salió del cuarto y estuvo más de media hora paseando por el pasillo y conversando con el guardaespaldas que Oramas había instalado en la puerta del cuarto, para controlar la seguridad de la señora Weiss. Finalmente, salió María para decirle que ya podía volver a la habitación.

La señora Weiss estaba casi sentada en la cama, con la espalda apoyada en unos almohadones. María había hecho un excelente trabajo de recomposición, porque tenía el pelo bastante arreglado y la cara ligeramente pintada, con unos tonos sonrosados en los pómulos que le daban un aspecto verdaderamente sano. Además y mucho más importante, le recibió sonriendo.

-¡Lucas! –le dijo y la voz sonaba un poco más firme, aunque los ojos apenas podía abrirlos -¡Qué contenta estoy de verle de nuevo!

-¡Y yo también, señora Weiss! –le respondió –Creí que no volvería a verla viva, para ser sincero.

-No podía morirme tan rápidamente. –contestó ella. -Hay mucho que hacer todavía y vosotros dos tenéis que ayudarme. Poneos cómodos, que voy a contaros una larga historia.

-Me llamo Margaret Weiss, pero mi nombre de soltera era Margot Goldstein. Soy judía alemana y emigré a los Estados Unidos en el año 46. Tengo setenta y ocho años. Estuve casada durante cincuenta. Mi marido tenía una gran facilidad para los números y entró en el mundo de las finanzas siendo aún muy joven. Amasamos una pequeña fortuna y cuando mi marido murió yo continué con el negocio.

Se detuvo y respiró con bastante dificultad. María hizo un ademán de levantarse para pulsar el timbre de la alarma que había junto a la cama, pero la señora Weiss abrió los ojos y le indicó con un leve gesto de la cara que no lo hiciera. Se incorporó levemente sobre la almohada y siguió.

-Prestamos dinero, señor Goldsmith, ese es nuestro negocio. Como un banco, cierto, pero a personas o instituciones que no pueden conseguir crédito bancario, porque no tienen las garantías tradicionales que los bancos requieren: un trabajo, una casa, un aval tradicional. Nuestros préstamos se sustentan en garantías no tradicionales, como creer en el proyecto de una empresa y apostar por ella, pero exigimos que el propietario se implique personalmente.

A veces uno de nuestros clientes falla y no puede devolver el préstamo. Tomamos aquello que se comprometió a poner como garantía, lo vendemos y cobramos al menos una parte del dinero prestado. Pero, si hacemos muy bien nuestro trabajo de análisis, la mayoría de nuestros clientes usan nuestro dinero para sacar adelante proyectos rentables y entonces nuestro negocio funciona magníficamente.

Aún en vida de mi marido decidimos invitar a otros capitalistas a unirse a nosotros, para ser capaces de atender varios proyectos a la vez. Analizamos cientos de proyectos al año, seleccionamos unas cuantas decenas y aceptamos no más de diez al año, no obstante.

Al grupo lo llamamos Eldorado, porque representa la única salvación para muchas empresas, con muchos puestos de trabajo y para muchas personas emprendedoras que tienen un sueño y no disponen de los medios para hacerlo realidad. Es ese Eldorado que todos buscaban y nadie podía encontrar.

Hace unas semanas y así me centraré en la parte que a usted más le interesa, entré en el proyecto de reconversión de un laboratorio farmacéutico, en Suiza. Richard Flynn fue mi responsable para ese proyecto. —Se detuvo un momento, meditando y reponiendo el aliento de nuevo —Gran muchacho este Flynn. Muy competente. Continúo. El laboratorio no pudo acabar su proyecto y quebró. Yo me quedé con alguno de sus activos, incluyendo los viejos archivos de su fundación, justo cuando se hundía el Tercer Reich. Como el fundador era un tal doctor Hirt y yo fui paciente suya en un campo de concentración y sufrí las penalidades de ser conejillo de indias para investigaciones médicas en él, me interesó mucho el asunto y pedí que me enviasen el archivo completo de aquellos años a mi oficina. Me puse a repasarlo y cuál no sería mi sorpresa al descubrir que yo constaba en ese material. Entonces no ponían nombres a los pacientes, tan solo los números tatuados en el brazo. El que aparecía en el archivo era B-11281. Vean. —Mostró su antebrazo izquierdo. Apenas visible, pero aún reconocible, apareció la misma serie de letra y números. —Me lo pusieron en Auschwitz, en el año 42.

No pude dejar de leer todos los expedientes que cayeron en mis manos. Hubo varios experimentos desarrollados por ese doctor en mi campo de concentración, pero a mí me interesaba saber qué era lo que habían hecho conmigo. Y lo descubrí. —Interrumpió la exposición de nuevo y le rogó a María si podría traerle algo que la ayudara a seguir, porque se encontraba bastante cansada. Lucas, de paso, pidió un té.

Margaret Weiss aprovechó la salida de María para, temporalmente, cambiar de tema.

— Esa muchacha le quiere a usted de verdad, señor Goldsmith. Y es maravillosa.

No sólo es muy atractiva; también es inteligente y sabe lo que quiere. No me lo ha dicho, pero a una vieja como yo no se le escapan fácilmente las cosas: ella le quiere a usted. Ya verá lo que hace, pero le insisto, es una joya. -Volvió María con una enfermera, que cambió el suero que colgaba sobre el lecho y un vaso de papel con un té para Lucas y otro para ella. Cuando la enfermera hubo terminado y salió, la señora Weiss continuó con su historia.

-Fui una cobaya humana en un experimento que se llamó La Herencia Ancestral.

Aunque el gestor del proyecto era el propio Himmler, el director era un tal Sievers, que trabajaba con el profesor Hirt de la Universidad de Hamburgo, como responsable médico. Fui asociada al experimento en junio del año 42, junto con varios jóvenes, chicos y chicas, de mi edad y judíos como yo. Nos recluyeron en un recinto que parecía un ala de un hospital, en un extremo del campo. No hacía mucho frío durante el día, pero al llegar la noche la temperatura descendía hasta cero grados. Hacía un frío horrible y sólo había una pequeña estufa en la sala donde nos pusieron, sin apenas leña para alimentarla. Nos juntábamos alrededor de ella, abrazados y tiritando de frío y así pasamos las tres primeras noches.

Después, empezaron las pruebas. Recuerdo claramente que me tumbaron en una cama, me ataron los pies y las manos a los extremos metálicos de la cama y me pusieron una mordaza en la boca. Después me cortaron el pijama que llevaba puesto y me dejaron, totalmente desnuda, sobre la cama. Yo estaba muy asustada, porque no sabía qué querían hacerme. Vi un médico, porque llevaba una bata blanca y un estetoscopio colgando del cuello, que se acercaba a mí con una jeringa y una enorme aguja en el extremo y quise gritar, pero la mordaza me impedía hacerlo. Sentí el pinchazo de la aguja en el brazo y un calor horrible que subía hasta el hombro y me llenaba todo el cuerpo. Después me desmayé.

Al recobrar el conocimiento, me encontré a dos personas que estaban observándome. Una era el médico de los ojos azules. La otra era una señora, también llevando una bata, pero de color azul claro. Al verme abrir los ojos, la señora le hizo un gesto al médico. Este se alejó y volvió enseguida con otra jeringa, que hundió otra vez en mi brazo. El calor me invadió de nuevo y perdí el conocimiento otra vez.

Estuve pasando por ese proceso infinitas veces. Llegó un momento en que me imaginé que la vida era un despertar para dormir sintiendo ese formidable calor.

Sólo veía a la señora o al médico, o a los dos juntos, observándome durante los segundos que permanecía despierta. La habitación estaba en penumbra permanente, o yo me despertaba siempre por la noche.

Un día, al despertarme y abrir los ojos, no había nadie. Me sorprendió mucho y miré alrededor. Estaba en un cuarto algo amplio, pegada a una pared y separada del resto de la sala por una cortina extendida. Tenía conectado un tubo al brazo izquierdo, que llegaba hasta una botella de cristal invertida que colgaba de un tubo metálico de la cabecera de la cama, arriba de mi cabeza. Seguía amarrada por las manos y los pies a la estructura de la cama.

Al cabo de unos minutos, entré en un absorbente sopor, seguramente inducido por la rutina a la que estaba acostumbrado mi cuerpo. En un estado de media inconsciencia escuché unas voces, una femenina y más de una masculina, que se acercaban a mí. Sonaban contentos, e incluso soltaron alguna que otra risa. Pude entender a la señora que decía: -Tenemos que seguir con los experimentos en otro entorno. Me encargaré del traslado.

Sentí un nuevo pinchazo en el brazo, pero esta vez no noté calor alguno. Tampoco me dormí de golpe. Me pareció que movían mi cama y abrí los ojos. Pude ver que me estaban sacando de la sala y que pasábamos al lado de otra cama con una persona, que estaba detrás de la cortina que había visto antes. Sólo le vi la cara un segundo: era un muchacho joven, con el pelo rizado y negro. Estaba durmiendo.

Cuando desperté, me encontré en una habitación extraña, completamente sola. Estaba la cama en un extremo, había un baño aparte, una pequeña librería con libros de aventuras y un sofá. No estaba atada a la cama y podía moverme por la habitación con libertad; de hecho pasaba las horas leyendo sentada o recostada en el sofá. Vestía una bata sobre el pijama y tenía además una manta, para no pasar frío por la noche. Y, lo mejor de todo, la comida me parecía increíble. Me daban tres comidas al día, traídas en una bandeja por un celador que no me dirigía palabra alguna. Y estaba muy bien cocinada, con artículos de gran calidad, porque las patatas sabían a patata y las legumbres no tenían piedras y la carne, que también me daban dos días a la semana, no estaba podrida.

Una semana después, la señora entró a verme. Estaba muy sonriente y me pidió que me sentara en el sofá junto a ella. Me explicó que el azar había decidido que yo fuera alguien muy especial y que mi vida a partir de entonces cambiaría radicalmente, para bien. Me dijo que no podía contarme mucho, pero que nunca volvería al campo de concentración, aunque y ése era el lado negativo, tampoco vería nunca más a mi familia.

Recuerdo que lloré cuando me lo dijo y le supliqué que me dejara ver a mi madre y a mi hermana, ya que mi padre había muerto tres años antes. Ella me contestó que eso sería imposible pero que a cambio iba a asegurarse que a mi familia no le faltara nada en toda su vida, como compromiso personal conmigo. Aunque no me libró de mi pesar, al menos me dejó algo más apaciguada. Años después me enteré que mi madre y mi hermana habían muerto antes de esta conversación, aunque me imagino que la señora no lo sabía entonces y cuando se enteró, prefirió no decírmelo. O también pudo saberlo.

Me explicó que estábamos en Natzwiller, en Alsacia, en un pabellón hospitalario y que estaban intentando curarme de una grave enfermedad que tenía, producto de la miseria y la tensión de los últimos años de mi vida. Era buena conmigo, cariñosa y atenta y la verdad es que me creí lo que me dijo. De ese modo, aguanté sesiones interminables de análisis, aunque la mayor parte del tiempo lo pasé dormida, totalmente anestesiada.

Pasó algún tiempo, no sé, quizá tres o cuatro meses. Una tarde, la señora me dijo que iban a volver a llevarme al laboratorio, para ponerme una vacuna que me protegería durante toda mi vida y con eso, el tratamiento estaría ya terminado. Me dijo que, aunque ahora no lo entendiera, algún día descubriría que todo lo que había pasado era para bien. Me indicó que, después del paso por el laboratorio, no volvería a verla nunca más, pero que tenía toda la vida por delante. Me adelantó que unos señores me llevarían hasta el mar y me acompañarían en un barco hasta un lugar donde viviría muy bien y podría tener una familia y ser feliz. Ni me dijo el nombre del lugar, ni quiénes eran esos señores y se despidió de mí con lágrimas en los ojos. Yo también lloré, porque le había tomado mucho cariño.

Me llevaron al laboratorio y me volvieron a pinchar para que dur-

miese. Me desperté en un coche que descendía hacia el valle. A mi lado
iba un caballero muy simpático, que me preguntó en yiddish si me encontraba bien. Me aturdí al escuchar el familiar idioma, pero al ir a responderle me di cuenta que las dos personas que iban en los asientos
delanteros eran soldados alemanes, de modo que contesté en alemán
que me encontraba un poco mareada. El conductor entonces decidió
parar el coche en una zona despejada del camino, para que pudiera salir
y respirar un poco. Entonces me comentaron que los tres eran judíos
y que no me preocupara, que me encontraba entre amigos. Los dos
vestidos de uniforme eran indudablemente alemanes, pero el que había
conocido a mi lado en el coche era extranjero, no sólo en su apariencia,
más moreno y de pelo negro, sino también en su acento alemán, que
no era perfecto, aunque sí el yiddish. Se llamaba Aarón, me dijo. Nos
dirigíamos a un lugar lejano, lejos de Alemania, donde, igual que me
había dicho la señora, me indicó que viviría feliz el resto de mi vida y
olvidaría estos años pasados. Sólo recuerdo que mencionó que había
tenido mucha suerte, porque la gran mayoría de los nuestros estaban
siendo masacrados.

Volvimos al coche, después de que hubieran fumado unos ciga-
rrillos. Estuvimos recorriendo diversas carreteras durante más de tres
horas, hasta que llegamos a un pequeño valle, en el que había una casa
solitaria, cuya chimenea dejaba salir una hilera de humo. Nos recibió un
chico joven, que hablaba francés, con el pelo rizado y muy delgado. Esa
noche la pasamos allí y el chico nos preparó alguna cosa de comer, un
poco de queso y pan y una tortilla. No recuerdo su nombre. A mí me
dieron un cuarto con una pequeña cama para dormir, que olía a todos
esos olores que me traían tantos recuerdos: a campo, a hierba, a vacas.

Por la mañana temprano volvimos al coche y me dijeron que enseguida pasaríamos por la frontera de Francia y que no dijera una palabra.
Me harían pasar por una presa judía que iba a un interrogatorio. En la
frontera apenas nos detuvimos, porque los papeles que llevaban mis
compañeros y que enseñaron a los soldados de la aduana parecieron
reales, si no lo eran. Seguimos entonces por la campiña francesa cru-
zándonos de vez en cuando con algún otro vehículo y con varios carros

tirados por caballos.

Al girar una curva el conductor tuvo que frenar casi en seco porque un carro estaba totalmente atravesado y las pacas de paja que llevaba estaban esparcidas por la estrecha carretera. Miró a un lado y al otro para ver si podía pasar por fuera del camino, pero había unas zanjas bastante profundas a ambos lados. Decidió entonces dar marcha atrás para buscar otra ruta. Y cuando estaba empezando a hacerlo, vi unas caras que se asomaban por la zanja que estaba más próxima a mí. Me quedé mirándolas unos segundos y al ir a avisarle a Aarón, empezaron a oírse disparos y de una forma refleja, me agaché hacia delante en el asiento, no sin antes distinguir a unas personas que salían de la zanja con metralletas. Sentí que mi puerta se abría y alguien me sacaba del coche, mientras seguía oyendo disparos. Después escuché unas palabras en francés y los disparos cesaron.

Abrí los ojos y vi a cuatro personas, tres hombres y una mujer, con las armas aún humeando, que registraban a Aarón y a los otros dos, muertos y llenos de sangre, aún sentados en el coche.

Me preguntaron si estaba bien, lo que entendí por los gestos que me hacían, porque yo no hablaba francés. Les respondí que sí. Entonces me llevaron con ellos y ni siquiera miré atrás. Habiendo pasado todas las calamidades anteriores, me había creado una coraza psicológica que llevaría conmigo casi hasta hace unos pocos años y la muerte de Aarón y sus compañeros, que estaban llevándome a mi libertad, no me preocupó más que la de mis rescatadores, si en ese momento caían todos fulminados.

Llegamos a una casa, yendo campo a través, mientras ellos hablaban unos con otros y reían. Allí me dieron de comer y de beber y la mujer, balbuceando unas palabras en alemán, me preguntó mi nombre. Recuerdo que eso sí me afectó y me eché a llorar, porque era la primera vez en años que alguien se interesaba por mi nombre. Me dijo que eran de la resistencia y que en la frontera les habían dado el soplo de que un vehículo con soldados alemanes estaba escoltando a una prisionera judía. Por eso decidieron atacarnos. Le dije lo que eran en realidad los soldados alemanes y mi acompañante Aarón y ella se sorprendió y salió atropelladamente del cuarto para decírselo a sus compañeros. Escuché sus voces en francés, gritando entre ellos. Al rato, entró el que parecía ser el jefe del grupo, con la mujer y con ella traduciéndome lo que decía me pidió disculpas porque habían intentado liberarme de los que parecían mis captores.

Me indicó que tenían un contacto en la frontera y que había visto nuestros papeles, indicando que decían que iban a llevarme a Vichy e ingresarme en un campo de concentración para judíos cercano a la ciudad. Le respondí que el verdadero plan era ir a un puerto y subirnos a un barco que nos llevaría muy lejos, pero que desconocía su destino. El hombre se rascó la cabeza, meditó un momento y respondió que no era posible llevarme a ningún puerto en esos momentos, pero que esa noche llegaban los americanos al pueblo y que me llevarían ante ellos. A mí me daba igual, así que asentí.

Esa noche escuché los ruidos de transportes pesados que se acercaban por el camino y luego pasaban de largo. Ni siquiera me asomé a la ventana para verlos. Luego llegó un coche, que paró a la puerta de la casa. Oí voces en el salón. Y al poco entró en mi cuarto un soldado americano que me asustó porque era la primera vez que veía ese uniforme y las armas que traía. Después supe que no era un soldado sino un capitán del Servicio de Información del Ejército. Extendió la mano y me saludó en yiddish. ¡Era judío! Y lo primero que me dijo fue y nunca lo olvidaré, que a partir de ese momento era libre y que si quería me acompañaría a un hospital para que me repusiera y recuperara mi salud. Me dijo que se llamaba Simón y que su familia había emigrado a América en los años veinte. Y que él luchaba para que Alemania tuviera la libertad que su familia tuvo que buscar en América.

Me llevó a una base norteamericana, en la que me hicieron un chequeo médico rápido. Después el mismo Simón me llevó a un avión en la base y subimos a él. Me dijo que íbamos a Inglaterra porque en el hospital de campaña no tenían lo necesario para curarme en condiciones.

Era la primera vez que volaba y me dio mucho miedo, pero Simón me apretó la mano y me confortó durante el vuelo. En Inglaterra fuimos a un hospital y allí pude dormir, por primera vez en mucho tiempo, sintiéndome segura. De hecho dormí durante un día completo seguido. Me hicieron pruebas y me pusieron un régimen de alimentación que me hizo recuperar en pocas semanas mi peso anterior. También me atendieron psicológicamente durante ese tiempo. Simón tenía que preparar un dossier sobre lo que yo podía decirle de mi internamiento en el campo de Auschwitz primero y en Natzwiller después y sobre los experimentos médicos que me hicieron. Yo no tenía ni idea de lo que me habían hecho, así que no pude ayudar en ese sentido. Simón y yo fuimos estableciendo una relación abierta que fue dando paso al amor. Supongo que proyecté en él ese ansia de cariño que tenía desde nuestra deportación e internamiento, pero la verdad es que, empezase como lo hiciera, Simón representó para mí la esperanza de un futuro. Unos meses después, justo cuando acababa la guerra, fue destinado de vuelta a Estados Unidos. Habló con los médicos y los psicólogos y obtuvo de ellos mi alta médica, porque las secuelas psicológicas eran las únicas que mantenía y podría sanarlas más fácilmente, según el psicólogo, fundando una familia con alguien como Simón. Nos casamos y juntos empezamos una nueva vida en América, solos los dos, porque él era hijo único y sus padres habían muerto ya. Como ya sabéis, Simón era el señor Weiss.

No pudimos tener hijos, porque alguno de los experimentos de los nazis me dejó estéril, pero nos tuvimos el uno al otro desde entonces, hasta que Simón murió el año pasado.

En ese momento llamaron a la puerta y unos segundos después se abrió. El guardaespaldas dejó pasar a un médico y una enfermera y cerró de nuevo por fuera.

-Tendrán ustedes que salir de la habitación, señores —dijo el médico. —Debemos examinar a la señora Weiss y además, les ha dedicado mucho tiempo y necesita reposar. Pero si son tan amables, les ruego esperen fuera y cuando terminemos de examinarla, quisiera hablar un momento con ustedes.

La señora Weiss hizo un gesto de sarcasmo, pero no dijo nada; después asintió levemente en dirección a María y Lucas. Ellos salieron del cuarto y permanecieron en el pasillo unos minutos, analizando lo que la anciana les había relatado. Al cuarto de hora salieron el médico y la enfermera y él se les acercó. Llevaba en la mano una carpeta que abrió, sacando un papel.

-Este es el historial médico de la señora Weiss que nos han enviado desde el Hospital Monte Sinaí, de Miami. Entiendo que ustedes son las personas más allegadas que tiene, ¿no es así?

-Sí, -respondió María —somos los más cercanos a ella. Yo trabajo con ella en Miami y pedí al Hospital que le hiciera llegar su historial, para ayudarle en su trabajo.

-Entonces ya sabrá que la señora Weiss está, como diría, crónicamente crítica. Tiene un triple bypass colocado hace ya varios años, un pulmón al mínimo rendimiento, artritis y un principio de Parkinson. Debo reconocer que en Miami han hecho un trabajo magnífico porque un paciente con estas características clínicas es muy difícil de mantener y según veo en su historial, lleva así desde hace más de diez años. Por otro lado, el accidente sufrido le ha producido una lesión cerebral, que aún estamos analizando. Ahora conserva los sentidos y el juicio, pero es muy posible que entre nuevamente en coma en cualquier momento y si así fuera probablemente sería muy difícil estabilizarla otra vez. ¿Me entienden?

-¿Tan mal está? – repuso Lucas.

-Lo diré de otra manera: es un milagro que siga viva. Creo que esta señora tiene tal voluntad de vivir que no permite que el cuerpo se venga abajo. Lo difícil es estimar cuánto podrá resistir, porque sus constantes son muy inestables. Estamos al habla con nuestros colegas de Miami y no dan ninguna esperanza tampoco.

María dejó correr unas lágrimas. —La señora Weiss dice que es muy importante que puedan mantenerla con vida un poco más.

-Lo sé, -respondió el médico -estamos haciendo todo lo que hay que hacer, no porque ella lo quiera, sino porque es nuestra obligación. -El médico mostró un rictus de desdén que desapareció enseguida. —Además, está en camino su equipo médico personal, si no lo sabía ya —miró a María durante un segundo —y el hospital ha dado autorización para que se quede junto a ella. Él podrá darles más datos cuando llegue. —Y se fue por el pasillo, seguido por la enfermera.

-Supongo que ya sabe que fui yo también la que llamé a su médico personal para que viniera y que la señora Weiss me pidió antes que hiciera saber al hospital que esperaba hacer una generosa donación al mismo si eran considerados sus deseos. Por eso estará molesto este tipo. Pero lo esencial es que ella esté bien cuidada.

Sonó el móvil de María. Lo tomó, escuchó y respondió algo en inglés. Después lo cerró.

-El médico ha llegado al aeropuerto de Gran Canaria. Viene con tres enfermeras, dos médicos más, diverso material clínico y le acompañan ocho guardaespaldas de la organización. Estarán en el hospital en cuanto desembarquen los equipos y pasen la aduana.

-¿Por qué no te quedas por aquí hasta que llegue el médico y yo voy mientras a hablar con Pilar y a enseñarle el DVD, a ver qué hay en él? Y además, quiero hacer copias, por si acaso.

-De acuerdo. Te llamo luego. —Le dio un beso y se fue hacia la salita de espera, seguido por el guardaespaldas.

Capítulo 22

San Sebastián, 1836

El Padre Matías salió de Madrid en la carroza de San Sebastián, sin novedad. Durmió en la fonda de la entrada en Burgos y al día siguiente descansó en la residencia de unos familiares lejanos, en San Sebastián. Por la mañana, al ir a coger el coche que le llevaría hasta San Juan de Luz, notó que dos individuos que estaban esperando en la casa de postas no dejaban de mirarle. Se asustó pensando que quizá fueran policías buscando religiosos y salió corriendo de la casa de postas, en dirección al centro de la ciudad. Se dirigió al barrio viejo y se escabulló entre sus callejas. Permaneció escondido en un portal todo el día y al caer la tarde se acercó al puerto. Era la hora en que los pescadores preparaban los aparejos para la pesca nocturna y buscó una barca que pudiera acercarle a la costa francesa, evitando la aduana. Se acercó a la primera y preguntó al patrón si, por unas monedas, sería posible que le hiciera el favor. El patrón le miró de arriba abajo y muy despacio, como escupiendo las palabras, le dijo: -Salga de aquí ahora mismo. Estamos todos avisados en el puerto de que un cura quiere huir hacia Francia y pagan una generosa recompensa por su cabeza.

-¿Y usted se está arriesgando conmigo, a pesar de que la justicia me persigue?

-No es la justicia la que nos lo ha dicho, sino dos sujetos de bastante mala pinta y que no son de por aquí. Yo soy un hombre religioso y tengo un hermano fraile y una hermana monja, pero cualquier otro que le vea lo retendrá, porque ofrecen mucho dinero por cogerle y, además los curas no están bien vistos últimamente. Por eso le digo que se aleje del puerto ahora mismo. Escóndase fuera de la ciudad, en la montaña, o mejor aún, váyase al monte y pase a Francia por allá arriba, lejos de la costa. Cuanto más lejos mejor.

El Padre Matías retomó la entrada del puerto, mezclándose entre unos marineros que acababan de terminar la faena. Se fijó en la forma de caminar de estos e intentó imitarla, aunque a él le pareció que, con hábito o sin hábito, a todas luces era y andaba como un religioso. Levantó la cabeza, miró al frente y pasó por la explanada del mercado hacia arriba, al oeste, en dirección al monte.

Le llevó dos días pasar a Francia. Anduvo por senderos de montaña, con nieve hasta los tobillos, sin nada que llevarse a la boca y bebiendo agua helada de los manantiales que cruzaba. La primera noche la pasó en una cueva, tiritando de frío, pero sin atreverse a hacer fuego para no llamar la atención. Al día siguiente por la tarde, cuando ya anochecía y creía que tendría que dormir al ras e intentar sobrevivir al hielo, oyó a un pastor con sus ovejas. Desesperado, imaginó que era casi imposible que el pastor pudiera saber que le estaban buscando, ya que estaría por las montañas desde hacía días y en cualquier caso la alternativa era morirse de frío esa misma noche, así que se acercó a él. El perro del pastor corrió a su encuentro y se puso a ladrar, pero sin morderle, lo que alertó al pastor, que se acercó también a ver quién era.

Este le saludó en vasco y cuando Matías hizo un gesto de no entender qué le decía, se dirigió a él en castellano. –Buenas.

-A la paz de Dios –respondió Matías involuntariamente, acostumbrado a recitar esta fórmula cuando, al trabajar en los campos del Monasterio, se encontraba con algún vecino del lugar. Se dio cuenta e intentó rectificar, pero el pastor sonrió y ofreciéndole una mano bastante negra de suciedad, le contestó:

-¡Vaya, otro fraile que quiere salir de España! ¿verdad?

Matías le estrechó la mano. –Tiene razón. Tengo que ir a San Juan de Luz y no podía coger la carroza, porque tengo problemas. –Pensó que lo mejor era confesar la verdad, porque además, él no había mentido en su vida, bueno quizá de pequeño, pero llevaba ya treinta años en el Monasterio y jamás había mentido y no le salía.

-Pues por aquí está dando un buen rodeo –dijo el pastor, rascándose la cabeza y mirándolo de arriba abajo. Y no viene usted muy preparado para estos andurriales. ¿Ha comido?

-Llevo sin comer desde ayer por la mañana.

-¡Hostia con el fraile! ¡Venga, acompáñeme! Tengo queso y algo de fruta en el morral, allá en el aprisco. —Señaló a lo lejos, hacia una valla de piedra y una estructura circular, también de piedra. —¡Ha tenido usted suerte de encontrarme, porque esta noche se nos viene encima una tormenta de hielo y baja la temperatura para helarse los cojones!

Matías se quedó paralizado un instante, porque en su vida apenas había oído una palabra malsonante, excepto al Hermano Pedro, el portero, que a veces maldecía allá en la portería cuando creía que no le oía nadie y se pillaba los dedos en la trampilla del torniquete exterior. Pero inmediatamente reaccionó y le dio las gracias al pastor, acompañándole a su refugio. Allí pudo alimentarse, beber un poco de vino aguado y dormir toda la noche al abrigo, con una lumbre que el pastor preparó. En la mañana, éste le indicó cómo llegar a un camino que le conduciría a San Juan de Luz, haciéndole ver que detrás de una loma estaba ya Francia. Matías quiso agradecerle de alguna manera la comida, la cama y la compañía, pero el pastor le indicó que estas ayudas se prestan en el campo siempre sin pedir nada a cambio, porque sabes que cuando la necesites, también la tendrás de cualquiera.

-Ni porque Dios te premie ni porque la puta madre que parió a mi abuela quiera; se ayuda al que lo necesita porque así debe ser. —terminó el pastor, presentándole la sucia mano otra vez. Matías la estrechó, le dio las gracias y siguió su camino.

A mediodía alcanzó las primeras casas de San Juan de Luz. Preguntó por la casa de postas y allí compró un billete para Toulouse y un poco de fruta en el puesto de al lado. Se adecentó un poco en el arroyuelo que pasaba por detrás, lavándose las manos y la cara y componiéndose las ropas y después entró en la sala de espera para descansar hasta que saliera el coche.

A su derecha estaba sentada una señora con un niño algo revoltoso, que se hurgaba la nariz a dos manos delante de su madre sin que ésta le prestara la menor atención. Más allá, un matrimonio mayor se entretenía comiendo los pedazos de una manzana que el hombre iba cortando con su navaja de bolsillo. Al fondo, un joven, con los pies encima del banco, fumaba su pipa, cuyo humo molestaba sobremanera a Matías, que nunca se había visto en la situación de tener que respirar el humo de tabaco.

Se abrió la puerta y entraron dos sacerdotes, uno mayor y otro más joven, que miraron alrededor de la sala, saludando con un gesto de cabeza a todas las personas que les devolvieron la mirada. El mayor se puso a contar a la gente y luego le dijo al otro en español que había que buscar otro coche porque éste iba casi completo. El joven, grandón y robusto, un poco con cara de animal, respondió, también en español, que buscaría algo y volvería; después salió por la puerta.

El sacerdote se sentó junto a Matías. Rebuscó en su sotana y sacó un libro de rezos. Matías, de reojo, vio que lo abría por nonas y se volvió a él, susurrándole: -¿Le importaría que rezara con usted? También soy religioso.

El sacerdote le miró con asombro y le contestó en un español con fuerte acento italiano: -¡Encantado! Me llamo Antonio Iturmendi y pertenezco a la Curia, en el Vaticano, aunque fui fraile dominico y no he perdido las buenas costumbres, como usted ve. Matías le respondió, aliviado, dándole su nombre y su procedencia. Después, sin más preámbulo, se dispusieron a rezar juntos. Al terminar, Matías le confesó que desde que salió del Monasterio no se había sentido más tranquilo como en ese momento después del rezo. Le explicó su aventura desde la estancia en Madrid hasta el paso por los Pirineos.

El Padre Antonio le sonrió. —No tengo una vida tan ajetreada como la suya, debo decirle, pero he venido a Francia para cerrar un trato que mi Arzobispo me encomendó y habiéndolo completado, regreso con mi ayudante, el Padre Pablo, por la ruta de Toulouse a Marsella y de ahí, por barco, a Roma.

-Pues yo voy a nuestra casa madre en Chartreuse, cerca de Grenoble, siguiendo instrucciones de mi querido Prior.

En eso entró en la sala el Padre Pablo, quien indicó al Padre Antonio
que había localizado un coche de alquiler que podía llevarlos hasta Toulouse inmediatamente. El Padre Antonio se giró hacia Matías y le dijo:
-Permítame, Padre, que le invite a compartir el coche con nosotros dos.
Será mucho más cómodo porque hay más sitio y además, podremos
ir rezando el rosario durante parte del camino, si le parece bien. Para
nosotros será un placer que comparta el viaje con nosotros.

Matías se sintió profundamente agradecido, especialmente porque
tenía un agotamiento atroz después de lo azaroso de su viaje hasta el
momento. Viajar con unos sacerdotes era estar en familia y lo necesitaba. Salieron los tres de la sala, mientras todos los observaban y recorrieron dos calles hasta llegar a un coche con dos caballos que estaba
esperando con su cochero. Matías dejó pasar delante de él al Padre
Antonio, pero el Padre Pablo le obligó a entrar el siguiente; por último
se acomodaron los tres bien y el Padre Pablo dio unos golpecitos arriba
para indicarle al cochero que podía emprender la marcha.

La conversación era tranquila, versando sobre Roma y sobre el Papa,
porque Matías quería escuchar las impresiones del Padre Antonio sobre
la Ciudad Eterna y sobre el Sumo Pontífice. Poco a poco, sin embargo,
el cansancio fue apoderándose de él y respetuosamente preguntó a sus
compañeros si no les importaba que se pusiera a descansar un poco,
quizá dormir una pequeña y reparadora siesta. Ellos respondieron que
lo hiciera sin dudarlo, que merecía descansar después de tan arduo viaje. Les dio las gracias y se quedó dormido directamente.

Al rato se despertó en un bote especialmente fuerte del coche en
el camino. Abrió los ojos y miró por la ventana que tenía más cerca de
él, a su derecha. Atardecía, la campiña estaba preciosa y el mar al fondo
brillaba con la luz del sol matizado por las brumas del horizonte. Matías volvió a cerrar los párpados y cayó dormido otra vez. En sueños se
vio viajando con sus hermanos monjes del Paular, pero las ruedas del

coche no tocaban el camino, sino que parecía que flotaban sobre él.

Otro fuerte bote y Matías abrió los ojos, frotándoselos. Se puso a mirar por la ventana otra vez y volvió a ver el mar, muy próximo, entre los árboles del borde de la carretera.

Matías había estudiado un poco de Teología en el Monasterio cuando era un novicio, dirigido por el anterior Prior. De Historia sabía algo, como de Geografía, porque el Prior actual les reunía de vez en cuando para darles algo de cultura. Pero no fueron estas sesiones, muy esparcidas en el tiempo y rápidamente olvidadas las que le vinieron a la mente ahora, sino la conversación en la que el Prior le dijo que debía partir para Chartreuse y le dibujó un mapa de la ruta que iba a hacer, desde Rascafría a Madrid y de allí a San Sebastián, pasar a Francia y en Biarritz o San Juan de Luz a Toulouse y de Toulouse a Grenoble, donde le recogerían los monjes de la casa madre para llevarlo a ella. Tenía la imagen del recorrido grabada en su cabeza, porque le impresionaron la distancia a recorrer, el mar que nunca había visto porque era de Balsaín, en Segovia, los inmensos picos que el Prior pintó entre España y Francia – los Pirineos, debajo de la ruta a Toulouse.

Y entonces Matías se planteó qué hacía el mar allí, a la derecha del coche, donde debían estar los Pirineos. Miró a sus compañeros y vio que el Padre Antonio estaba despierto y le miraba a su vez, por lo que le preguntó la razón de esta anomalía. El otro le respondió que se debía a que les habían informado de un derrumbe en el camino a Toulouse, por lo que debían dar un rodeo; Matías estaba dormido cuando tomaron esta determinación y no quisieron perturbar su sueño. Después, el Padre Antonio alargó el brazo y corrió la cortinilla de la ventana, alegando que el sol del atardecer era bastante molesto. Matías no dijo nada y se quedó medio amodorrado, hasta que un nuevo bote le hizo mirar hacia la ventana y por una rendija que la cortina había dejado con el repentino movimiento del coche, vio un cartel que ponía "San Sebastián, media legua". ¡Habían vuelto a España! ¡No podía ser!

-Pero, ¡estamos yendo a San Sebastián! –exclamó alarmado. El Padre

Antonio le miró, hizo un gesto de alivio y sonrió al Padre Pablo, que había estado durmiendo hasta hacía poco.

-Sí. Finalmente. Ya casi hemos llegado.

-Pero, ¿cómo? –La sorpresa de Matías casi le impedía hablar.

-Querido Matías, debo confesarle que nuestro destino siempre fue San Sebastián. –le respondió el Padre Antonio y con un gesto rápido se desprendió de la sotana. Llevaba debajo de ella un traje de calle. Su compañero hizo lo mismo y dejaron las dos sotanas en un montón sobre el asiento.

-¿Qué está pasando aquí?

-Pues lo cierto es que lo mejor habría sido que hubiera seguido durmiendo hasta alcanzar nuestro destino. Querido Matías, le hemos estado buscando desde que estuvimos a punto de cogerle y le perdimos en San Sebastián hace unos días. Teníamos controlada la frontera, pero usted la ha cruzado por el monte. Hemos peinado Hendaya, Biarritz y por fin dimos con usted en San Juan de Luz hoy. Por un momento creí que se nos había escapado y estaba ya camino de Grenoble. Permítame que le confirme que, efectivamente nos llamamos Antonio yo y Pablo mi compañero. Yo fui dominico, como le dije, y Pablo aquí, ha sido carnicero. Tenemos instrucciones de llevarle con nosotros de vuelta a Madrid, aunque con una paradita en San Sebastián para aplicarle un tratamiento que un compañero nuestro le pondrá, para que se quede quietecito hasta nuestro destino final. Tiene usted información que necesitamos, Matías y queremos obtenerla. Ahora relájese y disfrute del viaje, que pronto llegaremos a la ciudad y podrá comer algo y descansar.

Matías no podía entender algo. Intuyó de inmediato que querían saber del Monasterio, porque era la única información que él tenía que pudiera considerar de algún valor. Le asqueó que estos sujetos quisieran robar las obras escondidas allí, que en el fondo constituían un patrimonio riquísimo de la humanidad.

De repente, recibió un puñetazo en la boca, que lanzó su cabeza contra el marco de la puerta. El dolor vino un segundo después.

-Ahora estamos donde a mi me gusta, Matías. A Pablo le apasiona producir dolor, ¿sabe? Mis superiores le dicen que no es necesario, porque el tratamiento que le aplicarán le va a hacer revelarlo todo sin siquiera tocarlo, pero a él es que le encanta ver gritar de dolor a la gente. —Mientras Antonio le decía esto, el otro se frotaba los nudillos con los que le había pegado. Después se metió la mano en el bolsillo y sacó un guante de piel. —La verdad es que yo, siendo ex —fraile, también comprendo la importancia del sufrimiento. Por supuesto, me han dicho que no le hiciéramos nada, pero verá, no he podido evitar que unos maleantes quisieran robarle y lo lastimaran un poco. De hecho, lo rescatamos de ellos, ¿verdad?

-¡No me pegue, se lo ruego! —Matías estaba histérico. Era la primera vez en su vida que alguien le producía dolor, aparte de sus años juveniles y las peleas con otros chicos del pueblo. ¡Todo está en el Monasterio! ¡Llévenselo!

-Tranquilo, -le respondió Pablo, asegurándose de que los dedos le entraban bien en el guante. —Si no le voy a pegar para que hable; lo voy a hacer porque me apetece. Ya hablará después, si puede.

Matías se puso a temblar. Para la mentalidad de un monje, acostumbrado a rezar, trabajar en el Monasterio y apenas relacionarse con nadie, esta sucesión de acontecimientos fue algo que su mentalidad no pudo asimilar. Sintió que sus piernas se ponían a temblar sin control y sus brazos y su cabeza y el cuerpo. Notó que le subía la sangre al cerebro y se le hinchaban las venas del cuello, mientras seguían temblando todos sus músculos.

Los otros dos se le quedaron mirando extrañados. En los movimientos convulsivos de su cabeza, pudo ver a Antonio alargar los brazos para intentar sujetarle y al otro detrás de él haciendo lo mismo. Le entraron unas tremendas náuseas por el pánico que le produjo que pudieran siquiera tocarlo y sin dejar de moverse, le vino una explosión de vómito que salió como un chorro por la boca, cayendo sobre él mismo, el asiento y la manga del tal Antonio, que retiró el brazo y se apartó al fondo del coche con una expresión de asco en su cara. Matías sintió que el vómito le subía por la nariz e intentó respirar pero al hacerlo, le entró algo en los pulmones. Entre toses y con los aspavientos de las convulsiones, notó que se ahogaba. ¡Necesitaba aire! Intentó controlar el cuerpo una vez más y haciendo un tremendo esfuerzo, abrió la portezuela de su lado, para poder respirar aire fresco. De repente, el coche botó de nuevo en una piedra grande del camino y el rebote le hizo sacar medio cuerpo fuera de la puerta. Al verlo, los otros dos se lanzaron a por él, que no dejaba de temblar. Matías tenía la cabeza vuelta hacia delante del coche y las convulsiones la movían arriba y abajo. Vio una rama de un árbol que venía hacia ellos, porque el coche estaba pasando a través de un pequeño bosque y pensó en un segundo que podría esquivarla. Dio instrucciones a su cerebro para que apartara la cabeza, moviéndola hacia dentro del coche, a la vez que sintió las manos de los otros dos pasajeros cogiéndole del pantalón y comenzando a tirar de él para adentro. Su cuerpo le desobedeció por última vez en su vida y su cabeza se movió violentamente hacia fuera, hasta colocarse precisamente en la trayectoria de la rama, que la golpeó con tanta fuerza que le incrustó los huesos de la nariz en el cerebro. Matías murió antes de que el rebote de la cabeza contra el borde de la puerta le rompiera la nuca. El cuerpo cayó exánime dentro del coche, sobre el charco de vómito.

Capítulo 23

Las Palmas, siglo XXI

Lucas salió del hospital con su escolta y cogiendo el coche, se dirigieron hacia la oficina del negocio de Pepe, ahora de Pilar y de él a partes iguales. Allí le estaba esperando ella, sentada en la mesa que su compañero había ocupado frente a la suya propia. Lucas le dijo que tendría ella que llevar el negocio durante una temporada junto con el director general recién nombrado, hasta que las cosas se aclararan en relación con los asuntos que habían desembocado en la muerte de Pepe y la resolución de los temas pendientes. Después ya verían qué iban a hacer. A Pilar le pareció magnífico, especialmente después de que Lucas le dijera que él pensaba que no habría nadie como ella para encargarse de todo, puesto que sabía cómo se hacían las cosas mejor que nadie.

Después sacó el DVD y se lo dio a Pilar. Lo primero era hacer una copia pero Lucas no quiso que ella se quedara con ninguna, por su seguridad y tampoco dejar una en la caja fuerte de la empresa. Pilar buscó un DVD virgen y en unos minutos la copia estaba hecha. El se la guardó y entonces empezaron a leer lo que aparecía en la pantalla del ordenador.

-Es alemán -indicó ella, examinando detalladamente el texto, -y está escaneado de un diario médico antiguo, por el tipo de letra y alguna de las expresiones que he visto. Déjame ver.... -Y se puso a leerlo sobre la marcha. A los dos minutos, sonó el teléfono móvil de Lucas. Era Oramas.

-Tenemos que vernos, Lucas —le dijo. —El pájaro se ha escarranchado y te va a interesar lo que ha dicho. Si te va bien, quedamos en la pulpería de Las Canteras y allí te cuento, que tengo una fatiguita.

-Sigue con la traducción y me llamas cuando tengas claro lo que dice, por favor – le pidió Lucas a Pilar. —Tengo que salir a hablar con Oramas.

La pulpería era uno de los sitios favoritos de Juan Oramas, porque le recordaba su juventud. Estaba situada dos calles detrás de los antiguos almacenes donde guardaban la mercancía recogida en alta mar, cuando comenzó su negocio. Conoció al dueño y al hijo del dueño y ahora al nieto del dueño original. Y preparaban, según él, el mejor pulpito frito de todo el archipiélago. Cuando llegó Lucas, Juan estaba dando buena cuenta de una ración de pulpo y unas papas con mojo. Sus dos guardaespaldas eran bastante ostensibles, dos enormes armarios empotrados junto a la puerta del bar, mirando de reojo a todo el que pasaba cerca de ella. Uno de ellos vio al escolta de Lucas y se hicieron un discreto gesto de reconocimiento.

Lucas se acercó a Oramas, que le saludó afectuosamente, mientras pedía para él un whisky con agua. Lucas lo cambió por una cerveza fresquita, más apropiada, a su juicio, para comer algo.

-¡Chacho, Lucas, hay que ver cómo ha cambiado todo en los últimos días! –fue lo primero que dijo Oramas –Estoy acostumbrado a las sorpresas, pero en tan poco tiempo, he perdido a mi hijo, me han disparado, tengo serios problemas para explicar a mis amigos policías que yo no he provocado nada de lo que está pasando y ahora, lo que estos tíos han soltado es agüita. Escucha: aparentemente el grupo dio con un filón sin saberlo, mayor que todo lo que han manejado en los últimos años. Estos bobomierdas escucharon a Roberto hablar de la vieja y de algo que había descubierto que podía cambiarlo todo para siempre. Roberto organizó un complot, desde dentro de la organización, para hacerse con el control del grupo, aunque al saber de ese descubrimiento quiso pillarlo por encima de todo. A la señora Weiss no podía tocarla en Miami, porque ella vive allí rodeada de guardaespaldas y con unas enormes medidas de seguridad. Se cargó a mi hijo, buscando el disco que tenía lo descubierto e intentó cargarse también a Raquel, pero desapareció y se quedó con las maguas. Mató a Pepe y nos hubiera cepillado a los tres restantes si no hubiera sido por ti y por ese tirador misterioso que se lo llevó al otro barrio. Este cachanchán era un animal sin escrúpulos pero lo que hay detrás es algo aún mayor.

Su pandilla se dio cuenta de que algo raro estaba pasando cuando tuvieron un enfrentamiento con otro grupo al intentar acabar contigo en el aparcamiento de la playa de Amadores. Después, en el asalto a la casa de San Mateo y por último, cuando entramos en la casa de Playa del Hombre y alguien disparó a Roberto y no fue uno de los míos precisamente. Seguramente son los que mataron a ese Rodrigo en Chile y fueron a por ti allí también. Parece que alguien más está detrás de esa información tan misteriosa y son capaces de matar por ella.

-¿Qué habéis podido sacar de la señora?

-Hay algo en ese DVD que ella quiere proteger. Tengo a Pilar, nuestra secretaria, traduciéndolo del alemán y cuando sepamos qué es, te lo diré enseguida. Por ahora, la señora Weiss nos ha dicho que estuvo presa en un campo de concentración de los alemanes y que fue una cobaya humana para experimentos médicos o algo así. Pero con lo que estás diciendo me parece que estoy poniendo en peligro a Pilar al meterla en este asunto. ¿Podrías mandarle un par de hombres, para protegerla?

-¡Mejor que eso! Le voy a mandar dos mujeres; así se sentirá más cómoda. Son de las mejores de mi equipo, cinturón negro de karate y expertas tiradoras. —Oramas le hizo una seña a uno de los gorilas, que se acercó a él, sin dejar de mirar alrededor. Le habló al oído y el gorila asintió y luego se dirigió a la puerta. Allí se detuvo, sacó un teléfono móvil y efectuó la llamada. Habló un momento y después, bajando el móvil, se acercó de nuevo a Oramas y le cuchicheó algo al oído.

-¿Dónde está Pilar ahora? —le preguntó éste a Lucas.

-En nuestra oficina, en Presidente Alvear. La dirección es...

-No hace falta, sé la dirección. -Se la indicó al escolta, que volvió a salir para hablar mejor por teléfono. —De todas formas, si te parece bien, podemos ir a verla juntos, a ver si tiene algo de traducido y nos podemos hacer una idea de que tenemos entre manos.

Oramas pagó la cuenta dejando unos billetes sobre la barra, saludó afectuosamente al encargado y a dos de los clientes que había junto a él y salieron ellos dos y los tres guardaespaldas hacia los respectivos coches. Lucas llegó a la oficina después de Oramas, pero entraron juntos. Pilar estaba sentada frente al ordenador, tomando algunas notas y al verlos les indicó con la mano que se sentaran a su lado.

–¡Alucinante! ¡Es algo increíble! ¡Si es cierto, esto puede cambiar el mundo! –les gritó agitada.

–¡Pues suéltalo! –le respondió Lucas, bastante nervioso.

–Es un facsímil de un diario médico alemán de la época de la Segunda Guerra Mundial. Al parecer, un equipo de investigadores alemanes encontró una forma de manipulación genética dirigida a un grupo genético específico e hicieron numerosos ensayos clínicos con cobayas humanas.

–¡La señora Weiss! –exclamó Lucas, sobresaltado.

–Bueno, supongo que ella sería una de muchos porque el diario parece indicar que estuvieron haciendo pruebas durante años, al menos desde el 42 al 44.

–¿Y lo lograron?

–No he llegado al final del diario, pero sí, porque se habla de una entrevista con el Führer para presentarle los resultados, que se celebró en septiembre de 1944. Al parecer, se le demostró que el procedimiento alcanzaba una proporción muy alta de éxito; el estudio se hizo sobre una muestra de cien pacientes, veinte judíos alemanes y veinte judíos polacos, veinte gitanos rumanos de dos familias distintas, veinte presos políticos alemanes no judíos y veinte homosexuales alemanes no judíos. Después de inocularles por vía intravenosa la solución objeto del experimento, se separó a la población en dos grupos de similares características, uno de ellos en aislamiento individual y el otro, en un ala de hospital, separados por cortinas y con servicios comunes. A las cuarenta y ocho horas, del grupo de los aislados habían fallecido ocho judíos alemanes y nueve polacos, dos gitanos, tres de los presos políticos y ninguno de los homosexuales. Del grupo que compartía sala común, murieron siete judíos alemanes y ocho polacos, un gitano, un preso político y un homosexual.

Hitler se mostró encantado con los resultados conseguidos con los judíos, que demostraban una efectividad del 80%. Desde este punto de vista, el experimento había resultado un auténtico éxito. Pero el Führer se preocupó por las muertes de los otros grupos, especialmente las de los presos políticos, que suponían un veinte por ciento respecto de su colectivo. En su mentalidad, eliminar a los judíos y otras minorías no debía afectar a la raza germánica en su estado puro y los expedientes de los presos políticos fallecidos parecían demostrar que eran arios hasta al menos la cuarta generación. Los investigadores le explicaron que era probable que una rama anterior hubiera contaminado la ascendencia aria de estos sujetos, pero Hitler no se mostró muy conforme y exigió que se realizasen nuevos estudios, para asegurar una fiabilidad aún mayor y eliminar el riesgo de extensión a la raza aria. Los investigadores, según el diario, pensaron que quizá se había asustado ante la efectividad de la solución, porque según amplios rumores, él mismo tenía algo de sangre judía en las venas. En cualquier caso, he llegado hasta ahí, cuando el equipo de médicos e investigadores regresa al laboratorio para avanzar según las instrucciones del Führer. El diario, además, tiene un montón de apéndices e información complementaria, que aún no he examinado y aunque lo haga, creo que no entendería nada de lo que ponga.

-¡Magnífico trabajo! —exclamó Lucas, admirado de la claridad con la que Pilar había explicado lo que había leído. —Y la información es ciertamente espectacular.

-Hay que guardar el DVD y su copia, Lucas. Es muy peligroso tenerlos aquí —replicó Oramas -especialmente por lo que tú y yo sabemos —dijo, refiriéndose al misterioso grupo del que habían hablado un rato antes. —Creo que lo mejor sería que Pilar y estos discos vinieran a mi casa, en Artenara, que como sabes, es inviolable. Allí puede revisar bien toda la información y luego veremos qué hacemos. ¿Qué piensas?

Pilar había levantado la vista de la pantalla y los observaba con cara de extrañada. Lucas dudó por un instante, buscando una fórmula para que Pilar quedara al margen, pero comprendió que era ya demasiado tarde y que ya estaba implicada, así que la puso al corriente de los aspectos generales de la cuestión, aunque evitó mencionar que Pepe había sido asesinado. Ella accedió a quedarse en casa de Oramas al menos hasta que terminara de traducir el material y mientras la gente de Oramas investigaba si los de ese grupo seguían rondando por la isla o no. Recogió unas cuantas cosas de la oficina y salió con Oramas y los gorilas a coger una bolsa de viaje en su casa y partir para Artenara. Lucas, por su parte, acompañado de su guardaespaldas, decidió volver al hospital, para ver cómo seguía la señora Weiss y saber de María.

En el hospital, la señora Weiss seguía en estado crítico. María estaba junto a ella y Lucas la puso al corriente de las últimas novedades en relación con el material que Pilar estaba traduciendo. Ella le comentó que el equipo médico de la señora y sus guardaespaldas estaban ya a punto de llegar al hospital y cuando lo hicieran, podrían irse a descansar. Aprovechando que Lucas estaba allí, salió al baño del pasillo a retocarse un poco.

Apenas se había sentado Lucas en el sofá de la habitación de la señora Weiss cuando sonaron unos toques en la puerta. Era el agente de seguridad puesto por Oramas, que avisaba que varios médicos y enfermeras pedían entrar y hablaban español con fuerte acento extranjero. Le indicó que los dejase pasar y el primero en entrar fue un hombre más bien bajito, casi completamente calvo, que llevaba un traje verde de médico y un estetoscopio colgando del cuello. Este se le acercó con una leve sonrisa.

-Usted debe ser el señor Goldsmith, supongo –le saludó en inglés, mientras estrechaba su mano, parodiando al periodista Stanley al encontrar al Dr. Livingstone. –Soy el Dr. Norton, el médico de cabecera de la señora Weiss y vengo con mi equipo médico al completo. ¿Podemos pasar?

-La señora Weiss es toda suya, Doctor y me alegro de verle –respondió Lucas. –A partir de ahora, estaremos más tranquilos, sabiendo que ustedes están velando por ella. ¿Han hablado con la dirección del hospital?

-Sí, lo hicimos por teléfono mientras desembarcaban nuestro material en el aeropuerto. Ahora iré a ver al director del Centro. ¿Querría acompañarme? Creo que es importante que asista usted a la reunión, siquiera para hacer de intermediario e intérprete. Se lo ruego, mi español es bastante malo.

Lucas pensó por un momento en esperar a María, pero quizá tardase un poco mientras se arreglaba y prefería ir cerrando los temas del hospital cuanto antes. Además, el resto del equipo ya había entrado en la habitación, dos doctores más, hombre y mujer y tres enfermeras con unos maletines de material médico. Le indicó a su guardaespaldas que esperara a la puerta de la habitación, acompañando al guardia de seguridad y que le dijera a María cuando volviera que estaba con el Dr. Norton hablando con el Director del Hospital. Luego salió junto al doctor en dirección a los ascensores para bajar a la primera planta. El ascensor abrió las puertas, el doctor dejó pasar primero a Lucas y, de repente, todo se hizo oscuro y sintió que sus piernas no le sujetaban y se notó cayendo y cayendo en un vacío sin fin.

Escuchó un sonido monótono, como un zumbido de algo eléctrico en la lejanía. Intentó abrir los ojos pero no pudo; debía tener una venda sobre ellos. Probó a mover las extremidades pero tampoco tuvo éxito. Dejó pasar unos segundos e intentó mover la cabeza a un lado sin conseguirlo. Se extrañó porque no notaba nada que le comprimiera las muñecas, los tobillos o el cuello; simplemente no sentía nada. Al cabo de un rato oyó una voz próxima hablando en hebreo, idioma que no entendía, aunque podía reconocerlo. Otra persona respondió, también en hebreo, delante de él, pero no reconoció la voz. Intentó hablar pero los músculos de la boca no le hicieron caso.

De nuevo la voz del hombre que tenía delante retumbó en su cabeza e inmediatamente después sintió un cosquilleo en la nuca.

-¿Puede oírme, verdad? —oyó en inglés. —También podrá ahora abrir los ojos, si lo desea.

Lucas abrió los ojos y parpadeó. Pudo ver frente a él a un hombre relativamente joven. De unos treinta y tantos años, era alto y delgado, con unos inquietantes ojos negros y el cabello corto y rizado. Miró alrededor. Estaba en una sala que parecía la habitación de un hospital, pero más vacía, sin apenas muebles, que eran blancos como las paredes y metálicos. Se miró el cuerpo y vio que estaba vestido, aunque sin zapatos y que no había correa alguna que lo sujetara al sillón recostable en el que estaba, como el de un dentista. Intentó mover el brazo derecho pero no pudo ni levantarlo del sillón.

-No podrá hacer ningún movimiento voluntario de cuello para abajo, señor Goldsmith, hasta que yo lo diga. Mi socio Jack es un experto en un arte milenario, del que deriva la acupuntura, que permite inmovilizar músculo a músculo cualquier parte del cuerpo que se desee. Podría matarle en cualquier momento presionando en el lugar oportuno para que sus pulmones se relajen o su corazón descanse y se detenga. Por ahora le permitirá mover la cabeza, escuchar y hablar.

-Necesito que me escuche atentamente —continuó. —Y después veremos si le dejamos moverse.

Me llamo Uri Meir. Y aunque me considero ciudadano del mundo, tengo la nacionalidad israelí aunque mis padres eran argentinos de origen askenazi. Déjeme decirle antes que nada que está en buenas manos. Nosotros no somos los malos de la película, Lucas. Al contrario, estamos intentando cumplir con nuestro cometido de proteger una revelación que ha de seguir a cubierto y que en estos momentos está a punto de ver la luz. Me explicaré hasta donde puedo contarle para que entienda nuestra misión y nuestros actos.

Pertenecemos a una orden muy antigua, que se encomendó proteger un secreto que afecta a la humanidad y cuya aplicación, de ser conocido, supondría la extinción total del hombre en la Tierra. Esto ya ha ocurrido antes.

Es usted de origen judío como yo, Sr. Goldsmith y estoy seguro de que, bien por sus raíces o por su educación occidental, conocerá del llamado Diluvio Universal. La civilización fue destruida y la humanidad, rota y humillada y casi totalmente exterminada, tuvo que remontar de nuevo su búsqueda del progreso.

Un grupo descendiente de la civilización destruida pudo subsistir y con ellos el Gran Secreto. Estas personas se refugiaron, bajo la apariencia de sacerdotes, en las civilizaciones de ambos lados del Atlántico. Estuvieron presentes en los imperios clásicos en Occidente, en China y en la India y también en América, entre los mayas y los incas. Se decidió que el secreto requería que sus guardianes se esparcieran por la Tierra, con el fin de mantenerlo oculto hasta el momento adecuado, porque cada grupo de sacerdotes guardaba una parte del secreto y no podría ser revelado sin su concurrencia , cosa imposible en aquellos tiempos. Los sacerdotes fueron los motores del desarrollo de estas antiguas civilizaciones, pero por sus conocimientos propios y el ejercicio de la investigación basada en esos conocimientos, aunque con un nivel de cautela altísimo que impidió la expansión de esta sabiduría y la concentró alrededor de esos pequeños núcleos.

Con el paso del tiempo la civilización fue desarrollándose y los guardianes fueron cumpliendo su cometido de mantener este Gran Secreto a salvo a pesar de las dificultades, porque también habían sobrevivido varios de aquellos que lo pretendieron y que causaron el cataclismo de la primera etapa de la humanidad. Los llamamos los Buscadores. Durante generaciones, ambos grupos mantuvieron una guerra oculta aunque en numerosas ocasiones las guerras exteriores fueron consecuencia directa de las de estos dos grupos.

Hace unos ciento setenta años el equilibrio se perdió, precisamente aquí en España. Uno de los Guardianes hizo algo que no debía haber hecho y el Secreto se rompió pero en el último momento cuando los Buscadores iban a apoderarse de él, el converso se deshizo del mismo, muriendo muy poco después. Sin embargo, dejó suficientes pistas para que el Gran Secreto pudiera ser localizado y conocido. Varias de estas pistas aparecieron unos cien años después y fueron reunidas por un equipo comandado directamente por Adolf Hitler, en la Alemania nazi. Este equipo únicamente pudo acceder a la primera capa del Gran Secreto y con todo, consiguió desarrollar una serie de nuevas armas que, de haber podido implementarlas, les hubiera dado la victoria absoluta. La bomba atómica era una de ellas, sí, pero ni la única ni la más letal. Le seré más específico.

Los investigadores, a partir de estas pistas derivadas de la primera capa del Gran Secreto, pudieron aislar determinados elementos contenidos en nuestro código genético, elementos que son distintivos de un grupo social, llámese raza, etnia, o simplemente, un grupo de individuos emparentados por lazos familiares. ¿Entiende lo que esto supone? Ellos lo entendieron perfectamente y elaboraron un arma genética, por la que, modificando uno o varios elementos de algunos genes, podían eliminar a estos grupos sociales. No fue un asunto meramente académico o teórico, porque la investigación de campo fue exhaustiva, especialmente a partir de 1942, cuando Alemania se enfrentaba ya a casi todo el mundo. Sabemos que se hicieron numerosos experimentos con prisioneros de diversas nacionalidades y grupos sociales, con judíos, gitanos, soviéticos, homosexuales. Sabemos que los resultados fueron muy positivos y que el arma estuvo prácticamente lista para su uso. Y que, si no llegó a usarse, al margen del trabajo que los Guardianes hicieron en esos días para evitarlo, fue especialmente porque Hitler tuvo miedo de usarla, sin la garantía de un cien por cien de resultados. Parece ser que el amigo Hitler temía después de todo tener algo de sangre judía y que el uso del arma genética pudiera destruirle a él también.

El equipo de investigación documentó todo el proceso y el material fue transportado a un laboratorio farmacéutico suizo, que el principal investigador nazi fundó al ir aproximándose los aliados al campo de concentración en el que experimentaban. No pudo hacer uso de estas revelaciones, porque murió a las pocas semanas y su material quedó archivado allí hasta que hace algún tiempo el laboratorio cayó en quiebra definitiva. La señora Weiss recuperó el material por pura coincidencia derivada de su curiosidad, ya que ella había estado detenida en ese campo de concentración y además, fue conejillo de indias en tales experimentos.

Los Guardianes supimos de este material y pudimos identificar la fuente de la que procedía ya que en nuestros archivos constaba aún abierto el Gran Secreto. Por consiguiente se nos encomendó aislarlo y custodiarlo para cerrar el riesgo de su propagación. Conocimos que la señora Weiss había hecho un DVD con la documentación y que el material original, un antiguo códice y un cuaderno de notas de la época, había sido depositado en la caja fuerte de un banco de Miami, concretamente Sun Bank en Brickell Avenue.

De ese material original ya se está haciendo cargo un grupo de Guardianes en Miami y nosotros necesitamos recuperar el DVD cuanto antes. Los Buscadores han traído un equipo muy profesional a la isla y en cualquier momento pueden dar con él. Si lo hacen, podrán acceder al Gran Secreto y será el fin de la humanidad, como lo fue en otra época.

Por eso, Lucas, le hemos traído aquí con nosotros.

—Hizo un gesto a su compañero, que manipuló algo detrás de su silla. —Ahora ha recuperado el control de su cuerpo. Esta pequeña demostración servía para hacerle ver quiénes somos y con qué poderes contamos. Pero estamos de su lado, o mejor aún, necesitamos que se una a nosotros.

Lucas movió un brazo y luego el otro. Sintió un cosquilleo por ellos, pero era una sensación más bien agradable. Se incorporó en la silla y examinó la habitación. Era rectangular, bastante estrecha y toda pintada de blanco. El zumbido eléctrico que antes había escuchado era del aire acondicionado, cuya salida pudo ver arriba, en el techo, junto con una luz muy tenue, casi ámbar en su color.

La habitación de unos cuatro metros por apenas dos y medio de ancho, tenía una puerta en uno de los extremos pero ninguna ventana. Los únicos elementos eran la silla reclinable, una silla de tipo taburete detrás, en la que se sentaba el compañero del tal Uri, Jack, un sofá y un par de armaritos blancos, uno de los cuales, el que estaba detrás de su silla, tenía encima una bandeja con unas agujas largas, de color plateado y dorado. Jack estaba colocando las agujas en un estuche cilíndrico y le sonrió cuando Lucas le miró.

-¿Dónde estoy? –preguntó, aún desorientado. Uri se sentó en el sofá.

-Sigue usted en la isla, Lucas. Estamos en una caravana médica de nuestro grupo. Tenemos otras tres, que usamos como residencia temporal mientras estamos aquí. Concretamente, estamos en el parking de un camping en la Playa del Inglés. Necesitábamos discreción y al margen de que cuatro caravanas de este modelo son bastante llamativas, constituyen el camuflaje perfecto para desplazarse sin ser controlados ya que no nos alojamos en ningún establecimiento hotelero. Así los Buscadores encuentran mayores dificultades para localizarnos.

-¿Y la señora Weiss?

Uri se miró las puntas de los zapatos unos segundos. Cuando habló, lo hizo con una voz grave y apagada.

-Ha desaparecido del hospital. Creemos que en el equipo médico que ha llegado de Miami hay al menos un Buscador infiltrado. Mientras Jack le traía aquí, porque fue Jack el que le introdujo una de sus maravillosas agujas cuando entró usted en el ascensor y lo cerró antes de que entrara el doctor que iba con usted, los demás fuimos a buscar a la señora Weiss y a su amiga María, pero no había nadie en la habitación, ni siquiera el equipo médico norteamericano. Estamos intentando encontrarlos.

-Es fundamental localizarla –respondió Lucas. -Es la única persona, creo, que ha leído todo el material y sabe lo que los demás desconocemos. Y pidió enérgicamente que se la mantuviera viva a toda costa.

-Estamos en ello, Lucas, pero no tenemos aquí la capacidad de maniobra que necesitamos. Apenas acabamos de llegar. Será cuestión de tiempo, no obstante, porque, si le parece bien, le usaremos a usted de cebo.

Lucas pensó en estas últimas palabras. Iba a proponerlo él, porque creyó que sería la única forma de recuperar a la señora Weiss y a María. De repente, se acordó de algo y echó mano al bolsillo. Buscó en él y al no encontrar nada, se dirigió a Uri:

-¿Dónde está mi teléfono móvil?

-No lo sabemos. Debió caerse de tu chaqueta cuando Jack te llevaba del ascensor al coche.

-Pues necesito llamar a María. Si su móvil funciona, podemos localizarlas enseguida.

-Ya lo hemos intentado. Hemos encontrado su teléfono en la habitación de la señora Weiss, en el hospital. Es una pena, porque tenemos sistemas para localizar a una persona mediante su móvil, aunque esté apagado.

-¿Quién tiene el DVD? –preguntó Uri.

-Lo tiene mi amigo Juan Oramas –respondió automáticamente. Más bien, su cerebro respondió por él, sin que su voluntad hubiera intervenido. La sensación fue muy extraña, como de pérdida de control.

-¿Dónde está?

-En Artenara, en su refugio. –Las palabras volvieron a salir rápidamente, aunque en esta ocasión Lucas intentó no contestar. Se tensó y se llevó una mano a la parte posterior de la cabeza; los músculos de alrededor de la nuca se quejaban.
-No te preocupes, -soltó Uri al ver su reacción. –Lo que sientes es un efecto secundario de la aplicación de las agujas, que irá remitiendo con el tiempo. Es muy práctico, sin embargo, porque permite extraer información de un individuo sin causarle daño alguno. Lamento que te

ocurra a ti pero no podemos hacer nada por evitarlo. Artenara, sí, hemos oído hablar de ese lugar. Iremos ahora para allí. Necesitamos que hables con Oramas y nos franquee el acceso a su propiedad. Tengo entendido que es la persona mejor protegida de toda la isla y ya que estamos en el mismo equipo, evitemos riesgos.

-Necesito tomar un poco de aire fresco –respondió Lucas. –No me siento muy bien.

-Por supuesto. –Uri se acercó a la puerta del fondo y la abrió, entrando un chorro de luz del exterior, del fuerte resplandor del sol del atardecer.

Lucas salió y bajo los dos escalones de la caravana, con los ojos entrecerrados. Alrededor suyo había cuatro caravanas muy grandes, blancas, sin ningún distintivo, formando un pequeño patio interior que es donde él se encontraba. Uri le escoltó fuera del recinto por una esquina y salieron al camping. Fueron paseando hasta una explanada que se abría al mar.

-¿Te vas encontrando mejor? –le preguntó Uri mientras observaban el mar.

-Sí, esta brisa ayuda. Pero aún me cuesta asimilar todo esto.

-Lo sé. Te ha abierto muchos interrogantes, ¿verdad?

-Claro. Aunque lo que verdaderamente me preocupa ahora es saber que María y la Señora Weiss están bien.

-No quiero engañarte. Es muy posible que no vuelvas a verlas vivas y perdona por la franqueza. Si la señora Weiss sabe lo que parece que sabe y María está con ella, los Buscadores utilizarán todos los recursos posibles para sacarles la información, los inocuos como lo que estás sufriendo tú y los más clásicos. Tenemos que intentar localizarlas, eliminar al grupo de Buscadores antes de que puedan transmitir la información y neutralizar el DVD que tiene tu amigo Oramas. Y todo tenemos que hacerlo ya mismo o será demasiado tarde.

-Una cosa, ¿fuisteis vosotros los que me salvasteis la vida?

Uri tardó un segundo de más en contestar.

-Sí, estabas en peligro de muerte y no podíamos permitir que te eliminaran, porque eres el eslabón fundamental de esta cadena. Por eso actuamos rápidamente. Pero solo teníamos dos agentes aquí. El resto hemos llegado esta misma tarde.

-¿Por qué soy fundamental? No lo entiendo.

-No sé si sabes que la Señora Weiss te escogió personalmente para este trabajo.

-Sí, eso sí que lo sé, pero no el por qué.

-Cuando ella leyó el material del laboratorio, descubrió algo que la llevó a ti. Estuvo buscándote durante meses, a través de agencias de investigación por todo el mundo, hasta que te localizó aquí en Canarias. No sabemos la razón, pero intuimos que eres una pieza fundamental en el mosaico. Por eso debes conservarte vivo y por eso tenemos que encontrar a la señora, para que nos indique cuál es tu papel en todo esto. Y si ella no puede decirlo, porque haya muerto, al menos el DVD o el diario original nos dirán qué tienes de especial.

Lucas se giró y vio a Jack que corría hacia ellos. Desde varios metros de distancia, gritó: -¡Uri! ¡Alarma!

Llegó hasta ellos y se puso a hablar en hebreo con Uri. Este pareció muy sorprendido y frunció el ceño, respondiendo con palabras cortas a lo que Jack le iba contando. Después miró de reojo a Lucas, le dictó unas instrucciones a Jack y habló en español:

-¡Lucas! ¡Tenemos que irnos! ¡Los Buscadores están atacando el refugio de tu amigo Oramas! ¡Van a por el DVD! Tienes que venir tú también; tú conoces el refugio y a la gente de Oramas y sobre todo, tienes que encontrar el disco antes de que sea demasiado tarde.

Corrieron hasta las caravanas. Uri le indicó a Lucas que esperara en ese pequeño recuadro central y entró en otra de las caravanas. Al minuto salió de ella seguido de varias personas, todos vestido de negro, con Jack inmediatamente detrás de él. En el grupo eran todas personas jóvenes, chicos y chicas y hablaban en inglés. Se dirigieron a los coches, que estaban al otro lado de las caravanas y Lucas montó en el que iban Uri y Jack, con otro hombre conduciendo. La conversación entre los tres Guardianes fue en hebreo durante el trayecto y como Lucas no entendía nada, se dedicó a meditar en lo que había conocido apenas unos minutos antes y en intentar localizar su destino.

Los coches salieron de la Playa del Inglés, en dirección a Fataga, hacia el interior de la isla. No era la mejor ruta, pero sí la más rápida para llegar hasta Artenara. Pasaron Fataga y siguieron subiendo hasta San Bartolomé de Tirajana. La expedición de tres coches iba muy rápido y la carretera era bastante estrecha y mal asfaltada, como ya había comprobado Lucas en viarias ocasiones en sus excursiones de fin de semana. El coche que hacía de guía derrapaba de vez en cuando y el de Lucas, que iba inmediatamente detrás, estuvo a punto de resbalar por una pendiente.

Cruzaron San Bartolomé a toda velocidad y continuaron hacia Tejeda, arriba y en el centro de la isla. Uri iba dando instrucciones por un intercomunicador, a través de un equipo que llevaba colocado en una oreja. En Tejeda se desviaron por la carretera de El Rincón, en dirección a Artenara. Poco después, alcanzaron las primeras casas del pueblo. Lucas miró a ambos lados de la calle, pero no pudo ver a los hombres de Oramas que controlaban el acceso al pueblo y que si su jefe lo hubiera indicado así, ni la propia policía hubiera podido pasar. Siguieron calle arriba hasta llegar al refugio. El portón de la entrada estaba abierto de par en par, desde la calle se veía un vehículo ardiendo en el patio y la fachada de la casa donde se habían quedado Lucas y Pepe la noche del ataque a la casa terrera de San Mateo estaba ennegrecida. No se veía a nadie, ni en la calle de fuera ni dentro del recinto.

Los coches se detuvieron junto al portón. Uri dio instrucciones y tres de los Guardianes salieron a la carrera y tomaron posiciones junto al portón y en la acera de enfrente, con mini metralletas Uzi. Los otros cinco cogieron las armas que tenían en los maleteros y Uri y Jack cargaron también con unas mochilas negras. Después, a la carrera, cruzaron el patio interior en dirección a la casa grande y Lucas fue con ellos. Los otros tres los siguieron, cubriendo la retaguardia, pero permanecieron repartidos en las esquinas del patio, mirando a todos lados. Junto al porche de la casa Lucas pudo observar un enorme charco de sangre y señales de que alguien había arrastrado un cuerpo hacia el otro lado del patio, por los rastros de sangre dejados sobre los escalones y la madera del suelo del porche. Uri sacó un objeto de su mochila, parecido a un GPS y lo movió de un lado al otro de la pared de la casa. Después señaló tres puntos que aparecían en el monitor, e indicó a dos de los Guardianes que entraran. Al parecer, el aparato había localizado tres personas dentro de la vivienda, a través de las paredes. Uno de los Guardianes sacó lo que parecía una granada de una bolsa negra que colgaba de su cinturón, apretó un botón en uno de sus extremos y entró a gatas en la casa, mientras el otro le cubría con la mini metralleta, entrando detrás de él. En pocos segundos se escuchó un clic y salieron los dos, cubriéndose detrás de la pared. Uri le dio a Lucas un objeto y le señaló a la cabeza. Eran unos cascos para los oídos, hechos de un material muy ligero, pero resistente. Lucas vio que los demás se los habían colocado también y con ellos un visor de un cristal opaco que podía bajarse desde el eje de los cascos sobre los ojos. Los imitó y esperó. Enseguida sintió un fogonazo espectacular dentro de la casa, que le hizo daño en los ojos a pesar del visor protector. E inmediatamente los Guardianes entraron y se repartieron por el salón y las habitaciones adyacentes. Uri y Jack, cada uno a un costado de Lucas, entraron después, seguidos por los tres que estaban controlando la retaguardia. En el salón había dos personas caídas en el suelo. Lucas reconoció a uno de ellos, un guardaespaldas de Oramas. De los oídos le salía un hilillo de sangre y no se movía. Tenía una pistola en la mano derecha, que uno de los Guardianes le cogió y se la puso al cinto. El otro caído debía ser otro gorila, por la pinta y también le salía sangre de los oídos. No llevaba armas, pero cerca de él, en el suelo, había una metralleta, que también recogió una de las Guardianes.

Uri le dio un toque a Lucas en el hombro, para llamar su atención. Al mirarle, le hizo señas de que podía quitarse los cascos con el visor, que Uri llevaba retirado al cuello. Lucas hizo lo mismo.

-Era una pequeña bomba de presión. Produce una luz muy intensa que ciega temporalmente a cualquiera que esté en su radio de acción y crea una diferencia de presión instantánea, ayudada por un potente sonido muy agudo, que revienta los tímpanos a quien no esté protegido. La combinación de estos efectos deja sin sentido por unos minutos a cualquier persona. No es letal, lo que permite controlar un área sin causar bajas y poder interrogar a los prisioneros cuando se repongan. Jack, asegura la planta baja. —Su compañero salió con dos hombres más hacia la zona posterior de la vivienda, llevando otra granada en una mano. Uri y Lucas se cubrieron con los cascos y el visor de nuevo, mientras Uri sacaba el detector de su mochila, para examinar el recinto otra vez. Lo apuntó hacia arriba y todo apareció vacío; luego a un lado y al otro y los únicos puntos eran los de los dos cuerpos del salón y el otro de la habitación adyacente y los Guardianes, moviéndose para asegurar el perímetro. Lucas se preguntó cuanto tiempo pasaría antes de que llegara la policía y la Guardia Civil, alertados por algún vecino cercano o por los hombres de Oramas que patrullaban por el pueblo, fuera del caserío. También intuyó que estos hombres se agruparían en breve y vendrían a la casa, para ayudar a su jefe, pero le pareció extraño no ver a nadie cuando llegaron al pueblo.

Uri guardó el detector, se quitó los cascos y habló por el intercomunicador. Los hombres se agruparon en torno a él, aunque los tres de la retaguardia permanecieron en sus puestos de control. Le preguntó a Lucas dónde podía estar el DVD, aunque no quedara nadie en la casa. El respondió que posiblemente en la casa de invitados del otro lado del patio, donde él había estado. Uri dio entonces instrucciones y todos se desplegaron hacia ella. Uno de los Guardianes que cubría el fondo del patio dio la alerta y Jack fue a ver qué ocurría. Volvió enseguida, para comentarle a Uri que habían localizado el cuerpo del Guardián que tenían controlando el refugio de Oramas, asesinado y que parecía corresponder al rastro de sangre de la entrada de la casa principal. Lucas vio a Uri dar un puñetazo a la pared pero pareció controlarse rápidamente. Salieron corriendo hacia la casa de invitados una vez que una de las chicas avisó por el intercomunicador que la zona estaba despejada. Dentro todo parecía muy tranquilo, como si no hubiera ocurrido nada. Lucas se dirigió a la mesa de escritorio, porque había un ordenador portátil abierto. Pulsó el botón del reproductor del DVD y sacó un disco, que reconoció como la copia del DVD original. Lo levantó en alto y Uri lo cogió y lo guardó en la mochila. Uri volvió a sacar el detector, que no marcó nada alrededor de donde estaban, aparte de los puntos agrupados que eran ellos mismos.

Cuando iban a salir, desplegándose de nuevo por el patio, el detector pareció volverse loco. Lucas lo miró, porque Uri estaba justo a su lado y vio varios puntos más que se acercaban al centro de la pantalla. Uri gritó y con un movimiento rápido se puso los cascos y el visor. Automáticamente Lucas hizo lo mismo. Los demás estaban colocándoselos cuando estalló el fogonazo justo delante de ellos.

Sintió como si le empujaran violentamente hacia atrás y cayó contra el sofá que había a su espalda, arrastrándolo hacia la pared del fondo, donde se detuvo. Abrió los ojos pero no vio nada, cegado momentáneamente a pesar del visor. Había además un silencio espectacular, en la combinación de la efectividad de los cascos y de los instantes de aturdimiento posteriores a la explosión.

Capítulo 24

Aranjuez, 1836

Cuando la noticia de la muerte de Matías llegó a conocimiento del Vicario, junto con lo poco que había revelado antes de morir, decidió actuar rápidamente. Hizo que uno de sus ayudantes en la Orden de los Buscadores fuera al Monasterio y comprara al alguacil del Intendente que estaba controlando el edificio y sus instalaciones anejas junto con una pequeña guarida de policía. No costó mucho dinero, más bien menos de la mitad de lo que estaba dispuesto a pagar y además consiguió que ese hombre, el tal Bermúdez, colaborase activamente en la búsqueda del códice, pero a pesar de ello, no fue encontrado.

Decidió entonces ir a por el Prior. Ordenó que un equipo viajara a la residencia del Intendente de Hacienda de Madrid en Aranjuez, donde residía el Prior, aprovechando que el Señor Intendente estaba dos semanas de cacería en Extremadura y le extrajeran la información sobre el paradero del códice.

Aquella noche Álvaro estaba en la biblioteca de la residencia de Fernando, leyendo una copia de los libros prohibidos, concretamente, Los Nuevos Testamentos, de Erasmo de Rotterdam. Le parecía que el autor tenía un gran sentido común, amén de un conocimiento profundo de los textos sagrados. Álvaro estaba planteándose, de hecho, que la exposición a la cultura que tenía con su amigo Fernando, al margen de lo sancionado por la Iglesia, le estaba dando luz en vez de oscuridad y le estaba abriendo a una forma de pensar, no más liberal, sino más completa, menos parcial y raquítica.

Escuchó un ruido en la antesala y pensó que era alguien del servicio que venía a ver si necesitaba algo, antes de retirarse a dormir. Miró la hora y cayó en la cuenta de que era muy tarde, bien entrada la madrugada. Volvió a dirigir la vista al libro.

De repente notó una presencia junto a él. Levantó la mirada y vio a su lado a un hombre que no conocía. Tuvo la suficiente sangre fría como para bajar el libro, cerrarlo y preguntarle al hombre qué hacía allí y cómo había entrado sin permiso.

El otro se sorprendió de su calma, pero sonrió e hizo un ademán de saludo. Luego le dijo que se llamaba Pablo y que venía a disfrutar. Álvaro vio que se estaba colocando un guante en la mano derecha. Detrás de él aparecieron dos hombres más, uno de los cuales le puso una mano en el hombro al tal Pablo y le indicó que se detuviera. El otro cortó la sonrisa, bajó la cabeza y dio dos pasos hacia atrás, lo que permitió que avanzara uno de los otros dos.

Álvaro les preguntó qué querían, con la terrible sospecha de saberlo ya. Sin decir palabra, el hombre que había avanzado, sacó un objeto, que parecía un paño envolviendo algo, con una cinta anudada en el medio y lo colocó sobre la mesilla que había delante de Álvaro, donde había dejado su libro. Entonces Álvaro comprendió que había llegado el momento tan temido y deseado de acabar su tránsito por esta vida; en un segundo se puso en paz con el Señor y únicamente lamentó no haber podido disponer de un poco más de tiempo para hacer el bien y para aprender a ser mejor persona antes de que el Todopoderoso lo llamase a su Presencia. Mientras veía al hombre desatar con cuidado la cinta, mantuvo la sangre fría y llevándose lentamente la mano al pantalón, encontró el sobrecito que le había preparado el boticario amigo de Ángel Losada, el de la Posada del Dragón. Muy despacio, con los dedos índice y pulgar, maniobró dentro del bolsillo para abrir el sobre, lo que consiguió y untó el dedo índice en los polvos que contenía. Luego sacó la mano y la pasó por la boca, como en un gesto de preocupación, teniendo buen cuidado en que el índice tocara sus labios con los restos del polvillo.

Mientras tanto, el hombre abrió el paño y Álvaro pudo ver en él, cuidadosamente colocadas, unas agujas de un metal muy fino, muy largas, como varillas, con una pequeña bola de nácar en uno de sus extremos. Miró detrás del hombre y vio a los otros dos, a Pablo y al otro, observando la operación sin moverse, ensimismados en el proceso de apertura del paño y colocación de las varillas. El hombre escogió entonces una de las varillas más pequeñas, le quitó la bola de nácar del extremo y se acercó a Álvaro.

Álvaro reaccionó inconscientemente poniéndose tenso e intentando levantarse del sillón, pero el tal Pablo, al verlo, se lanzó hacia él y lo sujetó con una tremenda fuerza por los hombros, dejándolo pegado al sillón. El hombre del fondo le advirtió que no iba a sentir dolor ni incomodidad alguna, a menos que se resistiera. El de la varilla se colocó detrás de él y de repente sintió un golpe de calor y de luz. Cerró los ojos e intentó llevarse una mano al rostro, pero los músculos no le hicieron caso. Pablo seguía clavándolo al sillón con sus manazas, aunque Álvaro no podía mover más que del cuello hacia arriba.

Entonces empezó el interrogatorio. Le hicieron tres preguntas: si tenía el códice, dónde estaba y quién lo sabía. Las respuestas de Álvaro salieron solas, sin tensión, sin esfuerzo ninguno, como si no fuera él el que respondía. Se desesperó de lo rápido que había confesado, exponiendo el códice y al amigo que lo había acogido,que era además su superior en la Orden de los Guardianes. Al menos esto no lo sabían estos hombres, porque no le habían preguntado nada al respecto. Vio a sus atacantes localizar el códice donde había dicho y el hombre del fondo lo cogió y lo metió en un bolsón oscuro que llevaba. Después, le hizo un gesto al hombre de la varilla, que hizo algo detrás de él y se retiró con la aguja, al tiempo que sintió que los músculos de la boca quedaban también fuera de su control. Podía abrir y cerrar los ojos, pero quiso gritar y no consiguió ni abrir ligeramente la boca. El de las varillas las volvió a envolver en el paño, ató la cinta de nuevo con mucha delicadeza y, sin siquiera mirarle, salió del cuarto. El hombre del bolsón salió detrás de él.

Pablo o como se llamara, lo soltó finalmente, giró alrededor suyo y quedó frente a él. Sonreía con una sonrisa de enfermo mental. Y comenzó la tortura psicológica. Pablo le habló de sus hermanos Cosme y Abelardo y Álvaro escuchó con horror el relato de su tortura y asesinato. Después le contó la excursión por Francia en busca de Matías, su encuentro y posterior muerte, con amplia exposición de detalles. A estas alturas, Álvaro ya quería morirse, sufriendo una agonía múltiple, por el cariño a sus hermanos monjes y por lo que le iba a pasar, muy probablemente. Si acaso, lo suyo le importaba poco, porque además no podía evitarlo. Sintió enormemente haber colocado a sus monjes en la situación de martirio, por un secreto que además, ignoraban.

Pablo registró sus bolsillos y le encontró el sobrecito, que olisqueó brevemente. Pareció comprender su naturaleza, porque lanzó una carcajada que cortó cuando comprendió que podía despertar a la servidumbre. Le dijo que si era lo que creía, no le serviría de nada, porque ese antídoto era de utilidad con los polvos que el Arzobispo tenía en su anillo, pero no podía hacer nada contra unos buenos puños y una magnífica navaja bien afilada. Le explicó también que éste era el premio que le dejaban cobrarse, el disfrutar sádicamente de matar lentamente a un hombre, viéndole sufrir. Tenían que dejar un mensaje para su amigo el Intendente, algo que le hiciese ver que quedaba expuesto y qué mejor que el cadáver torturado de su amigo del alma en su propio gabinete.

De repente agarró un pisapapeles de plomo que había sobre la mesa del gabinete y con una tremenda fuerza lo descargó sobre dos dedos de la mano derecha de Álvaro, que tenía extendida sobre el brazo del sillón, machacándolos. El dolor hizo que le salieran lágrimas de los ojos, que cerró con fuerza. Pablo se congratuló de que las sensaciones le volvieran, porque su compañero era un verdadero experto con las varillas y le había preparado a Álvaro para que la sensación de dolor la tuviera completa, pero sin poder moverse y sin poder emitir sonido alguno, aunque le había pedido que le dejara mover los músculos de la parte superior del rostro, para disfrutar viéndole sufrir; ya que si no, no tenía gracia. Era una pena que no pudiera gritar, pero no convenía despertar a los otros moradores de la residencia con los alaridos.

Una hora más tarde, Álvaro dejó este mundo. Cuando Pablo acabó con él, el cuerpo era una masa informe de carne y sangre, pero el cerebro había dejado de funcionar mucho antes. Los polvos que Álvaro había tomado no eran el antídoto al alucinógeno, sino un potente reactivo que, aunque no había evitado que Álvaro confesara su secreto, había impedido que sufriese más allá del tercer o cuarto golpe, provocándole un coma mucho más profundo que el puramente muscular de las varillas. Su nuevo amigo el boticario se había sorprendido con el pedido, pero se lo había facilitado al saber que también era un Guardián, como él.

Capítulo 25

Las Palmas, siglo XXI

Alguien le retiró los cascos de la cabeza a Lucas. Escuchó unas voces lejanas, que fueron aumentando de intensidad hasta que oyó con nitidez a Oramas que le decía: ¡Muchacho, tú lo que necesitas es un buen trago de whisky!

Ahora sí pudo empezar a ver. Oramas estaba junto a él, en el sofá, ofreciéndole una copa balón con whisky. Miró alrededor. Había más personas. Vio a dos de los guardaespaldas y a tres personas más, vestidas como turistas, sentados frente a él. Eran tres hombres jóvenes, cuyas apariencias le sonaron extrañamente familiares. Estaban sonriendo.

Tomó la bebida ofrecida por Oramas y se sintió mucho mejor. Preguntó por Pilar y Oramas le dijo que estaba bien y a cubierto, custodiada por los suyos. Ante la extrañeza de Lucas por lo ocurrido, le explicó que todo había sido un montaje para atraer al grupo de Uri a su refugio. Habían localizado a su espía en Artenara y le habían hecho avisar a los suyos de un potencial ataque al refugio, sabiendo que así vendrían todos los Buscadores.

-¿Los Buscadores? ¡Son Guardianes! —respondió Lucas.

Entonces habló uno de los extraños. —No, Lucas. Son Buscadores. Los Guardianes somos nosotros. —Y empezó a explicarle todo.

Como no sé lo que te han contado, supondré que no sabes nada. Hubo una civilización muy avanzada, hace veinte mil años, cuyos conocimientos científicos la llevaron a la destrucción total. La humanidad casi volvió a la Edad de Piedra entonces y los pocos supervivientes del cataclismo decidieron mantener su conocimiento y tecnología en secreto, ya que concluyeron que la catástrofe había sido causada por la falta de madurez del hombre para utilizar sus conocimientos apropiadamente y que esta experiencia no debía volver a repetirse. Se constituyó un grupo, llamado de los Guardianes, cuya misión consistió en proteger estos secretos hasta que la humanidad estuviera preparada para conocerlos y utilizarlos para su desarrollo y no para su destrucción. Inicialmente los Guardianes eran ciertos sabios o brujos y para que pudieran sobrevivir y transmitir su mensaje a sus herederos se les dotó con algunos trucos científicos, pura magia de aquellos tiempos, que les otorgara un halo de misterio y de temor de fuerzas desconocidas, preservando así la transmisión del mensaje. Además, el mensaje fue partido en varios trozos y convenientemente encriptado.

Durante generaciones los Guardianes no tuvieron necesidad de intervenir porque la humanidad, con sus múltiples guerras y rivalidades, conservó por sí misma la integridad del mensaje. Incluso hubo secciones del mismo que se perdieron, porque sus portadores no pudieron transmitir los códigos a sus descendientes y entonces los Guardianes se vieron forzados a reponer estas partes, generaciones después, cuando se ejecutaban los controles periódicos de integridad. Pensarás que entonces sí ha habido alguien siempre que tuviera acceso al contenido del secreto, porque sería la única forma de reponer las partes perdidas del mensaje, pero no es así. Los Guardianes no conocemos el secreto, ni siquiera el mensaje en su totalidad; únicamente las partes en que está seccionado y tenemos acceso a un código de control que permite saber qué parte falta y debe ser repuesta. Entonces accedemos a esta parte únicamente y la implantamos de nuevo en la población, para que sea perpetuada a través de las generaciones. Además, el mensaje es como una cebolla, de modo que hay que ir revelando capa por capa para ir accediendo a su núcleo. Si alguien descubre una capa, podrá creer que ese es el secreto, pero sólo será una capa muy externa del mismo.

Somos un grupo reducido, seleccionado mediante unos procedimientos que no vienen al caso, pero que ha conseguido mantener el secreto y custodiarlo desde entonces y hasta ahora.

Esta custodia puede parecer sencilla a tenor de lo que te he explicado, pero en sí no lo es. Aunque las labores de control y reimplantación del mensaje son muy complejas, lo peor no es esto, sino el mantener el secreto a salvo de los depredadores. Sí, son los Buscadores. Igual que nosotros existimos desde el Cataclismo, los Buscadores son los descendientes de aquellos que lo provocaron, mediante el uso indebido de los conocimientos del momento. Para ellos, el uso de aquellas tecnologías es lícito y hasta necesario, para el desarrollo de la humanidad. Y para ellos, nosotros los Guardianes somos los enemigos del progreso, porque pretendemos mantener al hombre alejado de los misterios que le permitirían acabar con la pobreza y con la limitación de recursos productivos y financieros. Según los Buscadores, los problemas del mundo actual vienen generados por nuestro rechazo a compartir el secreto, que es patrimonio de la humanidad y como tal, debe ser expuesto.

No les falta razón al decir que el secreto es universal y propiedad de todos los hombres. Pero nuestra filosofía nos marca que aún no estamos preparados para descubrir lo que está a cubierto, porque nos conduciría irremediablemente a otro Cataclismo al que probablemente ya no sobreviviríamos. Por eso nos hemos esforzado a lo largo de los siglos en nuestra misión.

Ha habido en la historia algunos momentos en que hemos estado peligrosamente cerca de que el secreto fuera revelado, bien por la propia evolución de los acontecimientos o por intervención directa de los Buscadores. Cada vez que un imperio de la antigüedad conquistaba su parte del mundo, los distintos poseedores del mensaje quedaban agrupados bajo una dirección política o militar y esto debilitaba las protecciones colocadas. Así, en el Egipto de los Faraones, el Imperio de Alejandro Magno, el Imperio Romano, el dominio árabe o la conquista occidental del mundo han supuesto momentos de especial criticidad, en los que la labor de los Guardianes fue especialmente ardua. En ocasiones pudo accederse a varias de las capas externas del mensaje, revelando ciertos conocimientos que demostraron el riesgo de su difusión incontrolada. Así, algunos de los descubrimientos de importantes pensadores y científicos, como Leonardo da Vinci, o como Isaac Newton, o más recientemente, Albert Einstein, o Stephen Hawkins, han venido alimentados por el acceso a parte del mensaje. Y si bien los primeros tuvieron la sabiduría de entender que no podían participar abiertamente a la humanidad de lo expuesto, Einstein y su grupo de físicos fue especialmente poco sensible a este factor, hasta que vio los efectos de su creación, la bomba atómica. Debo decir, sin embargo, que su conversión fue espectacular y que fue capaz de echar a perder el resto de su carrera científica para evitar que manos no preparadas pudieran acceder a los misterios antiguos.

En 1836 hubo un fallo descomunal, que permitió que el secreto se rompiera y varias capas externas del mismo fueran expuestas. La maniobra de aquellos Buscadores tuvo éxito y perdimos el control del secreto durante varios años, hasta que pudimos recuperarlo de nuevo. Sin embargo, quedó sembrada la duda sobre si esas capas habían sido replicadas y la capacidad de los Buscadores de revelarlas cuando lo consideraran oportuno. A lo largo del resto del siglo diecinueve y del veinte los Guardianes modificaron su actuación, asumiendo además, el papel de policía, localizando e interrogando a los Buscadores que interceptaba, para conocer qué parte del secreto había sido violada. Y es opinión general entre nosotros que este cambio en nuestra actuación provocó uno equivalente en los Buscadores, al verse acorralados por nosotros y que entregaron ciertos niveles de información a lo largo de este tiempo, como es el caso de Julio Verne, por ejemplo, que no fue realmente dañino. Sin embargo, estos conocimientos alcanzaron también a la cúpula nazi y bien sabes los efectos que tuvo. Tuvieron acceso a información sobre los motores a reacción, sobre las propiedades de la materia y sobre conocimientos de genética que, si no hubiéramos intervenido, hubieran llevado a la humanidad a una nueva catástrofe. Tuvimos que participar, por primera vez, facilitando la información necesaria a los aliados, para que pudieran contrarrestar a los nazis en su desarrollo armamentístico. Y aquel capítulo abrió otro, que es el que tenemos hoy ante nosotros, provocado por la señora Weiss.

Los médicos nazis avanzaron mucho más de lo que habíamos pensado, sobre la base del conocimiento descubierto en la investigación genética. Concretamente, llegaron hasta una de las capas más profundas del secreto. Afortunadamente, la invasión de los aliados frenó su investigación y la casualidad hizo que los principales investigadores murieran poco después en Suiza, de modo que esa línea pareció quedar en vía muerta. La casualidad determina en gran parte los grandes eventos de la historia y en este caso actuó en contra, haciendo que la señora Weiss, en su interés por el sector farmacéutico debido a lo que habían hecho en el campo de concentración, adquirió los laboratorios suizos. Y la casualidad hizo también que Richard encontrara el diario y conociendo el interés de la señora Weiss, se lo entregara. Por último, otra casualidad permitió que los Buscadores detectaran el diario y entonces todo estalló. Nosotros nos enteramos porque durante décadas tuvimos controlada a la señora Weiss, conocedores de que portaba una parte esencial del secreto, sin saberlo ella. Uno de los investigadores nazis estaba manejado por nosotros y por eso accedimos a los datos de los pacientes de aquellos experimentos, aunque sin conocer la verdadera dimensión de los mismos hasta que hemos accedido al contenido completo del diario.

Lucas, te estoy contando todo esto porque tu participación es esencial, por diversas razones, algunas de las cuales no puedo decirte aún. Pero antes de seguir, ¿quieres decir algo?

-Sí, tengo muchas cosas que preguntar –respondió. El otro sonrió. –Lo primero que quiero es aclararme, porque tanto tú como Uri me habéis contado algo muy parecido y los dos os habéis presentado como Guardianes. Lo cierto es que no sé a quién creer.

-Déjame ayudarte a decidirte entonces. Me llamo Fernando, antes de nada, Fernando Olivares. Soy español, como ves, nacido en Madrid, aunque de familia originalmente canaria, para abundar en casualidades. Yo soy el que te salvó la vida en Amadores, cuando los hombres de Roberto quisieron ayudarte a descansar para siempre. Tuvimos que dispararle al que estaba a punto de reventarte la cabeza y después te sentamos en tu coche, recogimos el cuerpo y desaparecimos. También soy el que te salvó en la Playa del Hombre, disparando para que no pudierais alcanzar el barco en el que Roberto había puesto una bomba y el que mató a Roberto de otro disparo, justo cuando iba a hacerlo con vosotros. Pregúntale a Uri y verás que no tiene los detalles de estos sucesos, porque él no estaba allí.

Estamos en uno de los momentos más críticos de nuestra misión. La señora Weiss ha desaparecido y con ella, la parte fundamental de la clave del secreto. Si los Buscadores consiguen el material del diario, tendrán suficientes elementos para romper el código y acceder al secreto. Y será el fin de nuevo. Están tan próximos que Uri es el Buscador de mayor rango que hay en esta parte del mundo y está directamente implicado en esta operación. Lo están interrogando ahora, pero me imagino que el secuestro de la señora Weiss lo habrá hecho otro equipo y que Uri habrá querido mantenerse al margen por si era capturado.

Lucas ya estaba bastante convencido de que estos eran los auténticos Guardianes. Los datos de aquellas intervenciones para salvarle la vida eran muy precisos, bastante más que el comentario genérico que hizo Uri cuando Lucas le mencionó el tema allá en el parking de Playa del Inglés. Miró a Oramas, que estaba a su lado en silencio, con su clásica media sonrisa y disfrutando de su whisky.

-¿Qué piensas de todo esto? –le lanzó.

Oramas miró a Fernando y a los otros dos y amplió su sonrisa.

-Pues mira, chacho. Estos tipos me llamaron ayer desde tu móvil al mío, al secreto y creí que eras tú. Dijeron que lo habían recogido en el ascensor del hospital, aquí lo tienes –se lo dio. -Pidieron verme para hablar de algo muy importante para todos. Les mandé a paseo y cuando estaba colgando, uno de ellos me dijo algo que hizo que cambiara de opinión. Esta mañana llegaron aquí, hablamos y me convencieron. Lo cierto es que son muy convincentes –les miró y sonrió de nuevo.

–Entonces montamos esta operación para rescatarte y para pillar al sujeto que te cogió. Ordené a mis hombres que dejaran libres los accesos del pueblo y que no hubiera nadie por las calles, para evitar riesgos. Atrapamos al espía que esos tipos habían puesto por aquí, que ya estaba identificado desde el mismo momento en que pretendió hacerse pasar por un turista despistado, aunque nos dio algunos problemas porque se escapó y hubo que eliminarlo. Casi no nos dio tiempo a retirar el cuerpo antes de que llegarais y apenas pudimos prenderle fuego al coche del patio para que pareciera que había habido un asalto. Nosotros pudimos escondernos, pero tres de mis hombres se quedaron en a casa y los pillasteis, aunque por suerte no se los cargaron.

-¿Cómo es que no os localizaron con el detector ese que tenía Uri?

Oramas puso su cara de suficiencia. —Tengo en todos mis refugios un pequeño búnker a prueba de bombas atómicas, con paredes de plomo de más de medio metro de espesor, que me costó un huevo explicar para qué traía tanto plomo a la isla porque la bofia pensaba que era para montar una fábrica de balas. Excepto los tres muchachos que se quedaron fuera, los demás nos escondimos en los dos bunkers que tengo aquí, aunque estos —señaló a los Guardianes —tienen algo que impide que les vean con ese aparatito y estaban apostados por la casa.

El mayordomo de Oramas avisó que la comida estaba preparada y todos pasaron al comedor. Los otros dos Guardianes se presentaron a Lucas y durante la cena siguieron explicándole los pormenores del histórico conflicto entre los Guardianes y los Buscadores. Lucas les indicó el emplazamiento de las caravanas de Uri y su gente en la Playa del Inglés y le dijeron que se encargarían de todo. La sobremesa duró hasta bien avanzada la madrugada y cuando Lucas ocupó finalmente un cuarto de invitados horrorosamente recargado en la residencia de Oramas, cayó como un leño sobre la cama, sin siquiera meterse en ella.

Capítulo 26

Colmar, Alsacia, 1836

Hans Wieman residía en Colmar, en la región de Alsacia. Su padre había sido médico en Estrasburgo y él heredó la profesión pero decidió irse a un pueblo más pequeño, donde la competencia no fuera tan fuerte. Escogió Colmar porque era una villa de unos veinte mil habitantes y porque un amigo suyo, judío como él, le dijo que la pequeña comunidad hebrea estaba muy unida allí y encontraría una lista interesante de pacientes debido a que el anterior médico judío había fallecido algunas semanas atrás. Encontró vivienda en una casa de la Rue des Laboureurs, muy cerca de donde iba a estar la proyectada sinagoga y, tal como su amigo le había adelantado, rápidamente consiguió los pacientes del anterior doctor.

Hans había heredado algo más de su padre que la profesión médica. Era el Cuidador. Esto significaba que era la única persona en el mundo que conocía cómo componer un cóctel muy especial, el que permitiría recobrar los misterios de la anterior civilización en la Tierra, destruida por un cataclismo provocada por ella misma. Los antiguos los habían conservado en un vial, dentro de una sustancia que sólo podría activarse si era mezclada con otra que contenía sangre de uno de esos antiguos, e inoculada a una persona. Entonces se produciría una reacción y esa persona recuperaría todos esos misterios y conocimientos. Pero eran tan peligrosos que ni los Cuidadores los conocían; sólo sabían el procedimiento para resucitar el gran secreto y no su contenido. La misión del Cuidador consistía en tener localizados los componentes del cóctel, los dos viales, cada uno con su particular sustancia y el códice que detallaba cómo fusionarlos para lograr el objetivo. Se decía que el códice lo había escrito el último antiguo, antes de dar su sangre para el proyecto, pero lo cierto era que el códice estaba escrito en griego, según le había dicho su amigo y compañero de estudios Álvaro Betancourt, último Guardián del mismo.

Álvaro y otro estudiante español llamado Fernando del Castillo habían compartido dormitorio con Hans en la Sorbona, en París, en la época de estudiantes. Aunque Hans era judío y ellos cristianos, habían confraternizado magníficamente porque todos ellos eran jóvenes educados y con ansia de conocimiento, al margen de los planteamientos religiosos. El más conservador era Álvaro, muy estricto en su estilo de vida y el más liberal, Fernando, estando Hans en mitad del camino entre uno y el otro. Álvaro profesó los hábitos después de la Universidad y entró en la Orden de San Bruno, llegando a ser Prior de la Cartuja del Paular, cerca de Madrid. Fernando del Castillo entró en la Corte y alcanzó el puesto de Intendente de Hacienda de Madrid. Según supo Hans, la mediación de amistades de Fernando en la Orden fue la que permitió a Álvaro ser designado Prior a la tan temprana edad de treinta y un años. Pero había un discreto objetivo tras esa designación. El Monasterio del Paular conservaba un pequeño número de pergaminos y códices antiguos, que la Orden conservaba con tanta discreción que ni siquiera la Iglesia secular conocía este secreto. Así había sido desde antes que se construyera la Cartuja y cuando se terminó el edificio, las partidas de documentos se enviaron allí y quedaron guardadas secretamente, ignoradas por todos los monjes excepto el Prior y otro de su designación. El lugar era perfecto, lejos de los grandes centros de Europa, a salvo de guerras y en una humilde Cartuja cuyos monjes se dedicaban a una vida austera y de contemplación.

Fernando del Castillo era el Gran Guardián. La Orden de los Guardianes había sido fundada por el último antiguo para preservar el Gran Secreto. Ni siquiera sabían qué había que custodiar, aunque conocían de la existencia del códice que explicaba detalles de la antigua civilización y algunas de sus técnicas. Y sabían del códice porque lo guardaban ellos. Estaba incluido entre los libros custodiados en la Cartuja. Al principio estuvo guardado en la Casa Madre de la Guardianes, en Sintra, cerca de Lisboa, pero pensaron que la Cartuja ofrecía mejores condiciones para un depósito efectivo, porque no tenía relación alguna con los Guardianes. Había otra Orden, existente también desde el comienzo, la de los Buscadores, que querían obtener acceso al Gran Secreto. Si estos descubrían el códice, todo se perdería y por ello estaba guardado en El Paular y su ubicación era únicamente conocida por Fernando, Gran Guardián y Álvaro, Prior de la Cartuja y Guardián a su vez, gracias a su amigo Fernando.

Todo esto lo conocía Hans porque era el Asesor de Fernando, como lo había sido su padre de su antecesor en el cargo. Tradicionalmente los Cuidadores eran asesores de los Grandes Guardianes y Guardianes ellos mismos por tanto, aunque nadie sabía de su condición de Cuidador. De esta forma, podían dirigir sutilmente a los Guardianes para que les ayudaran a cumplir sus objetivos de custodia, además de estar al tanto de lo que ocurría. El padre de Hans había influido para que Fernando del Castillo fuera el nuevo Gran Guardián, al que conocía muy bien como amigo de su hijo y a quién había recomendado años atrás para que entrara en la Orden.

También por Fernando supo Hans que el códice tuvo que ser ocultado en otro lugar, debido a las leyes de exclaustración del Presidente del Gobierno español, Juan Álvarez de Mendizábal, llamado el Nigromante y Juan y Medio y que Fernando lo guardó en su Biblioteca particular, en su residencia de Aranjuez. Después Álvaro pasó a residir allí también, debido a su salida forzosa de la Cartuja de Rascafría. Álvaro se sacrificó por su amigo y superior Fernando, ya que los Buscadores lo cogieron, lo torturaron y lo asesinaron, haciéndose con el códice. Fernando tuvo que desaparecer, bajo una supuesta salida al exilio, para que los Buscadores no lo apresaran, posiblemente conociendo ya su calidad de Gran Guardián. Se refugió en la casa madre de los Guardianes, en Sintra, Portugal, y allí vivió hasta el final de sus días, en 1870, siendo durante todo este tiempo el único dirigente de su Orden y permaneciendo prácticamente el resto de su vida entre los muros de la casa.

El códice estaba ahora en poder de los Buscadores, cuyo máximo representante era el propio Vicario del Arzobispo de Toledo. En esos momentos seguramente estarían leyéndolo, descubriendo lo que no debía ser revelado, en la medida en que el códice destapaba ciertas cosas en sí mismo y anticipaba los procesos necesarios para traer a la luz el Gran Secreto. Esto suponía una quiebra total en la seguridad que se había mantenido desde el comienzo de los tiempos y había que actuar con mucha urgencia.

Hans viajó a Portugal a reunirse con Fernando y éste le comentó que tenían un informante dentro del Arzobispado, directamente junto al Vicario y que el códice estaba en las dependencias privadas de su Ilustrísima. El informante quemaría su tapadera como ayudante del Vicario y sacaría el códice del edificio, para después huir a Portugal.

Para Hans, el códice era demasiado delicado para que pasara por varias manos, de modo que le dijo a Fernando que él podría ir personalmente a recogerlo del informante y traerlo a la casa madre. Fernando se opuso, alegando que podía exponerse demasiado y que él era demasiado valioso como asesor suyo para correr este riesgo. Hans le replicó que no había nadie mejor que él para recuperar el códice y además, varios de los Guardianes de España podrían haber quedado en evidencia con las declaraciones de Álvaro y por tanto no podían intervenir en la operación. Hans pensó decirle entonces cuál era su verdadero papel en este tinglado, pero si algún día alguien hacía hablar a Fernando, su función saldría a la luz y esto nunca había pasado antes en la historia, por lo que decidió callarse al respecto.

Al final, como siempre, Fernando aceptó la propuesta de Hans. Quiso disponer que lo escoltara un equipo de Guardianes desde Portugal, pero éste se negó, porque convenía la máxima discreción dada la naturaleza del asunto. Se le envió una nota al ayudante del Vicario y Hans quedó en encontrarse con él seis días después, en la plaza Mayor de Madrid. Iría con una capeta de documentos color verde oscuro en la mano para que le reconociera y estaría haciendo uno de los gestos de reconocimiento a distancia típico de los Guardianes.

Lo cierto es que Hans tenía pensado algo más: crear una nueva cadena de elementos para la revelación del Gran Secreto, que no fueran tan obvios y tan abiertamente disponibles como los de ahora. El códice, si lo habían leído, había dejado en evidencia que había que combinar dos elementos para destapar el gran secreto y si uno de ellos era una ampolla custodiada en la casa madre de los Guardianes, es probable que alguien pudiera deducir que el otro fuera otra ampolla de un líquido extraño, como por ejemplo, la que guardaba la Sangre de San Pantaleón, en el Monasterio de la Encarnación de Madrid. Por otro lado y éste era su mayor temor, desconocía si alguno de los anteriores Cuidadores había podido dejar escritas las instrucciones relativas a su función, con la ubicación de los elementos. No sabía si el códice mismo había sido alterado y a lo mejor, ya fuera en los márgenes o en clave, contuviera estos datos, permitiendo así al lector enterarse de la combinación. Por ello, había resuelto hacerse con los elementos, para trasladarlos a otros lugares secretos, desconocidos por todos, Buscadores y Guardianes. En su forma de verlo, era lo mejor que podía hacer como Cuidador del Gran Secreto.

Un elemento era la sangre de Arum, custodiada en la casa en la que se encontraba. Este era relativamente sencillo de coger, porque aunque estaba encerrada la ampolla en un arcón cerrado con llave y éste estaba colocado en un sótano a su vez cerrado por una pesada puerta de roble y forrada de metal, con dos complicadas cerraduras y tres poseedores de llave diferentes, una vez al año se sacaba en procesión, para motivar a Guardianes y aprendices y se trasladaba hasta el salón de reuniones, para devolverlo a su lugar una vez concluido el Capítulo. Ya habíase hecho con una ampolla con un líquido similar y tenía bien calculado el momento en que podía hacer el cambio. Dependía de la suerte, no obstante, porque Fernando, como Gran Guardián, podía escoger quién extraería la ampolla del arcón para entregársela para la procesión. Si lo escogía a él, simplemente haría como si sacaba la ampolla real, pero lo que pasaría es que sacaría la réplica de su escondite en la bocamanga, con las manos dentro del arcón para que nadie lo viera y ésta se la entregaría al Gran Guardián. Después, una vez comenzado el Capítulo, saldría de él momentáneamente para recoger la ampolla auténtica, aún en su arcón original, porque permanecería abierto hasta el regreso del Gran Principal con la ampolla de réplica.

Le molestaba engañar a su amigo Fernando, pero lo hacía para cumplir fielmente su misión de Cuidador, por encima de otras consideraciones. Además, nadie sabría del cambio y todos creerían siempre que la ampolla auténtica permanecía en su custodia. Si algún día había un problema y los Buscadores se hacían con ella, no podrían conseguir nada.

Tuvo la suerte que esperaba y Fernando le designó para extraer, con infinitas precauciones, la ampolla de su arcón. Como estaba rodeada de paños de terciopelo para protegerla, no le fue difícil ocultarla debajo de ellos y sacar la suya de su manga. Nadie cayó en la cuenta del cambio y se la entregó a Fernando. Este la miró detenidamente por un instante y Hans creyó en ese momento que lo había descubierto. Pero lo que Fernando hacía era comprobar que la ampolla seguía sellada, de modo que su contenido se mantenía sin contacto con el exterior. Cuando lo hubo comprobado, comenzó la procesión hasta la Sala Capitular.

Comenzó la ceremonia y minutos después, cuando un jefe de zona estaba leyendo su informe, Hans aprovechó para salir de la sala, volver al sótano, cuya pesada puerta permanecía abierta y recoger, envuelta en un paño, la ampolla con la sangre de Arum, que colocó en el escondite del pliegue de la bocamanga. Después se unió a la ceremonia y a la procesión que posteriormente devolvió la ampolla a su arcón. Ya tenía la primera pieza del rompecabezas.

Cuatro días después Hans estaba esperando bajo un soportal de la Plaza Mayor de Madrid al ayudante del Vicario. Hacía frío y el día era lluvioso. Estaba nervioso porque desde que se apoderó de la ampolla era la primera vez que no la llevaba encima, por precaución. La había dejado dentro de su maletín de médico, en la habitación de la posada que había alquilado en la carrera de San Jerónimo, contra los deseos de Fernando de que se quedase en la Posada del Dragón, en la Cava Baja, propiedad de un amigo suyo de toda confianza. Lo que menos necesitaba ahora Hans era amigos que pudieran comprometer esta operación.

A lo lejos caminaba en su dirección un sacerdote, cuya sotana se veía de buen paño, sin manchas ni desgarrones. Traía encima una capa corta y se cubría con el sombrero de teja. Era de mediana edad y muy delgado. Llevaba un paquete bajo el brazo, envuelto en una tela de color negro, que hacía que se confundiera con la sotana. Hans adoptó el gesto de reconocimiento y dejó que se viera la carpeta que había traído. El sacerdote pareció detenerse un segundo, pero luego reanudó la marcha, eso sí, mirando furtivamente a un lado y al otro, siempre sin levantar la vista del suelo.

Al llegar a su altura se detuvo, hizo el gesto de respuesta y se estrecharon las manos, con el toque de identificación de su rango en la Orden. En ella era un Compañero, el nivel inmediatamente después del de aprendiz. Pero lo que chocó a Hans fue que el sacerdote fuera un ¡Obispo Auxiliar! ¡Todo un Obispo, sacrificando así una prometedora carrera en la Curia! Eso era voluntad de servicio en la Orden y lealtad ciega. El hombre no volvería, con seguridad, a enfundarse los hábitos, aunque su vida quedaría cómodamente resuelta en Portugal, porque la Orden no abandonaba a ninguno de sus miembros y si podía los mantenía en activo en otras funciones y si no, les pasaba una generosa pensión de por vida. Después de tantos milenios cerca del poder, la hermandad había acumulado un patrimonio sobresaliente, que administraba a través de terceros, pero del que disponía libremente el Gran Guardián, asesorado por un Comité Económico.

El sacerdote le entregó el paquete sin decir nada y le presentó la mano para que le besara el anillo. Hans entendió que el gesto era necesario porque además era la costumbre y un judío besó el anillo de pastor de un Obispo que había engañado a su superior. Después el sacerdote siguió su camino, perdiéndose por la calle Mayor.

Apretando bien el paquete, Hans apretó el paso y llegó a su posada. Se encerró en la habitación, corrió una polvorienta cortina para que el sol no entrase directamente por la ventana y con la luz cenital que atravesaba la cortina, procedió a desenvolver el paquete. Al retirar la tela, apareció el maravilloso códice. No entendía mucho de libros antiguos, pero se dio cuenta de que era muy antiguo, porque estaba hecho de pergamino. Lo abrió con extremo cuidado y comenzó a leer.

Siete horas después lo cerró. Le costaba regresar al mundo real después del viaje de fantasía que había experimentado durante su lectura. Aquí se contenían unos conceptos que demostraban lo avanzado de aquella civilización. Ni las técnicas aquí someramente descritas, ni las herramientas mencionadas existían hoy, a pesar de que el escritor había intentado reflejar con palabras de su tiempo los conceptos que estaba vertiendo en su libro. Había muchas descripciones genéricas de aparatos extraños, de instrumentos que trabajaban ellos solos, de máquinas voladoras. En un apartado sobre medicina, a Hans casi se le caen las lentes de la sorpresa. Casi todas las enfermedades estaban curadas o podían curarse, la gente vivía cientos de años, la cirugía se hacía sin abrir la piel, con unos instrumentos que inducían cambios en los órganos, sin tocarlos.

Hans entendió que muchas de estas descripciones no eran precisamente dañinas, porque hasta que la humanidad no estuviese preparada para comprenderlas, permanecerían como sueños o pura fantasía. Y cuando fuera capaz de alcanzar la estructura de alguna de estas maravillas, sería el momento del gran impulso, ayudado por ellas. Lo malo era que mucho de lo descrito podía usarse tanto para el desarrollo como para la destrucción. Por consiguiente y teniendo en cuenta que esa antigua civilización, con todo su avance, se destruyó con lo mismo que había creado, había que tener muchísima precaución. Esa era la razón de ser de los Guardianes y por eso los entendía tan bien. Como Cuidador, su misión era mantener el secreto accesible, para que algún día pudiera abrirse. Como Guardián, protegerlo para que no fuera revelado antes de tiempo y provocara una nueva destrucción de la humanidad.

La última parte del códice especificaba, como él sabía que lo haría, los procedimientos para la fusión de los elementos. La sangre de Arum y la solución vital debían fundirse e inyectarse en una persona sana, lo más sana posible, en una determinada parte de su cerebro y en la corteza cerebral, también en un punto particular de la misma. Hans sabía que con la medicina de su tiempo, cualquier persona moriría o se quedaría gravemente perjudicada después de que se le inyectase una sustancia en el cerebro, en el punto del hipocampo, que es donde señalaba el códice. Había que atravesar bastante masa cerebral desde cualquier punto que se atacara, con grave riesgo de provocar derrames, además de lesiones cerebrales irreversibles. Pero quién sabe cómo avanzaría la medicina en el futuro próximo. Si lo hiciera a la misma velocidad que en los últimos cuarenta años, en apenas otros cuarenta dejarían de existir las enfermedades y las plagas y la cirugía sería habitual, pudiendo hacerla hasta un médico rural.

El códice terminaba abruptamente, como si le faltara una parte. El último párrafo insistía en que la persona debía estar perfectamente sana, porque cualquier enfermedad podía...

Para apoderarse de la ampolla con la sangre de San Pantaleón, había ideado una réplica que funcionara exactamente igual que la original, fundiéndose y solidificándose como ella. Cualquier químico un poco avanzado de la época podía haberlo hecho también; a él le gustaba la química y además solía preparar sus propias recetas en su pequeño laboratorio, si podía. Por eso preparó una sustancia que podía licuarse con un aumento de temperatura y con el movimiento. Así, cuando el sacerdote tocara la ampolla, como venía haciendo todos los aniversarios de San Pantaleón, la masa de color rojizo oscuro se fundiría lentamente, adoptando la forma de la ampolla. Después de unas horas sin movimiento o sin variación de temperatura, volvería a solidificarse.

Hans había pensado decírselo al sacerdote cuando le entregó el códice, porque él tendría libre acceso, como Obispo auxiliar, para entrar en la cámara de la reliquia y proceder a su sustitución. Pero concluyó que seguramente éste habría detectado o sospechado su condición de judío y sería difícil explicarle a un Obispo de la Iglesia Católica que un judío quería que sustituyese una reliquia auténtica por una réplica.

Por consiguiente, decidió urdir un esquema que le permitiera quedarse solo un momento con la reliquia. Compró en una botica el ingrediente que necesitaba y espero hasta el día siguiente. Sabía que a media mañana habría menos gente en la capilla del Monasterio de la Encarnación, porque la había visitado varias veces a distintas horas en los dos días que llevaba en Madrid. Entró en la capilla y vio que solo había dos mujeres rezando junto a la reliquia y una monja que fregaba el suelo de la salida al pasillo. Esto era un problema, porque él quería provocar un pequeño incendio para que las mujeres salieran a buscar agua para apagarlo y mientras, poder hacer el cambio. Si la monja tenía agua en el cubo, se le desbarataba el plan. Por tanto al ir a entrar en la capilla hizo como si tropezase con el cubo, que cayó a un lado vertiendo el agua.

Hizo un gesto de disculpa a la monja, que lo miraba con cara de pocos amigos y pasó a la capilla, a uno de los bancos traseros. De reojo vio que la monja se ponía a secar el suelo con el trapo. Esto tampoco era bueno, porque acabaría llenando el cubo de nuevo y posiblemente tendrían agua suficiente para apagar el fuego. Sin embargo, podría evitarlo con el producto que había comprado el día anterior. Sacó la parafina de un bolsillo y la extendió por todo el interior de su capa, procurando que ni las señoras que rezaban delante ni la monja vieran lo que hacía. Después se levantó y se acercó al portacirios que había a un extremo de la capilla, con un montón de velas prendidas. Sacó una moneda y la dejó caer en el cepillo, tratando de que sonase, para que las señoras imaginaran que estaba encendiendo una vela por un familiar. Si algo de positivo tenía el ser judío en Alsacia es que uno se educaba en un ambiente cristiano, protestante y católico a la vez y estaba familiarizado con las prácticas religiosas de estos grupos.

Acto seguido se quitó la capa empapada de parafina y la dejó caer sobre las velas encendidas. Prendió en un segundo, con una llamarada que lanzó un resplandor que hizo que las señoras y la monja miraran. Hans puso cara de sorpresa y se echó atrás. Luego miró hacia la monja y corrió hacia ella gritando que le diese el cubo. La monja estaba petrificada, así que llegó a su altura, cogió el cubo y lanzó su contenido desde allí hacia el fuego. Como esperaba, apenas había líquido dentro del cubo. Lo lanzó hacia las señoras, gritando que trajeran agua. Ellas sí que reaccionaron y salieron corriendo con el cubo, cogiendo a la monja en su salida. Hans pudo sacarse la ampolla del bolsillo, abrir el relicario, abrir la pirámide de cristal en la que estaba la ampolla con la sustancia, cambiarlas, cerrarlo todo y correr hacia el portacirios. Cogió por una esquina la capa, que estaba realmente en llamas y la tiró al suelo de mármol, poniéndose a patearla cuando escuchó pasos a la carrera entrando en la capilla. Eran las señoras y un tropel de monjas, que venían con escobas y paños para intentar apagar el fuego. Hans pateó la capa apagando las llamas más rebeldes y luego cogió los restos y los sumergió en el agua del cubo. Se disculpó delante de las monjas, explicando que se le había caído la capa sobre las velas al ir a colocar una y salió apresuradamente del monasterio.

Ya tenía el rompecabezas completado. Regresó caminando por la calle Arenal hasta la Puerta del Sol, la cruzó y siguió por la Carrera de San Jerónimo hasta la posada. En ningún momento fue consciente de las dos sombras que lo seguían desde el Monasterio hasta el hotel.

Al día siguiente tomó un coche para París y después otro hasta Colmar. Llegó a su casa por fin y descansó toda la noche. Al amanecer, ya repuesto, se asomó a la ventana del salón. La calle estaba prácticamente desierta a esa temprana hora; apenas algunos transportistas con sus carros circulando por el medio de la calle y un par de individuos justo debajo de su casa, uno de los cuales estaba mirando hacia su ventana. Entonces el corazón se le detuvo un instante de dolor, cuando vio que el individuo que le miraba era el mismo que estaba en la puerta de la posada en Madrid y además, estaba sonriendo.

Un rato después comprobó que había más forasteros rondando por la calle, algo muy infrecuente en la aldea. Se dio cuenta entonces de su gran estupidez y reconoció que había puesto el Gran Secreto en un gravísimo peligro de ser revelado. Lo pensó durante varias horas, temiendo cada minuto que su casa fuera asaltada y las ampollas encontradas. No podía esconderlas dentro de la casa, porque las encontrarían indefectiblemente. Tampoco podía ir al bosque de las afueras y enterrarlos, porque le seguirían. Podría destruirlos, pero esa destrucción pondría en serio peligro la viabilidad del Secreto y como Cuidador se veía imposibilitado de hacerlo. Además, no sabía cuánto del códice habían leído y por consiguiente, si eran capaces ya de crear la combinación y de entender sus consecuencias. Entonces se le ocurrió algo positivo: esconder las muestras en personas. En su labor como médico, recorría diariamente varias casas del pueblo atendiendo a los enfermos. Si inyectaba cada solución a varios pacientes suyos, tendría la solución escondida en tejido vivo, que estos pacientes transmitirían a sus descendientes. Preparó varias hipodérmicas, unas con la sangre de Arum y otras, con la solución vital, que guardó en su maletín. Después se sentó delante de su escritorio y se puso a escribir.

En las hojas que escribió, dejó documentado todo el proceso, detallando su intención y copiando también los procedimientos que sería necesario desarrollar para lograr una efectiva combinación de los elementos, tal como el manuscrito de Arum indicaba. Si Arum había dejado dicho que la fusión de los dos líquidos debía ser inyectado en una persona lo más sana posible, en una zona concreta de la corteza cerebral y del interior de este órgano, Hans pensó que cada solución iría por sus propios medios a esa parte del cuerpo, porque no había avanzado tanto la medicina como para inocular directamente en ese punto sin causar algún daño al paciente. Y así lo dejó escrito. Además explicó que él era el único y último Cuidador porque no había podido pasarle este oficio a nadie más y como era secreto, si el que leyera el escrito quisiera asumirlo con buena fe, continuaría una larga cadena de Cuidadores.

El problema era ahora que el escrito no cayera en manos de sus perseguidores, los Buscadores. Y de repente se le iluminó el rostro. ¡Ya tenía la solución! El vecino de piso era escritor. Se llamaba Simon Goldsmith. Tenía una amplia biblioteca, que apenas tocaba, siempre escribiendo sin parar. Hans lo visitaba de vez en cuando, porque también era su médico. Cogió sus papeles, los dobló y metió en el códice en griego, que guardó en un bolsillo. Salió de su casa y cruzó el corredor. No había nadie, seguramente porque estarían apostados abajo, en la entrada del edificio. Mejor. Su amigo y vecino abrió la puerta y al verle, le sonrió. Era siempre un placer ver a Hans, con su sentido del humor y su amplia cultura. Hans le indicó que no quería molestarle, pero que necesitaba un poco de sal para un guiso que tenía en preparación y que si no era mucha molestia, quizá se la pudieran dejar. Su vecino lo hizo pasar y le dijo que iba a llamarle en ese momento, porque su hija tenía fiebre alta y estaba congestionada. Entonces Hans vio la oportunidad caída del cielo y regresó a su casa, tomó su maletín con las inyecciones preparadas y fue a atender a la hija del vecino. Esta estaba acompañada por la madre y por el novio, el joven Goldstein. La chica parecía realmente enferma, pero después de auscultarla, tomarle la temperatura y reconocerla, dedujo que lo que tenía era una gripe benigna, que se le pasaría en un par de días. No obstante, le dijo a la familia que tenía una infección y que la curaría con un tratamiento de una sola inyección. Le inyectó la sustancia que contenía la solución de los antiguos. Luego se dirigió al novio, al joven Goldstein y le dijo que a él le pondría una vacuna, porque la infección era contagiosa. Y le inyectó la muestra con la sangre de Arum. Hizo lo mismo con la madre y el padre de la chica, a cada uno le inyectó una de las soluciones. Después pidió permiso para lavarse las manos. Mientras todos permanecían con la hija, aprovechó para escurrirse hasta la biblioteca, escribir en una de sus hojas los nombres de las personas a las que había inoculado las soluciones, e insertar su códice en el estante que tenía más a mano. Se fijó en el título del libro contiguo, "Ragnarok", (El Ocaso de los Dioses) y pensó que el destino juega pasadas muy extrañas. Luego se lavó, volvió a despedirse de la familia y regresó a su casa. Destruyó las inyecciones restantes, cogió otro libro antiguo de su pequeña librería y lo arrojó a la chimenea. Luego escribió una nota que decía: "He destruido lo que robé porque me equivoqué. Como prueba de mi sinceridad, veréis los restos carbonizados del códice en mi chimenea. Mejor destruido que en vuestras manos." A los cinco minutos, tocaron en la puerta. Hans asumió que había llegado el fin y antes de abrir se tragó una píldora de un potente veneno, que tenía en su pequeño laboratorio farmacéutico. Al abrir, vio que era la vecina, que venía a traerle la sal que había pedido y una botella de un excelente vino que guardaban para una buena ocasión y qué mejor que regalársela al médico que había tratado a la hija. Hans sonrió, le dio las gracias y cerró la puerta. Abrió la botella, sacó la mejor copa de cristal que tenía y la llenó muy despacio. Después, la levantó, brindó a los dioses, quienes quisiera que fueran y sorbió un trago. Aún estaba saboreando el vino en la boca cuando murió.

Los Buscadores entraron en la casa ya de madrugada. Habían dado con él porque el Obispo auxiliar había sido visto por el propio Vicario en la residencia de su Ilustrísima en Madrid, cogiendo el códice y ocultándolo con un paño negro. Su Ilustrísima tenía instalado un curioso juego de espejos por los que desde un gabinete adjunto podía observar lo que ocurría en su despacho sin ser visto. También tenía un sistema de tuberías, que llegaban justo debajo de la mesa del despacho y podía escuchar desde el mismo gabinete lo que se decía en su despacho. Este recurso lo utilizaba frecuentemente, incluso con el Nuncio de su Santidad y con su propio superior, el Arzobispo, para conocer los verdaderos motivos de su visita, cuando se excusaba para ir al lavabo y se metía en el gabinete adjunto. En esta ocasión no es que sospechara de su ayudante; simplemente estaba cruzando por el gabinete cuando lo vio tomando el códice y ocultándolo. Lo primero que pensó fue en encararse con él, pero decidió que sería mejor hacerle seguir, para averiguar qué iba a hacer con el códice. Así supieron de Hans, que también fue seguido en su paseo al Monasterio de la Encarnación y su regreso a la posada. El Vicario concluyó que Hans era un Guardián y que pretendía juntar los elementos del gran secreto. Cuando le dijeron que estaba de visita en el Monasterio de la Encarnación, intuyó que podía deberse a dos motivos muy diferentes: o bien iba a entregarle el códice a alguien allí, o iba a buscar algo. Entonces comprendió que lo que Hans buscaba era la ampolla de la Sangre de San Pantaleón, la reliquia más adorada del Monasterio. ¡La había tenido frente a sus narices tantos años y nunca se le había ocurrido que fuera una pieza del gran secreto!

¡Incluso la había llevado en procesión!

Hans fue seguido de vuelta a su posada. La reliquia seguía en el relicario, pero había habido un incidente dentro de la capilla y por unos minutos se había quedado solo allí.

¡Ya estaba! ¡Había cambiado la ampolla! El Vicario ordenó seguirle aunque fuera hasta el fin del mundo, para averiguar con quién iba a reunirse. Y no hasta el fin del mundo pero casi, a Colmar viajó y detrás de él, un equipo de Buscadores.

Ya en su villa, los Buscadores se pusieron en contacto con un equipo local, que se informó de que esa era la casa de Hans Wieman, médico judío. Estuvieron apostados debajo de ella durante un día entero, pero el médico no salió del edificio, aunque de vez en cuando se asomaba por una ventana. ¡Los había descubierto! El jefe del equipo de Buscadores decidió entonces entrar, por si el tal Wieman se deshacía de los objetos que había robado y de otros que quizá ya tuviera en su poder.

Saltaron la cerradura de la puerta de su vivienda y encontraron a Hans Wieman muerto desde hacía algunas horas, con un papel agarrado en su mano derecha y una terrible sonrisa congelada en el frío rostro. Y ni rastro del botín que habían venido a buscar. Abandonaron el edificio cuando los vecinos comenzaron a abrir las puertas de sus casas, alarmados por los golpes, antes de que los alguaciles fueran avisados.

Capítulo 27

Las Palmas, siglo XXI

Bien entrada la mañana, Lucas bajó a desayunar. Oramas había salido a hacer unas gestiones pero los tres Guardianes estaban en el salón. Lucas les preguntó por los planes para localizar a María y a la señora Weiss. Parece que, efectivamente, Uri no sabía su paradero. Dos equipos paralelos de Buscadores habían efectuado la operación en el hospital. Uno de ellos se había infiltrado entre el equipo médico y de seguridad de la señora Weiss, seguramente desde Estados Unidos directamente, mientras que el otro había sido el de Uri, llevándose a Lucas con ellos. Los equipos no mantenían relación directa entre ellos para evitar filtraciones si uno era capturado. Ni siquiera sabían donde estaban refugiándose.

Los Guardianes estaban controlando el hospital desde que llegó la señora Weiss a él. Un Hospital tan grande como el Negrín era complicado de vigilar, porque una misma persona en la planta de la señora Weiss se notaba rápidamente si permanecía mucho tiempo allí. Habían establecido turnos para controlar las diversas entradas y la planta pero en ciertos momentos los turnos no se solapaban. Y ocurrió en una de esas ocasiones. Cómo se habían enterado del momento oportuno era otra incógnita y Uri tampoco lo sabía, a pesar de las técnicas que le habían aplicado, muy similares a las agujas de acupuntura de Jack, porque él solo había recibido una llamada para que acudieran al hospital y extrajeran a Lucas.

La duda fundamental era ahora si la señora Weiss y María seguían o no en la isla. En opinión de Fernando lo más probable era que hubieran sido sacadas ya porque Gran Canaria no era un lugar muy seguro para mantenerlas, con los hombres de Oramas buscándolas junto con los Guardianes. Fernando estaba seguro de que los Buscadores no sabían de la alianza de los Guardianes con Oramas, pero no importaba, porque para ellos, tanto Oramas como los Guardianes estaban interesados en la señora Weiss y por tanto, salir de la isla con ella era su prioridad. La cuestión era, por consiguiente, donde podían tenerla y cómo habían salido, porque en su estado la señora requería una unidad de atención médica especial y no era fácil transportarla de forma discreta. Y entonces, a Lucas se le ocurrió la idea. ¡Habían salido en una caravana medicalizada! ¡Por eso Uri tenía a su equipo en caravanas! ¡No levantaban sospechas! Seguramente el otro equipo tenía su base en otro grupo de caravanas, en alguna otra parte de la isla.

Quedaron en comentárselo a Oramas para que averiguara con su gente qué ferrys habían salido y desde qué puertos. Si era cierto que habían sacado a la señora Weiss en una caravana, tenían una posibilidad de encontrarla, porque no había tantos barcos zarpando de la isla y además porque si no era a las otras islas del archipiélago entonces la duración del viaje sería de varios días como a la península y esto daría tiempo a esperarles en el puerto de arribada.

Lucas tenía muchas más preguntas que hacer. Empezó por él mismo. ¿Cuál era su papel en todo este asunto? ¿Por qué le había buscado la señora Weiss y por qué estaba en medio del fregado? ¿Y qué había por delante a partir de ahora?

Fernando le precisó que algunas cosas no podía contestarlas, bien porque debía guardar la discreción debida o porque él mismo no conocía las respuestas pero que procuraría ser lo más abierto posible. Explicó que la señora Weiss identificó en Lucas algo que lo hacía trascendental y que lo unía directamente al experimento revolucionario en el que ella se vio involucrada en la Alemania nazi. Los Guardianes habían examinado el diario incluso antes que lo hiciera Pilar, que por cierto estaba en lugar seguro, proporcionado por Oramas, en un hotel de un conocido suyo, al otro lado del mundo, disfrutando hasta que todo esto se calmara un poco. En él aparecían varios experimentos médicos fundamentalmente dirigidos a la manipulación genética destinada a la selección de las razas. Uno de los investigadores, según el diario, el Doctor Hirt, había desarrollado una técnica para identificar en el ADN los genes específicos de un determinado grupo homogéneo de personas, como los gitanos o los negros o los judíos. Pretendía manipularlos de modo que los elementos del grupo quedaran infértiles primeramente y de ese modo contribuir a la exterminación de las razas inferiores pero luego trabajó también con el objetivo de modificar su constitución morfológica y convertirlos en esclavos laborales específicamente dirigidos a determinadas tareas físicas. Quería crear seres repugnantemente tullidos o desfigurados, enanos con grandes torsos o personas con pulmones enormemente expandidos, según sirvieran para trabajos físicos en una mina o en la extracción de ostras en el mar. Para el doctor Hirt, como para muchos otros investigadores del régimen nazi, los pacientes eran simples cobayas en las que experimentar sus teorías y sus horribles técnicas. Sin embargo el doctor Hirt fue el que más avanzó en este campo y por eso se le dieron ilimitados recursos para que pudiera realizar su trabajo.

Por esta razón, tuvo a su disposición a cientos de prisioneros, clasificados por grupos étnicos principalmente, en los que a n a l i z a r sus técnicas de   selección y "transformación", como solía llamarlo. Y cuando los aliados fueron acercándose al campo de Natzwiller y era obvio que los nazis habían perdido ya la iniciativa y la guerra, el doctor Hirt se dispuso a escapar con dos de sus pacientes que para él eran totalmente esenciales para el resultado final del experimento, según el diario. Uno de ellos fue la señora Weiss, como lo atestigua el número tatuado en su cuerpo. El otro número consta en el diario, pero como no aparece en él ningún otro dato del paciente, se perdió todo rastro de él. El doctor Hirt no pudo ver cumplido su objetivo porque alguien del hospital preparó la huida de la señora Weiss. El doctor escapó a Suiza con su material y allí fundó los laboratorios farmacéuticos con el ánimo de continuar sus experimentos. La suerte fue que murió a las pocas semanas, intoxicado por una de las sustancias que había manipulado, cuando apenas estaban montando los laboratorios, sin dar tiempo a que su nuevo equipo conociera sus técnicas. Su diario quedó archivado durante más de cincuenta años allí sin que nadie lo supiera, hasta que Richard Flynn, siguiendo instrucciones de la señora Weiss, se hizo con los laboratorios y descubrió este material. Y el interés de la señora Weiss se generó porque leyó algo sobre el origen de los laboratorios que le hizo saltar en su silla ya que el fundador había sido el famoso doctor Hirt, de la cátedra de Estrasburgo que era el que había estado experimentando con ella.

Pero la señora Weiss fue capaz de identificar al segundo paciente, no por el número tatuado, sino porque el joven había intercambiado saludos con ella en varias ocasiones. Se llamaba Goldsmith. Cuando tuvo acceso al diario, recordó el rostro del joven y su apellido y estuvo buscándolo por todo el mundo, a él y a sus posibles descendientes, porque lo más probable era que hubiera fallecido. Y dio con Lucas, cuyo padre había sobrevivido al campo de concentración, para huir primero a Estados Unidos y luego a España, casarse con una española y morir años después en un tremendo accidente de tráfico.

Los Guardianes también estaban buscando al otro paciente y al cruzarse la investigación, apareció Lucas.

En ese momento llegó Oramas de tratar sus asuntos en su despacho habitual de la terraza del Hotel Reina Isabel y se sentó con ellos. Le explicaron la necesidad de conocer los horarios de los ferrys y los destinos y dio instrucciones a uno de sus hombres para que obtuviera la información. Les comentó que la isla estaba muy tranquila, a pesar de que la policía estaba intentando enterarse de los detalles de la desaparición de la señora Weiss y de su equipo médico y de seguridad al completo. El avión privado había regresado a su base en Estados Unidos pero estos equipos humanos no aparecían por ningún lado.

Los datos de los transbordadores llegaron en veinte minutos. Aparte del ferry de Agaete a Santa Cruz de Tenerife, había salido otro en dirección a Cádiz. Oramas encargó a sus muchachos que se enteraran de la carga del que iba a Cádiz y a la vez, que averiguaran qué barcos salían de Santa Cruz en dirección a la península. En dos minutos regresaron con la información. El de Cádiz no llevaba caravanas, únicamente coches. Y de transportes desde Tenerife, desde el día anterior hasta la mañana del siguiente, sólo había un barco con destino a Lisboa, que ya había salido de Santa Cruz y llegaría en dos días.

Fernando decidió que había que buscar las caravanas por toda la isla, tanto en los campings como en los aparcamientos de las playas o de la ciudad de Las Palmas, e incluso en el interior y Oramas se encargó del asunto.

Pasaron dos días y nada se supo de las caravanas. Lucas había pasado casi todo ese tiempo con Fernando y los otros dos en el refugio de Oramas en Artenara. Le facilitaron una forma de identificarse como potencial Guardián, estrechando la mano de una determinada manera y poniendo, dentro del saludo clásico, el énfasis en una particular sílaba, tanto en español como en inglés.

En la reunión de la mañana de ese día estuvieron comentando los posibles planes de acción. Según Oramas, la señora Weiss no estaba en la isla, porque sus hombres la hubieran detectado. Habían visitado todos los hoteles, moteles, residencias, hospitales y clínicas privadas y revisado las viviendas recientemente alquiladas en toda la isla. Habían registrado los aparcamientos y los campings, incluso los llamados salvajes, en los parajes más recónditos. Habían contactado con los servicios de ambulancias de todas las poblaciones de Gran Canaria, asegurándose que ninguna había llevado a la señora. Y además, no había Buscadores en la isla, al menos de forma activa, a no ser que estuvieran haciéndose pasar como puros turistas. Nadie vigilaba, aparte de las fuerzas de Oramas, ni el refugio de Artenara ni el domicilio de Lucas en Las Palmas. Por eso Oramas concluyó que la señora Weiss había salido de Gran Canaria.

Cuando Oramas mencionó el nombre de la isla, Lucas cayó en la cuenta. La habían debido sacar de ella rápidamente para evitar que los cogieran al darse la alarma. Repasó los datos que habían conseguido los hombres de Oramas y comprobó que esa misma tarde un ferry salió de Agaete con dirección a Santa Cruz. Oramas llamó a uno de los muchachos y en pocos segundos contactaron con la oficina del ferry desde la que les dijeron que ninguna caravana, ni grande ni pequeña, había embarcado en el ferry pero que sí lo habían hecho tres ambulancias de Tenerife que volvían a su base. Inmediatamente llamaron al puerto de Santa Cruz, donde les informaron que las ambulancias no habían llegado a salir del puerto, porque habían entrado en el barco- transporte en dirección a Lisboa. Ese barco había llegado a Portugal hacía dos horas.

Femando decidió entonces que el equipo partiría para Lisboa inmediatamente. Lucas quiso ir pero el otro le dijo que no podía ser, porque debía estar en un lugar totalmente seguro y lo mejor para él era quedarse en la isla con Oramas. Además, puede que todo fuese una pista falsa y que la señora Weiss y María permanecieran en la isla o al menos en el archipiélago canario. Y el equipo de Guardianes recogió sus cosas y salió para el aeropuerto.

Capítulo 28

Al amanecer, aún temprano porque el sol apenas apuntaba en el horizonte marino que podía verse desde la habitación principal, recibió una llamada en el móvil, que había dejado conectado en la mesilla junto a la cama. Era Fernando, que le indicaba que aún no había rastro de la señora Weiss, pero que las ambulancias habían llegado a Lisboa y las habían abandonado debajo del puente 25 de Abril, no lejos del puerto, sin una sola huella, clínicamente limpias. El resto de su equipo estaba ya con él porque habían salido de Gran Canaria por otros medios (Lucas supuso que con Uri y los otros Buscadores, de los que no había vuelto a saber nada). En cuanto supieran algo le informarían.

Pasó ese día y el siguiente poniendo en orden lo que quedaba por componer de la empresa de Pepe, ahora de Pilar y suya. Se reunió en Las Palmas con el gerente, que le enseñó las cifras del negocio y después fue a su oficina, que había estado cerrada desde que salieron para el hospital él y Pilar para Artenara con Oramas. Arregló el cierre del alquiler de la oficina, ya que no pensaba volver a usarla, con su propietario y regresó a Artenara, siempre escoltado por los dos gorilas de Oramas, donde se dedicó a pasear y a darle vueltas a todo lo que le había ocurrido, mientras esperaba noticias de Oramas o de Fernando.

Sonó el móvil. Lucas había estado durmiendo la siesta en una hamaca colgada de dos grandes eucaliptos en el patio trasero de la casa, en el que corría una muy agradable brisa vespertina. Al ir a cogerlo, ya que lo había dejado abajo, sobre una pequeña mesita de plástico, se ladeó demasiado y la hamaca se dio la vuelta y acabó en el suelo de bruces. Se repuso y cogió el teléfono.

-¿Sí?

Un segundo de silencio y entonces escuchó:

-¡Lucas! ¡Soy María!

Reconoció la voz de su amiga inmediatamente. Tenía un timbre precioso y tanto la de Raquel como la de María eran inconfundibles. Se incorporó del suelo mientras el cerebro iba asimilando la situación.

No digas nada, sólo escucha –prosiguió María. El tono denotaba tensión y esto lo puso especialmente nervioso. Tuvo que respirar hondo y aplicar sus técnicas de relajación instantánea, porque quería percibir todo lo posible.

-Tienes que encontrarte conmigo. Pero tienes que venir solo. Por favor, es esencial que vengas solo.

-Bien.

-Dile a Oramas que vas a volar a Madrid y que no quieres escolta. Explícale que crees que puedes encontrar una pista sobre nosotras allí y que necesitas ir urgentemente, pero que estarás de vuelta mañana mismo. Solo vas a por información que puede llevaros a descubrir dónde estamos.

-Vale.

-Coge el vuelo de esta tarde a las siete. Cuando llegues a Barajas, conecta el teléfono y recibirás un mensaje mío.

-De acuerdo; ¿estás bien?

-Recuerda: sin escolta, tú solo. Es muy importante, ¿lo entiendes?

-Sí.

María colgó. Lucas miró la pantalla; la llamada aparecía hecha desde un número privado. Concluyó que los Buscadores que la retenían le habían hecho hacerle la llamada para atraerlo, pero no pudo interpretar el mensaje detrás de las palabras de María. ¿Por qué había insistido tanto en que fuera solo? Era obvio que tendría que hacerlo, pero por otro lado, a lo mejor ella le estaba queriendo decir que llamara a la caballería, a los Guardianes, como apoyo. Y en cualquier caso, Oramas iba a ser difícil de convencer para que no organizase un ejército que le acompañara.

Llamó a Oramas. Como esperaba, se empeñó en que se llevara a seis de sus mejores hombres que, aunque no podían ir armados, eran expertos en eso precisamente, en no tener que usar armas. Lucas le suplicó que le dejar ir solo, porque el mensaje era muy claro y ponía claramente en peligro a María si incumplía las instrucciones. Oramas lo pensó un momento y al final le contestó que, aunque no le gustaba en absoluto, haría lo que Lucas decía. Eso sí, le sacaría el billete de avión y haría que sus hombres le llevaran al aeropuerto de Gando.

Diez minutos después, Lucas salió de la casa, con una bolsa que llevaba algo de ropa de repuesto y de abrigo y sus artículos de aseo. Los escoltas entraron con él en el coche y le llevaron hasta el aeropuerto. Dos de ellos se bajaron con él allí y le acompañaron hasta la sala de embarque, que no abandonaron hasta que entró por el finger al avión.

Durante el vuelo se levantó una vez para ir al baño. Oramas le había sacado un billete en primera, por lo que el aseo estaba delante, junto a la cabina, así que no tenía que cruzar todo el avión. Sin embargo, al regresar a su asiento, se corrió un momento la cortina de separación de las dos zonas, porque una azafata estaba pasando con una bandeja y pudo reconocer en los primeros asientos de la clase turista a dos hombres de Oramas, que le miraron pero le ignoraron muy profesionalmente. Al menos, pensó Lucas, no son los escoltas habituales; los había visto solo una vez dentro del refugio de Artenara. Y lo cierto es que se sintió mejor sabiendo que estaban detrás.

El vuelo aterrizó en Barajas sin demora y salió de los primeros del avión. Nada más pasar la puerta se apartó a un lado y conectó su teléfono móvil. En breve apareció una alerta de mensaje y lo leyó: "Servicio de caballeros sala de equipajes. Tercer cubículo. Sobre tras cisterna."

Continuó por el largo pasillo del aeropuerto hasta la sala de equipajes y entró en el servicio de caballeros. El tercer cubículo estaba ocupado, como casi todos, porque acababan de llegar un par de vuelos, así que se quedó esperando dentro del servicio, mirándose al espejo y lavándose las manos. A los tres o cuatro minutos se oyó la cisterna y poco después se corrió el cerrojo y salió del cubículo un inmensamente gordo sujeto, que sudaba como una ducha y que tenía problemas para abrocharse el cinturón alrededor de su espectacular cintura. Lucas estaba ya bastante nervioso, pero tuvo que esperar a que el cachalote rematara la maniobra con el cinturón, justo delante del cubículo y se apartase, para poder entrar. Aguantando la respiración, porque el animal que el hombre acababa de dejar en el váter parecía llevar muerto más de un mes, juntó la puerta y se inclinó para tantear detrás de la cisterna. Al mirar abajo vio que el otro había descargado tanto que había colapsado el váter y le entró una arcada que a duras penas pudo controlar. Estiró la mano, procurando no mirar el espectáculo, hasta que con la punta de los dedos dio con un sobre. Lo cogió entre el índice y el corazón y lo sacó, rogando al cielo que no se le cayera dentro de aquel inmenso caldero que tenía debajo. El sobre se abrió y de él cayó un papelito, que fue a parar directamente a la masa asquerosa, sumergiéndose algo en ella. Lucas decidió que antes se amputaría una mano que recoger el papel. Miró dentro del sobre y vio en él un billete de avión a su nombre, para el vuelo TAP715 a Lisboa, que despegaba a las 20.25. Miró el reloj; eran las 20.15. Salió como una bala del cubículo y volvió a respirar una vez fuera de los servicios. Las nauseas le volvieron cuando sintió el maloliente perfume del cubículo que había impregnado su camisa. Se fue lanzado por el terminal principal hasta el mostrador de facturación de TAP, en el que presentó su DNI y el billete y le dieron la tarjeta de embarque, regañándole por llegar tan tarde a facturar y avisándole que fuera inmediatamente al punto de embarque. Justo cuando pasaba por el control de aduana pudo ver a los escoltas, uno de los cuales estaba hablando por el móvil. Cruzó la mirada con el otro pero no hizo gesto alguno y pasó por el arco de detección a la zona de embarque. Allí localizó la puerta enseguida y entró en el pasillo de acceso al avión, cuya puerta se cerró detrás de él. El único asiento que quedaba libre estaba casi al final del aparato, el de en medio de una fila de tres butacas y además tuvo que poner la bolsa debajo de las piernas porque no había sitio en los compartimentos superiores para equipajes. Con todo, al despegar se quedó dormido y solo despertó cuando el avión tocó tierra en Lisboa.

Como llevaba la bolsa encima, no tuvo que esperar en la sala de recogida de equipajes. Simplemente salió afuera y se detuvo, repasando con la mirada a toda la gente que estaba esperando la salida de los viajeros. Y al fondo, en un espacio sin apenas personas, a unos diez metros de él, vio a María.

Estaba más delgada que hacía unos días y vestía una blusa blanca y un pantalón vaquero de cintura muy baja. Llevaba el pelo recogido en una coleta detrás, dándole todo el conjunto una apariencia muy juvenil. Iba muy ligeramente maquillada y estaba bastante morena.

Ella lo vio y salió corriendo a abrazarlo. Allí mismo se dieron un largo beso, desentendiéndose de la gente que les rodeaba. Después Lucas se separó unos centímetros de ella, para poder respirar por un lado y hablar con ella por el otro.

Se acercaron a la cafetería del aeropuerto. A María se la notaba radiante. Mientras les traían algo de comer y una bebida, ella le explicó que la señora Weiss estaba realmente en situación crítica, a pesar de estar muy bien cuidada. Le detalló que cuando volvió a la habitación del hospital después de arreglarse un poco en el baño del pasillo, el equipo médico propio de la señora Weiss estaba ya atendiéndola. Ella conocía a alguno de los médicos y a una o dos enfermeras, además del personal de seguridad, pero había personas extrañas incluidas en el equipo. El doctor Norton y Lucas habían salido para hablar con el director del hospital. Justo cuando ella saludaba a uno de los médicos, dos de los hombres de seguridad que no conocía empezaron a dar órdenes, indicándoles que había que abandonar la habitación inmediatamente. Parecía que habían ensayado todos los movimientos, porque tanto los médicos y enfermeras como el equipo de seguridad estaban perfectamente sincronizados. Desconectaron a la señora Weiss de la unidad de asistencia del hospital y la conectaron a una móvil que habían traído y todos juntos salieron por el pasillo hacia el ascensor, llamando la atención del personal de la planta, que se quedó mudo viendo el dispositivo de evacuación. El ascensor, en realidad los ascensores, porque utilizaron tres diferentes, les llevó hasta el sótanos de las ambulancias y montaron en una, aunque todo el equipo de gente ocupó otras dos también. La señora Weiss iba en la primera y María pasó a la segunda. Preguntó por el doctor Norton y por Lucas y le contestaron que después se reunirían con ellos, que había que salir rápidamente de allí porque había un intento de secuestro de la señora Weiss.

Las ambulancias los llevaron hasta Agaete, donde tomaron el ferry a Santa Cruz y allí embarcaron en el transporte hacia Lisboa. En Lisboa cambiaron a otras ambulancias portuguesas que los llevaron a una finca de la localidad de Sintra, al oeste de la capital, donde habían permanecido desde entonces.

María le informó que sus protectores decían llamarse Guardianes y que le habían comentado que su misión era preservar para la humanidad ciertos conocimientos antiguos que, mal usados, la llevarían a una catástrofe sin remedio, pero que no podían perderse por su valor futuro. Estos conocimientos parecían estar de alguna manera conectados con la señora Weiss y con Lucas y por consiguiente era esencial recoger esta información para poder protegerla. Por eso los necesitaban a los dos juntos.

A María le habían dicho que Lucas había sido secuestrado por los Buscadores, que pretendían utilizar estos conocimientos para obtener el poder absoluto y que carecían de toda ética humana. Con la captura de Lucas habían intentado hacerse con la documentación relativa al material que tenía Oramas, para luego ir a por la señora Weiss, pero los Guardianes se habían adelantado.

-¡No es posible! —respondió Lucas al oír esto último. —Los Guardianes me rescataron de los Buscadores y ahora están buscándoos aquí en Lisboa.

-Eso no puede ser verdad, Lucas. Los Guardianes nos están protegiendo. Estamos alojadas en su casa de Sintra.

-María, sé de qué estoy hablando. Me han enseñado hasta la forma de presentarse como Guardián. Además, ellos me liberaron de los Buscadores y he estado moviéndome libremente por toda la isla y viviendo en Artenara tranquilamente.

-Lo aclararemos enseguida, cariño —dejó caer este apelativo con un placer visible en su rostro. —Aquí viene uno de los Guardianes.

Lucas se giró en la silla y vio a un hombre detrás de él.

El hombre, alto, bien formado, de unos cuarenta y pocos años, le presentó la mano. Lucas se levantó y le saludó, dando el toque que le había enseñado Fernando y respondiendo con el acento particular en la frase de saludo. El otro levantó ligeramente una ceja y habló.

-Ciertamente interesante, Lucas. Acabas de darme el saludo de un Buscador.

-¿Cómo?

-Lo que acabas de hacer es presentarte como lo haría un Buscador. Te han enseñado a saludar a los Buscadores y a identificarte como uno de ellos, no un Guardián. Has estado con los Buscadores, no con nosotros.

-¡No puedo creerlo!

-Te lo explicaré, pero antes me presentaré: me llamo Jaime del Castillo.

-¿Sabes qué te digo? —le dijo Lucas a María, con una confusión absoluta en su rostro. -¡Que ya no sé a quién creer! Los tipos que me cogieron en el hospital decían que eran Guardianes, los que me rescataron de ellos, también eran Guardianes y decían que los otros eran Buscadores. Ahora viene éste y me dice que el Guardián es él y que los otros son Buscadores. ¿Qué jueguecito es éste?

-Confía en ella, Lucas —dijo el extraño, señalando a María. —Si quieres, no confíes en mí, pero hazlo en ella. Y te he dicho la verdad: mi nombre es ese, Jaime del Castillo y soy el Principal Guardián.

Lucas pensó que María no podía engañarle, pero en realidad asumió que esto era verdad no porque realmente tuviera la certeza, sino porque necesitaba apoyarse en alguien en quien confiar y María era la persona más cercana a él desde los desagradables sucesos de la desaparición de Raquel.
-Está bien. Te escucho.

El tal Jaime indicó que era mejor hablar durante el viaje a Sintra, porque en la cafetería del aeropuerto estaban muy expuestos a que alguien les oyera. Pero antes de salir de la cafetería, preguntó:

-¿Tiraste el móvil?

-No -dijo Lucas extrañado. -Lo tengo aquí, en el bolsillo.

-¡Oh no! ¡Maldita sea! —gritó Jaime. -¡Dámelo por favor! ¿No leíste la nota que te pusimos en el sobre para que te deshicieras del móvil allí en el aeropuerto de Madrid?

Lucas ni quiso explicarle lo que había ocurrido. Negó con la cabeza y le entregó el móvil. Jaime lo sujetó por la pequeña antena y lo sumergió en el vaso de plástico con el refresco que había pedido y que estaba a medio terminar. Después lo recogió, lo abrió, sacó la tarjeta y la batería y tiró las otras piezas en la papelera que había junto a la mesa donde habían estado. Le dijo a Lucas que la batería iría al contenedor de pilas que había visto a la salida del aparcamiento del aeropuerto. La tarjeta la partió en pedazos pequeños y la tiró en otra papelera.

Se encaminó al aparcamiento, seguido por Lucas y María, que lo había cogido del brazo y caminó junto a él hasta el coche. Jaime se desvió un momento para arrojar la batería en el contenedor y salieron del aeropuerto.

Ya en dirección a Sintra por la autovía interior, Jaime le ratificó que como Guardianes lo que querían era recoger el material que de alguna forma llevaban la señora Weiss y Lucas porque era la última oportunidad de preservarlo antes de que se perdiera para siempre. Indagó lo que el supuesto Guardián le había relatado a Lucas, quien terminó de contarlo todo justo cuando llegaban a la casa de Sintra.

Era esta una quinta, en el camino de Sintra a Colares, a la que se accedía desde un estrecho sendero a través de un portón con mando electrónico. Lucas se fijó en las cámaras instaladas a ambos lados del portón con visor de infrarrojos. El sendero interior conducía, después de una pronunciada curva cuesta arriba, hasta una enorme casa, más bien un palacio, rodeado de enormes árboles de más de veinte metros de altura. Jaime detuvo el vehículo en la entrada, en la que había una persona esperando. Según salieron del coche, esa persona entró en él por la puerta del conductor y lo condujo más allá de la casa, seguramente a la zona de garaje.

Entraron en la casa. El hall de la entrada era muy amplio, posiblemente un paso de carruajes en otra época, porque aún podía verse el empedrado original en los extremos. Al fondo, María condujo a Lucas hasta un salón bastante iluminado, con tres enormes sofás de estilo antiguo, una mesita central de madera de caoba con un servicio de café y una cafetera humeante sobre ella y una librería de caoba, de pared a pared, con larguísimos estantes completamente repletos de libros antiguos y contemporáneos. El suelo era todo de madera y aunque se notaba que era original, estaba perfectamente pulido y abrillantado. En la pared posterior a la librería había una chimenea de piedra, tan grande que cabía una persona de pie, con una maravillosa lumbre que daba misteriosos reflejos en los muebles y el sofá. Esta era la razón principal de la iluminación del salón, como comprobó Lucas al entrar en él. Y muy práctico, ciertamente, porque la temperatura nocturna en esa parte de Sintra no excedía de los diez grados centígrados.

-Si no estás muy cansado, podríamos seguir la conversación ahora, Lucas. Pero si quieres descansar, hazlo y continuamos mañana. –le
dijo Jaime.

-No, estoy bien y quisiera que continuáramos ahora, pero antes
quisiera ver a la señora Weiss, si es posible.

-Claro que lo es –respondió éste, sonriendo. –María, ¿quieres llevarle tú? Yo os esperaré aquí, así aprovecharé para hacer algunas llamadas.

María lo cogió de la mano y lo llevó por las escaleras hasta el piso de
arriba. Este parecía mucho más moderno que el inferior y Lucas comprobó que las puertas de acceso a los diferentes cuartos eran metálicas y no
tenían picaporte. De hecho, no hacía falta, porque al acercarse se abrían
automáticamente con un ligero zumbido, hacia dentro del tabique. Entraron en un área que parecía una clínica, inmaculadamente limpia y sin
muebles excepto un punto central con una chica sentada frente a una
pantalla de ordenador bastante rara en su diseño, sin teclado ni ratón.
María la saludó y la otra les devolvió el saludo con una sonrisa. Pasaron
frente a ella a otra puerta, que se abrió dejando ver a la señora Weiss.
Estaba recostada dentro de algo muy extraño, como si fuera el capullo de una ninfa, con una suave luz de color rosáceo en su interior.
Algo parecido a cables salían del capullo hacia un nodo en la pared,
pero lo curioso es que la señora Weiss parecía estar flotando dentro del
capullo. Al acercarse, pudo ver que estaba sumergida en algún tipo de
líquido dentro de esa cápsula.

-A mí también me sorprendió muchísimo –habló María, cogida de
su mano. –Jaime dice que si no fuera por ese aparato la señora Weiss
estaría ya muerta. Están usando los recursos más sofisticados que tienen para mantenerla con vida, aunque parece que está en coma irre-
versible ya y nunca recobrará el conocimiento. La chica de ahí fuera
controla sus constantes en todo momento y está muy inestable, pero
aún aguanta. Creo que es su voluntad nada más la que le hace aguantar.

-¿Qué será lo que sabe, que la hace aferrarse así a la vida?

-Lo sabremos pronto. Creo que los Guardianes tienen ya todo lo necesario para recuperar el gran Secreto de vosotros. ¿Volvemos a ver a Jaime?

Lucas miró una vez más a la señora Weiss, tan frágil y tan cercana a él por mecanismos que aún no podía entender. Después salieron del cuarto y de la zona de clínica y bajaron al salón, donde estaba esperándoles Jaime, con una taza de café en la mano para cada uno.

Había muchas cuestiones que aclarar, en opinión de Lucas. La primera era, cómo es que el tal Fernando Olivares de Gran Canaria había dado datos tan precisos de las ocasiones en que le había salvado la vida, si no había sido él. Jaime asintió y le explicó que las comunicaciones entre los Guardianes en la isla habían sido interceptadas por los Buscadores, que así conocieron lo que estaban haciendo, como en el caso de evitar a toda costa que Lucas sufriera algún daño.

Esta explicación le pareció suficientemente razonable, pero llevaba a la siguiente consideración: ¿qué necesidad tenía ese Fernando de montar todo el entramado, si realmente era parte del equipo de los Buscadores de Uri y ya tenían a Lucas en su poder?

Para Jaime, el objetivo estaba claro: tenían que conseguir a la señora Weiss porque solo con Lucas únicamente tenían la mitad de la fórmula. Además, debían acceder a la información contenida en el diario, que a esas alturas ya tendrían, gracias al juego de la simulación como Guardianes. Por eso organizaron ese tinglado en el que los teóricos Guardianes capturan a los Buscadores y liberan a Lucas, para que éste les condujera hasta la señora Weiss, como ineludiblemente iba a hacer tarde o temprano. De ahí la importancia de deshacerse del móvil porque su ubicación podía ser perfectamente definida. Lo ideal hubiera sido destruirlo en Madrid como le pidieron en la nota, pero al menos le perdieron el rastro en el aeropuerto de Lisboa. Y en cualquier caso, las ambulancias tinerfeñas abandonadas también les ubicarían en Lisboa;

lo importante era ganar tiempo para recuperar el gran Secreto. En realidad era lo único que importaba.

Otra preocupación de Lucas era la de saber qué había de cierto en lo que el impostor le había explicado respecto de los Guardianes y los Buscadores y su lucha histórica con respecto al gran Secreto. Conociendo lo que Lucas sabía, porque lo había contado durante el viaje a Sintra en el coche, Jaime le aclaró que era fundamentalmente verídico, aunque el impostor se había hecho pasar por Guardián. Era verdad que los Guardianes querían mantener el secreto de esos conocimientos ancestrales, pero para proteger a la humanidad, no para impedir su desarrollo. Ya había pasado una vez que el uso indebido de parte de esos conocimientos había provocado un cataclismo que proyectó al hombre de vuelta prácticamente a la Edad de Piedra y no debía volver a suceder. Ese secreto fue debidamente custodiado durante muchos siglos, de generación en generación, a la espera de que la civilización estuviera preparada para recibirlo y usarlo correctamente. La forma de custodiarlo era, como bien le indicó el impostor, mediante una cadena de mensajes cuyos eslabones carecían de sentido por sí solos, pero constituían el mensaje completo si se unían todos. Se mantuvo estos eslabones lo más separados posible, pero controlados en todo momento, para que no se perdiera ninguno. Pero, como le había comentado el impostor, hubo un gran fallo en 1835, que permitió que el gran Secreto estuviera a punto de ser revelado a los Buscadores. Y justo antes de que esto sucediera, el Guardián por cuya acción casi se abre totalmente el Secreto destruyó los eslabones para siempre, de modo que fuera imposible su reconstrucción. Sin embargo, muy astutamente, creo una puerta trasera, como lo llaman ahora y de un modo muy especial dejó la fórmula para rehacer el mensaje en algo muy simple, un gen, o mejor dicho, dos genes. Provocó en dos personas muy cercanas a él una mutación genética de modo que el mensaje quedó partido en dos. Y por avatares del destino, ahora ese gen solo lo tenían la señora Weiss y Lucas Goldsmith. Resultaba curioso, pero en este momento y por primera vez en la Historia, los Guardianes y los Buscadores tenían el mismo objetivo: recuperar el secreto. Unos para preservarlo y los otros para utilizarlo, pero ambos grupos buscaban poseerlo. Esa era la única razón de que estuviera aún vivo, porque era necesario para ambos rivales.

Para Lucas, esto abría nuevos interrogantes, como porqué no podía utilizarse material genético, ADN, de un pelo o de una uña, para extraer el mensaje. De ese modo no hacía falta el individuo y menos, tenerlos juntos a los dos.

Jaime se lo quedó mirando un instante, justo el que tardó Lucas en darse cuenta, por su breve silencio, de que eso ya se había probado. Sí, ya lo habían hecho, habían tomado muestras suyas y de la señora Weiss, pero no funcionaba. Las instrucciones era tajantes: había que combinar unas determinadas células de los dos individuos. Esto debía provocar una reacción, una mutación que desencadenaría el mensaje y con él, el secreto. Y el doctor Hirt estuvo a punto de hacerlo sesenta años atrás, porque tuvo acceso a la clave del mensaje, pero no le dio tiempo.

Si le parecía bien, activarían el procedimiento en la mañana, porque era ya casi imposible mantener con vida a la señora Weiss, ni siquiera con las técnicas que estaban usando. Pero había un peligro: ignoraban las posibles consecuencias de este proceso. Las instrucciones dejadas por el Cuidador precisaban que la combinación de células de los dos sujetos debía ser inyectada a ambos después, para que la mutación pudiera tener lugar, pero no aclaraba qué pasaba ni cómo se revelaría el mensaje.

Estarían muy pendientes de la reacción y con sus conocimientos médicos estaban preparados, en la medida de lo posible, para reaccionar, pero había un riesgo y no era desdeñable.

María se alarmó bastante y lo cierto es que Lucas, algo también. Todo esto se había ido complicando cada vez más y ahora que parecía por fin estar viendo el fin de esta pesadilla, tenía que enfrentarse a algo aún peor, la incertidumbre respecto de su propia existencia. Le hubiera gustado pensárselo un poco más, pensó, unos días más para decidir vendrían bien. Sin embargo, la señora Weiss podía venirse abajo en cualquier momento y todo se malograría. Por eso tomó la decisión de proceder a la mañana siguiente.

Subieron a su dormitorio María y él. Era donde había dormido María desde que llegó a la casa y Lucas lo compartiría con ella, al menos esta noche. Después, todo dependería del destino.

Capítulo 29

Quinta Arcadia era la casa madre de los Guardianes en Europa. Llevaba siéndolo los últimos ochocientos años, aunque el edificio actual estaba formado por una amalgama de edificios de todas las épocas, incluyendo en su núcleo central un antiguo monasterio templario. Los últimos añadidos acababan de hacerse apenas unas semanas atrás, con la restauración de la sección frontal y la ampliación de toda un ala con instalaciones de última generación. El dormitorio se encontraba es esta parte y era como el de un hotel de cinco estrellas gran lujo, con muebles clásicos, cama con dosel, grandes cuadros en las paredes y al mismo tiempo, la iluminación del cuarto era múltiple, con candelabros, luz indirecta en el techo y también abajo, a lo largo de la pared, en el suelo. El baño tenía una sala con sauna, jacuzzi, baño turco y hasta una mesa para masajes.

-¿Y esto? –dijo admirado Lucas.

-Jaime pensó que te mereces lo mejor. Y de paso, yo también. –respondió María, mientras probaba el agua del jacuzzi con un pie. Debía estar a su gusto, porque sonrió y Lucas vio como caían al suelo los vaqueros, la blusa, el tanga y el sujetador, casi al mismo tiempo y pudo admirar el espléndido cuerpo de la chica, que se detuvo un poco más de lo necesario antes de descender al jacuzzi, al tiempo que giraba ligeramente la cabeza para observar a Lucas por encima del hombro.

-Creo que va a ser una larga noche –remató Lucas, quitándose también la ropa.

A las diez de la mañana y efectivamente después de una muy extensa noche, Lucas y María se encaminaron a la sección de la clínica, en ayunas. La chica les saludó al verlos entrar y les indicó que habían preparado otra sala contigua a la de la señora Weiss con todo lo necesario. En la sala les recibieron un médico y una enfermera, también del equipo de los Guardianes y Jaime, que estaba hablando con ellos.

Lucas tuvo que quitarse toda la ropa, que María dobló y dejó sobre una mesita al fondo de la sala. Tuvo él que hacer un esfuerzo por controlar su cuerpo cuando vio las miradas de la enfermera y de María y entró en una cápsula similar a la que mantenía con vida a la señora Weiss. El líquido estaba templado, ligeramente más caliente que el cuerpo y muy espeso, por lo que podía flotar sobre él. Se tumbó y el médico le explicó que iban a extraer una muestra de células del interior de su hipocampo, que es una estructura cortical del interior del cerebro y también de una parte de su corteza cerebral, para combinarlas con una muestra idéntica de la señora Weiss y después reinyectarlas a los dos. El proceso de extracción era sencillo, no obstante, porque todo iba a estar automatizado. El sería dormido, para evitar alguna desagradable sensación, con las agujas de acupuntura que ya conocía. Le cortarían unos dos o tres centímetros de pelo de la parte posterior de la cabeza y le pondrían una cosa parecida a un casco que contenía una sonda microscópica que entraría en su cerebro y tomaría las muestras requeridas. Había un riesgo limitado pero al fin y al cabo probable de que la sonda, al entrar, tocara alguna parte vital y produjera un daño.

Lucas agradeció las buenas noticias al médico, que se quedó impresionado por la ironía. María le acarició la cabeza y le dio un largo beso. Jaime le estrechó la mano, después el médico le hizo recostarse sobre un lado y un segundo más tarde todo se oscureció.

Intentó abrir los párpados, pero no pudo. Recordó que las agujas podían paralizar músculos concretos y le entró miedo de sentir dolor y no poder comunicarlo pero la sensación no era nada dolorosa; al contrario, lo que sentía era un enorme placer. Se relajó disfrutando de ese placer, sin medir el tiempo. Perdió la conciencia de sí mismo, los recuerdos, su propio cuerpo, para abandonarse a esa agradable sensación. Le pareció la eternidad pero no le preocupaba, porque sin cuerpo no necesitaba alimentarse, o respirar, solo existir disfrutando.

Muy poco a poco, el placer fue difuminándose. Como si estuviera ya repleto y no pudiera más, fue remitiendo, dejando un vacío detrás. Era un vacío cálido, tranquilo, pero vacío al fin y al cabo.

Empezó a tener otras sensaciones. Notó los latidos de su corazón, primero muy despacio, después un poco más rápido, hasta que le pareció que latía a la velocidad habitual. Sintió también el aire que entraba hasta sus pulmones y cómo se expandían y relajaban después. Ahora sí pudo abrir los párpados. Vio unos enormes ojos azules que lo observaban; parecían demasiado grandes para la cara, que era la de María. Parpadeó de nuevo y fijo la vista. Ahora entendía lo que pasaba, estaba en la cápsula cerrada y ésta distorsionaba lo que veía. María sonrió al verle abrir los ojos y le dijo algo que él no pudo escuchar. Vio que ella se giraba hacia atrás, donde podía distinguir al médico y a la enfermera, también desfigurados por la estructura combada de la cápsula.

-Lucas, ¿puedes oírme? —la voz del médico resonó dentro de la cápsula. El asintió.

-Bien. Voy a contarte lo que hemos hecho. Como te dije, introdujimos una sonda en tu cerebro que tomó muestras de dos partes del mismo, el hipocampo y una zona concreta de la corteza cerebral. Hicimos que la sonda fuera muy despacio, para evitar dañar algún tejido y el proceso ha tardado más de ocho horas, pero ha salido perfectamente bien. Te bajamos la temperatura corporal hasta casi la congelación, para que tu ritmo vital se detuviese. Por cierto, aprovechándonos de tu inacción forzosa, hemos revisado tu cuerpo de arriba abajo también. Hemos hecho alguna otra labor de ingeniería, ya de paso y aunque no te pedimos permiso para hacerlo, hemos implantado algunas mejoras que te parecerán muy positivas cuando las vayas asumiendo. Te hemos corregido un principio de tendinitis que tenías en el tobillo derecho y rehecho una muela que tenías un poco picada. Tus órganos internos están perfectamente así que no ha habido que tocarlos. Tu masa muscular es buena, pero tienes que hacer más ejercicio; has tenido épocas de mejor forma, según hemos visto en tu musculatura y el cuerpo te está pidiendo que vuelvas a esa forma.

En cuanto a tu estado mental, diagnosticamos un estado de ansiedad, lógico además por la situación. Te estamos tratando con ciertos productos que te van a ayudar a sobrellevar el estrés de estos momentos. Habrás pasado por una sensación de euforia; se repetirá a lo largo de los próximos días, en cuanto te duermas de nuevo. Te ayudará.

Ahora te dormiremos otra vez. Dentro de unas dos horas analizaremos el resultado de la fusión de las muestras de vosotros dos y lo reinyectaremos de nuevo a ti y a la señora Weiss. Podríamos mantenerte despierto pero creo que es mejor que estés totalmente relajado y por otro lado, no te hemos quitado la sonda, para poder introducir la solución más tarde. No sabemos qué pasará una vez que la recibas. Las instrucciones no dejan nada claro. Esperamos que promuevan un cambio, una mutación en tu organismo y en el de la señora Weiss, pero no tenemos ni idea de qué pasará. Sólo puedo transmitirte nuestra confianza en que todo saldrá bien, porque quién diseñó este proceso tenía acceso a los antiguos conocimientos. ¿Tienes alguna pregunta?

-¿Alguien puede prepararme un Laphroaig con mucho hielo? Hace calor aquí dentro.

Las carcajadas sonaron a la vez por el altavoz de la cápsula y directamente desde el exterior. Después María le lanzó un beso, apoyando la mano en la cápsula y el mundo se volvió negro otra vez.

Cuando despertó, estaba tumbado en la cama del dormitorio. Le extrañó, porque lo lógico hubiera sido estar controlado en la clínica, dentro de esa cápsula tan relajante. Movió la cabeza a ambos lados y no notó nada extraño; podía moverla con facilidad y sin que le doliera nada. Se llevó una mano a la nuca y palpó. El pelo que decían le habían cortado estaba ahí, un poco más corto que el resto, pero ahí mismo. Miró dentro de la cama. Tenía puestos unos shorts que no reconocía, pero eso era todo lo extraño que detectó.

Oyó unos sonidos en el baño, así que se levantó de un salto y la sensación fue agradable, ni mareos ni vacilaciones. Al entrar en el área del baño vio a María, que estaba terminándose de secarse el pelo. Al verlo, paró el secador y se lanzó hacia él, dándole un fuerte beso y un abrazo.

-¡Ya despertaste! ¿Cómo te encuentras?

-Pues muy bien. No me duele nada y me siento fuerte. ¿Qué hago aquí? ¿Cuánto tiempo ha pasado?

Lo cogió del brazo y regresaron juntos al dormitorio. Allí se sentaron al borde de la cama.

-Llevas diez días durmiendo, Lucas. —La sonrisa de María era maravillosa; estaba auténticamente feliz de verle de nuevo.

-¡Diez días!

-Sí. Te hicieron la inserción y te tuvieron hasta ayer en la clínica, controlando tus constantes pero los monitores decían que estabas perfectamente y como no había cambios en tu estado se decidió ayer traerte al dormitorio. Has estado alimentándote de suero todo este tiempo, aunque me han dicho que es bastante diferente al de ahí afuera. ¿Tienes hambre?

-¡Mucha! —Lucas sintió su estómago revolverse al oír la palabra "hambre".

-Pues avisemos al doctor que has despertado y si no te tiene que hacer muchas pruebas, vamos a comer algo después. ¿De acuerdo?

-Muy bien. ¿Cómo está la señora Weiss?

-Mucho más estable que antes de la operación. Cuando le reinyectaron la solución sus constante vitales se hundieron y el médico estuvo convencido de que la perdería, pero se reanimó y ahora sus constantes son muy estables, lo que es bueno.

Le dio un largo y dulce beso.
-Lucas, ¡cuánto me alegro de verte bien! —le dijo al oído mientras estaban abrazados. —Estaba muy preocupada.

Lucas se puso una camiseta, unos pantalones y unas zapatillas que le sacó María y ella se vistió con algo ligero también, después de avisar a la clínica que Lucas estaba despierto. Después salieron para ir a ver al doctor.

Las pruebas no fueron muy exhaustivas y además marcaron normalidad absoluta. El doctor sugirió que fueran a comer y después volvieran para un análisis psicológico, ya que el somático era normal.

El examen psicológico resultó correcto. Ninguna anormalidad de particular, aparte del hecho de que la ansiedad de Lucas había desaparecido. Esa tarde Jaime organizó una reunión con el médico, la psicóloga y otros dos Guardianes que Lucas no había visto antes. Planteó que no había ocurrido nada y que en su opinión, debían plantearse repetir el experimento porque quizá algo no había estado bien ejecutado. Había urgencia, indicó, porque los Buscadores estaban cerca, muy cerca. Llevaban varios días merodeando por Lisboa y los alrededores y ya se les había visto preguntando por la zona vieja de Sintra. Aunque la quinta tenía sus medidas de seguridad y su personal armado, si los Buscadores daban con la casa y decidían atacarla, muy posiblemente se hicieran con ella para cuando la policía llegara alertada por algún vecino o por la alarma instalada. Sus habilidades eran mayores que las de los Guardianes en lo que se refería a la actuación mediante violencia.

El médico estaba desconcertado, al igual que uno de los otros Guardianes, que era el experto en las instrucciones encontradas por la señora Weiss. Se había hecho todo paso por paso, siguiendo rigurosamente el procedimiento descrito. Pero efectivamente, si no había habido nada, lo único que podía hacerse era repetir la operación. Diez días ya era una espera bastante amplia. Lucas miró a María y asintió. Pasaría por la operación de nuevo; al fin y al cabo no había sido nada desagradable. Jaime estableció entonces que al día siguiente, a las diez de la mañana, comenzarían de nuevo.

Al acabar la reunión, Lucas quiso ir a ver a la señora Weiss. Le acompañaron el médico, ya que tenía que ir a la clínica de todas formas,

Jaime, para verla también y María, que aunque estaba con ella un buen rato todos los días, no quería separarse de Lucas.

Entrando en la habitación donde la enferma seguía igual que la última vez que la vio, Lucas sintió algo muy extraño, como si se le erizaran los pelos debido a una corriente eléctrica, pero no había tocado nada metálico. Se frotó los brazos para calmar esa sensación mientras se acercaba a la cápsula pero fue haciéndose mayor todavía. Jaime se lo quedó mirando extrañado.

-No sé. Me siento como si estuviera electrificado. Tengo un cosquilleo que me recorre el cuerpo de la cabeza a los pies y está aumentando.

-¡Salgamos a la otra sala! —replicó Jaime —Allí te haremos unas pruebas.

-¡No! —la voz le salió sola a Lucas, sin pretenderlo. Y se inclinó sobre la cápsula de la señora Weiss, justo cuando ésta abrió los ojos y le miró.

Los indicadores del sistema que controlaba los parámetros de la paciente dispararon las alarmas. El médico fue hacia el control y gritó: -¡Ha salido del coma! ¡Ha recuperado el conocimiento!

La señora Weiss enfocó la vista a través del material translúcido de la cápsula en Lucas y sonrió. Lucas abrió la parte superior de la cápsula, antes que Jaime o el médico o María movieran un músculo. Al mismo tiempo, la señora Weiss estiró despacio una mano en dirección a él. Lucas acercó la suya y en el instante de tocarse los dedos una corriente muy intensa los atravesó a la vez. Y entonces Lucas nació a la nueva existencia.

Justo en ese instante, en ese preciso instante, apareció una figura en la puerta de la habitación. Lucas estaba experimentando unas sensaciones muy vivas en su cerebro, que prácticamente le habían desconectado de la realidad pero la forma de la figura le hizo fijar la vista en ella. Oyó gritar a María:

—¡Es Raquel!

De repente, un fogonazo lo cegó y dejó de oír. Pasaron por su mente imágenes como relámpagos de personas que no conocía y vivió simultáneamente, en un instante, muchas vidas de esa civilización anterior; disfrutó con su progreso, con su felicidad, con sus conocimientos y sufrió con sus desdichas y su tremendo declive. Parecía que todo la historia de esa civilización estaba dentro de él y se estaba archivando en su cerebro. Lo malo es que no sólo eran datos, millones y millones de datos de una ciencia y una filosofía mucho más avanzadas que la actual, pero también, sensaciones humanas. Sintió a la vez el desgarro, la angustia, la desesperación cuando se produjo el cataclismo y la civilización pereció. Se vio recibiendo dos viales de un grupo de sabios, uno de los cuales contenía lo que ahora iban abriéndose en su cerebro, en los últimos momentos de un mundo que se desmoronaba.

La persona que era y no era él subió en un extraño artefacto, que en ese mismo instante en que apareció en su mente dejó de ser extraño, porque otra parte de su cerebro había almacenado ya su concepto y sus características, incluso los detalles de su fabricación. El artefacto se volvió translúcido y a través de sus paredes pudo Lucas ver el desgarrador final de un mundo y la muerte de millones de personas que creyeron, hasta el último segundo, que podrían salvarse subiendo a lo más alto de los montes o alzando el vuelo en unas curiosas aeronaves que ascendieron silenciosamente al cielo para caer inmediatamente después sobre la tierra que se fundía con el magma que surgía de su interior o encerrándose en búnkeres sellados que el magma se tragaba como granos de polvo. Todo esto lo vio desde dentro de ese artefacto, lo más avanzado de la civilización, aún en prototipo, minuto a minuto, hasta que todo terminó. El magma cubrió grandes extensiones del único continente que existía y abrió tremendas fosas dentro de él y a su alrededor. Después vino el diluvio, provocado por el aumento de temperatura de la atmósfera derivado de la salida de esos increíbles flujos de magma al exterior y por el violento choque de este magma con los océanos. Diluvió durante muchísimo tiempo, cubriendo toda la tierra que tenía delante de él por completo. Poco a poco, después, fue reduciéndose su intensidad, aunque siguió lloviendo durante meses que Lucas veía en milésimas de segundo, pero a la vez sentía el paso del tiempo que ese superviviente del artefacto que ahora era él, había vivido.

Finalmente la lluvia se detuvo y semanas después las nubes fueron haciéndose más ligeras, hasta que un día, por fin, Lucas pudo ver el sol, a través de la fina película de nubes altas que tenía la atmósfera. Desde ese momento, todo se transformó una vez más. El agua fue evaporándose lentamente, pero sin provocar nuevas lluvias, al menos en el área donde estaba, hasta que apareció un trozo de tierra, que se fue ampliando durante meses y años hasta cubrir más allá del horizonte por uno de los lados, mientras que la orilla del mar quedaba muy cerca por el otro. Un día, Lucas sintió que era el momento. El artefacto emitió un ligero zumbido y se abrió la puerta. Lucas pudo respirar, por primera vez en muchos años, un aire fresco, diferente al anterior, químicamente distinto, pero un aire revivificador. Salió y pisó el suelo, que estaba completamente seco en su superficie, pero aún húmedo más abajo.

Durante los siguientes días recorrió toda la Tierra buscando supervivientes. El artefacto no parecía desplazarse; era el suelo el que parecía moverse debajo de él, mientras él flotaba como a diez metros de altura del mismo, ascendiendo y descendiendo según pasaban las montañas y los valles a sus pies. Sabía que la máquina estaba buscando formas de vida. Y las encontró por todas partes. Pequeñas. Microscópicas, pero las encontró: virus, bacterias y seres unicelulares, que se habían enquistado a la espera de un entorno propicio para su desarrollo. También algunas plantas y unos cuantos animales habían sobrevivido a la catástrofe. Y al final encontró hombres.

Pero no eran los de su raza, los de su civilización. Eran hombres muy primitivos, que se habían salvado de la catástrofe porque habitaban en cuevas profundas en lo alto de las únicas partes de las montañas a las que el magma inicial y el diluvio y la inundación posterior habían respetado. Eran diversos grupos, esparcidos a lo largo del que había sido el único continente y ahora diseminados en la nueva estructura geográfica, por todo el planeta, en lo que después se llamaría Europa,

Asia, África y América. Estaban traumatizados, como él, perdidos en un mundo nuevo que no habían buscado. Pero no tenían apenas herramientas, ni las fuentes de energía de los antiguos, ni sus máquinas. Sólo quedaba una máquina, la de producir alimento, una sustancia de consistencia como la nieve recién caída, que podía después calentarse en un horno para hacer algo parecido al pan. Lo que mucho después se llamó "maná". Estos grupos no llegaron a juntarse. Hubiera requerido barcos, para poder navegar, o carros para desplazarse por las enormes extensiones de tierra de los continentes; con los conocimientos de los antiguos esto podría haberse hecho pero faltaba algo que era irreemplazable: la capacidad.

Algunos cientos de años después, el hombre fue avanzando y extendiéndose por la faz de la Tierra. Y entró en contacto con los supervivientes del cataclismo. Porque aparecieron algunos supervivientes de los antiguos. Al principio se los tomó como dioses. Eran altos, muy altos, de más de tres metros de altura y elegantes, bien formados, de rasgos finos. Hablaban una lengua extraña, aunque generalmente no hablaban para entenderse, porque eran dioses y mirándose se decían lo que querían. Y esos dioses aprendieron la lengua de los nuevos hombres y se comunicaron con ellos. Los hombres se pusieron a su servicio, pero los dioses rechazaron a los sirvientes. No querían dominar, sólo existir y morir. Vivían muchos años, cerca de mil y por eso conocían a muchas generaciones de la misma familia de los nuevos hombres y estaban siempre ahí. Transmitieron a los hombres algunas cosas, como lo que había ocurrido con el cataclismo y algunas técnicas para trabajar el campo y para construir sus viviendas. Y lo más importante, se mezclaron con ellos. Las diferencias genéticas eran casi insalvables, pero la naturaleza es muy sabia y alguna vez pudieron tener descendencia común. Sin embargo, el hombre antiguo se fue extinguiendo y cuando apareció la historia escrita, hace apenas algunos miles de años, ya no quedaba casi ninguno sobre la superficie de la Tierra.

Lucas esperó muchos siglos, su supervivencia mantenida por los recursos del artefacto, que era como su segunda piel, hasta que encontró un grupo humano más evolucionado. Se presentó ante ellos, en su calidad de Gigante, hijo de los dioses y formó un equipo selecto de lo único que tenía sentido entonces, sacerdotes adoradores de los dioses. A estos les pasó el testigo de sus conocimientos, si bien limitados, porque ese Lucas no era el de ahora, con todo el acceso minucioso a aquellos conocimientos. El vial quedó siempre en el artefacto, a la espera de que algún día en el futuro, la Humanidad estuviera preparada. A este grupo, al que llamó "Guardianes" le enseñó a mantener siempre una cadena de transmisión de la información referente al gran secreto, para que nunca pudiera perderse. En el artefacto había llevado con él un instrumento, parecido a una tableta, que detallaba minuciosamente las características del contenido de los dos viales, el ya abierto y el que conservaba y el método que debía utilizarse para extraer de esa sustancia un elemento que, combinado con determinados genes de una persona, desarrollaría un proceso que prepararía una mutación genética en cadena, que a su vez abriría el Gran Secreto, la acumulación de todos los conocimientos y de toda la historia de la civilización antigua. Preparó un manuscrito, que redactó originalmente en su propia lengua escrita ya extinta, en el que transcribía toda esta información, porque el artefacto iba perdiendo energía y si ese instrumento fallaba, su contenido se perdería para siempre. Después fue copiando ese manuscrito a otras tres lenguas del momento, el sánscrito, el asirio y el egipcio. El manuscrito y sus diversas versiones contenían la descripción de la manipulación genética necesaria para preparar a un receptor para recibir ese determinado elemento de la sustancia del vial y el detalle del procedimiento de fusión de los genes del receptor mezclados con el elemento y su necesaria inoculación de nuevo en el receptor para que se produjese la mutación y la afloración del conocimiento.

Al parecer, un grupo de los gigantes había estado buscándolo durante cientos de años, conocedores de su posesión del gran secreto. Querían los conocimientos antiguos para restaurar la civilización de nuevo. Organizaron entre los nuevos hombres, también en sus castas sacerdotales un grupo al que llamaron "Buscadores", que debían hacerse con el vial y su mensaje.

Un día, el Lucas del viejo mundo sintió que le llegaba la hora. El artefacto había fallado irremediablemente algún tiempo atrás y Lucas iba perdiendo su pulso vital. Tenía aún que cerrar el último capítulo de su vida y de la civilización antigua, que había dejado hasta el final, para mayor seguridad. Se haría extraer una muestra de su sangre, para conservarla en otro vial, no tan sofisticado como el que había traído con el artefacto, pero estanco de todas formas. La fórmula de la solución original estaba en estado latente y sólo se activaría con el contacto con genes del hombre antiguo, que era el que la había preparado. Mandó que ambos viales se guardaran en dos puntos opuestos del planeta, sin contacto el uno con el otro y, además, sin instrucciones sobre su uso. El vial con su sangre se custodiaría en la Gran Pirámide de Keops, que en aquella era estaba cubierta por unas láminas de oro en toda su superficie, en las que se explicaba la historia del cataclismo y la existencia de la civilización antigua, junto con unos principios básicos de física, química y astronomía que los gigantes habían podido transmitir a los nuevos hombres. Al mismo tiempo se prevenía sobre la utilización indebida de estos conocimientos.

El vial de la época anterior al cataclismo lo enviarían a la India, donde el hinduismo cobraba auge y construía grandes templos, con una religión organizada.

Sabía que era muy probable que muriera cuando le sacaran la sangre, dada su debilidad. Pero se encontraba satisfecho de haber cumplido su misión y la muerte no le afectaba. Al contrario, al fin podría descansar. Le hicieron un corte y la sangre pasó al vial.

Aquí terminaban los recuerdos de Lucas, que habían pasado instantáneamente por su mente en microsegundos. Comprendió que había recibido, no solo los conocimientos antiguos, sino las memorias del último de los antiguos, a través de una partícula del mismo, de su sangre.

De repente, sintió la presencia de otro ser a su lado, pero no era un ser humano. Era más bien un conjunto de pensamientos y sensaciones, que le produjeron repulsión y asco. Algo estaba entrando dentro de él, algo repugnante, miserable, que su cerebro sólo podía traducir con una imagen de algo negro, blando y viscoso, podrido pero vivo, como una babosa o una sanguijuela enorme que entraba en su cuerpo, en su mente, en el fondo de su cabeza. Sintió mucho frío y notó que su voluntad pugnaba por expulsar al intruso, sin éxito. Le estaba haciendo daño, mucho daño y Lucas sintió dolor en todo el cuerpo pero especialmente en el cerebro, como si las conexiones entre las neuronas se fueran rompiendo al paso de ese ser que lo invadía. Miles de punzadas le atravesaron la cabeza. Percibió que a su paso, partes de su cerebro se iban muriendo, los recuerdos desapareciendo, la memoria apagándose. Lo estaba matando, destruyéndole el cerebro, apoderándose de su mente y de su espíritu. Lucas ordenó a su voluntad luchar, pero cuanto más se oponía, más dolor sentía y mayor impotencia.

Gritó con todas sus fuerzas y entonces oyó un grito similar, sin localizar si desde el exterior o de lo más profundo de su cerebro: ¡Lucas, aguanta!

¡Era Raquel! ¡Era la imagen de Raquel, su voz, su aroma! Entendió que estaba perdiendo la batalla contra ese ser y que su propia mente estaría buscando recuerdo agradables para evitar la agonía. ¡Qué mejor recuerdo que el de Raquel!, pensó. Y se entregó en paz.

—¡Lucas! ¡Resiste! ¡No permitas que pueda contigo!

Curioso que Raquel le dijera esto cuando se suponía que el recuerdo debía ser agradable y positivo. Pidió a su mente que reforzara este mensaje tranquilizador, pero escuchó de nuevo: —¡Lucas, te quiero! ¡No te entregues, por favor!

Sin saber cómo, abrió los ojos. Y vio a Raquel en el umbral de la puerta. La miró a los ojos, esos tremendos ojos verdes que tanto había recordado y añorado. —¿Raquel?
—¡Lucha, Lucas! ¡Lucha por tu vida y por la humanidad! ¡Resiste, mi amor!

Vio a Raquel abalanzarse sobre el cuadro de monitores del equipo médico conectado a la señora Weiss, dentro de la cápsula. Pero frente a él, dudó un instante.

-¡Lucas! ¡Nos quiere matar! —escuchó otra voz dentro de él. —¡Ahora somos uno tú y yo y nos quiere matar! ¡No lo permitas! ¡Tenemos que cumplir nuestra misión!

Lucas volvió a perderse en su interior. En un instante vio imágenes de muerte, de destrucción, de tortura. Eran imágenes rotas que recorrían la historia de la humanidad. Vio a un hombre delante de él cuya cabeza se abría en dos para dejar salir la masa encefálica, partida por un hacha que otro hombre había clavado en ella. Vio también a otros hombres con niños cogidos por un tobillo, abriéndolos por el vientre y sacándoles las tripas, que colgaban hacia abajo, delante de sus padres desesperados, atados a unos postes. Vio también otras personas rompiendo un dique y el agua llevándose animales, hombres, mujeres y niños, que iban ahogándose mientras eran arrastrados valle abajo, golpeándose co y los árboles que había en el camino del agua. Vio a la vez una bomba química y la gente muriendo con sus pulmones abrasados, intentando respirar inútilmente. Vio la bomba atómica, pero no desde el avión, sino desde la misma calle, estallando con una luz más fuerte que el sol y el huracán que produjo y la nube en forma de hongo que se llevó edificios y vehículos y personas destrozadas. Vio los efectos en los supervivientes y la imagen saltó a África, a los miles de niños muriéndose de hambre y de sed.

Todo esto lo vio imagen a imagen y simultáneamente a la vez. Y después apareció ante él el paraíso. Una paz, una luz, unos colores absolutamente fantásticos. Más que la imagen, era la sensación de tranquilidad, de paz total y absoluta. Miró alrededor y vio miles, millones de personas rodeándole. Todos sonreían y se veían felices. Había gente de todas las razas y reconoció a algunos de los niños de las imágenes anteriores, pero bien alimentados, bien vestidos y sonriéndole. Toda la gente se veía perfecta, absoluta y completamente perfecta.

-¿Entiendes el mensaje, compañero? —La voz resonó en su cabeza.

-¿Has visto lo que ha hecho el hombre consigo mismo? Hambre, destrucción, dolor, muerte. Sin embargo, ahora podemos acabar con todo eso, tú puedes acabar con todo eso. ¿Quieres el paraíso? ¿Quieres que nunca más alguien pueda sufrir? Míralos. Mira cómo disfrutan, cómo te agradecen lo que vas a hacer por ellos. Mira qué sanos están, qué perfectos, qué felices. Gracias a ti, Lucas.

-No permitas que te engañen –prosiguió la misma voz -Quieren evitar que asumas el control, porque acabarías con sus ansias de poder, con sus ambiciones. Si aceptas la oferta que está frente a ti, no habrá más dolor y sufrimiento, ni más injusticia. Habrás traído el paraíso por fin, Lucas.

-¡Cariño! ¡No hagas caso! ¡Resiste por mí! –la voz de Raquel interrumpió por un instante estos pensamientos.

-Ella está engañada también, Lucas. Es cierto que te quiere, pero está engañada. Cree que somos algo malo para ella y para los hombres, pero no es así. Somos su salvación pero no lo sabe. Y cuando aceptes, estarás con ella para toda la eternidad, viviendo feliz con ella, porque entonces se dará cuenta de lo que has hecho por ella y por toda la humanidad.

-¡Lucas, confía en mí, por favor! –Raquel de nuevo y Lucas se la imaginó con esos ojazos, esa sonrisa tan sana, ese cuerpo tan excitante, pero esta vez, con una faceta distinta: Raquel le estaba diciendo que resistiera y que confiara en ella.

-Solo tienes que abandonarte un segundo, compañero. –La voz entró otra vez –Baja las barreras para que pueda entrar y seremos uno totalmente. Y entonces estarás con ella como nunca lo hubieras imaginado.

Lucas notó que lo movían. Notó presión en sus brazos, en su cuello. Alguien estaba sujetándolo, cogiéndolo de los brazos y del cuello. Abrió los ojos y vio el rostro de Raquel junto al suyo, a su misma altura. Sus ojos lo miraban con angustia y sus labios estaban muy apretados por la tensión. Durante unos segundos lo único que pudo ver fue esos profundos ojos verdes alumbrándole como unos focos. Después Raquel le ofreció los labios entreabiertos, sin dejar de mirarle.

Lucas la besó. Tuvo una ráfaga mental en la que recordó la leyenda de Ulises y Circe y por un momento sintió que él era Ulises y se dejaba llevar por la ilusión de Circe. Y entonces las sensaciones del beso llegaron al centro de su cerebro y una inmensa ola de amor por ella recorrió cada una de sus neuronas y Lucas lo sintió como una ola física que refrescaba toda su mente. De la misma forma, percibió que esa sanguijuela asquerosa se retiraba, empujada por la sensación de amor y entrega a Raquel, que iba ocupando todo el espacio que ese ser había cubierto. Pudo notar cómo la sanguijuela se rebelaba sin éxito y su terreno se reducía cada vez más, blanco contra negro, luz contra oscuridad, amor contra odio, calor contra frío, hasta que se sintió totalmente libre de ella. Entonces pudo hablar.

-¡Raquel! –exclamó. -¡Raquel, te quiero!

-¡Ahora! –oyó gritar a Raquel. Pensó que quizá la escuchó mal, porque no entendió su expresión, no encajaba con su declaración de amor.

Y entonces escuchó un alarido desgarrador. Raquel apartó el rostro y miró hacia atrás y Lucas hizo lo mismo. La señora Weiss tenía la cara totalmente desfigurada de dolor y estaba luchando contra algo que tenía dentro de su cabeza. Las uñas, sus propias uñas, estaban desgarrándole la piel de la cara, como si quisiera sacarse algo de dentro. Se retorció y gritó unos segundos más y de repente puso los ojos en blanco y se desmoronó dentro de la cápsula.

-¡Bien hecho, María! – dijo Raquel y se lanzó a la cápsula para cerrarla herméticamente, con el cuerpo de la señora Weiss dentro.

Miró Lucas alrededor de la habitación y vio a María en los controles del sistema de monitorización médica que estaba conectado con la señora Weiss.

-¡Has ganado, Lucas! —Raquel estaba exultante y se le abrazó con fuerza. -¡Has vencido y nos has salvado a todos!

-¿Qué es lo que he hecho? —respondió él totalmente estupefacto.
-Lo que has hecho es la declaración de amor más maravillosa que un hombre puede hacer a una mujer —le contestó ella, cogiéndole de la mano y apoyando su cabeza en el hombro de él. —Y por eso has venci-do. Ahora te contaré porqué. Pero salgamos de aquí, hay mucha basura aquí dentro —y miró hacia la cápsula.

Capítulo 30

Abajo en el salón estaba Oramas. Si no hubiera visto a Raquel unos minutos antes, Lucas se hubiera asombrado de ver a su amigo ahí, porque no podía salir de Gran Canaria, como él mismo había indicado. Sin embargo, la asombrosa reaparición de Raquel y la forma en que lo había hecho hacía que poco pudiera asombrarle ya. Oramas se levantó para estrecharle la mano. Lo miró con cara de preocupación.

-No tienes muy buena cara. ¿Es que no duermes bien aquí?

El comentario, tan espontáneo y tan típico de Oramas hizo que Lucas soltara una carcajada, acompañado por María y Raquel. Oramas se quedó pensando qué tontería podía haber dicho.

Raquel desapareció un momento y cuando regresó, lo hizo con un intercomunicador en la oreja, muy similar al de los Buscadores. Dijo algo por él y después le indicó a Jaime que unas personas iban a aparecer a la puerta y que eran sus invitados, que nadie debía hacerles daño. —Son Buscadores, Jaime, por eso te lo digo.

Jaime se quedó de piedra. Miró dos veces a Raquel, pero vio que lo decía muy seria y salió para dar las instrucciones pertinentes. Dos minutos después, apareció de nuevo en la puerta del salón, con un Buscador a su lado, que le pareció extrañamente familiar a Lucas.

Raquel lo presentó: -Este es Maryn van der Bosch, Primer Buscador. Maryn, ya conoces a Lucas. Maryn, me alegro de verte de nuevo. Has hecho un excelente trabajo en mi ausencia, evitando más muertes. Maryn, tengo que presentarte también a Jaime, tu antagonista, el Principal Guardián y a María, mi mejor amiga. —todos se saludaron. —Maryn estaba muy cerca de aquí, porque te seguía el rastro, Lucas. Sabían que la señora Weiss debía estar por aquí y a ti te dejaron ir porque sabían que alguien, en este caso María, se pondría en contacto contigo para que vinieras. Pero te perdieron el rastro en el aeropuerto de Lisboa y estaban intentando localizaros.

Entonces lo recordó. Era el hombre que estaba sentado frente a Raquel en el restaurante de la Atalaya, cuando Lucas se la encontró inesperadamente allí. Raquel pareció leerle el pensamiento, porque dijo: -Luego te explicaré, Lucas, qué estaba haciendo con Maryn en aquel restaurante de Gran Canaria. Siempre quise decírtelo pero no podía y por fin podré hacerlo ahora. Pero sentémonos. Hay mucho de que hablar.

-Antes que nada, quiero deciros que soy la cabeza de las Órdenes. Soy la Gran Guardiana y la Gran Buscadora.

Maryn hizo un pequeño gesto de asombro. Jaime comentó que no le extrañaba demasiado, porque tenía sus sospechas al respecto.

-Ninguna de las Órdenes lo ha sabido nunca, pero existió otra más, llamada de los Cuidadores. En sí no era una Orden, más bien una función, porque en todo momento solo ha habido un Cuidador, cuya misión ha pasado a quien él o ella designara libremente como su sucesor. El primer Cuidador de la Historia fue Arum Atlán, quien sobrevivió al cataclismo con todos los conocimientos antiguos y se encargó de crear un sistema que permitiera la custodia de estos conocimientos, llamados después "El Gran Secreto" por la Orden de los Guardianes, creada por él mismo.

Llevaba consigo una sustancia, que permitiría, llegado el momento, reproducir todos los conocimientos de los antiguos, sus avances en la técnica, en la medicina, en la filosofía. De hecho, mucho más que eso, pero es prematuro hablar de ello.

La cuestión es que ese caldo, esa sustancia, que combinada con otra ampolla con ADN extraído de su propia sangre se reactivaría y produciría una mutación en quien la recibiera, quedó guardada y protegida en su vial original de la era anterior y fue llevada a la India. Allí el hinduismo estaba floreciendo y entre los miles de templos que fueron erigiéndose, el vial podría permanecer oculto y a salvo, porque la religión en esa parte del mundo era siempre respetada, incluso por las otras religiones.

El vial con su ADN fue llevado a la Gran Pirámide y custodiado allí durante cientos de años, como un elemento de contacto directo con Dios. No fue lo único que permaneció en la pirámide. Ya que Arum pasó sus últimos años, cientos de años por cierto, en Egipto, como Sumo Sacerdote, a su muerte sus cosas fueron objeto de veneración. El artefacto, aunque inútil, seguía emitiendo energías extrañas para los hombres de entonces y fue guardado en un templo subterráneo, no lejos de la Gran Pirámide y muy cerca de la Esfinge. También, el dispositivo que creaba "maná" de la nada y una herramienta que los antiguos utilizaban para la minería y el trabajo en el campo, que permitía crear un campo de fuerza que podía abrir agujeros o separar materia y que Arum se llevó con él en el artefacto. Y su manuscrito, escrito en su propia lengua, desconocida para todos ya.

Muchos años después, otro Sumo Sacerdote del Faraón se llevó algunos de estos elementos de Egipto, para crear una religión nueva en torno a ellos. Era Moisés. No pudo mover el artefacto, por su peso y tamaño, pero como sabéis por el Antiguo Testamento, utilizó la herramienta mágica para separar las aguas del mar Rojo y poder huir del Faraón, que quería recuperar sus tesoros esotéricos. También utilizó el dispositivo que creaba maná, para alimentar a su pueblo en el tránsito hasta lo que hoy es Israel. Y en el monte Tabor, angustiado porque sus planes no estaban saliendo como deseaba y desesperado, quemó y destruyó el manuscrito de Arum, que llamaron "Las Tablas de la Ley", porque era imposible de descifrar. Los otros objetos de Arum fueron custodiados y depositados en el Sancta Sanctorum del Templo del Rey Salomón mucho después, cuando se construyó en Jerusalén. El arca de la alianza se construyó para depositar la herramienta y el dispositivo del maná, ambos ya totalmente inútiles, porque su manipulación indebida los había bloqueado. El vial de su sangre pasó a formar parte del pectoral del Sumo Sacerdote de los judíos.

Cuando Nabucodonosor arrasó Jerusalén y destruyó el Templo, estos objetos fueron ocultados en las grutas que había debajo del Templo y allí permanecieron hasta que los templarios los encontraron. El vial, encastrado en el pectoral del Sumo Sacerdote, fue también descubierto por los Templarios en 1100 y convertido en el Santo Grial, la sangre que da la vida eterna, lo que no deja de ser gracioso, porque no era más que sangre de Arum. Como Santo Grial estuvo custodiado en la Edad Media en Europa, perdido para el resto de la humanidad, concretamente en el Monasterio que hoy ocupa esta casa. Por eso es la casa madre de los Guardianes desde entonces. Esa ampolla es la que se llevó el Cuidador de aquí, cuando estaba guardada en estos muros casi mil años.

El otro vial permaneció en la India hasta que el budismo fue ganando adeptos y uno de los discípulos de Buda, que lo custodiaba, lo cogió del Templo y lo llevó al Potala, en Lhasa, en el Tíbet. También se llevó con él el manuscrito traducido al sánscrito. El vial fue guardado entre otras reliquias de Buda, como si hubiera formado parte de sus enseres personales, durante unos mil años. La invasión de los mongoles provocó el expolio de las reliquias del Potala y aunque el códice fue escondido en una cueva de la región, los invasores se llevaron las reliquias de Buda, que formaron parte del tesoro de la Ciudad Imperial, en Pekín. El emperador chino le regaló la reliquia siglos después a Marco Polo que, como Guardián que era, le convenció de que era la sangre de Jesucristo, su Dios y que debía llevársela para adorarla en Occidente.

Los Guardianes decidieron que la mejor forma de proteger la reliquia era mantenerla a la vista de todos y prepararon dos viales con ella. Las dos ampollas son lo que hoy conocemos como la sangre de San Genaro y la sangre de San Pantaleón, que se licúan una vez al año, para regresar a su estado sólido horas después, debido a la naturaleza ciertamente especial de su composición química y genética. Pero el Cuidador se llevó también la de San Pantaleón, sustituyéndola por una réplica falsa, pero que seguía licuándose. Lo mismo hicieron los Buscadores en Nápoles con la de San Genaro, pero la sustancia que contenía se perdió para siempre cuando el que la transportaba la dejó caer en las calles al ver a unos alguaciles que controlaban el contrabando de mercancía en un cruce.

El manuscrito en su versión asiria se quemó en la destrucción de Babilonia por Ciro. El de la versión jeroglífica se guardó en la Biblioteca de Alejandría; allí fue traducido al griego. Como sabéis, la Biblioteca sufrió varios incendios y en el último estuvo a punto de desaparecer el original en escritura jeroglífica. Un Arzobispo de Alejandría decidió entonces separar las dos versiones que custodiaba la Biblioteca y envió el original a Roma, perdiéndose en el naufragio del barco que lo transportaba. La versión griega tuvo una trascendencia mayor, porque pasó de Alejandría a Bizancio y unos años previos a la caída de Bizancio fue remitido, con un importante aunque reducido lote de papiros y códices de la antigua Biblioteca de Alejandría al Monasterio de la Cartuja del Paular, por monjes de la Orden de San Bruno. Allí quedó olvidado, excepto por los Guardianes y, naturalmente, el Cuidador.

La historia se complica un poco a partir de ahora. Con la política de exclaustración y de desamortización de los bienes de los religiosos de Mendizábal, el Prior de la Cartuja sacó el códice de su escondite y lo guardó en la Biblioteca de su amigo Fernando del Castillo, Intendente de Hacienda de Madrid, en su casa de Aranjuez.

El Arzobispo de la diócesis de Toledo, a la que pertenecía Madrid, era un Buscador y pudo conocer que el Prior había sacado el códice del Monasterio. El Prior estaba preparando las condiciones para traerlo aquí, a Sintra, pero no tuvo tiempo. Los Buscadores se hicieron con el códice.

El códice en sí mismo era muy revelador, pero únicamente para abrir el apetito sobre los conocimientos que estaban escondidos en ese proceso químico necesario para su revelación. Nadie hubiera sido capaz de conjugar los elementos necesarios para que el Gran Secreto fuera revelado, excepto el Cuidador.

Y por lo que ahora sabemos, el Cuidador debió verse en una situación extrema y ante el peligro de que los elementos del secreto fueran descubiertos los destruyó, no sin antes crear otros nuevos, formando así una nueva cadena. Y escondió el códice, junto con unos papeles suyos, escritos a toda prisa, en los que describía el proceso que había seguido y los nombres de las personas poseedoras de los elementos.

Y así quedó hasta que, casi cien años después, ese códice apareció en la tienda de un anticuario, producto de la requisa de los bienes de una familia judía de apellido Goldstein. El anticuario reconociendo el valor de un libro muy antiguo y familiarizado con el griego, lo leyó y se quedó espantado. Llamó a un colega suyo, propietario de una tienda de antigüedades de Berlín, para detallarle lo encontrado y su amigo viajó a verle, hojeó el códice y confirmó que era el que los Buscadores llevaban intentando localizar durante todo ese tiempo, porque él mismo era uno de ellos. Le pagó una fortuna a su colega y se quedó con el códice.

Poco después, el doctor Hirt, de la Universidad de Hamburgo, daba comienzo a sus experimentos dirigidos a la manipulación genética. El doctor Hirt era el Jefe de los Buscadores en Alemania. Y sus experimentos siguieron literalmente el contenido del códice. Sin embargo, el doctor sólo descubrió inicialmente la primera capa del misterio, que era la manipulación genética dirigida a la selección de un grupo, raza o etnia. Aplicó con éxito la primera capa, con el resultado de experimentos verdaderamente positivos, pero por suerte Hitler temió que pudiera volverse en su contra y decidió no usarla.

El anticuario que había recibido el códice, al comprobar que su colega había mostrado un excesivo interés por él, insistiendo en ir a verle enseguida desde Berlín, separó las hojas correspondientes a la última parte del códice y las manuscritas por Hans Wieman y las guardó, para hacer valer su precio cuando fuera necesario. Su colega, al adquirirlo, no cayó en la cuenta de que faltaba esta parte y el doctor Hirt, inicialmente tampoco, aunque un día, manoseando el ejemplar, descubrió que había marcas de que algunas hojas habían sido separadas del mismo. Se investigó y se localizó al anticuario, que confesó y entregó el material restante antes de morir.

El doctor Hirt descubrió así el misterio oculto y pasó meses intentando encontrar judíos portadores de esos genes originales, hasta que lo consiguió. La señora Weiss, de soltera Goldstein fue una y un joven llamado Goldsmith fue otro. De hecho, allá en Alsacia, el siglo anterior, el joven Goldstein no llegó a casarse con la joven Goldsmith, que murió a causa de su enfermedad a los pocos días. No era cierto que fuera gripe lo que tenía, era algo mucho más grave: meningitis y murió sin poder transmitir la solución que llevaba en su cuerpo. Sin embargo, su madre se contagió y murió después de ella y el padre sobrevivió y se casó algún tiempo después, teniendo otro hijo y pasando la solución a una nueva familia Goldsmith. El joven Goldstein se casó también con otra chica de la villa y así perpetuó su parte del Gran Secreto.

El doctor Hirt, siguiendo las instrucciones del códice, extrajo sangre de los dos pacientes, en el campo de concentración de Natzwiller e intentó que ocurriese algo, sin éxito. Probó a extraer una muestra de la corteza cerebral y del hipocampo, como se indicaba, mezclarlos y reinocularlos y tampoco logró nada. Los aliados se acercaban a la zona y cada vez era más arriesgado trabajar. Pero el doctor tenía la determinación de seguir, sabiendo que estaba tan cerca del éxito. Y entonces apareció la solución. En el códice se indicaba que la persona debía estar completamente sana. Ni la chica Goldstein ni el chico Goldsmith estaban sanos. De hecho, estaban totalmente malnutridos y con infecciones causadas por la dejadez de los enfermeros y médicos del equipo. El doctor dio órdenes tajantes de tratarlos a cuerpo de rey, dándoles la mejor alimentación posible para que se recuperasen rápidamente.

No contaba, sin embargo, con que sus experimentos, aireados por la cúpula del partido nazi en sus reuniones, despertarían el interés de los Guardianes. Ni tampoco que llegarían a infiltrarse en su propio equipo, siendo la mecenas y financiadora de todo el proyecto, la señora Rein, una Guardiana. Esta señora tuvo acceso a toda la información del proyecto y viendo que su culminación era inminente, organizó la huida de la señora Weiss del campo de concentración de Natzwiller, donde el doctor Hirt conducía sus experimentos. La señora Rein fue descubierta y asesinada, pero la joven Goldstein pudo escapar.

Poco después, el doctor huía también, a Suiza, con su material, pero murió algunas semanas después, envenenado por sus propios experimentos letales, sin poder transmitir su revelación a nadie.

Hasta que la señora Weiss encontró el diario con el manuscrito y volvió a activarse, tanto por los Guardianes como por los Buscadores, la guerra por conseguirlo.

Hasta aquí, para llegar a nuestros días. Hoy habéis podido rescatar el mensaje y la revelación total, con la combinación y activación de los genes de Lucas y de la señora Weiss. Y ahora os explicaré lo que ha pasado hace un rato y el motivo de mi aparición.

Faltaba en el códice la última parte del documento original. La transcripción griega no la tenía, quizá porque su escritor no pudo terminar su trabajo, o no quiso. Pero nosotros dimos con el último original, el traducido al sánscrito. No puedo entrar en muchos detalles, porque hay cosas que aún no entiendo muy bien, pero la fusión de los elementos, si se hiciera sobre un individuo que ya hubiera portado antes la solución unificada, haría que se transformara, no físicamente, pero sí genéticamente en una derivación del poder absoluto, del mal absoluto, de la destrucción total. Por ahora es lo que puedo decir al respecto. Cuando entienda algo más, lo compartiré con vosotros.

Lo que pasó ahí arriba – señaló a la clínica del piso superior – fue que la señora Weiss murió en su propia debilidad, al inyectarle la solución fusionada y ese otro ser ocupó su cuerpo y mente. Esperó varios días hasta que Lucas fue a ver a la señora Weiss, porque necesitaba el contacto físico con el sujeto contrario para poder despertar y dominarlo, que es lo que intentó hacer con Lucas.

Cuando entré en la habitación, ese ser estaba ya poseyéndote y podía haberle atacado pero también hubieras muerto tú porque vuestras mentes estaban fusionándose. Ese era mi último recurso y estuve a punto de hacerlo. Me acerqué a los controles del equipo de monitorización y me preparé para enviarle una descarga eléctrica directamente al hipocampo pero me detuve en el último momento porque sabía que tú lucharías y lo expulsarías de tu mente y de tu cuerpo. Cuando así fue, María le envió la potente descarga siguiendo mis instrucciones y se acabó.

Ahora ha cambiado todo. Lucas tiene el conocimiento antiguo. Lo lleva todo dentro, lo sabe todo, la ciencia, la filosofía, las riquezas y las miserias de aquella civilización anterior, mucho más avanzada que la nuestra y que, a pesar de todo, sucumbió, por la debilidad del espíritu humano. El es a partir de ahora, el nuevo Cuidador.

Lucas, tu misión es preservar los antiguos misterios para la humanidad, pero la forma de hacerlo es cosa tuya. Si decides, como Cuidador, que algunos de estos secretos deben ser revelados, hazlo y te ayudaremos como tú lo indiques. Si decides que no, protégelos para que así sea. Todos te apoyaremos, porque sólo habrá una Orden, la de los Cuidadores, que seguiremos tus instrucciones sin pestañear.

Jaime y Maryn, vais a trabajar en el mismo equipo, el de todos nosotros. Como Guardiana y como Buscadora, he procurado servir de puente entre las dos Órdenes, pero a partir de ahora no hará falta el puente porque las dos orillas se tocan. Unificaremos los signos de reconocimiento y juntaremos los activos de las dos Órdenes ya extintas. Los Buscadores son muchos, pero los Guardianes conservan un patrimonio notable, como esta quinta, por ejemplo. Y todo servirá para custodiar lo que también es nuestra memoria. Ah, Juan Oramas entra en la Orden a partir de ahora. Juan, tendrás una parte del reparto patrimonial, respetando la oferta que te hizo Fernando Olivares para que les dejaras entrar en tu casa en Artenara, pero no más actividades ilícitas, ¿de acuerdo?

Bien, ¿tenéis alguna pregunta? Pero no os preocupéis, durante los próximos días tendremos que trabajar a fondo para unir las dos Órdenes. Las cuestiones que vayan saliendo las iremos resolviendo en equipo. Y si no, nuestro Cuidador lo hará, con sus conocimientos recién adquiridos.

Se levantaron todos. Raquel les dijo que quería que Lucas, María, Jaime y Maryn le acompañaran, porque deseaba enseñarles algo. Juan Oramas estrechó de nuevo la mano de Lucas –¡Chacho, se acabaron las machangadas! ¡Esto lo hago por mi hijo Richard! ¡Bueno y por el moni, también, qué carajo! —Después se fue hacia el piso de arriba, a la habitación que le habían dado. Raquel fue hacia María y las dos se abrazaron -¡Querida María! ¡Qué ganas tenía de verte otra vez y poder abrazarte!

Después, cogiendo a María a Lucas con cada brazo, salieron del salón, en dirección al sótano, seguidos por los dos Principales. Bajaron las escaleras a los sótanos y llegaron a una puerta que parecía acorazada. Raquel sacó una llave y la metió en la cerradura; al mismo tiempo Jaime fue a un panel en la pared y pulsó una combinación. Se oyó un clic y Raquel empujó la puerta, que se abrió muy despacio hacia dentro.

Entraron en una sala hexagonal iluminada con una tenue luz que provenía de unas pantallas que había situadas en las paredes de piedra, alternativamente. Unos focos en el techo arrojaban una luz más potente sobre un pedestal colocado en el centro de la sala, con un arcón sobre él.

-Esta sala estuvo en su estado original desde que se construyó la casa hasta hace tres años. Nada más acceder al rango de Gran Guardiana hice que se instalara el sistema electrónico de apertura de la puerta, combinado con la cerradura original y la iluminación interior. Necesitábamos mayor seguridad y un ambiente más adecuado.

Raquel le hizo un gesto a Jaime y éste se acercó al arcón y cogiendo una llave que llevaba colgando del cuello, lo abrió. Raquel indicó a todos que se aproximaran y después se inclinó sobre el arcón y muy despacio sacó un relicario que contenía una ampolla con una masa color marrón oscuro dentro.

-No puedo evitar mostrar reverencia a este objeto, a pesar de saber que es falso. —dijo medio susurrando. —Representó la sustancia vital, conservada desde los comienzos de los tiempos, bueno, de nuestros tiempos. Ahora es meramente una mezcla de productos químicos pero la imagen que proyecta sigue siendo la misma. Por eso la seguiremos conservando aquí. —La volvió a colocar con cuidado dentro del arcón, que Jaime cerró con llave.

-Ahora os voy a enseñar algo que ni siquiera Jaime conoce. Bueno, creo que no conoce, al menos, no debería hacerlo. —Jaime se la quedó mirando con cara de interrogación. —Seguidme, por favor.

Fue hasta la pared de piedra que había en el lado opuesto a la entrada, entre dos pantallas de luz. Sacó de un bolsillo un frasquito pequeño, como un vial de muestra de perfume. Lo destapó, buscó un saliente en una piedra de la pared, a la altura de sus hombros y dejó caer una gota del vial en él. Al instante sonó un resorte dentro de la pared.

-Lo que he hecho es activar unos sensores que responden al aroma de un determinado líquido. Únicamente el poseedor de este vial podría activarlos.

Raquel empujó levemente y toda la pared se movió para dentro, girando sobre un lado. Sacó una pequeña linterna del tamaño de un bolígrafo de otro bolsillo y la encendió. El foco de la linterna iluminó unas escaleras que descendían en espiral y todos bajaron detrás de ella, el equivalente a dos pisos, hasta salir justo debajo de la sala anterior. El cuarto en el que estaban ahora era del mismo tamaño que la sala superior, pero de una altura mayor o muy grande o ambas cosas, por el eco que provocaban sus pasos. Había un objeto al fondo, que brilló cuando la luz de la linterna pasó fugazmente sobre él.

Entonces Raquel se giró para quedar frente al resto. —Lo que hay a mi espalda es el artefacto que permitió a Arum Atlán sobrevivir al cataclismo y esperar hasta que la nueva humanidad se formara en la Tierra. Ahora veréis.

Enfocó la linterna hacia el objeto y todos pudieron ver una gran pirámide de unos cuatro metros de alto, de color dorado. Tenía los lados totalmente lisos y brillaba como un espejo con la luz de la linterna enfocada directamente sobre ella. Todos se quedaron boquiabiertos y permanecieron en silencio mientras Raquel continuaba alumbrándola con la linterna. En apenas unos segundos, la pirámide pareció cobrar vida. Todos los lados empezaron a iluminarse con una luz tenue de color azul, pero un azul muy extraño, con tonos que iban cambiando desde cerca del verde al violeta.

Lucas miró alrededor, porque la luz proveniente de la pirámide iluminaba perfectamente su entorno. Estaban en una especie de cueva de roca viva, que parecía más bien el final de un túnel, aunque en su extremo más largo estaba tapiado. Tenía una altura notable y arriba vio que el techo era de manufactura humana. Raquel se dio cuenta de que Lucas estaba examinando el lugar donde estaban y explicó que era una cueva, habitada desde la Edad de Piedra y convertida en un lugar de adoración desde aquellos tiempos. Tenía una entrada por la vertiente de la montaña y había contenido un manantial que fue canalizado muchos siglos después. Antes de que la casa madre fuera construida, la cueva salía por arriba a un templo romano y después a una iglesia templaria. Cuando los templarios ocuparon el recinto, tapiaron la entrada a la cueva y desde entonces, el único acceso fue por arriba, desde el edificio.

Esta pirámide ha permanecido aquí desde hace mil setecientos años y hace más de ochocientos que nadie excepto los Cuidadores sabe de su existencia, gracias a la disolución de la Orden del Temple, que eliminó a los pocos que conocían este secreto, aunque los templarios siguieron controlando el edificio superior muchos años después.

De pronto, una cara de la pirámide desapareció y pudo verse su interior. Estaba iluminado con la misma luz difusa, blanda, pero los tonos eran más blancos.

-Ahí dentro he estado todo este tiempo que me disteis por muerta. –Señaló al interior.

-Creí que el artefacto se había estropeado. –replicó Lucas, asombrado con lo que estaba viendo. –Yo también he estado ahí dentro hace muchos miles de años y dejó de funcionar.

-Dejó de funcionar porque necesitaba tiempo para recargar su energía. El artefacto estaba oculto en un templo subterráneo cerca de las

Grandes Pirámides, que se construyeron como imágenes suyas. Unos Guardianes dieron con él, gracias al códice, en los últimos momentos del Imperio Romano, cuando el mundo civilizado se iba desintegrando. Decidieron sacarlo de allí y lo llevaron por mar hasta el puerto de Lisboa y de Lisboa hasta aquí, escondiéndolo después en esta cueva, que se consideraba un recinto sagrado. El artefacto necesitaba energía externa para mantenerse activo. Durante siglos, mientras estuvo en Egipto, fue consumiendo su propia energía interna, hasta que ésta se agotó. De hecho, si ahora funciona es porque no ha sido usado durante cientos de años, lo que ha permitido que fuera recuperando energía absorbida a través de las vibraciones del suelo, como los terremotos y en los últimos tiempos, las vibraciones que produce el hombre construyendo casas por aquí cerca y el tránsito de los coches y camiones por la carretera cercana. Me imagino que si la activamos frecuentemente sin darle más fuentes exteriores de energía, se agotará de nuevo. Pero es muy sensible. Ya habéis visto que en cuanto la iluminé, absorbió la energía procedente de la luz y se activó.

Ahora os contaré el resto de la historia. No había entrado aquí desde mi nominación como Gran Guardiana hace tres años. Y esa era la segunda vez que lo veía. En ninguna de esas ocasiones pasó nada. Para los Cuidadores, este objeto ha sido siempre el fósil de la época anterior, pero nada más. Supongo que lo visitarían para comprobar su estado y no volverían nunca aquí. Y la clave estaba en que el objeto necesitaba que la misma persona se acercase a él en tres ocasiones distintas, aparte de tener suficiente energía interna, para activarse. No sé porqué vine en la última ocasión. No tenía motivos, aunque supongo que el pensar en cómo conseguir la paz de las Órdenes me hizo venir a ver el artefacto una vez más, para reflexionar frente a él. Y entonces se activó, se iluminó y se abrió esta misma cara.

Miré adentro, como ahora lo estáis haciendo vosotros. Eso que veis en el centro del compartimento es una especie de cama, pero para una persona de más de tres metros de alto, como eran los antiguos. Todos los objetos del interior están diseñados para esa talla, como los botones de los mandos, porque esto era además, un vehículo para desplazarse por toda la Tierra, como hizo Arum y que tú ya conoces, Lucas.

Quise ponerme en el lugar de esa persona, de Arum e intentar sentir lo que sintió desde este mismo objeto, cuando vio todo su mundo desaparecer y después cuando tuvo que esperar hasta que la civilización surgiera de nuevo a partir de la propia simiente que él derramó después del cataclismo, dejando que la naturaleza evolucionara por sí misma. Me tumbé como pude en esta cama y de pronto la cara de la pirámide que había desaparecido se materializó, el interior se quedó totalmente a oscuras y vi en la parte superior de la pirámide, como en una película, toda la historia de esa civilización y de la nuestra también. Veía imágenes a toda velocidad, que se detenían a mi criterio y escuchaba a las personas perfectamente cuando me paraba en esas escenas concretas. Imagino que este objeto percibe todo tipo de ondas y es un ilimitado registro del hombre y sus actos en la historia. Vi lo que tú has visto y vivido al incorporar el gran Secreto dentro de ti hoy, Lucas. No lo llevo dentro como tú, pero lo he visto también, lo que me une más a ti.

Desde mi desaparición he estado aquí dentro, alimentándome del maná que la máquina generaba y sin ser verdaderamente consciente del tiempo que pasaba fuera. He estado como en otra dimensión, viendo y escuchando, asimilando, intentando comprender.

-A ratos necesitaba saber de ti —miró a Lucas -y de ti, María y entonces aparecíais en esa pantalla virtual y podía veros y escucharos y saber qué os estaba pasando. En cualquier caso, podríamos decir que estaba allí cuando llegasteis a mi casa y nadie os abrió, cuando mi vecina de piso, que por cierto era una Buscadora, os dijo que no me había visto desde hacía días, que era verdad. Estuve cuando registrasteis mi despacho en busca de pistas y cuando te intentaron asesinar los tipos de Roberto en Amadores. Te eché tanto de menos que creo que hasta me materialicé por segundos cuando estabas en la suite que habíamos ocupado cuando nos conocimos, pero tú no me viste.

-¡Pero olí tu aroma! ¡Sentí que olía a ti! También me pasó después en mi apartamento de la Plaza de la Feria.

-Curioso, también estuve allí a tu lado, sin que me vieras. No podía intervenir, pero deseaba tanto estar contigo.

-Cuando no pude intervenir fue cuando te persiguieron en Chile y mataron a Rodrigo. Eran Guardianes, pero actuaron así porque era su última instrucción; no había tenido tiempo de hablar con Jaime para que cesara el uso de la fuerza letal contra los Buscadores. Y ellos creían que eso es lo que erais, porque guardabais lo que se estaba intentando proteger. Y casi me quedo sin ti.

Seguí asimilando información de la pirámide, sin caer en la cuenta de que la señora Weiss casi muere en el secuestro que montó Roberto. Podría parecer que para entonces su pérdida no hubiera sido relevante para el Gran Secreto, porque las mismas revelaciones están en esta cabina, pero no, porque en esa solución hay algo diferente, algo más, que ahora tienes tú, Lucas y que no sé lo que es. Menos mal que la señora Weiss sobrevivió, gracias a su voluntad de hierro, para poder llevar a cabo la fusión. Cuando quise saber otra vez de ti, estabas a punto de morir, envenenado, destruido por ese ser que había ocupado los restos de la señora Weiss. Yo sabía lo que estaba pasando, porque la pirámide me acababa de ilustrar. Nadie más en el cuarto lo vio, pero yo sí. Por eso salí de inmediato, corrí escaleras arriba y llegué justo cuando ibas a desaparecer.

Raquel iluminó la cabina del objeto tres veces con la linterna y la cara translúcida se hizo opaca de nuevo. La pirámide dejó de emitir luz y sólo quedó la de la linterna, que Raquel apuntó hacia la salida. Fueron saliendo a la estancia superior y luego de cerrar las pesadas puertas de ésta, subieron al vestíbulo del edificio.

-Jaime, Maryn. Tenemos que preservar esto. ¿Os dais cuenta? Aún no estamos preparados para entregarlo a la humanidad. Podemos, si Lucas lo estima y la técnica lo permite, ofrecer alguno de los conocimientos médicos de los antiguos, o de aquello que sirva exclusivamente para construir, pero tenemos el gran peligro de que alguien pueda usarlo para lo contrario. Si las Órdenes han venido peleándose y matándose desde los comienzos, si incluso países que accedieron a alguna de estas tecnologías las utilizaron para exterminar a los otros, creo que la humanidad debe madurar más, hasta que seamos capaces de avanzar y no retroceder. Pienso que tenemos que coger lo mejor de los Guardianes, su espíritu por preservar a toda costa ese secreto y lo mejor de los Buscadores, el poder ir colocando ciertos conocimientos en determinadas personas que contribuirán al desarrollo de la humanidad y su maduración. Pero lo iremos hablando en los próximos días. Maryn, sé bienvenido en esta, desde ahora tu casa. Jaime, ¿puedes asegurarte de que Maryn y el resto de Buscadores, o mejor dicho, ex-Buscadores se sienta a gusto entre nosotros?

-Claro que sí, Raquel.

-Nos reuniremos de nuevo mañana a las nueve –miró hacia Lucas y rectificó, sonriendo –no, mejor a las once.

-Oye, me alegro de que hayas vuelto –le comentó Maryn. -Yo también te creí muerta –y le dio un par de besos. Jaime dijo más o menos lo mismo y la besó también. Luego se fueron al salón. Tenían mucho que hablar y más importante aún, tenían que empezar a conocerse como compañeros y no como enemigos.

Raquel, se dirigió entonces a Lucas y María: -Muchachos, tengo más cosas que contaros. Pero estoy muy cansada. ¿Qué os parece si nos hacemos un jacuzzi los tres y hablamos mientras nos relajamos?

A Lucas le pareció una excelente idea y María también dijo que sí, de modo que subieron al cuarto. Al entrar, Raquel miró de reojo la cama. -¿Sabéis que estáis usando mi dormitorio? –les dijo con sorna. Cuando venía a Portugal, siempre lo tenía a mi disposición. Es el dormitorio de la Gran Guardiana. Venga, vamos al jacuzzi.

Pasaron al baño. Lucas se quedó un poco más atrás, por prudencia, pero tanto María como Raquel se quitaron toda la ropa y se metieron desnudas en el jacuzzi, así que él hizo lo mismo, mirando al suelo. Sólo cuando iba a meterse, miró hacia ellas y vio que estaban las dos disfrutando de lo que veían, sonriendo.

-Ya hablaremos de eso luego, -dijo Raquel. María miró al cielo y Lucas cerró los ojos. –Pero quería que habláramos de algunas cosas más. Sé lo que habéis hecho en mi ausencia. –Esto último lo dijo con un tono más elevado, lo que provocó que María diera un respingo dentro del jacuzzi. Raquel soltó una carcajada.

-No os preocupéis, lo entiendo. Porque sé, además, que me quieres, Lucas, aunque la vida tenía que seguir adelante. Y si no fuera porque me quieres, María sería una rival muy dura de batir. No sé si podría con ella. –María sonrió con el cumplido.

-Quería proponeros que formemos un equipo los tres. Sois las personas que quiero y en las que tengo una absoluta confianza, como vosotros en mí. Tanto Jaime como Maryn tienen la mejor intención, lo sé, pero cada uno viene de un extremo, de una visión monocromática y será difícil que caminen al ritmo que necesitamos. Nosotros podemos hacerlo juntos. Conseguí hacerme Primer Guardiana hace dos años, creando un equipo coherente a mi alrededor y gracias al anterior Cuidador, que era mi tío. En estas Ordenes la sucesión ha sido siempre en familia, porque era muy difícil que personas neófitas entraran en ella; al menos en las familias se era consciente de la misión. Mi tío era también el Primer Guardián y a su muerte, me eligieron a mí. Después hice lo mismo en los Buscadores. Habían entrado en la Orden por invitación de Maryn precisamente, a quien conocí en Londres. A su lado fui subiendo de rango poco a poco y hace apenas cuatro meses, cuando el anterior Primer Buscador falleció, resulté elegida yo, en vez de él, que era lo natural. Al parecer, yo tenía más méritos, porque estábamos muy cerca de conseguir los elementos del gran Secreto gracias a mi intervención dentro del grupo Eldorado. ¡Y yo estaba en Eldorado por ser Guardiana! Maryn lo tomó muy bien y me aceptó encantado como su Superiora. En el fondo creo que sigue enamorado de mí Lucas, no pongas esa cara. Mira al presente y al futuro y olvídate del pasado, por favor. Yo también lo he tenido. De hecho, en esa reunión del restaurante no solo estaba hablando con Maryn de estrategia, pero estaba terminando el breve romance que tuve con él antes de conocerte. Y lo hice porque me interesabas tú. Quiero estar a tu lado siempre. Te quiero y sé que tú me quieres y quién sabe, a lo mejor nuestra unión tiene un sentido escatológico también.

Y ahora, María –le dijo con una sonrisa –voy a recuperar el tiempo perdido con mi hombre –y se acercó a Lucas en el jacuzzi.

A María se le iluminó la mirada y preguntó: -¿Lo hacemos los tres?

-¡No! –soltó Raquel, riéndose. –A lo mejor mañana –Lucas la miró con los ojos abiertos y ella se rió. –Pero ahora quiero disfrutarlo yo sola; al fin y al cabo tú ya lo has hecho anoche. –La cara de Lucas pasó a un color más bien tirando a morado y sintió un intenso calor por todo el cuerpo, pero especialmente en la cara.

-¿Supongo que tampoco vale que me quede aquí mirando, verdad? –dejó caer María, recorriendo con sus dedos unos de sus duros pezones y llevando lentamente la mano al nacimiento de las piernas.

-¡María! –gritó Raquel.

María salió del jacuzzi, contoneando su precioso cuerpo con toda la intención de que Lucas no se perdiera detalle, recogió una toalla y salió tranquilamente del baño, colocándosela sólo cuando hubo salido.

-Que disfrutéis –les dijo y cerró la puerta muy despacio.

Epílogo

Despertó y durante un instante no supo dónde estaba. Hacía frío, aunque realmente poco podía afectarle. Recuperó sus sentidos y se puso a explorar la estructura en la que se encontraba.

Parecía muy frágil. Nunca había estado en una estructura tan frágil. Tanto, que apenas podía sostenerse en ella. Tenía que salir lo antes posible para expandirse. Si la estructura pereciera., él se extinguiría irremediablemente.

Probó a mover las extremidades, sin éxito. Realmente la estructura estaba muy deteriorada. Los músculos no respondían a ninguno de sus impulsos y sólo permanecía una parte mínima de la voluntad consciente que al parecer había estado tan dormida como él. Sorprendente. La estructura era consciente de su ocupante. Entró en su memoria y en una milésima de segundo absorbió todos los recuerdos. Muy interesante. Esta estructura fue poderosa, aún lo era en alguna medida, aunque fuese siquiera una sombra de lo que fue, porque se resistía a su presencia, a su intromisión.

Entró en el área de sentimientos de la estructura. La ola de odio mezclada con terror le alcanzó con cierta intensidad. La estructura no sabía qué estaba pasando, pero luchaba contra él. Pasó a la zona de la voluntad y se expandió, aunque conservando un sensor en el área de sentimientos, para controlar las reacciones de su antagonista.

Tuvo que dedicar casi todo su poder para enfrentarse a la voluntad de la estructura .Increíble. Si hubiera estado en perfectas condiciones, quizá no hubiera podido con ella. Nunca le había pasado esto antes, pero ahora aprendería, para evitarlo en el futuro.

La lucha fue intensa. La estructura se defendió con intensidad y en el último instante, cuando ya vio que iba a ser derrotada, intentó suicidarse, en un supremo esfuerzo de voluntad, para evitar la posesión.

Pero fue inútil.

Una vez destruida la voluntad, la estructura pasó a su control total. Sin capacidad para moverla, se dedicó a reforzar el núcleo cerebral, extrayendo recursos de otras partes, para dotarlo de la energía suficiente para establecer el contacto con otra estructura ajena, que le permitiera su expansión. Y esperó.

Sintió la presencia de una estructura perfecta. ¡Por fin! Se preparó y cuando la estructura se acercó, entró en contacto con su aura y extrayendo de ella el remanente de energía que le faltaba, extendió un brazo y produjo el contacto físico suficiente para saltar a la nueva estructura.

Impresionante. Tal complejidad era totalmente nueva para él. El área de la memoria le resultó extrañamente familiar, con inmensos recuerdos comunes con la estructura anterior y consigo mismo. ¡Eran supervivientes!

La estructura se rebeló instantáneamente. Bloqueó sus áreas de control con una intensidad desconocida para él y empezó a expulsarlo. No había terminado de pasar completamente de la vieja a la nueva y por tanto no tenía toda la capacidad para usar su poder y la maniobra de contraataque de la estructura le sorprendió. Pudo introducir un sensor en la zona de sentimientos y le asustó ver que, por encima del terror, la fuerza más potente era la de rabia y tesón.

Intentó resistirse, refugiándose en lo más interno de la estructura, pero ni ahí pudo entrar. Estaba muy confundido. Nunca antes había tenido que protegerse contra estructura. Simplemente las poseía, las usaba y las despreciaba para pasar a otras. Controlaba sus voluntades y actuaba a través de ellas, sin que el mundo exterior lo supiera. Así había sido desde los comienzos de los tiempos, siempre buscando a otros como él, para poder activar su misión, que necesariamente debía cumplirse en equipo.

La estructura cedió por un instante y él creyó que triunfaba. Empezó a penetrar las defensas, invadiendo el terreno abierto ante él. Ya imaginó el poder que llegaría a alcanzar con ella, el mayor de su historia.

¡No! La estructura había reaccionado con una fuerza descomunal. Levantó nuevas pantallas de defensa que fueron avanzando para expulsarlo. Notó además otra presencia dentro de la estructura ¡Imposible! ¡Estaba enfrentándose a dos voluntades dentro de la misma estructura! Se sintió presionado, empujado hacia fuera, sin poder siquiera mantener un punto de apoyo. En unos segundos, todo su ser fue expulsado de la estructura y no tuvo más remedio que regresar a la anterior, donde tenía un último anclaje.

Y entonces, esta estructura se derrumbó. Fallaron los órganos vitales, los pulmones no absorbieron oxígeno, el corazón dejó de latir, a pesar de que él envió órdenes tajantes de que siguiera haciéndolo. El cerebro se detuvo y fue apagándose lentamente, lo suficientemente despacio como para que él pudiera, en un último espasmo de dolor y angustia, gritar como nunca lo había hecho, sintiendo que moría, esta vez para siempre.

Pero no fue así. Algo de él había sobrevivido porque estaba viendo la escena de lo ocurrido. Extraño. No parecía estar dentro de ninguna estructura. Flotaba entre ellas, pero no dentro de ellas. Se sentía muy débil, tan débil que lo poco que lo mantenía vivo fallaba en su propósito de vez en cuando. Tenía que poseer enseguida el soporte en el que apoyarse para vivir. Vio una hormiga en el suelo, junto a una rendija en la ventana y fue hacia ella. Era una estructura mínima, con un cerebro realmente despreciable, pero le permitiría sustentarse por ahora. Curioso, la hormiga tenía alas. Era una reina. Mejor. El ser entró en ella.

www.ingramcontent.com/pod-product-compliance
Lightning Source LLC
LaVergne TN
LVHW020312200726
843507LV00012B/2067